Chère lectrice,

Entre les cours ~~~~~~~~~~~~~ à la recherche du dern~~~~~~~~~~~ préparation du repas de réveill~~~~~~~~~~~tion des décorations de Noël, avez-vous eu le temps de penser un peu à vous ? A ce que vous aimeriez trouver au pied du sapin ? Je suis sûre que du bijou raffiné au petit pull en cachemire que vous avez repéré depuis des mois, les envies ne vous manquent pas. Mais peut-être que, comme moi, ce qui vous fera le plus plaisir, c'est la surprise que ceux que vous aimez auront préparée pour vous. Le cadeau qu'ils auront choisi en pensant à vous, et qu'ils vous offriront avec une chaleur spéciale dans le regard. Vous savez, cette tendresse qui soudain efface tous les tracas, fait disparaître la fatigue et les tensions, et qui nous illumine pour longtemps. Car quoi que nos proches puissent nous offrir, ils ne pourront pas nous décevoir : après tout, ce fameux petit pull en cachemire, nous pourrons nous l'acheter nous-mêmes. En revanche, le sentiment d'être entourée et de pouvoir compter sur ceux qui nous sont chers, voilà ce qui ne s'achète pas, et qui constitue le plus beau des cadeaux.

Je vous souhaite de passer d'excellentes fêtes.

La responsable de collection

Père par surprise

*

Dans les bras du cheikh

MAUREEN CHILD

Père par surprise

Collection *Passion*

éditions **Harlequin**

*Cet ouvrage a été publié en langue anglaise
sous le titre :*
HIS BABY !

Traduction française de
LUCY ALDWYN

HARLEQUIN®

est une marque déposée du Groupe Harlequin
et Passion® est une marque déposée d'Harlequin S.A.

Originally published by SILHOUETTE BOOKS,
division of Harlequin Enterprises Ltd.
Toronto, Canada

Photo de couverture
© KEVIN DODGE / MASTERFILE

© 2001, Maureen Child. © 2006, Traduction française : Harlequin S.A.
83-85, boulevard Vincent-Auriol, 75013 PARIS — Tél. : 01 42 16 63 63
Service Lectrices — Tél. : 01 45 82 47 47
ISBN 2-280-08472-4 — ISSN 0993-443X

1.

Nuit noire au cœur de la jungle. Les balles sifflaient en rafales autour de Jeff Hunter, s'écrasaient au sol et se perdaient dans l'enchevêtrement de la végétation luxuriante. L'ennemi tirait au hasard, s'acharnait contre l'homme invisible car personne ne pouvait détecter le « marine », camouflé comme il l'était, terré sous les feuillages. Sans pour autant être à l'abri d'un coup de chance de la part d'un tireur.

Allongé sur le ventre, immobile, tout le corps en alerte, il attendait le bon moment pour effectuer sa sortie. Tête baissée, l'oreille aux aguets, il resserra les mains sur son arme et, se déplaçant sur les coudes et les genoux, se mit à ramper vers le rivage. Vers l'embarcation où les autres membres du commando l'attendaient. Comme toujours, il était le dernier à quitter les lieux de leur intervention.

Une série d'explosions secoua le calme trompeur de la nuit. Jeff grimaça de satisfaction et continua sa lente progression à travers la végétation, se rapprochant de la rive et du salut. Tout se passait comme prévu. Des flammes illuminaient l'obscurité, semant le désordre dans les rangs ennemis ; des ombres couraient ici et là, un peu partout dans la forêt, fuyant le danger. Mission accomplie, estima-t-il. Il ne lui restait plus qu'à s'extraire de cet enfer.

Toujours en rampant sur le ventre, il accéléra l'allure autant qu'il le pût, laissant derrière lui les balles qui continuaient de siffler, l'incendie qui gagnait du terrain et les cris de l'ennemi lancé à sa recherche. Il sortit du sous-bois, sentit sous lui le sable de la plage et vit miroiter l'étendue de la mer. Il roula sur le dos et d'un bond souple et silencieux, s'accroupit sur ses talons. Après un rapide coup d'œil circulaire, Jeff se prépara à foncer. C'était le moment délicat. Il lui fallait parcourir la distance qui le séparait du bateau, en terrain découvert. Il bondit et couvrit la centaine de mètres en un temps record. Courbé en avant, guidé par son instinct, il s'écrasa dans le sable au bord de l'eau alors que de nouvelles explosions fracassaient l'air chaud de la nuit.

Enfin, il eut de l'eau aux genoux et plongea la tête la première dans le Zodiac qui, manié de main de maître, s'éloigna aussitôt du rivage. Des mains le saisirent par son gilet de sauvetage et le tirèrent dans l'embarcation. Il resta quelques minutes allongé au fond, reprenant son souffle et savourant le sentiment de sécurité qui l'inondait. Sains et saufs. Lui et son équipe. Ses amis. Mieux que cela : sa famille.

— S'en est fallu de peu cette fois, remarqua Deke en tirant sur le levier de vitesses. On a bien cru qu'on y restait.

Le Zodiac vrombit, bondit sur l'eau, s'arrachant à la mer et laissant derrière lui une longue traînée d'écume.

Un bruit rassurant pour les oreilles de Jeff. Contrairement à leur arrivée, discrète, à la rame, ils n'avaient plus qu'un objectif : s'éloigner au plus vite. Les tergiversations n'étaient plus de mise. L'important était de déguerpir coûte que coûte selon le principe gravé dans leurs mémoires au cours des entraînements : « Tu arrives en douceur, tu décampes sur les chapeaux de roues. »

Il jeta un œil aux autres et cria pour se faire entendre :

— Plaignez-vous, espèce de donzelles planquées ! Vous étiez bien à l'abri dans le bateau pendant que je m'évertuais à vous sauver la mise !

Deke éclata d'un grand rire, rejetant la tête en arrière, évacuant la tension nerveuse des dernières heures.

J.T. protesta vigoureusement :

— C'est ça ! J'adore ! On se mouille les fesses à

9

l'attendre, en plein dans la ligne de mire de nos petits amis, et, pas plus tôt arrivé, il nous insulte !

— Eh oui ! dit Travis avec son accent traînant du Texas.

Il gardait sa mitraillette tournée vers la rive au cas où certains de leurs ennemis se manifesteraient.

— On dirait que Gunny devient ingrat avec l'âge. Je propose qu'on le rejette à la mer et qu'il nage… s'il en est encore capable !

Deke exécuta un virage magistral et dirigea l'embarcation vers le bateau qui les attendait, dissimulé derrière un promontoire à quelques kilomètres de la rive.

— Non, dit-il, les yeux fixés sur son objectif. Un malheureux requin pourrait l'attaquer et mourir empoisonné. Pas juste pour la pauvre bête.

Jeff ne put s'empêcher de rire. Retour à la normale. Tout allait bien. Dans quelques minutes, ils seraient en sécurité à bord du bateau et dans cinq jours, c'était la permission tant attendue.

La première depuis longtemps. Un bail !

La lune perça derrière les nuages, éclairant les occupants de l'embarcation. Visages camouflés de peinture. Seuls, les yeux et les dents brillaient dans la pénombre. Jeff, ému, se dit qu'ils faisaient une fichue bonne équipe, qu'ils pouvaient compter les uns sur les autres. Une fois de plus, ils s'en étaient sortis. Ensemble.

10

Son regard se tourna vers l'homme au fond du Zodiac, celui qu'ils étaient venus chercher au péril de leurs vies. Un diplomate pris en otage un mois plus tôt par des indigènes qui n'avaient pas apprécié « ses bons offices ». A en croire sa réaction, il avait perdu tout espoir de revoir les siens et son pays. Quand Deke avait fendu la toile de la tente où il était retenu prisonnier et murmuré à l'oreille de l'homme : « U.S. marines », c'est tout juste s'il ne lui était pas tombé dans les bras en pleurant de bonheur ! Là, maintenant, il se redressait et se penchait en avant par-dessus le bord du dinghy comme si ce geste allait accélérer son retour au pays.

Jeff était tenté d'en faire autant car dix-huit mois sans revoir Kelly, c'était vraiment long. Trop long.

Ils arrivaient au large, en vue du bateau et les bruits des explosions derrière eux s'espaçaient. Opération terminée. Pour la première fois, Jeff se détendit et laissa son esprit l'emporter vers la dernière nuit qu'il avait passée avec la femme qui, depuis lors, hantait ses rêves.

Kelly se tourna vers lui et il la serra contre lui, jouissant pleinement de la chaleur de sa peau sur la sienne.

Quelle fin de permission ! Deux semaines de pure

folie ! Tout avait commencé le jour où il l'avait sortie de l'océan, inconsciente, assommée par une planche à voile à la dérive et incapable de remonter à la surface.

Sur la plage, inquiet de la voir inanimée, il lui avait fait du bouche-à-bouche et… n'avait pratiquement pas cessé depuis. Jamais il n'avait éprouvé une telle confusion de sentiments, une telle force d'émotions, le désir et le besoin de la posséder conjugués en un seul impératif irrépressible.

Leur dernière nuit ensemble.

Permission terminée. Il partait le lendemain matin pour Dieu sait où et n'avait aucune idée de quand il reviendrait. Il la serra encore plus fort, essayant d'oublier son départ, de rejeter loin de lui les images d'adieu et de séparation qui le torturaient.

— Tout s'est passé si vite, murmura-t-elle, son souffle effleurant son épaule.

De ses doigts, elle suivit la ligne sombre des poils sur son torse et il retint son souffle sous la caresse qui l'enflammait.

— Oui, approuva-t-il, respirant le parfum fleuri de ses cheveux. Trop vite.

Elle rejeta la tête en arrière pour le regarder.

— A quelle heure dois-tu partir ?

Dans la lumière douce des bougies, ses longs cheveux auburn avaient des reflets dorés, roux, qui rappelaient les flamboiements d'un feu de bois. Des cheveux bouclés, doux comme de la soie, rebelles aussi et qu'elle ne cherchait pas à discipliner.

— Il faut que je sois à la base à 6 heures.

Elle jeta un œil au réveil lumineux et dit :

— Il n'est que minuit. Nous avons encore du temps.

— Pas assez, dit-il, exprimant un peu, un peu seulement de ce qu'il ressentait. Car, même s'il avait eu cinquante années d'affilée, ou même un siècle, à sa disposition, cela ne lui aurait pas suffi. Il y avait quelque chose chez cette femme qui lui donnait envie d'oublier le monde extérieur, de se fondre en elle et de rester cloîtré avec elle pour le reste de son existence.

Or, bien sûr, c'était exclu. En homme habitué à faire face aux pires situations, il ne se perdit pas en regrets futiles, déterminé à utiliser à plein le temps qui leur était imparti. Il prit son visage entre ses mains et lui caressa les joues de ses pouces. Puis il roula sur le côté et vint se placer au-dessus d'elle. Il plongea son regard dans les yeux verts et demanda :

— Je vais te manquer ?

Elle fit une grimace dubitative puis sourit :

— Pas impossible, dit-elle à mi-voix.

Du bout des doigts, elle lui caressait le dos, ranimant le foyer de désir tout juste apaisé qui couvait au fond de lui.

— Si tu me rappelais ce qui va me manquer, ajouta-t-elle, au cas où j'oublierais ?

— Cela me paraît faisable, dit-il.

Il referma sa main sur un sein et en titilla le bout ; il fut heureux de la voir frémir et rejeter la tête en arrière sur l'oreiller, les yeux fermés.

— Oh, dit-elle, avec un soupir de satisfaction, cela me revient maintenant.

Il attendit qu'elle rouvre les yeux et, plongeant son regard dans le sien, il dit d'une voix rauque :

— Moi aussi, je reviendrai, Kelly. Je ne peux pas te dire quand, mais je reviendrai.

Elle lui prit le visage entre ses mains et le rapprocha de ses lèvres.

— Tu promets ? dit-elle d'une voix vibrante.

Il tourna la tête et lui embrassa la paume de la main.

— Oh oui, princesse, c'est promis.

Il l'embrassa, se perdant dans les profondeurs de son parfum, de son odeur, du goût de sa peau. Il voulait garder tout cela à la mémoire, comme un trésor. Où qu'il soit et quoi qu'il fasse, il pourrait s'y replonger, y puiser force et courage.

Elle soupira tout contre ses lèvres et il ajouta ce soupir à son trésor, un peu d'elle-même qu'il emporterait avec lui. Leurs bouches, leurs langues se mêlèrent

14

et le feu qui les portait l'un vers l'autre menaça de les consumer.

Il caressa ses épaules, ses hanches, priant ses mains de se souvenir. Il sentit la main de Kelly dans son dos, puis sur ses fesses et elle revint entre eux, le prit dans sa main. Il ferma les yeux sous la caresse et essaya de rester calme mais c'en était trop et elle le savait. Il lui prit la main et l'immobilisa puis la remonta au-dessus de sa tête sur l'oreiller.

— Un problème ? demanda-t-elle, un éclair de malice dans les yeux.

— Aucun problème ! dit-il, la recouvrant de son corps.

— Ravie de te l'entendre dire, sourit-elle, écartant les jambes et levant les hanches à sa rencontre.

Il reconnut l'invitation et se glissa en elle tandis qu'elle lui entourait la taille de ses jambes.

Il commença d'aller et venir, les emportant vers quelque chose de nouveau qu'il avait découvert avec elle. Quelque chose d'étonnant qu'il n'aurait pas su nommer et dont il ne savait pas très bien quoi penser ni que faire. Il avait la vague impression d'y tenir, de vouloir s'y accrocher et n'avait pas envie de s'en éloigner. Et pourtant, c'était bien ce qui l'attendait.

Son cerveau battait la campagne tandis que son corps tout entier vibrait en accord avec les frissons qui parcouraient Kelly. Soudain, elle s'agrippa à lui, l'étreignant avec force, lui labourant les épaules de ses ongles sous l'effet de la tempête qui la faisait chavirer. Juste avant qu'il n'explose à son tour et qu'ils ne fassent plus qu'un dans le même plaisir partagé.

A cet instant, Jeff comprit que s'éloigner de Kelly, se séparer d'elle, allait être la chose la plus difficile que la vie ait jamais exigée de lui.

Il ne s'était pas trompé. C'était un véritable supplice qu'il avait enduré pendant ces dix-huit mois, estimat-il, après un bref retour en arrière.

Il repoussa les regrets inutiles. Place à l'avenir, un avenir très proche, maintenant. Bientôt, c'en serait fini d'attendre, de se morfondre loin d'elle. Terminé. Il allait la revoir. Tenir la promesse de revenir qu'il lui avait faite. En espérant qu'elle l'attendait, se reprit-il, soudain rempli de doutes. Quelle déception s'il devait découvrir qu'il avait passé tout ce temps à penser à elle alors qu'elle l'avait oublié !

Le Zodiac heurta le flanc du navire et le ramena à la réalité. Deke coupa le moteur et, d'en haut, on déroula une échelle de corde. J.T. et Travis aidèrent le diplomate à gravir les échelons qui l'emmenaient vers la libération et la sécurité. Deke dévisagea Jeff d'un regard scrutateur.

— Encore en train de rêver à cette femme, Gunny ?

Jeff regarda son ami et ne s'étonna pas du commentaire. Il avait parlé de Kelly à n'en plus finir pendant les longues nuits d'inaction qui avaient précédé leur intervention. Par la suite, ses amis s'étaient sentis autorisés à le taquiner et ne lui avaient pas ménagé les plaisanteries.

— C'est toujours mieux que de penser aux missions qui nous attendent ! rétorqua Jeff.

— Je m'en doute ! grimaça Deke. En tout cas, d'après ce que tu racontes.

Il ajouta et, ce n'était pas la première fois :

— Elle n'aurait pas des sœurs, ta belle Irlandaise ?

— Je n'en sais rien, reconnut Jeff.

Ils n'avaient pas eu le temps de parler de leurs familles. Trop occupés à faire connaissance l'un avec l'autre.

— Je me renseignerai et je te le dirai.

— Merci, dit Deke attrapant la corde. Plus que cinq jours et on y est.

Jeff regarda le cadran lumineux de sa montre et corrigea :

— Quatre jours !

Il rejeta sa mitraillette en arrière sur son épaule et se mit à grimper l'échelle avec un regain d'énergie.

17

Plus que quatre jours. Dès leur arrivée aux U.S., on pouvait lui faire confiance pour sauter dans le premier avion direction la Californie du Sud et se retrouver, vite fait bien fait, à la porte de Kelly.

Il passa par-dessus la rambarde et se planta sur le pont, jambes écartées, heureux de sentir la masse compacte du navire sous ses pieds. Il aida les matelots à hisser le Zodiac et à le remettre dans son logement tout en gardant l'esprit tourné vers Kelly et les mois interminables qui les avaient séparés.

Maintenant cela appartenait au passé. Comme les cartes postales sans réponse possible. Il se souvint du bref coup de téléphone qu'il avait réussi à faire passer de Guam ; plus frustrant qu'autre chose. Tout juste s'il avait reconnu sa voix. Bientôt, dans quelques jours, il allait enfin la voir, l'entendre. La tenir dans ses bras, la toucher, l'embrasser, la caresser. Il se sentait capable de rester enfermé avec elle des jours et des jours jusqu'à ce que la faim les force à mettre le nez dehors.

Pensive, Kelly contemplait la dernière carte postale qu'elle avait reçue de Jeff, la retournait nerveusement entre ses mains. Elle avait été postée plus de deux semaines plus tôt. D'où ? Impossible de le savoir. Jamais il ne lui avait dit où il se trouvait. Secret défense, apparemment. Toutefois, il avait eu parfois le droit de lui envoyer certaines cartes qui révélaient leur provenance. Celle de la tour Eiffel, par exemple, peu de temps après son départ, au tout début de sa longue absence. Celle qu'elle avait en main ne montrait que des palmiers et du sable ; autrement dit, il pouvait être n'importe où, de Hawaii aux îles Fidji en passant par le Viêt-Nam.

De toute manière, cela n'avait plus d'importance. Ce qui comptait, c'étaient les quelques mots griffonnés au dos, à la hâte, et qu'elle relut pour la centième fois alors qu'elle les savait par cœur.

« Mission accomplie. Je serai là fin mars pour trente jours de perm. Je meurs d'impatience. Jeff. »

Fin mars, réfléchit-elle. C'est-à-dire qu'il pouvait débarquer à tout moment. Réclamer une place dans sa vie, peut-être ? Kelly se demanda ce qu'elle ressentait à l'idée de revoir Jeff Hunter. Ce n'était pas clair dans son esprit. Cette perspective lui inspirait des sentiments… mitigés, c'est le moins qu'on puisse dire. Comment pouvait-il en être autrement alors que la dernière permission du marine avait changé sa vie à elle, du tout au tout ?

Pendant ces dix-huit mois, combien de fois n'avait-elle pas refait l'histoire, son histoire ? Et si… ? Si Jeff ne l'avait pas sortie de l'eau ? Si elle n'avait pas ouvert les yeux pour plonger dans le bleu transparent d'un regard irrésistible ? Etc., etc.

Suppositions vaines, hypothèses périmées, ô combien ! se reprocha-t-elle. Les faits parlaient d'eux-mêmes. Elle avait été faire du surf ce jour-là. Elle avait bel et bien failli se noyer et Jeff Hunter lui avait sauvé la vie en la sortant de l'eau, inanimée. Rien, ce jour-là, ne laissait prévoir la suite. Que, pour la première fois de sa vie, Kelly Rogan se laisserait aller à suivre ses impulsions, à vivre pleinement le moment présent. Pendant deux semaines, elle avait vécu l'aventure de sa vie. Prise d'un coup de folie, passionnée comme seule une Irlandaise pur sang peut l'être, elle s'était donnée sans réserve à ce séduisant étranger qui l'avait sauvée et avait, du même coup, acquis sa confiance et… plus.

Le reste n'était que la conséquence de ses actes et elle en assumait toute la responsabilité.

Il ne lui restait plus qu'à attendre que Jeff soit là. Pour la énième fois, elle essaya de prévoir comment elle s'y prendrait pour lui révéler ce qu'elle n'avait pas eu l'occasion de lui dire pendant ces longs mois de séparation. Elle espéra de toute son âme être la première à lui annoncer la nouvelle, avant que ses frères ne s'en mêlent et ne lui cassent la figure comme ils se l'étaient promis.

2.

Jeff laissa la voiture qu'il avait louée à l'aéroport sur le parking de l'hôtel ; il avait décidé de se rendre à pied chez Kelly. Toutes les rues de la petite station balnéaire étaient plus ou moins en sens unique et il n'était pas facile de trouver à se garer. Alors, autant marcher. D'autant qu'il appréciait de pouvoir se déplacer en toute tranquillité comme un citoyen normal dans une ville normale sans avoir à se soucier d'être suivi ou non. Il sourit en lui-même, conscient une fois de plus que les missions dangereuses qu'il accomplissait aux quatre coins du monde ravivaient le sentiment de liberté que lui procurait le simple plaisir d'une promenade, chez lui, dans son pays.

Un bruit de klaxon troubla le calme ambiant. Un conducteur impatient s'énerva, cria quelques mots bien sentis, ce qui fit rire Jeff. Les bruits de la vie. C'était autrement mieux que le sifflement des balles dans la jungle. Il repoussa loin de lui les images qui lui revenaient à la mémoire. Ce n'était pas le moment de penser à cela. Pendant le mois à venir, seule Kelly aurait le droit d'occuper ses pensées.

Cela faisait trop longtemps qu'il attendait cet instant pour le gâcher par des souvenirs… d'une autre vie.

Une brise légère se leva, lui apportant l'odeur de la mer et il se sentit comme encouragé, poussé par le vent. Toutefois, il n'avait pas besoin de ces encouragements pour aller là où il avait rêvé d'être depuis des mois.

Il n'avait fait que prendre une chambre à l'hôtel, y avait déposé son sac et s'était aussitôt mis en route pour se rendre chez Kelly. En fait, il aurait pu être logé dans une base militaire de la région. C'était ce que ses amis avaient choisi de faire et ils s'étaient arrangés pour être à proximité. Mais quand il était en permission, Jeff préférait couper les ponts et reprendre pleinement contact avec la vie civile. Il avait accumulé assez d'argent sur son compte en banque pour s'offrir le confort qu'il n'avait pas connu pendant dix-huit mois passés de casernes en campements et autres baraquements spartiates. Il estimait avoir droit à un peu de luxe, tel que le jacuzzi qu'il avait aperçu dans l'énorme baignoire de la salle bains.

Il sourit et accéléra le pas. Il n'avait qu'une envie : voir Kelly dans cette baignoire, mettre la pression dans l'eau et… ailleurs, expérimenter l'effet de ces jets d'eau.

22

Aussitôt, il sentit sa virilité se raidir et, hochant la tête, décida que c'était trop tôt, qu'il ferait bien de penser à autre chose et de se contrôler. Mais plus il approchait de la maison de Kelly, plus il lui était difficile, voire impossible, de penser à autre chose qu'à la jeune femme. A la douceur de sa peau sous ses doigts, à la légèreté de son souffle sur son visage…

Comment, dans ces conditions, son corps pouvait-il rester indifférent ?

Des éclats de rire le firent sortir de ses pensées tandis que plusieurs ados le dépassaient, filant à bonne allure sur leurs skate-boards. Leurs voix résonnaient dans l'air, symboles d'innocence et de gaieté. Jeff, perplexe, ne se souvenait pas d'avoir jamais connu ce genre d'insouciance totale.

Pensif, il se passa la main sur le menton et se revit à leur âge. Il s'était enrôlé dans les marines dès qu'il avait pu quitter sa dernière famille d'accueil. Sans regret, il avait tiré un trait sur un passé qui ne lui laissait que de mauvais souvenirs.

Il s'assura qu'il pouvait traverser la rue et se faufila entre deux voitures garées le long du trottoir. Les maisons dans ce quartier étaient très rapprochées les unes des autres et n'étaient entourées que de minuscules jardinets : c'était le prix à payer pour être aussi près de la plage, à une centaine de mètres environ. La plupart des maisons dataient d'une cinquantaine d'années et plusieurs avaient été restaurées, agrandies, parfois dotées d'un étage supplémentaire. Les cris des enfants qui jouaient, se poursuivaient d'un enclos à l'autre, étaient accompagnés des aboiements des chiens qui participaient à leurs jeux. On se serait cru dans un film en noir et blanc des années cinquante. Or, c'était le genre d'environnement « petit-bourgeois » que Jeff, d'habitude, fuyait comme la peste. Il ne s'y sentait pas à sa place.

Curieuse réaction, pensa-t-il. Depuis quand un homme était-il plus à l'aise sur le champ de bataille que dans la rue d'un tranquille lotissement d'une station balnéaire ?

De toutes manières, il ne s'agissait que de voir Kelly. Si elle était chez elle. Si elle voulait bien le recevoir. Si elle acceptait de poursuivre ce qu'ils avaient commencé avec tant… d'enthousiasme. Beaucoup de « si », se dit-il, fixant des yeux la maison juste devant laquelle il s'était arrêté. Celle de Kelly, justement.

Une maison de conte de fées. Tout du cottage anglais, agrémenté d'une tourelle pour faire bonne mesure ! Elle l'avait héritée de sa grand-mère, lui avait-elle confié. Jeff ne la voyait pas vivre ailleurs tant cet environnement lui allait comme un gant, des massifs de fleurs au toit de tuiles rouges sans oublier les haies vivaces, taillées au cordeau.

Maintenant qu'il avait atteint son but, il avait autre

chose à faire que d'admirer la fichue maison, se reprit-il, agacé de ses hésitations et inquiet, malgré tout.

Il souleva le loquet du portillon et sourit en reconnaissant le grincement qui lui était familier. Il remarqua la voiture garée dans l'allée, une Explorer bleu marine. Ce n'était pas celle de Kelly. Peut-être avait-elle une visite ou, alors, elle avait changé de voiture depuis son départ. Il aurait dû lui laisser un message, se reprocha-t-il, pris de doutes, lui annoncer son arrivée. Il aurait dû lui parler, savoir si elle souhaitait le revoir !

Trop tard. Si elle recevait quelqu'un, il s'excuserait et battrait en retraite. D'autant plus que, dans son souvenir, Kelly n'avait jamais fait mystère de ce qu'elle pensait. Nul doute qu'elle ne se gênerait pas pour lui faire savoir qu'elle ne voulait pas le voir. Mais il avait trop souhaité ce moment pour ne pas, au moins, essayer de l'apercevoir.

Et si la voiture était celle de son petit ami ? s'interrogea-t-il soudain. Qu'est-ce qui lui faisait croire qu'elle l'avait attendu ? Il refusa de se laisser décourager par cette idée : un problème à la fois.

Fort de cette résolution, il s'avança dans l'allée et parvint à la porte de chêne, massive, d'origine, ornée d'un heurtoir à tête de dragon. Il souleva le marteau et, par deux fois, le laissa retomber sur la plaque d'étain.

Il recula d'un pas et attendit, plein d'espoir, qu'une petite rousse bien en chair lui ouvre.

Son sourire disparut quand la porte s'ouvrit effectivement. Au lieu de la petite rousse, l'ouverture était presque totalement obstruée par un autre marine, baraqué en hercule, crâne rasé, qui le transperçait du regard glacial de ses yeux verts.

— Jeff Hunter ? C'est toi ? demanda l'homme.

Aussitôt, Jeff fut sur ses gardes et il plissa les yeux lui aussi. Très bien, cela ne se passait pas comme prévu. Du tout. Il essaya de voir si Kelly se dissimulait derrière l'homme mais l'individu occupait tout l'espace.

— Et toi ? Tu es qui ? demanda-t-il.

Le marine se raidit et répliqua sèchement :

— C'est moi qui pose les questions. Tu es bien Jeff Hunter ?

— Oui, dit Jeff. Qu'est-ce…

Il n'eut pas le temps de finir car l'autre passa à l'action au quart de tour, le prenant par surprise. Il reçut un poing bien dirigé en pleine figure qui lui envoya la tête en arrière tandis que le goût métallique du sang lui emplissait la bouche.

La douleur explosa sous son crâne et lui résonna aux oreilles.

Cela faisait longtemps qu'il ne s'était fait avoir d'aussi belle façon, et, quand cela lui était arrivé, il avait su pourquoi.

— Je t'attendais, dit l'autre, sortant de la maison, le poing levé.

Cette fois, Jeff avait prévu le coup et, se baissant prestement, il évita le poing lancé et se redressa, prêt à l'attaque. Il envoya un direct bien tassé dans l'estomac de son assaillant, disant :

— Qui es-tu ? De quel droit ?

Un autre coup de poing ponctua sa question. Pas de réponse mais un bras de fer lui encercla le cou et l'envoya atterrir sur la pelouse. Il roula sur lui-même et s'accroupit sur ses talons, se préparant, suivant le cas, à attaquer ou à se défendre. C'était tout à fait dans ses cordes et la tâche ne le rebutait pas, mais il aurait aimé savoir pourquoi il était censé se battre contre un ennemi qu'il n'avait encore jamais vu avant.

En plus, quelque chose le gênait dans l'idée d'en découdre gratuitement avec un autre marine. Toutefois, il n'eut pas le choix quand l'autre fonça vers lui, tête baissée, comme un taureau furieux qui charge à l'aveuglette. L'assaut fut trop brutal pour que Jeff y résiste et il atterrit de nouveau sur la pelouse. Cette fois, furieux, lui aussi, il bondit sur ses pieds.

— Ça suffit, maintenant. Marine ou pas, tu l'auras voulu, dit-il, les dents serrées.

Ils se ruèrent l'un vers l'autre. Les coups se mirent à pleuvoir sans jamais manquer leur cible et Jeff fit ce qu'il savait faire : ignorer la douleur, continuer à frapper et espérer qu'il envoyait plus de coups qu'il n'en recevait. Il mit tout son savoir-faire dans un dernier direct du droit en plein dans la figure du costaud d'en face et faillit lui décoller la tête. Jeff sentit un petit pincement de satisfaction.

— Ça suffira ?

— Pas vraiment, dit l'autre.

Machinalement, Jeff nota les chants d'oiseaux autour d'eux, le bruit d'une tondeuse un peu plus loin, les rires d'enfants dans un jardin voisin. Surréaliste ! Qu'est-ce qui lui arrivait ? Il était venu en amoureux, en amant, pas en guerrier déchaîné !

— Qui es-tu ? demanda-t-il de nouveau. Où est Kelly ?

— Cela ne te regarde pas. Kelly n'a rien à voir avec toi.

— Et moi, je te dis que si, dit Jeff décochant un léger coup de poing dans le menton de son interlocuteur.

— Faux, cria l'autre, essayant lui aussi d'envoyer son poing dans la mâchoire de Jeff.

Heureusement, cette fois, il ne rencontra que le vide.

Ils tournaient l'un autour de l'autre, prêts à l'attaque. Jeff fut le premier à tenter sa chance et se lança dans une prise à la volée que son entraîneur de foot n'aurait pas désavouée. Quand il eut réussi à coincer l'autre sur le dos, groggy, allongé dans l'herbe de la pelouse, il l'attrapa par sa chemise ; d'une main il assura la prise et s'en servit pour le soulever de terre jusqu'à l'amener à quelques centimètres de ses yeux. Essoufflé, il siffla entre ses dents :

— Maintenant, tu vas me dire la raison de ce festival.

— Si tu ne le sais pas, marmonna l'autre, c'est la preuve que tu mérites bien la dérouillée que tu vas prendre.

Déjà, il avait dégagé ses mains et cherchait à étrangler Jeff.

— Arrêtez ! Vous êtes fous ou quoi ? hurla une voix féminine derrière eux.

Jeff tourna la tête et vit Kelly debout sous le porche. Son adversaire profita de cet instant de distraction pour lui démolir la mâchoire au point qu'il en vit trente-six chandelles.

— Kevin ! Dégage ! hurla Kelly, courant vers eux.

Elle s'arrêta, les mains sur les hanches, fixant l'homme toujours étendu dans l'herbe.

— Kevin ! Arrête ! Je t'avais dit que je ne voulais pas de bagarre.

Jeff fit remuer sa mâchoire pour s'assurer qu'elle n'était pas cassée et, de sa langue, explora l'intérieur de sa bouche, en quête de dents déchaussées. Rien. Rassuré, il se tourna vers l'homme et, avec une grimace féroce, dit :

— Je t'en dois un.

— C'est quand tu veux, haleta son adversaire.

Il respirait aussi laborieusement que Jeff et ce dernier se demanda s'il rêvait et de quoi il était coupable. Pourquoi un marine s'attaquait-il à un autre marine alors qu'ils ne s'étaient jamais rencontrés ?

— Je ne le crois pas, dit Kelly, balayant la rue du regard, inquiète de savoir si ses voisins avaient été témoins de ce qui venait de se passer chez elle.

Malgré les coups et les blessures, le sang de Jeff ne fit qu'un tour à la vue de la jeune femme. Elle était superbe et son corps ne mit pas longtemps à s'en apercevoir !

Elle portait une longue jupe verte, souple et légère, qui frémissait sous le souffle de la brise et s'enroulait autour de ses jambes et de ses chevilles. Un chemisier blanc, manches relevées, moulait ses petits seins et Jeff sentit ses mains le démanger tant il aurait voulu les toucher. Ses longs cheveux auburn dansaient sur ses épaules et ses yeux verts étincelaient de colère, la rendant plus belle encore. Le cœur de Jeff se serra. Oh oui ! pensa-t-il. Elle était bien comme dans son souvenir. Magnifique.

— Bonjour, Kelly, dit-il.

Il vit le regard de la jeune femme s'assombrir et sentit toute la force de sa fureur se déchaîner quand elle consentit à le regarder.

30

— « Bonjour, Kelly ! » répéta-t-elle avec une mimique significative. Je vous découvre Kevin et toi en train de vous battre comme des chiens, sur ma pelouse, et c'est tout ce que tu trouves à dire : « Bonjour » ?

— Rentre à la maison, Kelly, dit le Kevin en question. C'est une affaire qui doit se régler entre lui et moi.

Elle lui envoya un coup de pied et grimaça car c'était elle qui s'était fait mal.

— Arrête de jouer les pères nobles, veux-tu ?

— Kelly…

— Je t'ai dit que je voulais parler à Jeff, seul à seul.

— D'abord, qui es-tu, toi, pour te mettre entre Kelly et moi intervint Jeff, dévisageant celui qu'il venait de mettre au tapis.

— Kevin Rogan. Le frère de Kelly.

Le frère ! Cela, c'était la bonne nouvelle. Si on veut. Car, après un an et demi d'absence, régler son compte à son frère comme il l'avait fait n'était peut-être pas la meilleure façon de renouer connaissance avec la dame de ses pensées. Malgré cela, Jeff ne put s'empêcher d'être soulagé. Ce n'était pas le petit ami de Kelly.

Il se releva et attendit que Kevin en fasse autant. La tension entre eux était presque palpable et Jeff sentit son adversaire prêt à reprendre la bagarre. D'accord, pensa-t-il, s'avançant d'un pas. Mais avant qu'ils n'en viennent aux mains, Kelly vint se placer entre eux, étendit les bras et les tint à distance l'un de l'autre, d'une main plaquée sur leurs torses.

— Je veux bien croire que les hormones de l'adolescence vous travaillent encore, dit-elle, son regard allant d'un visage à l'autre. Mais, ou vous vous calmez, ou vous partez.

— D'accord, on se calme, dit Kevin après quelques secondes de réflexion, mais ne compte pas sur moi pour partir.

— Moi non plus, annonça Jeff. D'ailleurs, je viens tout juste d'arriver.

— Ah oui, se moqua Kevin. Mais c'est pas la première fois ! Tu as déjà fait un tour dans les parages, à ce que je sais.

— Qu'est-ce que ça veut dire ? rétorqua Jeff.

— Espèce de salopard ! Si tu crois…

— Kevin ! Cela suffit, l'interrompit sèchement Kelly lui lançant un regard d'avertissement.

Puis elle se tourna vers Jeff et lui sourit.

— Cela fait du bien de te revoir, dit-elle.

Kevin émit un bruit désagréable.

— T'as un rhume, mec ? demanda Jeff avant de tendre la main vers les cheveux de Kelly qui flottaient dans la brise.

Il avait besoin de les toucher pour s'assurer qu'ils étaient aussi soyeux que dans son souvenir. Ils l'étaient.

— Cela me fait aussi plaisir de te revoir, dit-il.

L'euphémisme du siècle. Car la voir sourire valait bien quelques contusions et peut-être même une ou deux côtes cassées. Comme elle lui avait manqué !

— Quand est-ce que tu nous présentes ? dit une autre voix masculine.

Jeff regarda en direction du porche et vit, solidement plantés sur leurs pieds, deux hommes, l'un la réplique de l'autre, deux armoires à glace, deux montagnes de muscles, bras croisés, qui le regardaient comme s'ils avaient l'intention de ne faire qu'une bouchée du nouveau venu.

Encore des frères de Kelly ? D'où sortaient-ils, ceux-là ?

— Tu en as encore beaucoup du même acabit ? demanda-t-il.

— Oui, dit-elle. Deux frères aînés. Les jumeaux sont les petits derniers.

En un geste gracieux, elle fit danser ses boucles autour de sa tête avant d'ajouter :

— J'ai beaucoup de chance, tu ne trouves pas ?

Le regard de Jeff passa de Kevin aux jumeaux : il avait eu également de la chance de n'avoir affaire qu'au premier, estima-t-il, car, à trois contre un, il était perdant.

Kelly leva la main et dit :

— Jeff, je te présente Kieran et Kincaid.

Les visages des jumeaux se renfrognèrent un peu plus. Allaient-ils passer à l'attaque ? Jeff se prit à souhaiter d'avoir Deke, J.T. et Travis avec lui. A lui tout seul, il n'avait aucune chance.

— Marines, eux aussi ?

— Non, il n'y a que Kevin. Kieran est policier et Kincaid…

Elle s'arrêta et interrogea son frère du regard :

— Tu fais quoi, Kincaid ? questionna-t-elle le plus sérieusement du monde. Qu'est-ce que tu dirais ? De l'espionnage ?

Pour la première fois, Jeff aperçut une faille dans le mur de défense des deux frères.

Kincaid sourit à sa sœur et dit :

— FBI, Kelly. On ne peut pas qualifier le FBI d'espionnage.

Elle haussa les épaules et répliqua :

— Comme tu voudras. Dites donc, les garçons, si vous disparaissiez pendant que je parle avec Jeff ?

— Pas question, dit Kevin. On veut bien vous laisser mais on attendra à l'intérieur.

Sur ces mots, il rejoignit ses frères et leur fit signe de laisser tomber. Tous les trois entrèrent dans la maison.

Etait-ce pour mieux… l'accueillir un peu plus tard ? se demanda Jeff. Qu'avait-il fait pour provoquer la colère

34

des frères de Kelly, lui qui n'avait pas mis les pieds sur le sol américain depuis plus d'un an et demi ?

— J'ai essayé de les tenir à l'écart, dit la jeune femme en manière d'excuse. Mais depuis qu'ils ont découvert que tu revenais, ils ont fait le siège de la maison sans vouloir me lâcher d'une semelle.

— Aucune importance, dit Jeff. C'est pour toi que je suis là. Cela fait si longtemps.

— Je sais, dit-elle. Très longtemps.

— Tu es très belle, dit-il.

Et il fit ce qu'il attendait depuis dix-huit mois : il posa la paume de sa main sur sa joue et se laissa envahir par les sensations dont il avait rêvé. Quelle douceur ! Une peau de pêche. Le simple fait de la toucher mettait tous ses sens en ébullition et s'il n'y avait eu un détachement musclé qui l'attendait derrière la porte, il lui aurait montré sans plus attendre l'étendue de sa joie de la revoir. Néanmoins, pour l'heure, il jugea prudent de s'abstenir.

Elle poussa un long soupir qui disait assez combien elle partageait ses sentiments. Sa joue rosit sous sa main et il vit ses yeux s'assombrir, prendre cette teinte gris vert qu'il se rappelait très nettement.

Il nota quelque chose de différent en elle. Elle lui parut plus douce, plus épanouie, plus... ronde. Plus belle aussi. Appétissante au point qu'on pourrait en manger. Or, depuis dix-huit mois, son appétit s'était aiguisé.

— Qu'y a-t-il ? demanda-t-elle.

Elle penchait la tête sur le côté et le regardait dans les yeux.

— Rien.

— Tu me regardes… bizarrement, insista-t-elle.

— J'essaie de comprendre en quoi tu as changé, dit-il.

— Changé ?

— Pas en mal, dit-il aussitôt, la rapprochant à quelques centimètres de lui. Juste… changé.

Elle posa ses mains à plat sur son torse et s'appuya contre lui. Un souffle de brise en provenance de la mer les effleura et lui souleva les cheveux, exposant sa nuque aux regards de Jeff. La chaleur de ses paumes irradiait son torse à travers l'étoffe de sa chemise et pénétrait jusqu'à la moelle de ses os. Pour la première fois depuis longtemps, il se sentit vivre.

Il respira son parfum avec délices, se laissa tout entier absorber par cet instant qu'il avait si souvent imaginé. Il avait les mains sur elle. Il sentait son souffle sur sa peau. Il lui prit le visage entre les mains et, de ses pouces, caressa ses joues, contemplant son visage, en silence, longuement, comme s'il n'y croyait pas. Elle était encore plus belle que dans son souvenir.

Elle recouvrit ses mains avec les siennes et dit :

— Je suis désolée pour Kevin. Je…

Il lui sourit. Maintenant qu'elle était là, avec lui, au diable les frères et leurs rancunes inexpliquées.

— Qui ça, Kevin ? plaisanta-t-il.

Il se pencha sur elle pour ce baiser si longtemps attendu. Elle se dressa sur la pointe des pieds et se laissa aller contre lui, mettant dans ce baiser autant d'elle qu'il y mettait de lui.

Il fut d'abord très tendre, savourant la douceur de ses lèvres et le goût de son haleine. Puis, il ne résista pas au désir impérieux qui montait en lui. Il entrouvrit ses lèvres du bout de sa langue et explora sa bouche ; son baiser se fit plus intense, plus profond tandis qu'il lui caressait le dos et la plaquait contre lui.

Kelly s'accrocha à lui, s'émerveillant de sa présence. Il était de retour. Sain et sauf. La douceur de ses mains sur elle relevait du miracle et de la magie. Elle en frémissait tout entière. Depuis tout ce temps, elle avait presque réussi à se convaincre qu'elle avait rêvé ou, au moins, exagéré ce qu'elle croyait avoir ressenti entre les bras de Jeff. Or, voilà qu'il était là et que l'incendie qu'il allumait en elle était bien réel, la consumait de la tête aux pieds, la troublait jusqu'au plus profond d'elle-même.

Le rire argentin d'un enfant mit fin à leurs retrouvailles et dissipa le charme qui les entourait. Kelly se dégagea des bras de Jeff, estimant qu'avec la bagarre et maintenant leur baiser, les voisins en avaient assez vu et entendu pour la journée.

Qui plus est, il y avait encore quelques petites choses à mettre au point.

— Jeff… commença-t-elle.

— Oui ? dit-il d'un ton distrait.

Sa main glissa de la joue à la base de sa gorge et s'arrêta là où il sentit battre son sang dans la veine.

— Allons à l'intérieur, dit-elle, lui prenant la main.

Il rit.

— Et tes gardes du corps ? Qu'est-ce qu'ils vont dire ? J'ai le droit de me défendre ?

Elle rit à son tour.

— Ne t'inquiète pas d'eux. Cela fait des années que je m'en accommode. Ils font plus de bruit que de mal.

Jeff se passa la main sur la mâchoire et remarqua :

— Si c'est ce que tu appelles du « bruit », j'en ai eu tout mon content.

— Ne me dis pas, répliqua-t-elle, qu'un marine des services spéciaux n'est pas capable de tenir tête à un autre marine, un flic et un espion !

— Si c'est un défi que tu me lances, dit-il d'un ton prometteur, défi accepté.

3.

L'intérieur de la maison correspondait à l'image qu'il en avait gardée. Elle faisait penser à une maison de poupée. Les pièces étaient petites, confortables. Les murs du salon, d'un bleu très pâle, faisaient penser à un ciel d'été quelque part dans le sud de la France, impression renforcée par un léger parfum de lavande qui flottait dans l'air. Des vases de fleurs occupaient tous les recoins et de gros coussins fleuris invitaient à la détente. Jeff aurait volontiers cédé à la tentation s'il n'y avait eu un obstacle de taille.

Les trois frères se tenaient devant lui, occupant l'espace et le regardant d'un air menaçant. Ce comité d'accueil d'un genre inattendu mettait un sérieux bémol à tout espoir de détente avant que ne soit réglée la raison de cette hostilité.

Or, Jeff n'avait vraiment aucune idée de ce qu'il avait fait pour provoquer la colère du trio. Toutefois, il était bien résolu à ne pas se laisser faire. Il se redressa de toute sa taille et pointa vers l'ennemi un menton amoché qui portait les traces de la bagarre. Il était encore sous l'effet du baiser qu'il avait échangé avec Kelly et se sentait prêt à relever le défi, d'où qu'il vienne, pour gagner le droit de se faire sa place auprès d'elle.

Sans s'en rendre compte, il avait adopté la même attitude provocante que les trois frères : jambes écartées, bras croisés, le regard chargé d'anticipation hostile. Que ce soit l'un après l'autre ou les trois ensemble, se dit-il, il était prêt à les affronter et vendrait cher sa peau.

— Kelly, dit Kevin apparemment désireux de reprendre les commandes, tu nous...

Jeff le regarda et constata avec satisfaction que Kevin avait la lèvre fendue et un œil en bonne voie de tourner au beurre noir. Sur le canapé, il aperçut le chapeau, surnommé Smokey Bear, attribut des instructeurs de marines. Il aurait dû deviner ses fonctions, rien qu'à la voix, enrouée à force de crier en plein air et à la façon dont il s'adressait à sa sœur : comme s'il donnait des ordres à une nouvelle recrue.

D'après ce qu'il se rappelait du caractère de Kelly, le face-à-face promettait d'être intéressant.

Il ne fut pas déçu.

— Kevin, coupa-t-elle, mêle-toi de ce qui te regarde. Tu en as assez fait pour aujourd'hui.

40

— Pas la faute de Kevin, affirma un des jumeaux.

— Vraiment ? dit Kelly, se tournant vers lui comme si elle allait l'attaquer. Qui a commencé ?

Le géant recula d'un pas et Jeff faillit sourire. C'était un vrai spectacle de la voir en action ! En dépit de sa taille, elle valait bien trois femmes à elle seule et de la voir s'en prendre à ses trois montagnes de frères sans sourciller valait son pesant d'or.

Ce n'était pas une raison pour rester planté là sans bouger et la laisser prendre sa défense contre sa famille, réagit-il aussitôt.

Il regarda Kevin droit dans les yeux et dit :

— Quel que soit le problème entre vous et moi, je suis à votre disposition pour régler ça comme il se doit.

L'autre se raidit de plus belle et rétorqua :

— C'est quand tu veux, sergent.

— Parfait, dit Jeff, décidé à en finir.

Il devenait effectivement urgent de terminer ce qu'ils avaient commencé plus tôt sur la pelouse.

— Allons-y.

— Personne ne sort, s'interposa fermement Kelly, foudroyant Jeff et son frère du regard.

— Kelly, redit Kevin de sa voix d'instructeur, cela fait longtemps qu'on attend cette occasion de lui dire deux mots.

— Moi aussi, dit-elle.

— Bon, eh bien, je suis là, fit remarquer Jeff, perplexe.

Ils parlaient de lui comme s'il n'était pas là. Ils ne s'adressaient pas à lui en face et cela finissait par l'agacer singulièrement. D'autre part, une sorte d'appréhension commença à se faire jour en lui : il se passait quelque chose qu'il ignorait et qu'il devait impérativement comprendre.

— Cela vous ennuierait, les uns ou les autres, de me dire ce qui se passe ? De quoi il s'agit ? demanda-t-il.

Kelly se tourna vers lui et il remarqua pour la première fois qu'elle était tendue, inquiète. Pourquoi, juste ciel ?

Kevin ouvrit la bouche pour parler mais Kelly, d'un seul regard de ses yeux verts, le réduisit au silence. Il fronça les sourcils mais se tint coi.

— Ce n'est pas du tout ce que j'avais prévu, dit Kelly, fixant Jeff comme s'il était le seul homme dans la pièce. J'ai tout essayé pour les dissuader d'assister à ton retour, crois-moi, mais ils n'ont rien voulu entendre.

Jeff se concentra sur Kelly, essayant d'ignorer la présence des frères. Pas facile, mais si Kelly y parvenait, il le ferait aussi. Les yeux dans les siens, il dit :

— Oublie-les. Parle-moi, Kelly. Dis-moi ce que tu as à me dire.

Elle respira à fond, soufflant l'air par la bouche

et faisant voleter les mèches qui lui encadraient le visage. Un tic dont il s'était maintes fois souvenu. Pendant ces longues nuits où il avait rêvé qu'il était avec elle, chez elle, dans cette maison. Le rêve s'était réalisé, il y était, mais rien ne se passait comme il l'avait imaginé !

— Tu as raison, dit-elle. C'est uniquement entre toi et moi. Cela ne les regarde pas, quoi qu'ils s'imaginent.

Elle lança un dernier regard d'avertissement à ses frères et, le prenant par la main, l'emmena hors de la pièce, dans le hall et vers les deux chambres situées à l'arrière de la maison.

Il sentit peser sur lui les regards des trois hommes et eut l'impression qu'ils lui découpaient le dos au chalumeau. Il fit comme si de rien n'était et suivit Kelly.

La dernière fois qu'il avait emprunté ce parcours, il la tenait dans ses bras, nichée contre lui, se rappela-t-il. Ses souvenirs de ce moment précieux étaient si vifs qu'il s'en fallait de peu qu'il ne sente son cœur battre contre le sien. Il se laissa envahir par cette agréable sensation et se revit la portant dans sa chambre, la déposant sur le lit puis la rejoignant tandis qu'elle lui ouvrait les bras.

Cela s'était passé lors de leur dernière nuit ensemble. Une nuit qui avait duré jusqu'au petit matin. Une nuit qui s'était imprimée dans son esprit en lettres de feu au point que même la présence menaçante des trois ours ne l'empêcha pas de ressentir une poussée violente de désir qui faillit le submerger. Il se reprit très vite, se rappelant que cela se passait… dans des temps très anciens et que la réalité d'aujourd'hui était tout autre.

Comme ils se rapprochaient de la chambre, quelques notes de musique s'égrenèrent et une odeur étrange lui emplit les narines. Une odeur douce et agréable, vaguement familière bien qu'il fût incapable de l'identifier. Derrière lui, il entendit les pas des trois frères se rapprocher et souhaita de nouveau avoir une arme pour se défendre, au cas où. Mieux encore, comme il aurait aimé être accompagné de son équipe ! Ils n'auraient pas été de trop.

Que de temps perdu, pensa-t-il. Quel gâchis ! Qu'on en finisse avec ce qu'elle avait à lui montrer. Après quoi, Kelly et lui pourraient vraiment se retrouver. Le baiser échangé n'avait fait que lui entrouvrir les portes du paradis et seule, la parfaite intimité à laquelle il aspirait pourrait apaiser son désir, faire reculer les doutes et les frayeurs qui le hantaient depuis son adolescence. Car Kelly était la seule femme à avoir réalisé ce miracle. La seule avec qui il avait trouvé la paix, connu la sérénité qui lui faisait cruellement défaut alors que d'autres la tiennent pour normale et en jouissent sans effort.

Il n'était pas homme à prévoir l'avenir, à faire des plans sur la comète. Il savait d'expérience que seul, le présent vous appartenait, qu'il était vain de faire des projets pour des lendemains qui risquaient de ne jamais se matérialiser. Aussi était-il bien décidé à profiter à plein de ces moments de bonheur avec Kelly. De se repaître de tout ce qu'il aimait en elle pour pouvoir, ailleurs, en d'autres temps, se rappeler ce temps, aussi court soit-il, où il avait partagé quelque chose avec quelqu'un, où il n'avait pas été contraint à la solitude.

Elle lui lança un regard par-dessus son épaule et lui sourit, ce qui lui fit l'effet d'un lance-flammes, brûlant tout sur son passage, illuminant la nuit la plus sombre. Toute pensée cohérente le déserta. Il la désirait, la voulait pour lui tout seul. Elle était sienne. Il voulait la toucher, la goûter et dut faire un effort considérable pour ne pas l'arrêter au milieu du couloir et la prendre dans ses bras. Il se raisonna aussitôt. « Finissons-en avec cette comédie, se dit-il. Puis, on se débarrasse des frères et… »

C'est alors qu'elle ouvrit la porte d'une des chambres et le fit entrer dans une pièce aux murs jaune pâle qui vit la reddition immédiate et sans condition de ses fantasmes sexuels.

En tout premier lieu, son regard s'arrêta sur le berceau et quelque chose lui étreignit la poitrine. Mais avant qu'il ait eu le temps de s'étonner de la présence d'un berceau chez Kelly, deux minuscules petits poings s'agrippèrent aux barreaux et l'occupant du berceau se dressa sur ses pieds. Un bébé ! Debout, cheveux noirs bouclés, yeux bleus, un grand sourire fendit son visage et un peu de salive coula au coin de sa bouche. L'enfant les regarda, sauta et rebondit plusieurs fois sur ses pieds, éclata de rire, se lâcha et retomba en arrière sur le matelas.

Jeff avait la gorge sèche et regarda Kelly.

— Quoi ? Qu'est-ce que…

Il ne trouvait pas ses mots. Qu'était-il censé dire ou faire ? Kelly avait un enfant ? Etait-elle mariée ? Machinalement, il regarda sa main gauche : elle ne portait pas d'alliance. Il aurait dû se sentir soulagé mais trop de questions sans réponse l'empêchaient de se réjouir. Si elle avait un enfant, qui était le père ? Qu'attendait-elle de lui ? Elle aurait pu le prévenir, le préparer à cette nouvelle !

— Jeff, dit-elle d'une voix douce, visiblement émue, je te présente Emily.

— Emily, répéta-t-il maladroitement.

Dans le silence qui suivit, il se félicita d'avoir retrouvé sa voix. Toutefois, un nœud l'avait pris à la gorge et il eut du mal à déglutir. Car il sentait qu'il y avait autre chose, que l'essentiel était à venir. Il se prépara au pire.

Ce ne lui fut pas d'un grand secours. Car, quand il entendit Kelly dire ce qui suivit, il crut que le monde, son monde, s'écroulait.

— Emily, redit-elle. Ta fille.

Ces derniers mots lui firent l'effet d'un coup de poing à l'estomac. Il cessa de respirer et crut sa dernière heure arrivée.

Les pensées tourbillonnaient dans sa tête. Ainsi, c'était ça ! D'accord. C'était pour le moins inattendu, mais maintenant, il comprenait l'attitude aggressive des frères. Tout s'expliquait. Si ce bébé était bien sa fille, il était normal que les trois colosses, protecteurs de leur sœur, veuillent lui faire la peau. Même lui ne pouvait leur en vouloir.

Un curieux sentiment d'incrédulité l'envahit. Son bébé ! Impossible. Comment pouvait-il, pourrait-il, être père ? Il était « marine », responsable d'une équipe, pas chef de famille ! Et, qui plus est, le père d'une fille. Il ne savait rien des filles, sauf, bien sûr, quand il s'agissait de la version adulte. Non. Il devait y avoir une erreur quelque part.

— Ma fille, redit-il, se rendant compte qu'il avait l'air idiot.

— Ta fille, mec, dit Kevin derrière lui. Aucun doute. Qu'est-ce que tu comptes faire ?

Jeff comprenait que l'autre soit en colère contre lui mais il avait aussi son mot à dire.

Il fit face à Kevin.

— Vous pourriez m'accorder un peu plus de trente secondes pour m'habituer à cette idée ? dit-il.

— Il n'y a pas à s'habituer et ce n'est pas une idée, rétorqua l'autre. Tu as un enfant. C'est ta fille, sauf, évidemment, si tu décides de la renier.

— Fiche-nous la paix, Kevin, dit Kelly.

Elle alla vers son frère, lui mit les mains sur la poitrine et le poussa de toutes ses forces. Elle réussit à le faire reculer d'un pas ou deux jusqu'au moment où il résista et rien alors n'aurait pu le faire bouger.

— C'est une affaire de famille, dit l'un des deux autres, d'un ton neutre. On a le droit de connaître ses intentions.

Kelly s'apprêtait à remettre son frère à sa place mais ce fut Jeff qui, retrouvant ses esprits, prit les devants.

— Il a raison, dit-il. Ils ont le droit de me demander des comptes. Rien de plus normal qu'on en discute.

Un éclair de surprise passa sur le visage de Kevin et il hocha la tête, visiblement satisfait. Jusqu'à ce que Jeff enchaîne :

— Avant cela, ce sera entre Kelly et moi. Nous avons besoin de parler. Seuls.

48

Kelly approuva et, de la main, montra la porte à ses frères.

— Allez-vous-en. Jeff et moi devons discuter.

Après quelques secondes d'un lourd silence, un des jumeaux prit la parole :

— D'accord. On vous laisse.

S'adressant à Jeff, il crut bon de préciser :

— Ce n'est que partie remise, mec. Ne t'imagine pas que c'est fini, que tu vas t'en sortir comme ça…

« Evidemment ! A qui le dis-tu ! » pensa Jeff. Il se retourna vers le berceau, s'efforçant d'oublier les frères et leurs menaces. Il tenta de se concentrer sur le séisme qui venait d'ébranler sa vie.

Il avait un enfant, une fille.

Pas un instant, il ne lui vint à l'idée de mettre en doute la parole de Kelly. Elle n'était pas femme à raconter des histoires et fabriquer un mensonge aussi énorme. Si elle affirmait que c'était lui le père, il l'était bel et bien.

Comment cela avait-il bien pu se produire ? s'étonna-t-il.

Tout le temps qu'ils avaient passé ensemble, Kelly et lui, ils avaient fait attention. Il s'était protégé. Il se souvenait d'avoir utilisé tellement de préservatifs pendant ces deux semaines que l'idée lui était venue d'acheter des actions dans l'unité de fabrication ! Alors, comment avaient-ils réussi à concevoir un bébé ? Ce n'est pas le genre d'accident qui arrive à des adultes responsables. C'est le lot des ados, tourmentés par leurs hormones et qui n'ont pas assez de jugeote pour penser aux conséquences de leurs actes.

Il tourna la tête vers Kelly, scrutant son visage, nourrissant l'illusion qu'elle lui faisait une farce. Ne faisait-elle pas du baby-sitting pour une amie ? Cela lui aurait paru plus logique. C'était sans prendre en compte le fait que la chambre aurait pu figurer dans n'importe quel magazine pour futurs parents comme l'exemple idéal de la nurserie de luxe. Une dernière fois, il espéra que c'était une blague, une très mauvaise blague. Mais les yeux de Kelly ne reflétaient pas la moindre lueur d'amusement.

Inutile de se cramponner à un espoir des plus illusoires, se résigna-t-il.

Le bébé gazouilla et Jeff se força à avancer vers le berceau. Les murs jaune pâle reflétaient la lumière de l'après-midi qui envahissait la pièce. Des ours en peluche et des poupées jonchaient la moquette. Un mobile composé d'hippocampes colorés se balançait au-dessus du berceau au son de la musique qu'il avait entendue dans le couloir.

Il fut saisi d'un grand trouble à voir un bébé, ce bébé aux cheveux noirs et aux grands yeux bleus, chez Kelly. Un bébé qui lui ressemblait trop pour qu'il ne se sente pas concerné. Il ne lui manquait que l'ombre de la barbe sur les joues. Pour le reste, c'était son portrait tout craché.

Ses mains crispées se refermèrent sur la barre du berceau et il regarda l'enfant. Une grande confusion mêlée de panique l'envahit. La minuscule petite fille remua les jambes et lui sourit, ce qui eut pour effet de le terrifier et de l'émouvoir plus qu'il ne l'aurait cru possible.

Un enfant.

Il avait un enfant. Lui, le marine !

Que Dieu protège ce pauvre petit être !

Après le départ de ses frères, Kelly respira normalement pour la première fois depuis l'arrivée de Jeff. Lui révéler son secret n'était déjà pas facile mais avec ses trois mastodontes de frères, prêts à sauter à la gorge du père de son enfant, cela n'arrangeait pas les choses.

Maintenant qu'ils étaient seuls, cela n'allait guère mieux, constata-t-elle. C'était encore plus difficile que ce qu'elle avait imaginé. De son côté, Jeff avait l'air d'un homme qui a reçu un coup sur la tête et elle le comprenait.

— Je suis désolée de t'avoir infligé un tel choc, dit-elle, sachant que les mots n'étaient pas à la hauteur de la réalité.

— Un choc ? marmonna-t-il. Oui, c'est peut-être ce qui se rapproche le plus de la réalité.

— J'aurais bien voulu te le dire plus tôt, continua Kelly se rapprochant de lui, mais je n'avais aucun moyen de te contacter.

Elle contempla sa fille et se sentit fondre comme chaque fois. Curieux qu'un si petit être puisse générer une telle passion.

Car, dès l'instant où elle avait découvert qu'elle était enceinte, elle s'était prise d'un amour inconditionnel pour le bébé. Elle aurait voulu annoncer la nouvelle à Jeff, la partager avec lui mais elle savait qu'il faisait partie des services secrets de la marine. Toujours en mission ici ou là, risquant sa vie dans des opérations dangereuses en pays hostile, il ne lui avait pas caché qu'il ne pouvait pas communiquer avec le monde extérieur pendant de longues périodes.

Elle avait gardé toutes les cartes postales qu'il lui avait envoyées pendant son absence. Mais sur aucune d'elle, il n'avait mentionné une adresse où le contacter. Quand elle s'était mise en rapport avec la base pour essayer d'obtenir des coordonnées, on lui avait simplement dit qu'il était en mission, « sur le terrain ».

— Je t'ai appelé, dit-il, lui jetant un bref coup d'œil. De Guam, il y a six mois. Nous nous sommes parlé. Tu aurais pu me le dire.

— Cinq minutes, dit-elle sur la défensive. Cinq

minutes pendant lesquelles je n'entendais pas grand-chose tant il y avait de parasites sur la ligne.

Elle ne se souvenait que trop bien de ce coup de téléphone. Le son de sa voix, faible, lointain qui mettait du temps à lui parvenir. Les bruits bizarres qui émaillaient les quelques mots qu'ils réussissaient à échanger. Oui, elle avait désespérément souhaité lui parler d'Emily, à ce moment-là. Mais comment l'aurait-elle pu alors qu'il était si loin d'elle, se préparant à affronter les pires dangers ?

Elle n'avait pas voulu lui imposer cette découverte qui n'aurait pas manqué de le surprendre, de le perturber. Elle n'avait pas voulu que cette nouvelle pèse sur lui, occupe ses pensées et soit peut-être la cause d'une distraction qui pouvait lui être fatale. Il avait besoin de toute sa concentration pour réussir ce qu'il faisait et… revenir.

Les mains de Jeff se crispèrent encore plus sur la barre de bois au point que ses articulations devinrent blanches.

— Combien de temps faut-il pour dire : « Nous avons une petite fille » ? demanda-t-il sèchement.

Kelly sentit la colère l'envahir et elle répliqua sur le même ton :

— Plus que cinq minutes d'une conversation hachée, presque inaudible, avec un correspondant à l'autre bout du monde. Je ne voulais pas t'annoncer la naissance d'Emily sans que nous puissions en parler sérieusement.

— Enfin, Kelly, s'énerva-t-il, j'avais le droit de savoir, non ?

— Oui, tu en avais le droit, mais est-ce que j'avais les moyens de t'annoncer une telle nouvelle, décemment, calmement ?

Il respira à fond et, plus calme, la regarda du coin de l'œil.

— D'accord. Tu n'as pas pu me le dire. Vas-y maintenant, dis-moi. Comment est-ce arrivé ?

Elle rejeta la tête en arrière et le regarda, stupéfaite :

— Comment ? Enfin, Jeff, souviens-toi ! On a fait l'amour, pratiquement non-stop, pendant deux semaines.

— Et on a utilisé des tonnes de préservatifs, remarqua-t-il.

— Il semble qu'un de ceux-là n'ait pas bien fait son travail.

— Comment est-ce possible ? Ne pas faire son travail ! C'est tout ce qu'on leur demande. La raison de leur existence !

Kelly eut un petit rire de dérision. Combien de fois s'était-elle posé la même question ? Après le premier test de grossesse et par la suite. A quoi bon se soucier des défaillances des préservatifs, s'était-elle résignée

54

à reconnaître. C'était trop tard et n'apportait pas de solution au problème.

— Disons, dit-elle doucement, souriant à sa fille, que je suis d'accord avec toi. Mais cela n'a plus vraiment d'importance.

Il soupira et suivit son regard. L'enfant les regardait, couchée sur le dos, ses grands yeux bleus écarquillés.

— Non, évidemment, dit-il. Mais tu comprends bien que ce n'est pas le genre de retrouvailles auxquelles je m'attendais.

— Je sais, dit-elle, posant sa main sur la sienne.

Un drôle de rire étranglé lui échappa et il dit :

— Au moins, maintenant, je comprends pourquoi ton frère a voulu me casser la figure.

Il était loin du compte. De soupçonner que depuis qu'elle leur avait annoncé qu'elle était enceinte, ses frères attendaient avec impatience de mettre la main sur le responsable et… de lui faire sa fête.

— Désolée de ce qui s'est passé, dit-elle. Depuis que je suis toute petite, mes frères m'ont toujours protégée même quand je ne le souhaitais pas.

— Je les comprends, dit-il.

Il leva la main comme pour lui caresser la joue, se reprit et la laissa retomber sur la barre du berceau.

— Si j'étais à leur place, j'en ferais autant. Et je serais aussi furieux qu'eux de ce qui t'est arrivé.

— Malgré mon affection pour eux, reprit Kelly fermement, ce n'est pas leur opinion qui compte ni ce qu'ils veulent. Emily est notre fille, à toi et à moi, et c'est à nous de décider ce que nous voulons faire et comment nous voyons la suite.

— Tu as entièrement raison, dit Jeff, approuvant et se redressant comme un homme qui sait ce qu'il veut. Dis-moi où se trouve le juge le plus proche et comment s'y rendre.

— Pour quoi faire ? s'étonna Kelly.

— Comment cela : « pour quoi faire » ? s'indigna Jeff. Pour qu'il nous marie.

4.

« Nous marier. »

« Mariage. »

Des mots qui jusqu'alors ne faisaient pas partie du vocabulaire de Jeff. Ni de ses projets d'avenir.

Pensif, il se passa une main sur le menton et plongea son regard dans les yeux de Kelly.

Il n'avait jamais pensé à se marier pour la bonne raison qu'il avait une piètre opinion du mariage. Il avait passé toute son enfance à l'orphelinat du comté, puis, adolescent, on l'avait placé dans différentes familles d'accueil. La dernière, celle dont il s'était échappé dès qu'il avait pu, lui avait donné l'occasion de voir de près les dégâts occasionnés par un mariage raté.

Dès qu'il avait atteint ses dix-huit ans, il avait quitté cette famille désastreuse et s'était enrôlé dans la marine. Il y avait fait son trou, y avait trouvé sa place. Il s'était très vite aperçu que les notions d'honneur et de devoir accompli sur lesquelles tout l'engagement des marines était fondé lui correspondaient, satisfaisaient sa soif d'aller jusqu'au bout de lui-même. L'adhésion à cet idéal lui procura l'équilibre dont il avait manqué jusque-là et il se donna à fond à sa nouvelle vie. Il devint l'un des meilleurs tireurs d'élite de son unité et se distingua dans le délicat travail de déminage. Il fut remarqué et on le choisit pour intégrer les *Recon Forces*, le corps d'élite des services secrets de la marine. A partir de là, il enchaîna missions dangereuses et périodes d'entraînement intensif. Il aimait ce qu'il faisait et avait le sentiment d'avoir intégré une famille d'un genre qui lui convenait, à la fois exigeante et chaleureuse sans qu'il fût question de grandes démonstrations d'affection. L'estime qui régnait entre les membres de cette unité d'élite lui suffisait. Il se sentait à l'aise et appréciait les liens de solidarité et de confiance qui s'étaient établis avec ses coéquipiers. C'est dire si les relations amoureuses et les considérations maritales étaient éloignées de ses préoccupations. C'était bien le dernier de ses soucis. Ce qui ne l'avait pas tourmenté outre mesure… jusqu'à l'apparition de Kelly dans sa vie.

Quant à la paternité, pour lui cela ne pouvait aller qu'avec le mariage, la famille, un environnement social dans les normes. Lui qui avait été l'enfant non désiré d'une mère sans mari, n'infligerait pas ce drame insupportable à une pauvre gamine innocente qu'il avait engendrée par erreur.

C'était très clair pour lui. Emily était sa fille et il ferait ce qu'il fallait pour qu'elle ait une vraie famille, se sente aimée et soit bien dans ses baskets.

— Il n'est pas question qu'on se marie, dit Kelly, secouant la tête.

— Oh si, dit Jeff, et le plus tôt sera le mieux. Dès que j'ai réuni les papiers nécessaires…

— Ecoute-moi…

— Non, coupa-t-il très vite.

Il savait ce qu'il devait faire et où était son devoir. Dix-huit mois plus tôt, il avait laissé Kelly dans l'embarras, sans le savoir, il est vrai. Maintenant, c'était à lui de réparer son erreur et de se faire pardonner son absence quand elle avait eu besoin de lui. Rien ni personne ne l'y ferait renoncer et certainement pas Kelly !

Il avait si souvent pensé à elle pendant tout ce temps ! Elle avait été au centre de tous ses rêves, avait occupé tous les instants qu'il passait hors de danger. Il lui avait envoyé des cartes postales de tous les endroits où il avait été, heureux d'avoir quelqu'un à qui écrire. De ne pas pouvoir recevoir de réponse ne l'avait pas ennuyé. Il lui suffisait de savoir qu'elle existait. Qu'elle était chez elle. En sécurité. Il espérait qu'il lui manquait. Pensait-elle à lui autant qu'il pensait à elle ? se demandait-il souvent.

Il avait maintenant la réponse à sa question ! Elle avait eu une bonne raison de penser à lui. Une raison inattendue, insoupçonnée de lui. Une présence inopinée qui l'occupait vingt-quatre heures sur vingt-quatre par ses cris, ses pleurs, ses rires et ses sourires.

Sans trop vouloir se l'avouer, il lui était reconnaissant d'avoir gardé le bébé, de ne pas s'être débarrassée de l'enfant d'une manière ou d'une autre... comme on l'avait fait pour lui. Il se sentit ému jusqu'au fond des tripes et dut faire un effort pour se contrôler.

Néanmoins, ce qu'il vit dans les yeux de Kelly lui fit comprendre que la guerre était sur le point d'éclater entre eux et que rien n'était gagné.

Il fit appel à tout ce qu'il savait grâce à son entraînement de combattant de l'ombre. Pour remporter la victoire, en premier lieu, il fallait garder les idées claires et analyser calmement la situation. Il garda donc un silence prudent et ce fut Kelly qui ouvrit les hostilités.

— Jeff, dit-elle, nous marier ne servirait à rien. Ce n'est pas cela qui changera quoi que ce soit à la situation. Ce n'est pas la réponse.

— C'est quoi, alors ? demanda-t-il.

Du coin de l'œil, il voyait la petite Emily se cramponner aux barreaux et se redresser sur ses jambes.

60

« Elle a de la force ! admira-t-il. Quel beau bébé, en bonne santé. Et jolie comme tout ! »

Kelly ouvrit la bouche pour parler, y renonça. Elle leva les bras au ciel et les laissa retomber en un geste d'impuissance. Enfin, elle haussa les épaules.

— Je ne sais pas quelle est la bonne réponse, ni s'il y en a une, dit-elle. Je voulais seulement que tu saches pour Emily, que tu puisses faire partie de sa vie si tu le désirais.

— Comment cela : « si je le désirais » ? s'indigna Jeff.

S'était-elle imaginé qu'il allait rejeter ses responsabilités, tourner le dos à un enfant dont elle affirmait qu'il était le père ? C'était mal le connaître, d'une part, et si c'était l'opinion qu'elle avait de lui, il était urgent de la détromper.

Elle sentit qu'elle l'avait blessé et corrigea ce que ses mots avaient de brutal.

— J'ai mal choisi mes mots, s'excusa-t-elle avec un geste d'apaisement de la main. Ce n'est pas ce que je voulais dire. Je sais que tu voudras faire partie de sa vie et je souhaite, bien évidemment, qu'Emily apprenne à connaître son père.

Que cela ne fasse aucun doute ni pour l'un ni pour l'autre, c'était déjà une bonne chose. Mais cela n'empêcha pas Jeff de s'interroger : qu'est-ce que sa fille penserait d'un père qui n'en était pas un ? Qui ne savait rien du rôle de père et ne saurait sans doute pas être celui dont elle avait besoin ? Un père qui n'était jamais là au bon moment ?

Le bébé, debout derrière les barreaux du lit, s'en prit à ses mains et Jeff baissa les yeux vers lui. Surpris du contact de la petite main sur la sienne, il plongea son regard dans des yeux si pareils aux siens que c'en était hallucinant. Il sentit un étau lui enserrer le cœur.

D'une main volontaire, l'enfant attrapa sa chemise et s'y agrippa, puis elle poussa un petit cri et leva une jambe potelée comme pour la passer par-dessus la barrière de son berceau. Elle lui montrait clairement qu'elle voulait sortir, voulait que lui, Jeff, la sorte de là ! Pourquoi fut-il tellement bouleversé par ce geste, il ne le saurait jamais. Toujours est-il qu'il accéda au désir de la petite fille, céda à la tentation grandissante de la tenir dans ses bras. Il prit le petit corps entre ses mains et la souleva. Elle gigota, rit et se jeta contre lui, lui faisant pleinement confiance pour la tenir, pour ne pas la laisser tomber.

Ce fut le coup de foudre. Emily força la porte de son cœur sans plus de cérémonie. Elle s'installa dans ce qu'il croyait un cœur imperméable à l'amour et aux sentiments de tous ordres. Il en fut tellement remué, bouleversé, qu'il ne sut pas comment réagir vis-à-vis de sa fille. Tout comme il ne savait pas quoi faire, ni comment faire vis-à-vis de Kelly.

Exact : sa demande en mariage n'était pas des plus romantiques. Mais ce n'était pas le genre d'exercice dont il avait l'habitude. En fait, c'était la toute première fois qu'il en avait l'occasion.

Un bras passé sous le petit postérieur rembourré, l'autre dans son dos pour éviter qu'elle ne plonge en arrière, il respira de près l'odeur qu'il n'avait pas identifiée un peu plus tôt : un mélange de talc et d'eau de Cologne pour bébé.

Il se tourna vers Kelly.

Le soleil de l'après-midi jouait avec la couleur de ses cheveux et les rendait encore plus lumineux, d'un roux flamboyant. Un demi-sourire éclairait son visage et ses yeux, voilés de larmes, s'attachaient au couple formé par Jeff et sa fille.

— On dirait que tu lui plais, dit-elle.

— Je l'espère bien, dit Jeff. Kelly...

Elle secoua la tête avant qu'il ne puisse continuer et s'écria :

— Ne recommence pas à parler de mariage, je t'en prie.

— Qu'est-ce que tu t'es imaginé ? interrogea-t-il. Tu n'as pas pensé que j'allais proposer de t'épouser ? Que je voudrais être le père de mon enfant ?

Elle rit brièvement, se moquant d'elle-même.

— Je ne savais pas quoi penser, dit-elle. Je ne savais

pas comment tu réagirais à la nouvelle de l'existence d'Emily. Nous nous connaissons si peu.

Ce qui n'était pas entièrement vrai, ni faux d'ailleurs. Pendant les deux semaines qu'ils avaient passées ensemble, il s'était senti plus proche d'elle que de tous les gens qu'il avait côtoyés jusqu'alors. Il savait qu'elle avait eu la même impression et c'était ce qui les avait conduits à ne plus se quitter.

Bien sûr qu'il y avait eu cette incroyable complicité physique qui avait fait de leur relation sexuelle un vrai miracle. Mais il n'y avait pas eu que cela. Ils avaient aussi beaucoup parlé pendant leurs longues promenades sur la plage. Elle lui avait dit qu'elle était enseignante, « maîtresse de maternelle », et lui avait raconté nombre de faits et gestes des petits bouts de chou dont elle s'occupait. Il lui avait dit qu'il était dans les marines et lui avait expliqué ce que cela représentait pour lui. Ils n'avaient peut-être pas tout appris l'un de l'autre en quinze jours, reconnut-il. Par exemple, il ne se souvenait pas qu'elle ait mentionné l'existence de ses frères ! Mais, une chose était sûre : cela avait été plus qu'une banale aventure d'un jour. Il en savait assez sur le sujet pour faire la différence.

— Tu le savais, Kelly, dit-il à voix basse. Avoue. Tu te doutais bien que je voudrais t'épouser.

Il la défiait de le contredire et elle ne le fit pas.

Elle soupira et admit :

— Oui, évidemment. Je crois que je m'en doutais.

Si elle en jugeait d'après son frère, Kevin, marine également, c'est ce à quoi elle pouvait s'attendre. C'est exactement ce qu'il aurait fait dans la même situation. C'était aussi ce qu'il avait exigé que Jeff soit mis en demeure de faire dès son retour. Apparemment, on leur inculquait le sens de l'honneur et du devoir, à ces types.

Toutefois, on n'était pas à l'armée ici, ni dans la marine. Il s'agissait uniquement de Jeff et d'elle et d'une décision très privée. Dès leur première rencontre, elle avait compris que c'était un type bien, correct, responsable. Il n'était donc pas surprenant de sa part qu'il propose de l'épouser. Tout comme il allait de soi qu'elle repousse sa proposition.

— Alors, où est le problème ? demanda Jeff.

Elle rejeta la tête en arrière pour le regarder dans les yeux avant de dire :

— Le problème est qu'un bébé n'est pas une raison suffisante pour se marier.

Il eut un petit rire étouffé et répliqua :

— Je ne vois pas pourquoi. Cela me paraît, au contraire, une raison des plus valables.

— Non, dit-elle. Si nous nous marions, ce sera pour le mauvais motif.

— Protéger Emily est un mauvais motif ? s'indigna Jeff, haussant le ton.

— Non, bien sûr. Ne me fais pas dire ce que je n'ai pas voulu dire, répliqua-t-elle.

C'était dit d'un ton tellement sec que le bébé sursauta et fut sur le point de pleurer. Elle lui caressa la joue puis baissa la tête pour reprendre le contrôle d'elle-même et continua :

— Je pense que nous n'avons pas besoin de nous marier pour la protéger. C'est tout.

— Pour lui épargner certaines choses, si, dit-il résolument.

— Comme quoi ?

Il serra les dents et pendant une minute fut incapable de parler. Enfin, il bredouilla :

— Pour éviter qu'on la traite de bâtarde, par exemple.

Elle le fixa, étonnée. Parlait-il sérieusement ?

— Jeff ! Nous n'en sommes plus aux années cinquante. C'est fini. Il n'y a pas de honte pour un enfant à ce que la mère soit séparée du père.

Le regard de Jeff se durcit. Il passa de Kelly à sa fille et dit :

— Peut-être au niveau des adultes. Mais crois-moi, les enfants, eux, savent comment s'y prendre pour frapper là où cela fait mal. Fais-moi confiance,

66

il n'y a pas que les coups et les bagarres qui peuvent blesser un enfant.

Elle crut voir un éclair de douleur intense passer sur son visage mais ce fut si fugitif qu'elle se demanda si elle n'avait pas rêvé. Toutefois, le son de sa voix, la conviction avec laquelle il parlait, lui firent sentir qu'il avait subi le genre de traitement qu'il décrivait, de la part d'enfants plus ou moins volontairement cruels.

— Nous l'aimerons tellement, dit-elle en posant la main sur son bras, qu'elle n'y fera pas attention si cela se produit.

— Détrompe-toi, elle y fera attention, dit-il. Elle ne nous le dira pas mais elle en restera marquée... à vie.

Elle comprenait et ressentait une infinie pitié pour le petit garçon malheureux qu'il avait été. Malgré cela, il n'était pas dit que la même chose arriverait à Emily. Elle s'arrangerait pour la préserver, pour lui construire un foyer chaleureux où elle trouverait tout l'amour dont elle aurait besoin. Et pour cela, elle n'avait pas besoin d'un homme.

Toute sa vie, elle avait été entourée d'hommes qui lui avaient dicté sa conduite, qui savaient mieux qu'elle ce qu'elle voulait et comment elle devait s'y prendre pour y parvenir. Depuis qu'elle était devenue adulte, elle avait trouvé ses marques et pris son indépendance, dans une certaine mesure... Elle refusait, autant que faire se pouvait, de se laisser influencer par leurs conseils, aussi sensés et bien intentionnés soient-ils. Cela n'allait pas tout seul et elle avait encore du chemin à faire. Alors, s'il y avait une chose dont elle pouvait se passer sans difficulté, c'était bien d'un homme de plus, qui lui donnerait des ordres et prendrait le relais de ses frères. Non, merci.

— Je lui apprendrai à s'en moquer, dit-elle, à ne pas y attacher d'importance.

Il se rendit compte qu'elle ne savait pas de quoi elle parlait et crut qu'il allait perdre son sang-froid. Il serra le bébé contre lui et se contenta de dire d'une voix tendue :

— Kelly, nous avons fait cet enfant, c'est à nous, à nous deux, de prendre soin d'elle et de tout faire pour son bonheur.

Elle soupira intérieurement. Difficile de se battre contre un homme avec un sens de l'honneur aussi aigu ! Elle appela à son secours les vieux dictons de son enfance pour s'en inspirer. Non, elle ne serait pas la pilule amère qu'il devrait avaler, le lit mal fait dans lequel on se couche…

— Jeff, dit-elle, tu ne me dois rien et je ne te demande rien. Je suis tout à fait capable d'élever Emily toute seule.

— Je n'ai jamais dit le contraire.

— Je sais mais tu ne veux pas comprendre. Je

68

ne veux rien de toi. Je n'attends pas que tu fasses de moi une honnête femme, comme on dit ! Je ne me sens pas coupable aux yeux de la société. Je voulais seulement que tu saches que tu avais une fille et que tu la connaisses.

— Kelly...

Elle secoua la tête, refusant la discussion, souhaitant qu'il cesse d'insister pour accomplir ce qu'il estimait être son devoir, qu'il accepte sa décision et laisse tomber ses grands sentiments d'honneur et de responsabilité. Toutefois, elle ne se faisait pas d'illusion et savait que les poules auraient des dents avant que cela se produise.

Elle aurait aimé qu'il en aille autrement, qu'ils arrivent à un compromis satisfaisant sans se disputer car les deux semaines passées avec Jeff... autrefois, restaient implantées dans son souvenir comme des moments magiques. Jamais auparavant, elle ne s'était sentie aussi proche de quelqu'un. C'était comme s'ils avaient été reliés par un fil invisible, comme s'ils n'avaient fait qu'un. Depuis le moment où il l'avait sortie de l'eau, inconsciente, qu'il lui avait insufflé une nouvelle vie, ils ne s'étaient plus quittés. Il remuait quelque chose de nouveau en elle et quand il était parti, elle avait enfoui au fond de sa mémoire chaque instant de ce temps passé avec lui, se demandant parfois si elle n'avait pas imaginé tout ce bonheur incroyable.

Jusqu'à ce que les faits la ramènent à la réalité. Jusqu'à ce que le témoin du test devienne bleu et qu'elle comprenne qu'elle était enceinte. Là, elle était brutalement retombée sur terre. Elle se demanda que faire vis-à-vis de Jeff. Où était-il ? Comment le contacter ? Etait-il en danger ? D'autre part, il lui fallait faire face à ses frères, fous de rage et prêts à en découdre.

Maintenant qu'il était là, la magie de leur relation opérait comme avant. Dès qu'il l'avait embrassée, dehors, sur la pelouse, elle avait su qu'elle n'avait pas exagéré le souvenir qu'elle en avait gardé. Rien n'avait changé entre eux. Mis à part... Emily.

Toutefois, cela ne justifiait pas qu'il la presse de l'épouser. Comment pouvait-elle accepter une proposition qui engageait toute sa vie, venant d'un homme qu'elle connaissait à peine et qui n'était motivé que par le désir d'assurer le bien-être moral et la sécurité de leur fille ? Elle ne voulait pas d'un mari qui lui reprocherait un jour d'avoir été contraint au mariage. En fait, elle ne voulait pas de mari, que ce soit Jeff ou un autre. Pas question d'introduire un autre homme dans sa vie même si cet homme faisait vibrer chaque fibre de son corps par un simple regard.

Une bouffée de chaleur l'envahit qu'elle dissimula en s'emparant d'Emily et en la tenant étroitement serrée dans ses bras. Honte à elle de se servir de sa fille pour s'en faire un rempart, se reprocha-t-elle. Mais elle était trop désemparée pour agir autrement.

— Emily a besoin de son père et de sa mère, dit Jeff, buvant des yeux le petit visage de sa fille comme s'il ne pouvait s'en lasser.

Kelly refréna un mouvement d'énervement et s'en voulut aussitôt. Jeff avait besoin de temps pour s'habituer à la situation. Après tout, il venait tout juste d'apprendre qu'il avait une fille.

— Elle a un père et une mère, dit-elle, toute fière de pouvoir garder son calme.

— Oui mais, elle a besoin des deux, ensemble, répliqua Jeff d'un ton très semblable à celui que ses frères avaient employé, le ton qui disait : « nous savons ce qui est le mieux pour elle et pour toi » !

Instinctivement, Kelly se raidit tandis que Jeff insistait, levant les mains pour la convaincre :

— Elle mérite d'avoir deux parents qui vivent ensemble et composent une vraie famille. Tout enfant a le droit de grandir entre ses parents.

Il avait élevé la voix si bien qu'Emily fit la grimace et se mit à pleurer, ce qui fit pâlir Jeff.

— Qu'est-ce qui se passe ? demanda-t-il, inquiet. Qu'est-ce qu'elle a ?

— Elle a que son père crie et lui fait peur, rétorqua Kelly sèchement.

Le bébé continuait de pleurer et Jeff, honteux, baissa la tête disant :

— Je ne voulais pas l'effrayer.

— Je sais, dit Kelly. Elle, non. Elle n'a pas l'habitude qu'on crie autour d'elle.

Elle changea le bébé de bras, lui tapota le dos et lui murmura des paroles apaisantes. Elle respirait avec délices l'odeur unique qui était celle de sa fille, et, quand les pleurs s'arrêtèrent, elle se sentit pleine d'amour pour ce petit être qui faisait partie d'elle-même, de sa vie. Impossible d'imaginer la vie sans elle. Levant les yeux, elle vit le visage bouleversé de Jeff et le rassura.

— Tout va bien. Ce n'est rien. Ne t'inquiète pas, dit-elle.

— Elle sait se faire entendre, dit-il. Quel tonus !

Au son de sa voix, l'enfant tourna vers lui son petit visage mouillé de larmes et Jeff s'en voulut encore plus. Il tendit la main vers elle mais n'osa pas la toucher et la retira, fermant le poing en signe d'impuissance.

— Kelly, dit-il, je n'ai pas su m'y prendre et ma demande en mariage n'avait rien de romantique. Sache seulement que je veux faire ce qu'il faut pour elle et pour toi.

— Je sais, Jeff. Mais dis-toi que nous marier dans ces conditions n'est pas la bonne solution. Ce n'est pas comme cela qu'on forme un couple pour la vie et qu'on assurera le bonheur d'Emily.

Elle le vit serrer les dents et remarqua la crispation volontaire de sa mâchoire. Elle devina qu'elle n'avait pas fini d'en entendre parler. Le connaissant, elle ne douta pas un instant qu'il ne mette à profit ses trente jours de permission pour chercher à s'immiscer dans sa vie et celle de sa fille. Elle pouvait s'attendre à ce qu'il soit là tous les jours pour essayer de la convaincre de se laisser faire et… que Dieu lui vienne en aide.

Elle ne doutait pas d'elle-même, savait qu'elle ne se laisserait pas fléchir. Pas question de l'épouser. Le problème était ailleurs. Qu'allait-il se passer dans les jours à venir ? Comment devait-elle se comporter ? Etait-elle prête à supporter sa présence, à s'habituer à lui, à… renouer les liens de la relation exceptionnelle qu'ils avaient connue, sachant qu'il devrait repartir ?

En aurait-elle le courage ?

5.

De retour à l'hôtel — seul, hélas ! — Jeff erra dans
la pénombre de sa chambre, contemplant l'océan éclairé
par la lune cinq étages plus bas. Il entendit des voix
murmurer dans la nuit : apparemment d'autres couples
avaient eu plus de chance que lui et s'étaient retrouvés à
la faveur de l'obscurité. Il se sentit désespérément seul.
Plus encore qu'avant car l'espoir l'avait déserté.

Il soupira et alla s'asseoir sur le balcon. Les pieds
sur la barre d'appui, il laissa son regard errer sur
l'étendue marine qui brillait au clair de lune. Les
étoiles scintillaient dans le ciel et la brise qui s'était
levée avec la tombée de la nuit effleura son visage.
Il frissonna mais il était trop perdu dans ses pensées
pour s'inquiéter du froid.

Il avait quitté Kelly plus d'une heure auparavant mais
il n'avait cessé de penser à elle. A son image, venait
se joindre celle du petit visage de sa fille, désormais
inséparable.

Sa fille.

Il se passa la main sur le menton en un geste de confusion totale. Il ressentait encore les effets du choc qu'il avait subi et se demanda si, un jour, cela se dissiperait. Non, évidemment, car rien ne serait jamais plus pareil. Rien ne serait facile.

En un instant, l'axe de son univers avait basculé. Il se retrouvait transporté dans un monde inconnu dont il ne détenait pas la clé. Perdu. Il approcha la bière qu'il avait posée sur la table du balcon et but longuement au goulot. Toute sa vie, il avait évité tout engagement envers qui ou quoi que ce soit en dehors du corps des marines. Non qu'il ait répugné à s'engager, à promettre fidélité à une femme. C'était plutôt qu'il ne se voyait pas s'installer, se comporter en mari et encore moins en... père de famille. Que savait-il, d'ailleurs, de la vie de famille ? Et, qui plus est, des petites filles et de leurs attentes ?

Il reprit la bière tout en sachant qu'il n'y trouverait pas la réponse à son problème. Ce qu'il lui fallait, c'était réfléchir, penser à la suite, chercher de l'aide. Où ? Qui ? Il était le seul à pouvoir agir. Seul avec ses décisions, comme il l'avait été toute sa vie.

A ce point de ses réflexions, Jeff se redressa sur son siège. Inutile de se laisser aller à se morfondre, à s'appesantir sur ses malheurs passés. Ce n'était pas le moment de revenir en arrière et de se livrer à des regrets stériles. Il lui fallait au contraire mettre sur pied un plan d'action pour l'avenir. Oui, mais lequel ? Il avait déjà proposé ce qui lui paraissait la solution évidente, le mariage, mais Kelly l'avait repoussé sans hésitation. Pendant des heures, il avait avancé tous les arguments possibles et imaginables mais elle n'avait rien voulu entendre. En bonne Irlandaise entêtée, elle avait campé sur ses positions et n'avait pas concédé un pouce de terrain. En temps ordinaire, il aurait apprécié la discussion, aurait applaudi à sa détermination. Il aimait qu'elle soit capable de défendre ses opinions et qu'elle ne craigne pas de lui tenir tête. Sauf en ce cas précis. Ce n'était pas du tout ce à quoi il s'attendait.

« Retour à la case départ. Il me faut un plan d'action », dit-il à mi-voix. C'était sa manière à lui d'étudier les problèmes, en exprimant tout haut ce qu'il avait en tête. Il avait l'impression de penser plus clairement. « Ce qu'il me faut, c'est imaginer une stratégie. En fait, c'est un peu la même chose que de s'introduire en territoire ennemi. Je dois atteindre mon objectif, occuper le terrain et battre en retraite avant que l'ennemi ne se rende compte de ce qui se passe, avant que, revenu de sa surprise, il n'ait le temps de réagir. *Elle* n'ait le temps de se reprendre. »

Car, malheureusement, l'ennemi, en l'occurrence, n'était autre que Kelly. Elle le défiait, sûre d'elle, et refusait de se plier à ce que, lui, pensait être la solution. C'était donc à lui de trouver le bon moyen pour contourner ses défenses et mettre à mal sa résistance.

Ce n'étaient pas les idées qui lui manquaient ! Il savait comment il aurait aimé contourner ses défenses ! Des images précises traversèrent son esprit, faisant réagir son corps et bouillir son sang dans ses veines. La toucher ! Sentir le velouté de sa peau sous ses doigts, contre sa peau. « Arrête ! Cela ne te mènera nulle part », se reprocha-t-il. Sauf, peut-être, là où il aurait voulu être. Avec elle. En elle.

Il enleva ses pieds de la barre, saisi d'une énergie soudaine qui le poussait à remuer, à ne pas rester inactif. Un bon jogging sur la plage lui ferait du bien, se dit-il en regardant la longue étendue de sable, désertée par les touristes. Il lui fallait bouger, sentir son corps vivre, son cœur battre. Puisque ce qu'il aurait aimé faire était hors de portée, au moins pour ce soir, il irait courir sur la plage.

Il quitta le balcon, traversa le salon de la suite qu'il s'était offerte et alla dans la chambre. Il enleva son T-shirt et se pencha pour retirer ses bottes et ses chaussettes. Au moment où il avait la main sur le bouton de son jean, on frappa à la porte.

Il s'arrêta net. Qui ? Il n'attendait personne. Pieds nus, il traversa le salon, le bruit de ses pas étouffé par le tapis. Il alla à la porte, tourna la poignée et l'ouvrit d'un grand coup. Bouche bée, il se trouva face à face avec Kelly.

« Juste ciel ! admira Kelly, la bouche sèche. Qu'il est beau ! » Elle avait oublié et regardait de tous ses yeux le spectacle somptueux que lui offrait un Jeff torse nu. On aurait cru contempler l'œuvre d'un sculpteur sur bois qui aurait choisi un morceau de teck massif pour en faire jaillir les épaules larges, la poitrine bronzée, lisse, et le jeu des muscles sous la peau. Le jean déboutonné laissait voir son ventre, plat comme le dos de la main, et quelques boucles brunes dans l'ouverture. Pieds nus, il se tenait jambes écartées, solide, préparé à faire face. Une main sur le montant de la porte, l'autre fermée, prête pour le coup de poing. Sur le haut de l'épaule, elle reconnut le tatouage des marines dont elle se souvenait si bien. Elle se revoyait en tracer les contours du bout de sa langue lors de la dernière nuit avec Jeff.

A cette évocation, elle se sentit envahie d'un grand trouble tandis que toutes ses terminaisons nerveuses passaient en alerte rouge. S'il faisait le moindre geste vers elle, s'il la touchait, ne serait-ce que du bout des doigts, elle savait qu'elle volerait en éclats.

Elle souhaita de toute son âme qu'il fasse ce geste.

78

Les yeux bleus de Jeff la fixaient intensément et Kelly dut se passer la langue sur ses lèvres sèches pour s'assurer qu'elle réussirait à parler.

— J'aurais dû appeler, dit-elle.

— Non, non, répondit Jeff.

Kelly eut l'impression que le bruit de sa voix courait le long de son dos et lui donnait la chair de poule.

— Aucune importance, ajouta-t-il. Je ne faisais rien de particulier. Je me préparais à aller courir sur la plage…

— Oh ! Alors, je…

« Je… Quoi ? se demanda-t-elle. Partir ? » Franchement, elle n'en avait pas envie.

— Non, redit-il plus vivement. Tout va bien. Je suis surpris de te voir, c'est tout.

Evidemment qu'il y avait de quoi être surpris, reconnut Kelly. Ils s'étaient quittés une heure plus tôt, se donnant rendez-vous pour le lendemain afin de continuer leur discussion. Ce qu'il ne savait pas, c'est qu'après son départ, elle n'avait pas tenu en place. Cela faisait dix-huit mois qu'elle attendait ce moment et maintenant qu'il était là, elle ne pouvait plus attendre une minute de plus, une nuit de plus.

— Je sais bien qu'on s'était donné rendez-vous pour demain, dit-elle avec un haussement d'épaules, mais j'ai pensé… Pourquoi remettre à demain ce qu'on pourrait faire…

Elle s'arrêta, sourit et de nouveau, haussa les épaules.

— Tu vois ce que je veux dire ?

— Oui, dit-il, enfonçant sa main libre dans la poche de son jean.

Ce qui attira l'attention de Kelly sur la bosse bien développée sous le tissu. Un frisson la parcourut tout entière. Ses genoux faillirent céder sous elle et elle dut faire un effort considérable pour se contenir et ne pas s'écrouler aux pieds de Jeff comme une crème glacée qui fond au soleil d'été.

— Qu'as-tu fait du bébé ? demanda-t-il.

— Kieran s'en occupe, dit-elle.

C'était le seul de ses frères à être porté sur les sentiments, le seul à avoir la fibre romantique. Il avait répondu à son appel sans poser de questions et n'avait pas fait de remarques désobligeantes quand elle lui avait dit où elle se rendait. Il lui avait seulement recommandé de prendre son temps, disant qu'il passerait volontiers la nuit avec Emily si nécessaire.

Toutefois, si Jeff ne changeait pas d'attitude dans les minutes à venir, s'il ne se montrait pas plus accueillant, l'offre de son frère ne servirait à rien car elle le planterait là et s'en retournerait chez elle.

Comme s'il avait pu lire dans ses pensées, il s'écarta de la porte et fit un geste de la main, en direction du salon.

— Entre, dit-il.

« C'est déjà cela, pensa-t-elle, en entrant dans la pièce, plongée dans la pénombre. Mieux que rien. »

Les portes-fenêtres donnant sur le balcon étaient ouvertes, et seul le clair de lune éclairait la pièce d'une lueur argentée. Les voilages s'agitaient sous la brise et lui firent l'effet de fantômes exécutant une danse légère et imprévisible dans la nuit.

La porte se referma derrière elle et elle sentit Jeff s'approcher, près, très près. Il marqua un arrêt et passa devant elle. Il fit quelques pas et appuya sur un interrupteur. Une petite mare de lumière troua l'obscurité.

Elle fit glisser son sac de son épaule et le posa sur la chaise la plus proche. Maintenant qu'elle était dans les lieux, elle ne savait plus que faire, ni comment s'y prendre. Elle passa ses mains moites sur son jean et s'encouragea à dire quelque chose. N'importe quoi.

— Heu… Je sais que la découverte d'Emily a dû te faire un choc…

— Oui, dit-il, faisant un pas dans sa direction puis s'arrêtant. Tu peux le dire.

— Je te l'aurais dit bien avant si j'avais pu entrer en contact avec toi dans des conditions décentes, dit-elle.

— Je sais.

— Je voulais aussi te dire combien je suis désolée

que mes frères aient été présents. J'ai vraiment essayé de…

— Je ne leur en veux pas, dit-il sèchement. J'imagine que ces derniers mois, mon nom n'a pas été en odeur de sainteté dans ta famille.

C'était bien en dessous de la vérité, pensa-t-elle. Dès l'instant où ils avaient compris que leur sœur était enceinte, les frères n'avaient eu qu'une idée en tête : que le responsable épouse Kelly sans quoi ils s'offriraient la tête du monsieur sur un plateau. Au choix. Pour eux, que ce soit l'un ou l'autre leur était indifférent.

Et allez donc leur faire comprendre que cela ne les regardait pas ! C'était pourtant ce qu'elle avait passé dix-huit mois à leur répéter. Que cette décision était la sienne et celle de Jeff. Que personne d'autre n'avait son mot à dire et surtout pas eux.

— Oublions mes frères pour le moment, proposa-t-elle. D'accord ?

Car elle n'était pas venue pour parler de sa famille et de leur opinion à son sujet.

Il opina de la tête et lui lança un regard brûlant qui la cloua sur place et faillit mettre le feu à son jean.

— Crois-moi, dit-il d'une voix rauque, je ne pense pas à tes frères, en ce moment.

Kelly avala sa salive et s'avança lentement vers Jeff, un pas à la fois.

82

— A quoi penses-tu, alors ? dit-elle, surprise d'avoir pu formuler toute une phrase d'affilée.

Elle avait la gorge sèche, nouée par un étau de pur désir pour celui qu'elle attendait depuis si longtemps.

Il secoua la tête, la regardant dans les yeux.

— Tu sais très bien à quoi je pense, Kel. Ce qui a hanté mes nuits et m'a poursuivi le jour pendant les dix-huit mois de notre séparation.

— Toi aussi ? dit-elle sans réfléchir.

Cela ne se faisait pas, ce n'était pas de bonne guerre, se reprocha-t-elle, d'avouer à un homme qu'on le désirait de toutes ses forces. Mais qui faisait la guerre à qui ?

Elle fit un pas de plus et se trouva à portée de la main de Jeff. Il la regarda de haut en bas, prenant son temps, s'arrêtant sur son visage, ses cheveux, parcourant son corps à la manière douce et tendre d'un amant attentionné. Les battements du cœur de Kelly s'accélérèrent et elle crut qu'elle allait défaillir sous ce regard.

— Toutes les nuits, dit-il d'une voix basse et intense qui résonnait dans le silence, dès que je fermais les yeux, tu étais là, près de moi. Je sentais ton odeur. J'avais le goût de ta peau sur mes lèvres.

Les genoux de Kelly lui firent l'effet de se transformer en gelée, d'être sur le point de la lâcher. Elle crut défaillir.

— La douceur de ta peau, reprit-il, portant la main à son visage, caressant sa joue, traçant du bout de ses doigts la ligne de sa mâchoire, s'arrêtant au creux de son cou.

Elle se mit à trembler de tous ses membres et dut faire un effort pour respirer.

— Cela m'a paru très long, dit-elle d'une petite voix, les yeux dans les siens.

— Beaucoup trop long, dit-il. Une éternité.

Il passa la main derrière sa tête, sur sa nuque et la rapprocha de lui.

Elle le laissa faire avec bonheur. Posant ses mains à plat sur sa poitrine, elle frissonna au contact de la solidité de son torse, de la chaleur de sa peau contre ses paumes. Elle sentait le cœur de Jeff battre à grands coups sous ses doigts et savait qu'il en allait de même pour son propre cœur. Son sang courait dans ses veines et la tête lui tournait rien qu'au toucher de sa main sur sa nuque. Ses seins se dressaient déjà sous le chemisier.

Elle plongea son regard dans les yeux bleus et y lut le désir qu'il avait d'elle. Un désir si pur, si net, si intense que le feu qui couvait en elle depuis qu'elle l'avait revu, flamba comme une torche qui embrase tout sur son passage. Lentement, si lentement qu'elle en aurait crié de douleur, il baissa la tête vers elle

84

qui se dressait sur la pointe des pieds pour aller à sa rencontre.

Cela. C'était cela qu'elle était venue chercher. La raison pour laquelle demain lui avait paru trop éloigné. Le besoin de sentir ses mains sur elle. Le besoin d'embrasser et d'être embrassée. De tenir dans ses bras et d'être tenue. D'être allongée sous lui pour qu'il comble le vide intolérable qu'elle ne supportait plus.

La bouche de Jeff trouva la sienne et elle arrêta de penser. Ce fut comme si son cerveau se déconnectait et que son corps prenait le contrôle. Des vagues de sensations bienvenues, tant espérées, déferlèrent, l'emportant dans leur sillage comme un fétu de paille. Ses mains remontèrent d'elles-mêmes le long du torse de Jeff pour se nouer à son cou. Il l'entoura de ses bras en une étreinte d'acier dont elle avait gardé le souvenir ineffaçable. Quelle joie !

Il écarta ses lèvres, prenant possession de sa bouche, affirmant son désir de la posséder. Leurs souffles se mêlèrent, des soupirs de soulagement exprimèrent leur bonheur de se retrouver. D'une main, il lui caressait la nuque, les doigts dans ses cheveux, la retenant prisonnière de son baiser. Ce fut un baiser d'échange parfait où l'un et l'autre donnèrent et reçurent. Elle s'agrippa à lui, savourant le goût de sa bouche, l'incitant à aller plus loin. C'était bon, c'était merveilleux… mais ce n'était pas suffisant pour la satisfaire. Trop de vêtements les séparaient, empêchaient le contact de leurs corps, ce contact qu'elle avait tant attendu.

Les mains de Jeff se posèrent sur ses seins, en taquinèrent le bout dressé sous le tissu. Elle s'arracha à son baiser et gémit :

— Jeff…

— Je sais, mon cœur, murmura-t-il. Moi aussi, j'ai envie de te sentir contre moi, de voir tout de toi et de te toucher. Partout.

— Oui, dit-elle, ouvrant brièvement les yeux pour le regarder. Maintenant, Jeff. S'il te plaît.

Jeff ne se fit pas prier. D'un geste rapide, il fit passer le pull de Kelly par-dessus sa tête et le lança sur une chaise. Ses mains lui caressèrent le dos, avec un plaisir sensuel non déguisé tandis que son regard contemplait avidement ses seins voilés de dentelle. Plus volumineux peut-être, plus lourds, toujours aussi beaux, admira-t-il.

Elle frissonna contre lui et il frissonna avec elle. Il défit le soutien-gorge et le fit glisser le long des bras. Elle retint son souffle tandis qu'il regardait sa poitrine fièrement dressée vers lui. Qu'allait-il penser ?

— Magnifique, murmura-t-il, les prenant dans ses mains.

— Jeff…, soupira-t-elle, rassurée.

Déjà, il titillait les bouts sensibles et le souffle de Kelly s'accéléra jusqu'à n'être qu'un halètement. Elle

86

se cramponna à ses avant-bras, lui enfonçant ses ongles soignés dans la peau. Alors, il fit ce dont il avait si souvent rêvé lors de ses nuits solitaires. Se penchant sur elle, il prit un sein dans sa bouche puis l'autre, les caressant de sa langue, se délectant du contact de ses lèvres sur la peau satinée.

— Oh, Jeff ! soupira-t-elle. Tu m'as tellement manqué.

Elle se collait à lui. Tout son corps cambré s'offrait à lui. Elle était prête à tout recevoir de ce qu'il lui donnerait, prête à tout lui donner d'elle-même.

Il comprit le message et se concentra sur les seins de la femme qu'il avait tant désirée. Emu de la sentir vibrer, il usa sans retenue de ses lèvres, de sa langue pour la satisfaire, jusqu'à ce qu'elle tremble d'excitation et qu'il doive la retenir pour qu'elle ne tombe pas. Elle gémit et se tordit de plaisir contre lui. Il releva la tête pour la regarder et jouir de son plaisir. Sans la quitter des yeux, il défit les boutons du jean qu'elle portait. Elle lui sourit, d'un sourire de complicité, et en fit autant pour lui. Elle défit lentement les boutons, un à un, et chaque fois que les doigts de Kelly entraient en contact avec sa peau, Jeff retenait son souffle, se demandant s'il rêvait.

Enfin, elle laissa glisser sa main sur son sexe tendu et, un instant, il arrêta de respirer. Puis il ne voulut pas être en reste et, avec douceur, savourant le contact de sa peau brûlante sous ses doigts, il écarta le slip de dentelle pour aller à la rencontre de sa féminité.

Le sourire de Kelly s'effaça pour faire place à une expression tendue d'attente tandis que sa main ne lâchait pas le membre durci. Il mit un doigt en elle, puis deux et elle haleta, puis remua les hanches pour accentuer le merveilleux contact.

— Jeff…, murmura-t-elle d'une voix à peine audible, je n'arrive plus à respirer.

— Pas d'importance, dit-il, d'une voix rendue rauque par le désir.

La caresse de Jeff se fit plus précise et Kelly sursauta, gémit, se colla à lui, s'abandonnant tout entière entre ses bras. Elle avait trouvé sa place. Elle était là où elle avait rêvé d'être, avec celui qui la révélait à elle-même. Il accéléra le rythme, la poussant vers le plaisir tout en essayant de ne pas perdre le contrôle de lui-même sous la caresse qu'elle continuait de lui dispenser.

Kelly respirait de plus en plus vite et de plus en plus fort. Elle tremblait de la tête aux pieds, émerveillée, incrédule. Jeff ! Enfin ! Puis elle se tendit et se jeta contre lui, criant son nom, secouée par la force de l'orgasme qui la dévastait tout entière. Il la retint entre ses bras, attendit la fin de la tempête qu'il avait provoquée et, doucement, l'étendit sur le tapis. Il finit de la débarrasser de ses vêtements, se dévêtit et sortit un préservatif de la poche de son jean. Quand il l'eut ajusté, il se glissa en elle et se réjouit de la sentir se refermer sur lui. D'instinct, elle leva les jambes pour les lui nouer autour de la taille et il sut que ses rêves ne lui avaient pas menti.

C'était cela qui avait hanté ses rêves. C'était cela qu'il avait tant attendu et qu'il était venu chercher. Ce qui lui avait tellement manqué. Cette femme incroyable qui représentait le seul endroit au monde où il avait envie d'être. Cette femme dont la présence, ici, avec lui, abolissait tout le reste.

Il avait tellement pensé à elle, à ce moment précis de leurs retrouvailles, qu'il avait encore du mal à y croire. Maintenant qu'elle était là, entre ses bras, qu'il sentait son souffle sur sa peau, qu'il voyait son regard levé vers lui, lui disant qu'elle était prête pour lui, rien n'aurait pu le faire renoncer. Elle était à lui.

Il la caressa sans s'en lasser, s'attarda dans tous les endroits qu'il avait gardés à la mémoire, ses mains n'en finissant pas de se délecter de la douceur de sa peau, de la rondeur de ses hanches. Il ne pouvait s'arrêter, se repaissant de son odeur, du goût de sa peau sous ses lèvres, des frissons qui l'agitaient en réponse à ses caresses.

Il se mit à aller et venir en elle, attisant le feu qui couvait pour en faire un incendie ravageur qui les dévora l'un et l'autre. Malgré cela, ils continuaient de se toucher, de se caresser comme si rien n'avait pu apaiser leur soif de se retrouver, de se reconnaître.

Il sentit son corps se contracter pour le grand saut, se sentit prêt à perdre tout contrôle. Kelly le tenait étroitement serré contre elle, les hanches levées, en route pour le même voyage fabuleux. Au moment où il pensait qu'il allait devenir fou de désir, qu'il ne pourrait plus attendre une seconde de plus, elle dit :

— Oui, Jeff, Maintenant. Serre-moi fort.

Il la tint contre lui, prit sa bouche et quand il sentit le désir monter en force chez elle, il se laissa aller à la vague de sensations qui le submergea. La femme de ses rêves l'accompagna dans son voyage, lovée contre lui.

6.

— Waoh ! murmura Kelly d'une voix étouffée quand elle fut de nouveau en mesure de parler.

— Comme tu dis, approuva Jeff avec un sourire.

Lentement, comme quelqu'un qui craint de brusquer les choses, il roula sur le côté. La gardant contre lui, il l'entoura de ses bras.

De la paume de la main, elle lui caressa le torse, s'arrêtant pour mieux sentir les battements du cœur sous ses doigts. Avec un sourire satisfait, elle se blottit contre lui, la tête sur son épaule. D'accord, ce n'était pas la solution à leur problème. Cela n'avait rien éclairci quant à leur avenir et des foules de questions attendaient des réponses. Mais qu'importe ? C'était sublime, merveilleux. Le simple fait d'être avec lui, de l'avoir là, contre elle.

— Bonne idée de m'avoir rendu visite, dit Jeff, sa voix résonnant dans sa poitrine comme un lointain grondement de tonnerre. Tu m'en vois enchanté.

— Oui, dit-elle, relevant la tête pour le regarder. Moi aussi. Qui plus est, tu as un joli tapis. Très confortable.

Les yeux de Jeff brillèrent et les coins de ses lèvres esquissèrent un sourire.

— Le top du top, dit-il. Pas moins.

Alors qu'une chambre dotée d'un lit immense et de tout le confort possible les attendait à deux pas de là, il fallait qu'ils se retrouvent sur le tapis du salon ! En fait, rien d'étonnant à cela. Il en avait toujours été ainsi entre eux, depuis le premier jour.

Depuis le moment où elle avait repris conscience sur la plage, rectifia Kelly en elle-même. Depuis le moment où elle avait ouvert les yeux et vu de près, de très près, le superbe marine en train de lui faire du bouche-à-bouche et à qui elle devait la vie. C'est à peine si elle se souvenait d'avoir été frappée à la tête par une planche à voile. Elle ne se voyait pas non plus couler à pic et avaler la moitié de l'océan. En revanche, le reste de cette journée mémorable était gravé en lettres de feu dans sa mémoire.

Elle se revoyait allongée dans le sable, les yeux encore fermés, avec la curieuse sensation de la bouche d'un homme sur la sienne. Elle avait toussé et ouvert les yeux. Pour plonger dans d'autres yeux, bleus, si clairs qu'elle avait eu l'impression de voir en transparence jusqu'au fond de l'âme de son sauveteur. Quand les spasmes l'avaient secouée et qu'elle s'était mise à recracher l'eau qu'elle avait ingurgitée, il l'avait aidée à se redresser, l'avait soutenue, lui caressant le dos, lui prodiguant des encouragements qui l'avaient touchée au plus profond d'elle-même et balayé toute crainte.

Elle se souvenait d'avoir entendu les badauds en maillot de bain qui s'étaient attroupés autour d'eux, dire qu'il lui avait sauvé la vie. Spontanément, ils avaient applaudi quand il fut clair qu'elle était hors de danger. Mais elle n'avait d'yeux que pour lui ! Déjà, il se passait quelque chose entre eux, un courant d'attirance réciproque et de complicité. Le beau marine l'avait invitée à déjeuner, puis à dîner et ce quelque chose avait grandi, s'était épanoui, les enveloppant dans une bulle de passion et de désir telle que Kelly n'en avait jamais connu auparavant.

Pendant les deux semaines qui suivirent, ils ne s'étaient plus quittés, se fondant l'un dans l'autre. On aurait dit qu'ils se connaissaient depuis toujours. Qu'ils s'étaient déjà rencontrés, ailleurs, dans une autre vie. Kelly n'était pas du genre à croire à des histoires de vie antérieure, de transmission de pensée et autres fantaisies. Néanmoins, comment expliquer le lien très fort, la compréhension instinctive qui était la leur et que chaque jour qui passait ne faisait que renforcer ?

Leurs rapports sexuels également avaient été d'une qualité exceptionnelle bien qu'ils aient pris toutes les précautions nécessaires. Adultes et responsables, ils avaient fait ce qu'il fallait, croyaient-ils, pour éviter tout risque d'erreur. Malgré cela, la vie en avait décidé autrement. Après le départ de Jeff, il n'avait fallu que quelques jours pour qu'elle se rende compte qu'elle était enceinte. Curieusement, cela ne l'avait pas surprise outre mesure. Elle eut le sentiment que ce qui leur était arrivé, que leur incroyable aventure, avait quelque chose de trop extraordinaire pour être confinée à des limites artificielles.

— Kelly, dit Jeff, interrompant le fil de ses rêveries, il faut que nous parlions.

— Je sais, dit-elle.

Elle lui caressait le torse de haut en bas, encore et encore.

Il respirait difficilement et il lui saisit la main, l'immobilisa, disant :

— Si tu continues comme cela, c'en sera vite fini de toute discussion.

Pour être honnête, elle aurait bien remis à plus tard la conversation qu'il souhaitait avoir car elle se doutait qu'ils ne seraient pas du même avis et que cela allait tourner à la confrontation. Quoi qu'il dise, il ne fallait pas qu'il s'imagine réussir à la convaincre d'en passer par où il en avait décidé. Elle ne voulait pas l'épouser. C'était un refus ferme et définitif et elle ne céderait pas. Le mariage n'avait jamais fait partie de ses projets et rien ne la ferait changer d'avis. C'était probablement la faute de ses frères et au fait qu'elle ait grandi entourée de mâles toujours prêts à lui faire la leçon. Jeff devrait comprendre son point de vue et s'en accommoder. Le plus tôt serait le mieux.

— D'accord, dit-elle, se résignant à l'inévitable.

Elle s'assit et le regarda avant de soupirer :

— Allons-y. Parlons.

Il la parcourut du regard, s'attardant sur ses seins et, à son tour, changea de position. Une fois qu'il fut bien appuyé sur les coudes, il se plaignit :

— Ce n'est pas ta tenue qui va me faciliter les choses !

— Jeff, que je sois habillée ou non et quelle que soit la situation, ce ne sera pas facile.

— Je ne vois pas pourquoi. Il n'y a pas de raison de compliquer les choses. C'est très simple.

— A condition que je fasse ce que tu veux. Que je me plie à tes volontés.

C'était typique. Elle ne le savait que trop. Exactement comme ses frères. Si vous vouliez ne pas avoir d'ennui, il suffisait d'être d'accord avec eux, et de faire comme ils l'entendaient. Alors, tout se passait bien, pas de vagues. Mais, du point de vue de Kelly, ne pas faire de vagues n'était pas le but recherché et elle préférait affronter la tempête plutôt que de renoncer à ses propres opinions.

Or, ces dernières années, elle avait appris à ses dépens ce qu'il en coûtait de se rebeller contre un homme têtu comme une mule. « Un homme ? Que dis-je ? Des hommes, au moins trois, déterminés à remporter la partie. » Autant dire qu'elle était rodée.

— Ce n'est pas ce que je veux qui compte, dit Jeff la regardant droit dans les yeux, c'est ce qui est le mieux pour Emily.

— Vraiment ?

Subitement, Kelly sentit la moutarde lui monter au nez, balayant toute velléité de conciliation. Elle rejeta ses cheveux en arrière et le fusilla du regard.

— Tu connais ta fille depuis un peu plus de cinq heures et tu sais déjà mieux que moi ce qui est le mieux pour elle ? s'exclama-t-elle d'une voix mordante.

— Je n'ai pas dit cela. Pas vraiment, se défendit Jeff.

— Si, tu l'as dit.

— Non.

— Comment en es-tu arrivé à cette connaissance… surnaturelle ? continua-t-elle, montant sur ses grands chevaux et se lançant dans le sujet qui lui tenait à cœur. C'est grâce à la qualité infiniment supérieure de ton cerveau de mâle, c'est cela ? Beaucoup plus au point que mes pauvres petites cellules grises de femme ?

— Kelly, arrête, plaida Jeff, les sourcils froncés.

— Non, dit-elle en se relevant.

Elle préférait être debout pour être à la hauteur de l'affrontement sanglant qu'elle pressentait.

— C'est bien ce que tu pensais, enchaîna-t-elle.

— Je te jure que non.

— Ne jure pas en ma présence, s'il te plaît. Je n'ai rien à faire de tes serments. Je dis que c'est précisément ce que tu pensais. Point.

— Si je comprends bien, tu sais mieux que moi ce que je pense ?

Elle le menaça du doigt et secoua la tête, faisant danser ses boucles rousses autour de son visage.

— Tu ne me crois pas ? Dis-toi que je sais ce que tu penses même quand toi, tu ne le sais pas. Et tu sais que je le sais !

— Ah bon ?

Le visage de Jeff montrait clairement son incompréhension à suivre le raisonnement tortueux de Kelly. Mais Kelly ne regardait pas et n'écoutait pas. Elle était furieuse et tout entière concentrée sur sa fureur. Jeff, lui, se demandait comment cette soirée avait pu dégénérer si vite, sans qu'il sache pourquoi !

Tout avait si bien commencé. Il y avait d'abord eu ce cadeau merveilleux de la trouver sur le seuil de sa porte au moment où il avait le plus besoin d'elle. Puis étaient venues ces retrouvailles sans égales. Et maintenant, cette scène qu'elle lui faisait. Qu'avait-il fait de si épouvantable pour qu'elle se mette dans tous ses états ? Qu'est-ce que le fait de lui proposer de l'épouser, vu les circonstances, avait de si révoltant ? Que lui reprochait-elle ?

— Ne joue pas les innocents avec moi, Jeff Hunter, clamait-elle, arpentant le salon de long en large, toujours aussi nue qu'Eve au jardin d'Eden.

Ce qui ne favorisait pas la concentration de Jeff. Comment était-il censé écouter ses arguments alors qu'elle lui offrait le spectacle de sa nudité, de ses seins en mouvement, de son postérieur si joliment arrondi ? Il se laissa aller au plaisir de contempler en chair et en os la vision de celle qui avait hanté ses nuits.

Malheureusement, elle se remit à parler et le charme fut rompu.

— Tu veux qu'on se marie, dit-elle, parce que cela correspond à ta notion de l'honneur d'après un code antédiluvien complètement dépassé. Parce que cela se fait, ou se faisait. C'est ce qu'on attend de l'homme responsable de l'enfant. Du moins, c'est ce que tu crois.

— Exact, répliqua Jeff, sans se démonter.

Il n'était pas d'accord pour reconnaître que son code de l'honneur était complètement « dépassé ». N'était-il pas toujours d'actualité de se comporter en « gentleman », d'assumer ses responsabilités vis-à-vis de l'enfant comme de la mère ?

Il se mit debout et, bien campé sur ses pieds, bras

croisés, il la fixa tandis qu'elle continuait de marcher de long en large et d'exprimer tout haut sa pensée.

— Très bien, dit-elle d'une voix plus calme, s'efforçant à la conciliation. Tu as fait ce que tu estimais de ton devoir. Tu m'as proposé le mariage. J'apprécie ton geste et j'en prends bonne note. Il se trouve que j'ai refusé car je ne veux pas me marier et je souhaite qu'on en reste là.

— Mais pourquoi ? s'énerva Jeff.

Kelly s'arrêta net comme foudroyée.

Les mains sur les hanches, elle tapa du pied, agacée. Le tapis amortit le bruit qui l'aurait soulagée et, dégoûtée, ce fut oralement qu'elle manifesta sa surprise :

— Tu demandes pourquoi ? Enfin, Jeff, on se connaît à peine, toi et moi !

Il baissa les yeux vers le plancher, parut réfléchir, releva la tête et, la regardant dans les yeux, affirma :

— J'ai, au contraire, l'impression qu'on se connaît très intimement.

— Tu parles de sexe ! s'écria-t-elle avec un haussement d'épaules. Cela n'a rien à voir.

« Oh, que si ! » pensa Jeff. Et pas besoin de lui expliquer de quoi il s'agissait. Il était assez grand pour comprendre et pour savoir qu'ils étaient en parfait accord sur ce plan-là, sur la même longueur d'onde.

— Ce n'est pas parce qu'on s'entend bien au lit, reprit Kelly, qu'on peut construire une relation durable.

— Je déteste cette expression, marmonna-t-il.

— Quelle expression ?

— « Construire une relation » ! Tout le monde emploie ces termes à tort et à travers pour exprimer tout et n'importe quoi. Pour décrire ce qui se passe entre les parents et les enfants, leurs conflits éventuels, l'expérience de couple, sans oublier les célibataires en quête de quelqu'un, etc. On ne parle plus que de cela : « construire une relation ».

Il hocha la tête et poursuivit :

— Le sujet qui nous préoccupe, nous, est de savoir si nous allons nous marier pour que notre fille ait une vie normale, avec deux parents.

— Elle *a* deux parents.

— Je veux dire, pour qu'elle grandisse entre ses deux parents, ensemble.

— Ensemble ? Tu es sûr ? demanda-t-elle, pensive et pointant un menton belliqueux dans sa direction. Est-ce à dire que si on se mariait, tu quitterais le corps des marines ? Que tu deviendrais un mari comme les autres, avec des horaires de bureau ? Un père qui rentre à la maison tous les soirs à 5 heures ?

Un frisson glacial parcourut Jeff à l'idée de passer le reste de sa vie coincé derrière un bureau. Il ne faudrait pas longtemps pour qu'il devienne fou à lier. Impossible de renoncer à ce qu'il faisait, même pour Kelly, reconnut-il. Il aimait cette vie de défi, de danger permanent où il était toujours sur la brèche. Il se sentait à sa place dans le corps des marines, là où il avait mérité le respect de son entourage. Il était considéré comme un des as dans sa partie et n'envisageait pas de décrocher de sitôt. En fait, c'était toute sa vie.

Alors, quoi ?

Qu'est-ce que cela voulait dire pour Emily et Kelly ? Qu'était-il en train de proposer ? Comment voyait-il l'avenir ?

— Ah, ah ! s'exclama cette dernière, sur un ton ironique. Je vois.

Elle l'observait attentivement depuis qu'il avait commencé à réfléchir à ce qu'elle venait de dire, et se doutait de ce qui se passait dans sa tête. Elle avait l'impression de lire dans ses pensées.

— C'est bien ce que je pensais. Alors ? C'est quoi cette histoire d'être « ensemble », pour Emily ? Qu'est-ce que tu proposes ?

Il se passa la main sur le visage et dit d'un ton moins catégorique :

— Je voulais dire que nous formerions un couple, marié. Qu'elle aurait une famille normale. Papa, maman et leur fille. Comme les autres enfants.

Elle poussa un soupir et se passa les deux mains dans les cheveux, les repoussant en arrière et dégageant son visage. Il contempla ses pommettes hautes, ses yeux verts, sa bouche sensuelle et quelque chose lui étreignit la gorge. Qu'elle était belle et désirable ! Le besoin de la posséder le saisit brutalement avec une force inouïe qui l'ébranla de la tête aux pieds.

Elle baissa les bras et lui lança un regard qui faisait appel à sa compréhension, plaidait sa cause. Jeff fit celui qui ne voyait rien. Il n'en était pas aux concessions. Au contraire.

— Jeff, dit-elle d'une voix lasse, je ne veux pas de mari. Quel qu'il soit. Ni toi ni un autre.

Au moins, pensa-t-il, ce n'était pas lui, sa personne qui était en cause. C'était déjà ça. Elle ne repoussait pas son offre pour des raisons qui avaient trait à ce qu'il était, à sa personnalité. Cela venait d'ailleurs, d'une intime conviction de sa part à elle. Etait-ce mieux ? Il n'en savait rien. Toutefois, si ce n'était pas lui qu'elle repoussait, cela lui laissait une chance de la convaincre. Encore que ! Si c'était le mariage qu'elle refusait purement et simplement, cela n'allait pas être facile.

D'autant que pour lui non plus, ce n'était pas évident. Lui non plus n'avait jamais pensé au mariage. S'il y avait un sujet au monde qui ne l'avait jamais effleuré, c'était bien celui-là ! Il n'était pas de ceux qui ont l'étoffe d'un bon mari et le savait. D'ailleurs, toute femme sensée s'en rendait compte immédiatement.

Il était plutôt porté vers les aventures d'un jour, à la

rigueur d'un week-end, selon son humeur et la qualité des rapports qu'il avait avec la fille en question.

Jusqu'à ce qu'il rencontre Kelly. Après les deux semaines passées ensemble, Jeff s'était posé des questions sur la suite éventuelle à donner à leur relation. C'était bien la première fois que cela lui arrivait. Et si c'était le moment de… l'occasion à saisir ? En fait, Emily n'était pas l'unique raison de prolonger la relation avec Kelly, de passer à l'étape suivante et de lui proposer d'aller plus loin. C'était ce qu'il ressentait quand ils étaient ensemble, le bien-être et la sérénité qu'elle avait le don de lui apporter.

La venue d'Emily ne faisait qu'accélérer le processus. Il se sentait poussé à prendre une décision.

Ce qui n'allait pas de soi car, pour lui, le mariage recelait encore quelque chose d'effrayant, de terriblement contraignant. Malgré cela, il savait qu'il ne pourrait plus jamais se regarder en face dans un miroir s'il ne faisait pas tout ce qui était en son pouvoir pour la convaincre de l'épouser. Il perdrait toute estime de lui-même car, à ses yeux, un homme qui n'assumait pas la responsabilité de ses actes n'était qu'un pauvre type, indigne de vivre.

En désespoir de cause, il fit appel à son sens de l'humour.

— Dis-moi, Kelly, proclama-t-il avec un petit sourire

en coin, tu ne m'as pas bien regardé, me semble-t-il : je ne suis pas n'importe qui, ni n'importe quel mari !

Elle aussi sourit… à moitié et dit :

— Pas mal comme défense !

— Merci. Je fais de mon mieux.

Elle souffla en l'air, faisant voleter ses boucles sur son front et Jeff ne put s'empêcher de sourire d'admiration. Peu de femmes auraient été capables de faire ce qu'elle faisait : entièrement nue, elle n'en était pas moins en possession de tous ses moyens et discutait pied à pied sans le moindre signe de gêne. Kelly était unique ! Il n'y en avait pas deux comme elle.

— Je n'ai pas envie de continuer à me bagarrer avec toi, dit-elle doucement. Ce n'est pas pour cela que je suis venue ce soir.

— C'était pour quoi ? demanda-t-il, circonspect.

Elle soupira, et montrant sa nudité, dit :

— Pour toi. Pour te voir.

— J'en suis ravi, dit-il.

— Tu es sûr ? s'inquiéta-t-elle. Malgré la discussion ?

— Mon cœur, cela aussi m'a manqué. Ton enthousiasme. Ton entêtement.

Il s'avança vers elle et s'arrêta. Tendant les mains, il les posa sur ses avant-bras et la caressa. Il sourit quand elle se pencha pour prendre appui sur lui.

— Il n'y a personne d'autre que toi pour me faire apprécier une bonne discussion, affirma-t-il.

— On dit cela…

— Tu ne me crois pas ? demanda-t-il, feignant l'indignation. Je peux t'assurer que Travis, Deke et J.T. n'ont pas le quart de la moitié de ton charme quand il leur arrive de se mettre en colère.

— Baratineur ! se moqua-t-elle gentiment. Tu sais comment t'y prendre avec les femmes !

— Quand il le faut…

Le sourire de Kelly s'effaça.

— Jeff…, dit-elle, levant les yeux vers lui.

Il soutint son regard et plongea avec délices dans les profondeurs des yeux verts braqués sur lui. A ce moment précis, il lui aurait décroché la lune si elle le lui avait demandé.

— Oui, mon cœur ?

— Est-ce qu'on peut oublier notre discussion, juste pour ce soir ?

Pas très difficile de lui faire plaisir. Lui non plus n'avait pas envie de continuer à se quereller avec elle. Après un an et demi d'attente, il avait autre chose en tête. Ils auraient tout le temps de reparler de sa proposition dans les semaines à venir. Car il n'était pas homme à renoncer aussi vite et elle le savait. Mais cela pouvait attendre.

— Bien sûr, dit-il en l'attirant dans ses bras,

s'émerveillant de sentir son corps souple et chaud contre le sien.

Elle lui entoura la taille de ses bras et il respira son odeur, l'enfouissant au plus profond de lui, là où il la conserverait et l'emporterait avec lui. Il se promit de garder à la mémoire le souvenir de cet instant précieux, un trésor pour la vie.

— Je crois qu'on peut.

Elle se blottit encore plus près, tout contre lui, la tête sur sa poitrine, et Jeff posa son menton dans ses cheveux. Ils restèrent ainsi, enlacés, éclairés par le clair de lune. Dans le silence de la nuit, les secondes qui s'écoulaient étaient rythmées par les battements de leurs cœurs.

Plus tard, beaucoup plus tard, Kelly se réveilla seule dans l'immense lit. Elle étendit le bras, s'attendant à y trouver Jeff, mais rien. Des kilomètres de draps froids et… vides. Elle s'assit, se forçant à ouvrir les yeux et à s'éclaircir les idées. Où était-il passé ?

Elle attrapa le premier vêtement qui lui tomba sous la main, le T-shirt de Jeff, et l'enfila. Elle sourit en constatant qu'il lui arrivait presque aux genoux. Qu'il était grand et fort et beau ! Elle sourit de nouveau en se rappelant comment elle avait refait connaissance

106

avec ce corps sublime au cours des heures qui venaient de s'écouler.

Maintenant qu'elle était debout, elle ressentait les effets de leurs ébats dans tous ses muscles. Mais qu'était-ce que quelques courbatures en regard du sentiment merveilleux d'être aimée comme elle l'avait été ? Pas surprenant, pensa-t-elle, que toutes les épouses de militaires qu'elle avait rencontrées ne se plaignent pas des absences de leurs maris ! Quand ils revenaient à la maison, cela valait la peine d'avoir patienté car ils savaient se faire pardonner !

Les rapports sexuels entre Jeff et elle avaient toujours été intenses, explosifs. Cette nuit… Elle respira à fond et frémit de bonheur au souvenir de ces dernières heures. Cette nuit, ils s'étaient surpassés. Ils avaient franchi la ligne qui menait du tout simplement étonnant vers le franchement fabuleux.

Elle avait encore son odeur sur elle et fut persuadée que jamais cette odeur ne la quitterait. C'était comme s'il avait voulu la marquer de son empreinte, corps, âme et esprit.

« Pari réussi », se dit-elle, sortant de la chambre pour aller dans le salon. Elle sentit ses genoux trembler sous elle à l'évocation des secousses sismiques qu'elle avait connues dans ses bras. Cela suffisait à accélérer les battements de son cœur et à faire chanter son sang dans ses veines.

« Qu'est-ce qui m'arrive ? » s'étonna-t-elle, surprise de sa propre ardeur. Jusqu'à sa rencontre avec Jeff, le sexe n'avait pas joué un grand rôle dans sa vie. Une bonne nuit de sommeil avait eu plus d'attraits à ses yeux qu'une partie de jambes en l'air avec l'un ou l'autre de ses soupirants. Une ou deux expériences pendant ses années d'université ne l'avaient pas préparée à ce que Jeff Hunter lui avait fait connaître, lui avait révélé d'elle-même.

Avant lui, elle n'avait pas réalisé qu'elle était dotée d'un tel appétit sexuel. Qu'elle pouvait désirer un homme — lui, Jeff —, sans s'en lasser. Plus elle le voyait, le touchait, plus elle le désirait.

Elle ne pouvait plus… se passer de lui, fut-elle forcée de reconnaître.

Cet aveu la troubla profondément, ébranla sa confiance en elle-même vis-à-vis de la suite des événements. Elle savait que Jeff ne se contenterait pas d'être son amant. Or, elle lui donnait des arguments de taille en faveur de ce qu'il avait en tête, l'épouser, devenir son mari. Fort de l'emprise qu'il exerçait sur elle, il allait insister, la pousser dans ses retranchements. Cela allait être l'enfer !

7.

elle .... quartier ... Jaco concluait. Un bruit de clé ... ... l'on avait ... la froideur qui ... collait à la peau ... ... ses longues ... de ... le rendait plus sexy ... Il ... ... au ... de ... il avançait. ... les reins ... la ... ... d'app... ... ... De ... puis ... ... Avant lui ... ... à ... trop ... ... personnage. L'odeur ... ... Elle ... un sourire à ... de ... ... celle qui ...

Un signal d'alarme se déclencha aussitôt dans sa tête. Il fallait de toute urgence régler ce problème une fois pour toutes, ne pas lui laisser espérer... de la convaincre. Là, maintenant ? Non, décida-t-elle. Trop tôt. Ce serait dommage de gâcher un si grand moment. Elle avait trop envie de le revoir en toute sérénité, de le tenir dans ses bras, de sentir ses bras autour d'elle et de faire comme si de rien n'était. Poursuivre le rêve qui l'avait soutenue, revivre le miracle des deux semaines merveilleuses de leur première rencontre.

Elle parcourut le salon du regard, s'arrêtant sur les voilages que la brise agitait devant la porte-fenêtre ouverte. Le clair de lune cédait peu à peu le pas aux premières lueurs du matin. Le soleil n'allait pas tarder à se lever. Elle s'approcha du balcon pour observer les étoiles à peine visibles maintenant dans le ciel que blanchissaient les premiers rayons de l'aube.

Elle vit Jeff, debout sur le balcon, le dos tourné vers

elle, large, musclé. Sa seule concession à la décence était le jean qu'il avait enfilé. Un jean qui lui collait à la peau, mettait en valeur ses longues jambes et le rendait plus sexy que s'il avait été nu. Il se tenait déhanché, les mains sur la barre d'appui, contemplant l'océan qui s'étendait devant lui, calme, d'une limpidité impressionnante. L'odeur d'iode arrivait jusqu'à elle et elle offrit son visage à la caresse de la brise qui joua avec ses cheveux et fit courir un souffle rafraîchissant sur ses joues.

Elle prit une profonde inspiration et, franchissant la porte-fenêtre, alla s'accouder près de lui.

Sa présence ne parut pas le surprendre et Kelly eut l'impression étrange qu'il savait qu'elle s'était arrêtée à quelques pas derrière lui dans le salon. Un effet du sixième sens que développaient tous les professionnels, soumis au danger. Comme lui. Souvent, c'était leur vie même qui en dépendait. Un instant, elle s'affola à cette idée et la repoussa très vite loin d'elle. Elle ne voulait pas penser aux risques qu'il prenait. Elle refusait de l'imaginer, au cœur de la jungle, soi-disant camouflé, la cible d'un ennemi aveugle et menacé d'être atteint par les balles, à tout moment. Pendant leur longue séparation, elle avait mis son point d'honneur à ne pas laisser son imagination l'entraîner dans des scénarios catastrophe, à ne pas paniquer. Ce n'était pas maintenant qu'elle allait craquer, se reprocha-t-elle, maintenant qu'il était là, sain et sauf.

— Tu t'es levé tôt, dit-elle à voix basse, le regard fixé sur l'horizon.

Elle vit qu'à l'est, un reflet rose pâle se levait, éclairant le ciel.

— L'habitude, dit-il d'une voix douce également, en accord avec la tranquillité du matin naissant.

Il lui jeta un œil avant de reporter son regard vers l'océan dont la couleur changeait d'instant en instant.

— Mon T-shirt te va bien, remarqua-t-il.

— Merci, dit-elle avec un petit rire, tirant sur l'ourlet. Je n'ai pas trouvé mes vêtements. J'ai pensé que tu ne verrais pas d'objection à ce que je te l'emprunte.

Il sourit sans quitter l'océan des yeux et Kelly eut tout loisir de contempler son profil. Des pommettes hautes, une forte mâchoire et un nez qui paraissait avoir été cassé à plusieurs reprises. Un visage très typé, très viril. Un pur chef-d'œuvre, estima-t-elle. Dieu pouvait être fier de sa créature !

Jeff se tourna vers elle et l'intensité de son regard la déconcerta, la remua sens dessus dessous. Un tourbillon d'émotions l'envahit.

— Que se passe-t-il, demanda-t-elle, posant la main sur la sienne. Qu'est-ce qu'il y a ?

— Je réfléchissais, dit-il. J'aime bien cette heure. C'est le moment idéal, juste avant que le jour se lève.

— Et alors ? s'inquiéta-t-elle.

« Pourvu qu'il ne recommence pas à parler de mariage, pria-t-elle intérieurement. Pas maintenant. »

— Je me demandais de quoi tu avais l'air quand tu étais enceinte, dit-il avec un soupir et sans la quitter des yeux.

Elle s'attendait si peu à cette sortie qu'elle en resta muette, bouche ouverte, les yeux dans ceux de Jeff. Quand elle comprit pleinement la question, elle eut un petit rire moqueur et hocha la tête :

— J'avais l'air d'un ballon de foot sur pattes, dit-elle.

En fait, pendant sa grossesse, elle s'était félicitée que Jeff ne puisse pas la voir. De son point de vue, la grossesse n'avantageait pas les femmes de sa taille ; cela leur donnait une silhouette grotesque. Dans la salle d'attente du médecin, elle avait envié les mères enceintes plus grandes qu'elle. Elles avaient beaucoup d'allure ; même en fin de grossesse, elles avaient l'air à l'aise, épanouies. Elle, au contraire, ressemblait à un tonneau, prêt à rouler dans l'escalier pour peu qu'on l'y pousse.

Elle s'était souvent demandé comment Jeff réagirait aux changements qui s'étaient opérés en elle, s'il était là. Serait-il effaré, horrifié ou ravi ? Mieux valait ne pas le savoir, s'était réjouie une Kelly pas très sûre d'elle.

— Je suis certain que tu devais être magnifique, dit-il.

Elle éclata de rire, se rendit compte de ce que son rire avait d'incongru dans le calme matinal et appliqua une main sur sa bouche. Elle allait réveiller tout le monde aux aurores !

— Détrompe-toi, dit-elle. Si tu veux tout savoir, mes frères proposaient de se servir de moi comme lanterne vénitienne pour le carnaval. Il ne leur manquait que le moyen de m'éclairer.

Il fronça les sourcils de contrariété et elle regretta aussitôt d'avoir mentionné ses frères.

— Ce n'était qu'une taquinerie de plus, dit-elle très vite.

— Je comprends, marmonna-t-il. Eux, au moins, ils étaient présents pour t'offrir leur aide quand tu en avais besoin.

Il avait terminé à voix si basse qu'elle dut tendre l'oreille.

— Jeff...

— Tu m'as détesté ? demanda-t-il brutalement, détournant son regard pour le fixer de nouveau sur l'océan. Tu m'as maudit de t'avoir abandonnée, enceinte et seule ?

— Non, affirma-t-elle avec force.

Elle le tira vers elle par le bras et le fit se retourner face à elle. Elle devait le convaincre que non, il se trompait. S'il y avait une seule chose qu'elle devait lui faire comprendre, c'était celle-là. Le reste attendrait.

— Non, répéta-t-elle. Et je n'étais pas seule. J'avais ma famille.

— Sûr ! dit-il. Ils étaient enchantés et bénissaient mon nom !

— Ce n'est pas d'eux qu'il s'agit, dit-elle.

— Tu as raison. Il s'agit de nous, de toi. Est-ce que *tu* m'as détesté ? Parle franchement. J'ai besoin de savoir.

Elle le regarda droit dans les yeux, souhaitant qu'il lise la réponse dans son regard. Puis elle articula, très lentement.

— Non, Jeff. Pas un instant, je ne t'en ai voulu quand j'ai découvert que j'étais enceinte.

Elle le vit se détendre, et son corps reprendre une pose plus naturelle. Elle s'empressa d'enchaîner avec un petit sourire :

— Ce n'est pas comme si nous avions été étrangers l'un à l'autre. Ce n'était pas le cas. Tu te souviens ?

Un très bref sourire passa sur le visage de Jeff puis disparut aussitôt.

— Oui, je me souviens, dit-il.

— Ce n'est pas de notre faute, ni à toi, ni à moi, si un préservatif n'a pas marché.

— La compagnie mériterait qu'on lui fasse un procès, grommela-t-il.

— Ce serait peine perdue, répliqua Kelly. C'est prévu ! Un avertissement sur la boîte prévient qu'ils sont efficaces à quatre-vingt-dix-huit pour cent. Ils ne sont pas fous et ont pris les devants pour qu'on ne les assigne pas en justice au cas où cela ne marcherait pas.

— Je vois. Malins et… inefficaces.

Kelly estimait inutile de se lamenter sur le comment et le pourquoi. Elle avait fait une croix sur le sujet dix-huit mois plus tôt et avait décidé qu'il valait mieux affronter la réalité et vivre avec. Qui plus est, elle avait une opinion très personnelle sur le sujet.

— Jeff, dit-elle, je suis persuadée que ce qui est arrivé n'est pas sans raison.

— Tu crois ?

— Oui, affirma-t-elle avec toute la force de la conviction qui l'animait.

Car elle y croyait dur comme fer. Il lui suffisait de regarder le petit visage d'Emily pour en être certaine. Ce bébé avait une raison d'être. C'est pourquoi elle était arrivée là, contre toute attente et en dépit de leurs efforts pour ne pas la concevoir. Il y avait une raison à cette fragile existence.

Que ce ne soit pas encore très clair pour elle n'était pas une raison pour le nier.

— J'aimerais en être aussi convaincu que toi, dit Jeff.

— Est-ce que cela changerait quelque chose ? demanda Kelly.

Elle souhaita de tous ses vœux qu'il dise : « non », que le père de sa fille ne regrette pas la venue au monde de son enfant.

De longues minutes s'écoulèrent avant qu'il réponde. Kelly ne s'aperçut pas qu'elle retenait son souffle mais elle poussa un long soupir de soulagement quand, enfin, il dit :

— Non, cela ne changerait rien.

— Bien, fit-elle, se sentant revivre.

C'était pour Emily, se dit-elle, pour que leur fille sache qu'elle avait été la bienvenue en dépit des circonstances.

Jeff la fit se tourner vers l'océan et, se plaçant derrière elle, il l'entoura de ses bras. La serrant contre lui, le menton dans ses cheveux, il dit :

— Raconte-moi.

— Te raconter quoi ? demanda-t-elle, interloquée, posant ses mains sur ses avant-bras.

— Ta grossesse, comment s'est-elle passée ? A la fin, les contractions, l'accouchement. Tout. Raconte-moi tout ce que j'ai manqué, à tout jamais.

Elle sentit qu'il haussait les épaules en un geste fataliste et lui demandait de pallier ses manquements,

116

de combler en quelque sorte son ignorance. Elle en fut touchée au cœur. C'est vrai qu'il avait beaucoup perdu, pensa-t-elle, et qu'il avait beaucoup à rattraper. Vrai aussi qu'il ne devait pas être facile pour lui de rentrer au pays après dix-huit mois de missions dangereuses, espérant le calme et la détente, pour découvrir qu'il avait une fille dont il ignorait l'existence.

Elle comprit qu'il essayait du mieux qu'il pouvait de faire partie de la vie de cette petite fille, d'apprendre de la bouche de sa mère à la connaître, d'imaginer les tout débuts de son existence. C'était sa manière à lui de manifester son désir d'être autre chose que le géniteur accidentel de l'enfant.

De se mettre dans la peau d'un père.

Le cœur de Kelly fit un bond dans sa poitrine, ému, troublé. Elle lui caressa les avant-bras, le réconfortant, l'assurant de sa... compréhension.

Quelque part à l'est, le soleil se levait, lançant dans le ciel des rayons qui paraissaient éveiller la nuit, la réchauffer entre leurs doigts lumineux. Partout sur la terre, sur l'eau, se répandait un éventail de couleurs pastel, douces, à peine chatoyantes.

Déjà, un petit groupe de surfers pagayaient sur l'océan, espérant une belle journée de vagues. D'autres, sur la plage, se préparaient à entrer dans l'eau, s'interpellaient, heureux de vivre, débordant d'énergie.

Sur fond de ce début d'un nouveau monde, d'une

nouvelle journée de ce monde tout neuf, Kelly raconta.

Jeff écoutait attentivement, recréant dans son esprit le film des événements au fur et à mesure qu'elle parlait. Il imagina Kelly portant son enfant, toute ronde comme elle le disait. Il la vit aller travailler, jouer avec les enfants qu'elle adorait. Il assista au déballage des cadeaux maladroitement enveloppés qu'ils lui avaient offerts. Il entendit les vingt petits enfants proposer des prénoms pour le bébé à venir.

En pensée, il l'accompagna chez le médecin. Il partagea l'émotion qui l'avait saisie lors de sa première échographie, quand elle avait vu Emily dans son ventre. Il eut un pincement au cœur, regrettant amèrement de ne pas avoir été là pour lui tenir la main et essayer avec elle de distinguer les traits de son enfant sur l'image confuse qui se dessinait à l'écran. Il l'écouta décrire le comportement protecteur de ses frères et s'efforça de ne pas leur en vouloir. C'étaient eux, pas lui, qui avaient été là quand elle avait eu besoin qu'on prenne soin d'elle. Ils s'étaient chargés de tondre la pelouse, l'avaient emmenée faire ses courses, avaient déniché le berceau de famille et l'avaient remis à neuf. Ils avaient investi la future chambre du bébé et en avaient fait une nursery élégante et fonctionnelle. Ils avaient répondu présents au moment le plus important de la vie de leur sœur. Lui, Jeff, avait brillé par son absence. Pire ! Il n'avait pas eu la moindre idée de ce qui se passait.

Cette constatation provoqua en lui un éclair de colère, aussi vain qu'inutile mais aussi dévastateur qu'un tir de mortier. Il eut beau se répéter que ce n'était pas de sa faute, qu'il ne devait pas se sentir coupable puisqu'il n'avait pas été mis au courant, ce ne lui fut qu'une piètre consolation et ne suffit pas à l'apaiser.

Toutefois, quand Kelly en arriva au grand moment de l'accouchement, il fut partagé entre le soulagement de ne pas l'avoir vue souffrir et le regret renouvelé de n'avoir pas été celui qui lui tenait la main et l'encourageait dans ses efforts. C'était Kevin Rogan, l'aîné des frères, qui avait joué ce rôle. Celui qui avait attendu impatiemment son arrivée pour lui casser la figure.

Dieu sait que Jeff le comprenait et ne pouvait pas lui en garder rancune.

Un instant distrait, il se força à se concentrer sur le récit de Kelly.

— Soudain, disait-elle, j'ai vu Emily dans les mains du docteur. Il la tenait à bout de bras comme s'il brandissait un trophée de foot !

Elle rit et il se pencha pour mieux entendre.

— Tu ne vas pas me croire, le prévint-elle, mais Emily a ouvert les yeux et m'a regardée bien en face.

Le docteur m'a affirmé qu'elle ne pouvait rien voir mais je suis sûre du contraire. On aurait dit qu'elle me demandait : « Maman, qu'est-ce qui se passe ? Pourquoi tout ce bruit ? »

Il rit doucement et reposa son menton sur le sommet de sa tête, revivant la scène avec elle, revoyant l'arrivée de sa fille dans ce monde à travers son récit, regrettant, ô combien, de ne pas l'avoir vue par lui-même.

— Alors, il l'a déposée sur moi, dit-elle d'une voix si basse qu'il dut tendre l'oreille. Elle a continué à me regarder. Elle s'est emparée d'un de mes doigts qu'elle a serré avec une force incroyable. C'est ainsi qu'elle est entrée dans mon cœur, a pénétré dans mon âme pour ne plus jamais en sortir.

Jeff, surpris, sentit les larmes lui monter aux yeux et dut faire effort sur lui-même pour les retenir.

Une longue minute s'écoula avant que Kelly ajoute avec un soupir ému :

— Kevin pleurait d'émotion comme un enfant !

Jeff se rembrunit à l'idée que l'homme qui le détestait avait été le témoin du miracle de la naissance d'Emily.

— Il a fait comme si de rien n'était, dit-elle. Evidemment ! Un marine ne pleure pas, que ce soit de joie ou de peine. Pas question de se laisser prendre en flagrant délit. Tu es bien placé pour le savoir.

120

— Pas question, en effet ! renchérit-il, clignant des yeux pour en chasser les larmes.

— Comme j'aurais aimé que tu sois là, soupira-t-elle.

Le cœur de Jeff se serra comme pris entre des tenailles qui auraient cherché à l'arracher de sa poitrine.

— Moi aussi, mon cœur, murmura-t-il en retour, enfouissant son visage dans ses cheveux.

Toute sa vie, il regretterait d'avoir été absent pendant cette période essentielle de la vie de Kelly. C'était perdu à tout jamais.

Et il n'y pouvait rien.

Cela, c'était le passé, se consola-t-il. Restaient le présent et l'avenir. A lui de trouver la bonne tactique.

L'esprit en ébullition, il retourna le problème sous tous ses angles, à la recherche d'un moyen — du bon moyen —, pour s'infiltrer dans la vie de la mère et de sa fille. Il désirait, non, il voulait, il avait besoin de faire partie intégrante des menus événements de leur vie de tous les jours.

Et cela, bien qu'il ignorât tout de ce que pouvait être une vie de famille, et encore plus des exigences d'un enfant de cet âge. Oui, mais cet enfant était le sien, son bébé à lui. Une partie de lui. Personne ne l'empêcherait de s'introduire dans sa vie, de se faire connaître d'elle. Il se sentit monter d'un cran, souhaita devenir pleinement autre chose que ce qu'il avait été jusqu'alors. Un autre homme avec une nouvelle dimension.

C'est alors qu'il eut une inspiration.

Sans élever la voix, il s'enquit :

— Qui s'occupe d'Emily pendant que tu es au travail ?

Il sentit Kelly se raidir entre ses bras, se mettre sur la défensive. Qu'à cela ne tienne, ce serait à lui de lui faire baisser sa garde, de la désarmer. Pas plus dangereux que d'opérer un déminage, pensa-t-il.

— Ne commence pas, toi aussi, dit-elle, la voix aussi crispée que son attitude.

— Commencer quoi ?

— Kevin ne cesse de me faire des reproches parce qu'Emily passe la moitié de la journée à la garderie. Tu ne vas pas faire cause commune avec lui et prendre son parti ! Ce serait le comble, s'indigna-t-elle, prête pour l'attaque.

— Oh, oh ! s'écria-t-il. Rengaine ton arme, Kel !

— Quoi ?

— Inutile de me tirer dessus à boulets rouges, mon cœur, dit-il, la retournant vers lui.

Il la regarda dans les yeux pendant que les idées défilaient dans son esprit. Il ne voulait pas être assimilé à Kevin Rogan. Il ne voulait pas qu'elle les considère comme ligués ensemble contre elle. Pas cela.

— Je ne me reconnais pas le droit de critiquer tes

décisions concernant Emily, dit-il. Loin de moi cette idée.

Elle se détendit légèrement. C'était déjà mieux.

— Très bien, dit-elle, baissant la tête comme pour réfléchir à ce qu'elle allait dire.

Elle le regarda de nouveau.

— Néanmoins, tu as le droit, toi, d'avoir une opinion.

Il faillit approuver catégoriquement, mais s'abstint. Ne pas s'engouffrer tête baissée dans la brèche.

— Je ne faisais que m'informer, dit-il.

Elle hocha la tête.

— Tu te souviens que j'enseigne à St Matthew ?

— Oui.

Il se souvenait qu'elle avait parlé de sa classe de maternelle à l'école catholique de la ville.

— L'école a organisé une garderie pour les bébés des parents des élèves et pour les professeurs. C'est là que je dépose Emily pendant que je suis en classe.

Comme si elle avait craint une réaction négative de sa part, elle s'empressa d'ajouter :

— C'est l'idéal. Je peux aller la voir pendant la récréation et à l'heure de la sieste. La religieuse qui est responsable de la garderie est absolument adorable et aime les enfants. Elle ne fait pas que les garder mais elle s'en occupe vraiment.

Pendant qu'elle parlait, Jeff revenait très loin en

arrière. Il revoyait ses années d'enfance, années qu'il avait passées dans un orphelinat catholique et il estima qu'il savait mieux qu'elle comment les bonnes sœurs s'occupaient des enfants. Cela, Kelly n'en avait pas conscience car elle ignorait tout de son passé et ce n'était pas le moment de lui raconter sa vie.

— Je te crois, dit-il, s'efforçant de parler calmement. Je voulais seulement m'informer parce que…

Etait-il sûr de ce qu'il allait proposer ? s'interrogeat-il. Oui. Sûr et certain.

— Parce que, j'ai réfléchi… Pendant ma permission, je pourrais m'occuper d'Emily quand tu vas travailler. Cela me donnerait l'occasion de la connaître et de me faire connaître d'elle.

Elle le regarda longuement, surprise, prenant son temps pour peser le pour et le contre de sa proposition. Il aurait donné cher pour savoir ce qui lui passait par la tête.

Enfin, elle ouvrit la bouche et il eut la réponse à ses questions.

— Tu proposes de t'occuper d'Emily ? Toi, tout seul ?

— Oui, affirma-t-il, se redressant inconsciemment comme à la parade, sous le regard du capitaine. Et alors ?

— Tu m'as dit toi-même que tu n'avais jamais été en contact avec des enfants.

124

— J'ai été un enfant, remarqua-t-il. Cela ne compte pas ?

Elle ne put retenir un sourire.

— Tu n'y connais rien aux bébés, dit-elle.

— Je sais qu'ils se mettent en apnée quand on leur met la tête sous l'eau, dit-il avec le plus grand sérieux.

— Très drôle !

— Je sais aussi qu'ils doivent manger, qu'il faut les changer de temps à autre et qu'ils passent beaucoup de temps à dormir.

— Exact.

Malgré cela, elle n'avait pas l'air convaincue.

— Kelly, dit-il, prenant les choses en main, cela ne peut pas être insurmontable. Rappelle-toi que je suis marine dans l'armée des Etats-Unis. Si le gouvernement de ce pays me confie des missions importantes en pensant que je les mènerai à bien, c'est que je ne suis pas complètement demeuré. Je dois être capable de faire avaler à ma fille une banane écrasée.

— Je ne sais pas, dit-elle d'un ton hésitant. Bien sûr, je comprends que tu veuilles passer du temps avec Emily. Moi aussi j'ai envie qu'elle apprenne à te connaître et que tu découvres quelle petite merveille elle est.

Elle appliqua ses deux mains sur son torse et il se

demanda si elle sentait son cœur battre la chamade dans sa poitrine.

— C'est seulement que…

— Tu ne me fais pas confiance, dit-il. Tu te fais du souci.

— Un peu.

— Je peux le faire, Kelly, dit-il avec force, autant pour se convaincre, lui, qu'il était capable de mener à bien la tâche pour laquelle il s'engageait. Fais-moi confiance.

— Ce n'est pas cela, le rassura-t-elle. Je te fais confiance.

— Alors, c'est entendu. Oui ?

En un tic nerveux, elle se mordit la lèvre inférieure et il suivit le mouvement de ses lèvres. Quand il s'imagina faisant, lui, la même chose, son corps répondit sans hésitation. Patience, s'enjoignit-il. Dès qu'il aurait son assentiment.

— Je crois que… oui, dit-elle, se forçant à sourire.

— Parfait, dit Jeff, ne voulant pas s'attarder sur le manque d'enthousiasme que trahissait sa réponse.

Peu importait : il avait obtenu ce qu'il voulait.

Il la prit par la taille, la souleva de terre et lui planta un long baiser passionné sur la bouche qui les transporta l'un et l'autre dans un autre univers.

Quand il la remit sur ses pieds, elle cligna des yeux et demanda :

— Demain matin, tu viendrais chez moi, c'est bien cela ?

Peut-être bien. C'était une façon de voir les choses. Jeff en avait une autre. Un long dimanche de bonheur les attendait et si tout se déroulait comme il le pensait, il se voyait passer la nuit chez Kelly, dans son lit. De sorte qu'il serait sur place, le lendemain. A pied d'œuvre, pour ainsi dire. Prêt à tenir ses promesses, à remplir son rôle. Il serait là, aux ordres, paré à s'occuper de sa fille dès les premières lueurs du jour.

Toutefois, mieux valait ne pas lui faire part de ses projets. Une chose à la fois.

— Tu peux compter sur moi, affirma-t-il.

Il l'attira vers lui et elle ne put faire autrement que de sentir contre elle la preuve indéniable de son désir pour elle.

Ses yeux agrandis prirent cette teinte gris-vert qu'il avait appris à reconnaître. Il sut qu'elle ressentait la même chose que lui, le même besoin d'être… ensemble. De son côté, il était prêt à lui prouver qu'il était tout ce qu'elle pouvait souhaiter pour elle et pour sa fille. Il avait trente jours de permission pour faire ses preuves et était résolu à donner le meilleur de lui-même.

Il se pencha sur elle, s'arrêtant à quelques centimètres de ses lèvres, et elle sentit son souffle sur son visage.

— Pour le moment, dit-il, un long dimanche nous attend. Nous avons des heures et des heures devant nous.

Il se rapprocha encore. Ses lèvres sur les siennes, il murmura :

— Des idées pour passer le temps ?

Elle lui entoura le cou de ses bras et susurra :

— Quelques-unes… peut-être.

8.

— J'entends Emily pleurer, marmonna Kelly, poussant Jeff du coude.

— Oui ? Quoi ? dit-il.

Réveillé en sursaut, il s'assit dans le lit. Il ne lui fallut qu'un instant pour parcourir la chambre du regard, reconnaître où il était, chez Kelly, et savoir pourquoi il était là. Son plan d'attaque ! Tout avait marché comme sur des roulettes. Il avait passé la nuit chez elle et se trouvait sur les lieux, prêt à répondre au premier appel d'Emily.

C'était le moment.

Un second cri leur parvint de la chambre à côté et Jeff sourit.

— Vas-y, redit Kelly. Cours.

Il obéit. Il balança ses jambes hors du lit et sauta sur ses pieds. Il sortit son jean du tas de vêtements en vrac sur le tapis et l'enfila. Tout en s'habillant, il contemplait Kelly, allongée sur le ventre, la tête dans l'oreiller vert pâle. Ses boucles auburn répandues autour d'elle faisaient penser à un incendie dans une prairie.

Il s'octroya une minute de pur plaisir, savourant le fait de se réveiller près d'elle. Fabuleux ! Il se félicita de la bonne marche de son plan : tout s'était passé comme il l'avait espéré. Hier, Kelly et lui avaient récupéré Emily et l'après-midi s'était écoulée à trois, ce qui lui avait permis de faire la connaissance de sa fille. C'était un bébé facile, tout sourires. Très extravertie, elle tenait plus de sa mère que de son père. Pour elle, Jeff était une conquête de plus qui ne pouvait que la choyer et faire ses quatre volontés comme le reste de son entourage.

Ce qu'il fit de bon cœur ! Il sentit une bouffée d'orgueil lui monter au visage. Emily était le bébé le plus éveillé qu'il ait jamais vu. A vrai dire, corrigea-t-il en lui-même, il n'avait pas beaucoup de points de comparaison car il n'avait pas côtoyé beaucoup d'enfants. Malgré cela, même pour quelqu'un qui n'y connaissait rien en ce qui concernait les enfants, il était clair qu'Emily rayonnait de vivacité, d'intelligence et qu'elle était diablement jolie. Qui plus est, ses yeux disaient tout l'amour qu'elle portait à tous ceux qui l'approchaient. Chaque fois qu'elle regardait son père de ses grands yeux bleus, il devenait de plus en plus fou d'elle. Son sourire lui allait droit au cœur et ses pleurs le désespéraient.

Etonnant ! Jamais il n'avait éprouvé un tel sentiment d'amour inconditionnel. Si, quinze jours plus tôt, on lui avait décrit ce qu'il ressentait depuis qu'il avait pris sa fille dans ses bras, il aurait douté de la sincérité de son interlocuteur. En tout cas, il n'aurait jamais cru que cela puisse lui arriver, à lui. Apparemment, la sagesse populaire avait raison : personne ne pouvait savoir ce qui se passait dans le cœur d'un homme avant d'avoir tenu dans ses mains un enfant à soi.

De la chambre à côté, un nouveau cri d'impatience se fit entendre, suivi de pleurs. C'en fut assez pour que Kelly ouvre un œil. Elle regarda Jeff et, sans bouger d'un pouce, s'inquiéta :

— Tu y vas ?

— J'y vais. J'y suis.

Toutefois, avant de s'exécuter, il mit un genou sur le lit, écarta les cheveux en désordre et déposa un baiser sur la tempe de Kelly.

— Si j'en avais le courage, je me retournerais pour t'embrasser, dit-elle, la bouche dans l'oreiller, mais je ne m'en sens pas la force.

— Ce sera pour plus tard, dit-il, conscient de la raison de son épuisement.

Il sourit en lui-même au souvenir de leurs ébats. Après dix-huit mois d'abstinence, le marathon de la nuit avait comblé leurs attentes et eu raison de leurs forces !

— D'accord, murmura-t-elle avant de refermer les yeux.

Jeff se redressa et quitta la pièce. Il ferma soigneusement la porte avant de se diriger vers la chambre de sa fille.

L'aube pointait derrière les rideaux et prenait le pas sur la lumière de la veilleuse. Il ouvrit les rideaux et éteignit la petite lampe. Il regarda autour de lui et constata que tout ce qu'un enfant pouvait souhaiter jonchait le sol ou s'étalait sur les étagères le long des murs.

Il s'approcha du lit et contempla le petit visage contrarié de sa fille.

— Bonjour, petit ange, dit-il.

Il fut aussitôt récompensé. Un sourire mouillé de larmes éclaira la petite frimousse et Jeff se sentit aussi fier, sinon plus, que si on lui avait décerné une médaille.

Emily s'impatientait. Les mains sur la barre du berceau, elle levait une petite jambe potelée et essayait de franchir la barrière qui les séparait, en poussant de petits cris. Sans plus attendre, il la prit dans ses bras. Il fit la grimace quand il sentit le petit derrière trempé sous sa main et dit :

— On commence par le plus important, mon ange :
te changer.

Elle rit et gazouilla pendant qu'il changeait sa couche
sur la table à langer comme Kelly le lui avait montré.
Ses mains maladroites eurent quelques difficultés
avec les fermetures du pyjama. Il lui fallut aussi un
certain temps et plusieurs essais infructueux avant de
comprendre comment lui enfiler le bas du pyjama pour
que les orteils ne soient pas à la place des talons. Les
pieds en forme de pantoufles intégrées s'obstinaient
à se mettre dans le mauvais sens. Enfin, il réussit
à trouver la solution et, tout fier de lui, emporta sa
fille, propre et sèche, dans la cuisine. Rassuré, tenant
précieusement le bébé contre son épaule, il pensa que
la journée s'annonçait plutôt bien.

— Il ne répond pas, s'énerva Kelly. Pourquoi ? Que
fait-il ? Il est sûrement là !

Elle écarta le téléphone de son oreille et lui jeta un
regard mauvais comme si l'appareil était responsable
de son anxiété.

— Il est probablement très occupé, dit sœur Angela
compatissante.

— Ce n'est pas une raison ! Il pourrait répondre,
dire : « Désolé, je ne peux pas te parler. » Cela ne
prend pas longtemps, s'indigna-t-elle.

Elle l'avait déjà appelé plus tôt, à son arrivée à l'école, et tout allait bien. Alors ? Où était-il et que faisait-il ? Où avait-il pu emmener Emily ? Et dire qu'elle avait encore plus d'une heure à passer à l'école sans savoir ce qui se passait à la maison.

— Trop longtemps pour lui, dit la sœur, souriant de son inquiétude. Vous vouliez que le père d'Emily entre dans sa vie ?

— Oui, mais…

— Vous lui faites confiance, non ?

Kelly poussa un soupir.

— Oui, bien sûr que je lui fais confiance. Mais j'aimerais quand même…

— Arrêtez de vous faire du souci, dit la sœur. Il n'y a aucune raison. Ou alors, il y a autre chose. Ne serait-ce pas parce que cela vous ennuie de partager votre fille avec lui ?

Soudain, Kelly fut envahie d'un sentiment de culpabilité. La sœur avait-elle vu juste ? Etait-elle jalouse de l'accueil qu'Emily avait fait à son père ? Qu'elle s'entende si bien avec lui ? Non. Impensable, protesta-t-elle en elle-même. Elle en était ravie, au contraire. Si elle s'inquiétait, c'était parce que Jeff n'avait aucune expérience des enfants, surtout si petits. Elle voulait s'assurer qu'il s'en sortait bien, qu'il ne rencontrait pas de difficultés particulières. Qu'Emily était saine et sauve. Après tout, c'était la première fois que sa fille chérie, son trésor, restait seule avec son père, un père inexpérimenté. Pourquoi ne décrochait-il pas cet idiot de téléphone ?

— Ma sœur, dit-elle, reposant le combiné avec un dernier regard hostile, Jeff n'a aucune expérience. Il ne s'est jamais occupé d'un bébé…

— Il est adulte et vacciné, dit la sœur avec humour. Et il en a vu d'autres d'après ce que vous m'avez dit. Je ne vois pas pourquoi vous vous inquiétez. Je suis sûre qu'il saura se débrouiller et faire ce qu'il faut pour sa fille. Laissez-le donc en paix.

Avec une grimace, Kelly remarqua :

— Vous prenez son parti. Vous refusez de m'écouter, ce n'est pas juste.

— Inutile de se perdre en récriminations, dit la sœur.

Elle regarda la pendule de son bureau et ajouta :

— Maintenant, à moins que vous ne vouliez essayer encore une fois de harceler votre jeune homme au téléphone, je suggère que vous rejoigniez vos élèves. La récréation va se terminer.

— Harceler ? Moi ? s'indigna Kelly en se dirigeant vers la porte.

Sur le visage de sœur Angela se peignit l'expression d'infinie patience qui la caractérisait. Elle dit :

— Aujourd'hui, il ne va passer que quatre heures seul avec Emily. Que peut-il bien arriver de dramatique

135

au cours de quatre malheureuses petites heures ? De plus, il vous appellerait certainement si besoin était.

— Qu'est-ce qui peut encore m'arriver d'autre ? marmonna Jeff, épongeant de son mieux le flot de jus d'orange qui dégoulinait de la table de la cuisine.

Il n'aurait pas cru qu'un enfant pouvait renverser autant de jus d'un seul coup ! La dernière fois qu'il avait vu une telle quantité de liquide se répandre sur le sol, c'était lors d'une mission de secours pendant des inondations. Et il s'était servi d'une de ces tasses soi-disant inversables. Tu parles ! Dégoûté, il mit la tasse en question dans l'évier.

Il jeta un œil à sa fille et se demanda comment Kelly faisait pour s'en sortir. Ce devait être un don que Dieu attribuait uniquement aux mères. Pas aux pères, hélas ! S'occuper d'Emily était un job à plein temps. Epuisant. Il avait l'impression d'avoir couru quinze kilomètres sans s'arrêter tant il était… sur les genoux. Et ce n'était que la partie visible de l'iceberg. Il n'avait pas à se soucier du linge, de la lessive, etc. Or, il avait changé le bébé de la tête aux pieds trois fois dans la matinée.

Et ce n'était pas tout ! Elle avait coincé un biscuit pour les dents à moitié mâchouillé dans le lecteur de

DVD, déchiré les reçus de carte bleue de sa mère et mis à mal toute la section sport du journal.

En un peu plus de trois heures.

Il n'était pas encore midi !

Et le téléphone qui ne cessait de sonner. Comme s'il avait le temps de répondre ! Apparemment, il n'était pas fait pour ce genre de tâches, pensa-t-il. Une bouffée de nostalgie s'empara de lui. Il se voyait sans problème, traverser un marais, de l'eau à mi-corps, brûlant la politesse à une demi-douzaine d'ennemis lancés à sa poursuite. Cela, c'était dans ses cordes ! Alors que là…

Toutefois, un regard à sa fille eut raison de ses doutes et, quand elle lui décocha un sourire radieux, il sentit son cœur fondre. Attachée dans sa chaise haute, elle gigotait de toute la force de ses petites jambes. Poussant de petits cris de joie, elle lançait les tranches de banane qu'elle était censée avaler, partout dans la pièce. Il en reçut une sur le front au grand amusement d'Emily qui gazouilla de plus belle. Jeff soupira, se demandant à quel moment de la matinée il avait perdu le contrôle des opérations et ce qu'il avait fait ou omis de faire pour en arriver là.

Au début, tout s'était bien passé ou presque. C'est après que les choses avaient commencé à se gâter, quand il avait fallu la distraire et la surveiller. Là, il avait perdu pied. Il regretta brièvement d'avoir proposé de s'occuper de sa fille. Ce n'était pas l'idée la plus géniale qu'il ait eue, admit-il en lui-même. Il aurait dû y réfléchir à deux fois. Jamais encore il ne s'était senti aussi dépassé, aussi inutile. Dans tout autre cas, il aurait été le premier à se jeter à l'eau, à prendre la situation en main. Hélas, il en était réduit à constater que s'occuper d'un bébé à plein temps ne faisait pas partie de ses compétences.

— Services spéciaux, hein ! Manque d'entraînement, on dirait ! dit une voix de basse un peu enrouée.

Cette remarque venait de la porte de la cuisine qui ouvrait sur le jardin. S'y découpait la silhouette massive d'un individu dont la présence, à ce stade des opérations, était aussi indésirée qu'indésirable. Jeff ravala le grognement de contrariété qui lui montait à la gorge et se redressa. Il se retourna pour se trouver en face de Kevin Rogan et se demanda qui, du Ciel ou de l'Enfer, il avait offensé pour avoir droit à ce traitement de faveur.

— Qu'est-ce que tu insinues ? demanda-t-il, exaspéré.

Kevin s'avança, enleva son chapeau, son Smokey Bear d'instructeur et, choisissant un endroit à peu près propre, le déposa sur le comptoir.

— Je croyais que vous étiez la crème, l'élite, vous, les Spéciaux, remarqua le frère de Kelly. Compétents en tout. Opérationnels à cent pour cent.

138

Il parcourut la cuisine du regard et haussa les sourcils de surprise puis émit un long sifflement tandis qu'il hochait la tête.

— Tu aurais dû appeler un détachement de l'armée de l'air en renfort, mec, dit-il. A mon avis, ce ne serait pas de trop. T'es vraiment dans la panade !

Bien qu'il se soit fait la même réflexion cinq minutes plus tôt, Jeff n'apprécia pas de se l'entendre dire par ce type trop sûr de lui.

— J'imagine que tu aurais fait dix fois mieux, dit-il.

— Un gorille, les mains attachées derrière le dos, n'aurait pas fait pire, dit l'autre, croisant les bras.

— Disons alors que tu es surqualifié, rétorqua Jeff, se dirigeant vers sa fille et la sortant de sa chaise.

La petite fille rit et appliqua ses mains engluées de banane sur les joues de son père. Il ne broncha pas et alla vers l'instructeur en chef, l'homme qui était si sûr de ses compétences.

— Tu veux jouer à un nouveau jeu ? dit-il. Montre-nous ce qu'un instructeur patenté est capable de faire. D'accord ?

— Sans problème, dit Kevin, tendant les bras pour prendre sa nièce.

Il s'aperçut trop tard qu'elle était couverte de banane écrasée et ne put que faire la grimace quand il vit les taches poisseuses qui décoraient sa chemise.

Jeff sourit. Déjà, il se sentait mieux.

Kelly gara sa voiture dans l'allée, nota que celle de Kevin était devant la maison et se hâta vers la porte. Jeff et Kevin, seuls en tête à tête avec Emily pour arbitre ?

« Grosse erreur, Kelly ! marmonna-t-elle en introduisant sa clé dans la serrure. Tu n'aurais jamais dû céder et accepter la proposition de Jeff. C'était courir au-devant des prob… »

Le reste de sa phrase lui resta dans la gorge. Elle venait d'entrer dans ce qui était sa pièce principale et… elle eut du mal à s'y reconnaître. On aurait dit qu'un ouragan était passé par là. Des jouets, des couches, des petits pots de nourriture pour bébé jonchaient le sol et toutes les surfaces possibles. Au milieu, sur le tapis, Kevin était allongé de tout son long, la tête posée sur un ours en peluche et dormait profondément, tenant dans sa main un des anneaux en plastique sur lesquels Emily se faisait les dents.

Un léger ronflement attira son attention et, là, sur le canapé, elle vit Jeff. Lui aussi était allongé sur les coussins, oublieux du monde et de ses soucis, entourant de son bras une Emily endormie. Il la tenait étroitement serrée contre lui et le bébé suçait son pouce, heureuse de s'abandonner aux bras de son père.

Kelly sourit, s'appuya contre l'arcade pour contempler

le spectacle. Sa fille et l'homme qu'elle… Qu'elle quoi ? Qu'elle… aimait ?

Elle ressentit un curieux pincement au cœur et soupira. Elle se sentait de taille à faire face à l'attirance qu'elle avait pour cet homme, au désir sexuel qui s'emparait d'elle en sa présence et… en son absence. Mais l'amour ! C'était une autre paire de manches. Cela n'entrait pas dans ses projets. Elle repoussa à plus tard d'approfondir ce qui la troublait sans qu'elle veuille le reconnaître. Trop perturbant. Elle n'était pas préparée à cela.

La semaine suivante se déroula plus calmement. Peu à peu, la vie s'organisa pour tous les trois et une sorte de routine s'établit. Kelly se sentit à la fois rassurée — Jeff ne s'en tirait pas si mal — et paniquée. D'un côté, c'était merveilleux d'avoir Jeff à la maison, de vivre une vie normale à trois. Qu'il s'occupe d'Emily était un plus appréciable. Elle aimait que des liens se créent entre le père et la fille, des liens qui dureraient toute la vie.

En revanche…

Elle se rendait compte qu'elle s'en remettait à Jeff pour un certain nombre de choses et cela l'ennuyait. De temps à autre, elle surprenait dans ses yeux un éclair d'espoir, révélateur de ce qu'il ruminait sans le dire.

Nul doute qu'il n'avait pas renoncé à la proposition de mariage qu'il lui avait faite. Ils n'en n'avaient plus reparlé et elle lui était reconnaissante de ne pas avoir insisté. Mais elle était également consciente qu'un jour ou l'autre, cela referait surface. Il voudrait que la situation entre eux soit clarifiée d'ici à la fin de sa permission. Encore trois semaines, trois petites semaines.

Elle se doutait que Jeff n'était pas homme à accepter une réponse négative sans réagir, qu'il se livrait à une tactique de séduction d'un nouveau genre pour en arriver à ses fins. Il ne se laisserait pas repousser sans se battre.

— Pas moyen que je m'en sorte en douceur, se plaignit-elle tout haut en pliant un des innombrables T-shirts d'Emily, tout juste sorti de la machine.

De son trotteur, Emily émit des sons qui pouvaient passer pour de l'acquiescement, estima Kelly lui jetant un regard attendri. La petite fille se dressa sur la pointe des pieds, agita les bras et réussit à faire avancer l'engin de plusieurs centimètres.

— Toi, tu ne vas pas tarder à marcher, soupira sa mère.

Les mains crispées sur le T-shirt, elle s'assit sur le canapé et appuya sa tête contre les coussins.

— Puis, très vite ce sera l'école et ton premier rendez-vous amoureux. En deux temps, trois mouvements, avant même que j'aie eu le temps de réaliser ce qui m'arrive, tu te marieras et tu abandonneras ta pauvre vieille mère à elle-même.

Emily attrapa un anneau de plastique rose fluo attaché à son trotteur et se mit à le mâchouiller.

— Eh oui ! soupira encore Kelly. Tu te marieras, ton papa te conduira à l'autel et, une fois la cérémonie terminée, il partira de son côté et moi, du mien.

Elle voyait très clairement dans son esprit comment les choses se dérouleraient. Elle voyait Emily, radieuse dans sa robe de mariée, remonter la nef au bras de son père, toujours aussi beau. Et elle, toute seule, derrière.

« Pourquoi cet adjectif, seule, prend-il tout à coup une signification si déprimante de solitaire, abandonnée à elle-même ? » se demanda une Kelly déprimée.

— Je n'ai jamais voulu de mari, dit-elle à haute voix, s'adressant à sa fille comme si elle prévoyait les questions de la future adolescente. Ce n'est pas que je ne veux pas épouser ton père. Je ne veux épouser personne parce que je refuse d'introduire un homme de plus dans ma vie.

Emily continuait de mordre l'anneau de plastique, sans plus prendre part au soliloque de sa mère et, pour toute réponse, fit des bulles avec sa salive.

— Il suffit de tes oncles pour me dire ce que je dois faire. Je n'ai pas besoin d'un autre mâle, persuadé d'être doué d'une intelligence supérieure, pour se mêler de mes affaires !

D'une main distraite, elle défripa le T-shirt qu'elle avait froissé et continua de se parler à elle-même.

— Je reconnais que Jeff n'est pas bâti sur le même modèle, qu'il n'est pas aussi autoritaire que mes frères.

Effectivement, réfléchit-elle, il ne lui avait fait aucune remarque, ne s'était permis aucun reproche à propos de la façon dont elle élevait sa fille, leur fille. Contrairement à ses frères qui trouvaient toujours à redire et ne s'en privaient pas. De plus, après le premier jour et ses nombreuses catastrophes, il avait pris les choses en main et découvert qu'il parvenait très bien à s'organiser. N'avait-il pas, à deux reprises cette semaine, trouvé le temps de leur préparer le dîner !

On voyait qu'il était habitué à se débrouiller seul, à tout faire par lui-même. Il n'était pas de ceux qui rentrent à la maison pour s'asseoir dans un fauteuil, les doigts de pieds en éventail, et crier : « Tu m'apportes une bière ? »

Elle sourit à cette image incompatible avec le Jeff qu'elle découvrait. Un Jeff différent des autres hommes qu'elle avait connus. D'ailleurs, c'était peut-être bien ce qui la perturbait, reconnut-elle. A cause de lui, de sa façon d'être, de sa personnalité, n'était-elle pas en train de remettre en question son « credo », sa volonté cent fois affirmée de ne jamais se marier ? Ne trouvait-elle pas… agréable d'avoir Jeff à la maison ? En elle, se faisait jour un curieux sentiment de confort moral qui la mettait mal à l'aise.

— Primo, dit Travis avec son accent traînant, bouteille de bière en main, tu dois décider de ton objectif.

— Facile, dit Jeff. Je veux épouser Kelly et être le père légitime d'Emily. Je veux faire partie intégrante de leur vie. Officiellement. Cela fait une heure que je rabâche la même chose.

Travis, Deke et J.T. étaient affalés, l'un sur le canapé, l'autre sur le tapis, et le troisième dans un des fauteuils de la chambre d'hôtel de Jeff. Ce dernier les regarda et sourit. Difficile de réunir groupe plus disparate. Malgré cela, au fil des années et des missions effectuées ensemble, ils étaient devenus les meilleurs amis du monde et formaient une équipe de copains, soudée à la vie, à la mort. Une vraie famille.

Travis, issu d'une fratrie de six frères et sœurs, venait d'une petite ville du Texas. Deke appartenait à l'une des plus grandes familles de Boston, liée à l'argent et l'histoire de la ville. J.T. était le fils unique d'un général trois étoiles. Jeff, quant à lui, n'avait d'autres références que… ces gars-là. Ils représentaient sa seule famille, celle qu'il s'était choisie, la seule qu'il ait connue.

Les trois complices se regardèrent avant de s'adresser à Jeff. Ce fut Travis qui s'en chargea :

— Très bien, dit-il, sans se presser. Tu dois donc envisager la conquête de Kelly comme un objectif à atteindre, la cible que tu vises.

— La cible ? s'étonna Jeff.

— Eh oui ! intervint Deke. La cible que tu veux atteindre... en plein cœur. Et tu sais quoi faire. Tu évalues la situation, tu décides d'un plan et tu investis la place.

— Tu t'introduis au cœur des fortifs à l'insu de l'ennemi, enfin... de Kelly, précisa J.T. Là, tu choisis ton approche, tu mets au point une tactique et tu campes sur tes positions jusqu'à ce qu'elle en soit... là où tu veux qu'elle soit.

Ils avaient raison, pensa Jeff. Il devait utiliser ses compétences, la stratégie de campagne sur le terrain qu'il maîtrisait parfaitement. En fait, il était confronté au même genre de défis que ceux dont il avait l'habitude, car parler de mariage à Kelly présentait autant de dangers que de s'aventurer en territoire ennemi.

— Il te reste trois semaines pour atteindre ton objectif, reprit Travis avec son accent traînant. Pas de temps à perdre. Trois semaines qui peuvent faire la différence, mec.

— A toi de jouer, marmonna Deke.

J.T. se contenta de lever sa bière en signe d'approbation.

Jeff, lui, décrocha le téléphone.

Le téléphone sonna chez Kelly, interrompant le cours
de ses réflexions. Elle se jeta sur l'appareil comme
une noyée sur une bouée de sauvetage.

— Allô !

— Bonjour, Kelly.

Elle reconnut aussitôt la voix de basse au bout du
fil et frémit de tout son corps. Jeff ! Comment parve-
nait-il à la troubler à ce point par un simple appel au
téléphone ? se demanda-t-elle.

— Kelly… disait Jeff alors qu'elle s'efforçait de
contrôler sa réaction et de se concentrer sur ce qu'il
disait. Kelly, est-ce que tu pourrais demander à l'un
de tes frères de venir s'occuper d'Emily, ce soir ?

— Je crois, oui, dit-elle. Pourquoi ? Qu'est-ce que
tu proposes ?

— Je propose de t'inviter à un rendez-vous.

Une bouffée de chaleur lui fit monter le rouge aux
joues et sa main trembla sur le téléphone.

— Un rendez-vous ?

— Oui, ma belle, reprit Jeff d'une voix douce et
tendre. Un rendez-vous amoureux.

— Euh… Eh bien…

Elle essayait de gagner du temps, sans tromper personne et surtout pas elle car elle savait d'ores et déjà qu'elle allait accepter.

— D'accord, dit-elle d'une voix étranglée par l'émotion. A quelle heure viendras-tu me chercher ?

— 7 heures, cela t'irait ?

— Je t'attendrai.

— Parfait. A tout à l'heure.

Jeff reposa le combiné et reprit sa bière.

Il la leva haut devant lui et attendit que ses amis en fassent autant avant de commenter avec un sourire :

— Approche de la cible réussie.

9.

Elle aurait dû se méfier. Savoir qu'il ne reculerait devant rien ! Que son invitation cachait quelque chose.

Quelque peu dépitée par le manque de clairvoyance dont elle avait fait preuve, Kelly s'encouragea à faire de la résistance passive. A ne pas se laisser séduire par la nouvelle tactique de Jeff. Tâche difficile, pour ne pas dire impossible quand un homme comme lui avait décidé de jouer la carte du romantisme ! Comment, dans ces conditions, résister à un homme aussi entreprenant ? D'ailleurs, n'était-elle pas déjà… à moitié amoureuse ?

Avec un soupir d'appréciation, elle reconnut qu'il n'avait pas lésiné sur les moyens à employer et avait fait les choses en grand !

Le clair de lune brillait doucement dans le ciel étoilé et déversait une lumière argentée sur la surface de l'océan. Une brise légère courait sur le sable et soulevait ses cheveux sur ses épaules. Jeff versa le champagne tandis que Kelly parcourait du regard la petite anse sablonneuse abritée au creux des rochers.

Leur plage.

Il avait bien choisi son endroit, reconnut-elle. C'était l'endroit précis où il lui avait sauvé la vie, dix-huit mois plus tôt. Là où tout avait commencé.

D'ici un mois, la plage serait très fréquentée, même la nuit, en particulier par des amoureux en quête d'intimité. Mais, en ce début de saison, elle était déserte. Sur trois côtés, une barrière de rochers les protégeait de la vue des passants. Perché tout là-haut, au bord de la falaise, un restaurant trois étoiles offrait à ses clients le meilleur des dîners devant le spectacle reposant de la mer et des vagues. Un pianiste laissait courir ses doigts sur le clavier et des fragments de musique venaient se mêler aux soupirs de la marée descendante.

— Encore un peu de champagne ? proposa Jeff, interrompant sa rêverie et la ramenant à la réalité.

— Oui, merci, dit Kelly.

Une petite voix intérieure lui envoyait des signaux d'alarme, l'avertissant de garder l'esprit clair. A quoi bon ? se résigna-t-elle, prête à abdiquer. Il avait mis toutes les chances de son côté. Avec un sourire… attendri, elle l'imagina s'assurant la complicité du propriétaire du restaurant pour en arriver à ses fins. Un tapis de feutrine recouvert d'une nappe brodée avait été installé sur le sable et offrait tout le nécessaire pour un pique-nique

150

de luxe ; des bougies, à l'abri dans des photophores de couleur, les éclairaient en demi-teinte au gré de leur flamme vacillante ; le champagne attendait leur bon plaisir dans un seau plein de glaçons et ils avaient déjà fait un sort à une variété étonnante de petits plats raffinés disposés sur un énorme plateau.

Kelly se tourna vers Jeff et vit la lune se refléter dans les profondeurs de son regard. Un désir violent, incontrôlable, pour le beau marine romantique s'empara d'elle. Elle ne se fit aucune illusion et sut qu'elle courait à sa perte.

Elle tenta de se reprendre, se répéta qu'elle devait garder la tête froide si elle voulait résister à l'opération de séduction qu'il avait organisée pour elle. Sans cela, elle allait se retrouver pieds et poings liés, prisonnière, entièrement à sa merci. Ce qui, en cet instant, ne lui parut pas un sort si désagréable.

Juste ciel ! se reprocha-t-elle. Elle en était là !

Elle but un peu de champagne et apprécia le réconfort du vin sur sa gorge sèche. Quand elle fut à peu près sûre de pouvoir parler d'une voix normale, elle remarqua :

— Tu t'es surpassé, ce soir, Jeff. Bravo ! Cela a dû te demander beaucoup d'efforts et d'organisation.

— Rien du tout, dit-il en se versant un verre du coûteux breuvage.

Elle rit en entendant ses dénégations.

— Ne fais pas semblant ! Tu as tout prévu dans les moindres détails, y compris la sentinelle chargée de surveiller les préparatifs et de protéger le site de l'opération pendant que tu venais me chercher.

Elle n'avait pas prêté autrement attention à l'homme que Jeff avait congédié d'un signe de la main à leur arrivée, mais elle avait eu l'impression qu'il avait l'allure d'un marine.

— C'était Travis, dit Jeff. Travis Hawks, un membre de l'équipe.

L'équipe ! C'était un sujet qu'ils pouvaient aborder en toute tranquillité, pensa-t-elle, et elle s'y raccrocha.

— Parle-moi d'eux, dit-elle, de ton équipe.

Il la scruta d'un regard qui en disait long. Kelly se rendit compte qu'il savait qu'elle cherchait à gagner du temps, qu'elle se livrait à une manœuvre de diversion. Il haussa les épaules et ne parut pas lui en vouloir. Au contraire, il se mit à parler.

— Ils sont trois en plus de moi, dit-il : Travis, Deke et J.T. Cela fait longtemps que nous travaillons ensemble, à tel point que nous savons d'instinct ce que les autres pensent.

— De vrais amis, dit-elle, frappée du ton chaleureux de sa voix.

— Les meilleurs amis du monde, approuva-t-il avec un sourire. Plus que des amis, en réalité. Une famille.

Il dit ce dernier mot avec respect, comme s'il parlait de quelque chose de sacré. Pour la première fois sans doute, elle comprit l'importance qu'il attribuait à cette idée de famille. Lors de leur première rencontre, il n'avait pas beaucoup parlé de lui, de son enfance, mais elle avait deviné qu'il n'avait pas eu la vie facile. Elle savait qu'il avait grandi dans un orphelinat avant d'être placé dans une famille d'accueil. Il était adolescent à ce moment-là et c'était trop tard pour qu'il puisse se créer des liens et s'ouvrir à l'affection de ceux qui s'intéressaient à lui. Si cela avait été le cas, car elle avait cru comprendre que cela ne s'était pas bien passé.

Kelly l'imaginait aisément tel qu'il avait été à seize ou dix-sept ans. Grand, bien développé, beau gosse, le regard sombre, elle le voyait cultiver sa différence et rester en dehors de tout groupe, refuser tout attachement avec qui que ce soit.

Ce qui n'avait pas changé et caractérisait sa manière d'être, sa personnalité. Jeff n'était pas homme à rechercher le contact avec les autres, sauf dans son métier, avec les membres de son équipe. Quant à sa vie privée, il donnait l'impression de ne pas en avoir eu. D'avoir toujours refusé de s'impliquer dans une relation.

Sauf avec elle et Emily, remarqua-t-elle aussitôt.

Elle en eut un coup au cœur. Pour elle, la famille était l'essence même de sa vie. Elle avait grandi entourée de l'affection de ses frères, surprotégée par les mâles de sa famille et quoi qu'elle en pense parfois, elle se sentait privilégiée. Après le décès de leurs parents, dans un accident de la route cinq ans auparavant, les membres de la fratrie s'étaient encore rapprochés et les liens entre eux s'étaient avérés plus indéfectibles que jamais. Elle reconnaissait qu'elle n'aurait pas pu s'en passer. Alors, si la famille revêtait une telle importance pour elle que la vie avait gâtée dans ce domaine, elle imaginait ce que cela pouvait représenter pour quelqu'un qui n'avait pas eu cette chance !

— Nous nous sommes souvent trouvés dans des situations plus que délicates, disait Jeff, à deux doigts de la catastrophe.

Elle se força à l'écouter, à ne pas laisser son imagination s'aventurer dans des voies dangereuses pour elle et sa précieuse indépendance.

— C'est là qu'on est content de savoir que les autres sont derrière vous pour couvrir les arrières et assurer la couverture. C'est la seule façon de s'en tirer. C'est cela la force de l'équipe : sauver la mise de celui qui est en danger. On s'en sort tous… ou pas. « Tous pour un et un pour tous », acheva-t-il en riant.

— Raconte, l'encouragea-t-elle, désireuse de l'entendre continuer.

Jamais il ne lui avait fait autant de confidences et elle était curieuse d'en savoir plus sur lui, sur ce qui faisait sa vie. Elle était sincère, bien sûr, mais elle y

154

voyait aussi un moyen de retarder l'instant fatidique où ils entameraient une conversation qu'elle ne souhaitait pas. Tant qu'il parlait de son équipe et de ses missions, ils évitaient le terrain miné de leur relation. La menace du mariage, toujours suspendue au-dessus de sa tête.

— Raconte-moi une de tes missions typiques.

Il étouffa un rire.

— Il n'y a pas de « mission typique », dit-il. C'est chaque fois différent.

Elle vit son visage se fermer et il ajouta :

— De plus, je ne peux pas parler de ce que je fais.

— Tu ne peux pas ou tu ne veux pas ? demanda-t-elle.

— Les deux, je pense, dit-il après une seconde de réflexion et s'efforçant d'être honnête. Même si je le pouvais, je crois que je n'aurais pas envie d'en parler. Quand c'est fini, c'est fini. De toutes façons, cela relève du secret défense et tu connais la vieille plaisanterie : « Si je t'en parlais, je serais ensuite dans l'obligation de te supprimer » !

— Super ! fit-elle semblant de s'indigner.

Pour se réconforter d'avoir échappé à un sort peu enviable, elle reprit un peu de champagne.

— Ce n'est pas un job de tout repos, dit-il, les yeux dans les siens, mais il est important que quelqu'un le fasse et je suis considéré comme efficace sur le terrain.

— Je n'en doute pas, murmura-t-elle en l'observant.

Même au repos, son corps était tendu comme si un noyau intérieur se tenait prêt à bondir à la moindre alerte. Il n'était pas difficile de l'imaginer s'introduisant subrepticement en territoire ennemi. Une chose la frappa : si, un jour, elle était en danger, c'est un type comme Jeff qu'elle voudrait voir arriver pour l'en sortir.

— Assez parlé de moi pour ce soir, dit Jeff, fermement. A toi, maintenant.

— De quoi veux-tu que je parle ? s'étonna Kelly.

Elle n'avait rien à raconter d'intéressant. Aucune aventure dramatique ne jalonnait sa vie. Elle menait une vie des plus ordinaires.

— De toi. D'Emily. De… tes frères.

Elle éclata de rire car il avait dit ces derniers mots d'une voix crispée. Puis, sans se faire prier, elle se lança.

— Tu ne me croiras pas, dit-elle comme pour s'excuser, mais, pour des frères, ils sont champions. Nous avons toujours été très proches les uns des autres et, depuis le décès de nos parents, les liens se sont encore renforcés. Mis à part certaines occasions où je dois me battre ongles et dents pour leur faire comprendre que je suis adulte et responsable, dans l'ensemble, ils sont super.

Jeff parut se dérider et esquissa un sourire.

Elle continua, pensive, sa voix remplie d'affection :

— C'est assez réconfortant de savoir qu'ils sont là et que je peux compter sur eux en cas de coup dur. Maman nous a élevés dans l'idée que la famille passait en premier et elle avait raison. Quand tout va mal, que je ne sais plus où donner de la tête, et bien qu'ils aient le don de m'agacer au plus haut point...

Elle marqua une pause, hocha la tête et termina sa phrase :

— ... ils répondent toujours présents quand j'ai besoin d'eux. Et il en va de même pour moi vis-à-vis d'eux. Je serai toujours là pour leur prêter main-forte.

Elle s'arrêta de nouveau et conclut :

— C'est un cadeau du ciel.

— Oui, dit-il, d'une voix crispée. Tu as raison, c'est un cadeau du ciel.

Elle sentit qu'il se passait quelque chose, que, pour lui, l'entendre parler de sa famille l'entraînait à des réflexions d'un autre ordre. Aussitôt, elle s'inquiéta : quel cinéma se faisait-il ?

Elle chercha un moyen d'alléger l'atmosphère, devenue pesante, tout à coup.

— Qui m'aurait dit que tu serais prêt à m'entendre

chanter les louanges de mes frères ! dit-elle avec un petit rire.

Il haussa les épaules et sourit à moitié.

— On a pris un mauvais départ… eux et moi, dit-il. Mais je comprends pourquoi et je les approuve.

— Tu les approuves ?

Elle n'en revenait pas.

— Evidemment, dit-il d'un ton convaincu.

Il se redressa et croisa les bras sur ses genoux relevés, le regard tourné vers la mer.

— Imagine qu'un salopard fasse du baratin à Emily, la séduise et disparaisse dans la nature, la laissant enceinte de ses œuvres, seule et livrée à elle-même !

Il secoua la tête, pinça les lèvres et Kelly vit sa mâchoire se contracter. Elle sut avant qu'il ne le dise, le sort qu'il réservait au « salopard » en question : il n'aurait de cesse de le traquer, de mettre la main dessus et de lui infliger le traitement… qu'à ses yeux, il méritait.

— Je ne lui laisserais pas une chance de m'échapper, crois-moi, dit-il, confirmant ce qu'elle avait deviné.

Kelly ne sut que penser. Elle était partagée entre deux sentiments. D'un côté, elle était émue de son attitude protectrice à l'égard d'Emily. De l'autre, son désir forcené d'indépendance et d'autonomie se rebellait contre sa prise en charge morale de ce qui la concernait, elle, uniquement.

158

— Jeff, cela n'a rien à voir, dit-elle. Tu n'as pas fait exprès de m'abandonner, seule et enceinte.

— Non ? dit-il, levant les sourcils. Bien sûr que si !

— Ni toi ni moi n'en savions rien quand tu es parti, protesta-t-elle.

— Cela ne change rien aux faits, dit-il d'un ton sans réplique.

Il termina son champagne, posa son verre sur le plateau et se leva. Pieds écartés, bras croisés, il scruta l'étendue sombre de la mer et suivit du regard la traînée argentée que la lune étirait sur la mer jusqu'à l'horizon.

Kelly fit comme lui, posa son verre et se leva. Elle vint le rejoindre, se mit face à lui et ses mains se refermèrent sur les muscles raidis de ses biceps. Elle leva les yeux vers lui et attendit qu'il la regarde.

A la lumière du clair de lune, elle vit les ombres qui habitaient ses yeux et se demanda si c'était de colère ou de douleur. Quoi qu'il en soit, elle ne désirait qu'une chose : faire disparaître ces ombres de ses yeux.

— Tu ne savais pas, répéta-t-elle, d'une voix ferme. Donc, tu n'es pas responsable et tu n'as pas à te sentir coupable.

Elle vit sa mâchoire se contracter et c'est tout juste si elle ne l'entendit pas grincer des dents.

— Je te l'ai déjà dit, répliqua-t-il, cela ne change rien aux faits.

— En plus, je n'étais ni seule ni livrée à moi-même, remarqua-t-elle. Ai-je besoin de te le rappeler ? Un peu comme toi, cette semaine. Est-ce que mes frères ne t'ont pas rendu visite, comme cela, par hasard, pendant que tu étais seul avec Emily ?

Exact, reconnut Jeff. Les frères Rogan s'étaient fait un devoir de venir vérifier comment Jeff se débrouillait, seul avec sa fille, leur nièce. Pas un jour ne s'était écoulé sans que l'un ou l'autre débarque à l'improviste, s'installe chez Kelly et attende son retour. De sorte que, quand elle rentrait, Kelly trouvait Jeff en bonne compagnie. La semaine qui avait commencé par un désastre s'était terminée sur une tout autre note. Jeff avait remporté la bataille et gagné l'approbation de ses adversaires. Kevin lui-même s'était radouci et commençait à ravaler ses préjugés.

Quant à Kelly, elle n'était pas sûre de ce qui était préférable pour elle : que ses frères apprécient Jeff ou ne l'apprécient pas ? Dans l'un et l'autre cas, ils ne se gênaient pas pour lui faire savoir ce qu'ils en pensaient et lui faire la leçon.

— Je sais que tu n'étais pas seule, marmonna Jeff.

Il décroisa les bras et la prit contre lui.

— Mais, moi, je n'étais pas là alors que j'aurais dû y être, continua-t-il, amer.

160

Kelly sentit sa patience la lâcher. Quelle tête de mule !

— As-tu l'intention de passer les vingt ou trente prochaines années de ta vie à te répandre en lamentations sur l'inévitable et à te faire des reproches inutiles ?

— Qu'est-ce que tu crois ?

— Je crois que cela suffit. Ma grossesse appartient au passé désormais. Emily est là et la mère et l'enfant se portent bien. Merci.

Il lui caressa la joue d'une main attentive.

— Je sais et j'en suis heureux. Mais tu n'empêcheras pas que je me sente… frustré.

Elle respira à fond et souffla en l'air, ce qui fit voleter les mèches sur son front.

— Frustré ? De quoi encore ?

— De ne pas t'avoir vue enceinte.

Elle eut un petit rire. Si ce n'était que cela ! Elle n'était pas fâchée que Jeff n'ait pas été là pour la voir en fin de grossesse, quand elle n'avait plus aucune forme reconnaissable. Peut-être était-ce pure vanité de sa part mais elle s'était trouvée… monstrueuse et préférait qu'il ait gardé d'elle une autre image.

— Tu n'as pas manqué grand-chose, dit-elle. Souviens-toi de ce que je t'ai dit : un ballon de football sur pattes. Voilà de quoi j'avais l'air.

— Je n'ai pas oublié, dit-il. Je n'en crois rien : je suis prêt à parier que tu étais magnifique.

Elle rit plus fort et tenta de reculer mais il la tenait étroitement serrée contre lui, les bras autour de sa taille et se cramponnait à elle comme s'il y allait de sa vie.

— Magnifique, répéta-t-il, suivant son idée. Tu étais enceinte de mon enfant. Tu ne pouvais être que… superbe, magnifique !

« Au secours ! », s'écria Kelly intérieurement.

Elle se sentait fondre comme neige au soleil.

Encore un peu et elle ne serait plus qu'une petite flaque d'eau glacée à ses pieds.

Jeff plongea son regard dans les yeux verts si beaux et, à la lumière de la lune, il y lut son destin. Il sut qu'il dépendait d'elle et que rien de ce qu'elle disait ou faisait ne le laissait indifférent. Quand elle souriait, il sentait son cœur plus léger bondir dans sa poitrine. Quand elle se renfrognait, il s'inquiétait aussitôt et tous ses sens se mettaient en alerte rouge.

Il l'avait écoutée parler de ses frères, des liens qui les unissaient et avait envié l'affection naturelle qu'elle exprimait sans s'en rendre compte. Il les avait observés quand ils étaient ensemble et s'était surpris à vouloir être inclus dans ces échanges spontanés de tous les jours qui faisaient la vie d'une famille. Encore plus que pendant son enfance, lors des rares occasions où il avait été le spectateur étranger de la vie d'une famille normale et avait tellement souhaité en faire partie. Phénomène nouveau pour lui qui avait depuis longtemps compris et accepté qu'il n'en serait jamais rien.

Autrefois, il avait ressenti le besoin de s'enraciner quelque part, de se faire une place au soleil, quelle qu'elle soit et où que ce soit. Aujourd'hui, il avait fait son choix et trouvé sa place. Avec Kelly. Dans son cœur. Enfoui dans les profondeurs de sa chaleur et de sa générosité. Au sein d'une famille à construire. Sa famille à lui.

Un peu surpris, il réalisa qu'il ne s'agissait pas uniquement d'assurer le bonheur d'Emily. Ce qu'il ressentait relevait d'un autre ordre.

Il aimait Kelly. Il l'aimait d'amour. Pour la première et, sans aucun doute, la dernière fois de sa vie, il aimait. Et il voulait s'approprier l'objet de son amour. De toutes ses forces.

— Je t'aime, Kelly, dit-il, heureux de pouvoir exprimer ses sentiments si facilement.

Quels mots merveilleux ! Des mots qu'il n'avait jamais dits. A personne. Jamais, il n'en avait eu l'occasion, ni l'envie. Il n'avait jamais pensé qu'ils lui viendraient aussi spontanément, qu'il aimerait s'entendre les prononcer et en ressentirait un tel bonheur.

Maintenant, il souhaitait les lui dire et les lui répéter pendant le reste de ses jours !

— Jeff, non ! s'écria-t-elle.

— Non, quoi ? demanda-t-il, resserrant son étreinte.

Je n'ai pas le droit d'exprimer les sentiments que j'éprouve pour toi ? Je n'ai pas le droit de te demander de m'épouser ?

— Il ne s'agit pas d'amour, Jeff, dit-elle.

Elle plaqua ses deux mains sur son torse et lui donna une poussée pour se dégager. En vain. Il ne voulait pas la laisser lui échapper. Ne pouvait pas se résigner à la perdre.

— C'est quoi alors ? De quoi s'agit-il ?

— D'Emily et de son bien-être, dit-elle sans prendre de gants. Il s'agit de notre fille et de ce que tu estimes de ton devoir de faire pour elle.

— Probable que cela a commencé comme tu dis, reconnut-il.

Car c'était exactement ce qui s'était passé. Dès l'instant où il avait compris qu'Emily était sa fille, il avait su où était son devoir et n'avait pas hésité. Ce n'était plus le cas maintenant. D'autres choses s'y étaient ajoutées. Encore plus importantes.

Des choses, des sentiments plutôt, qui changeaient la face des événements.

— Probable ?

— D'accord, tu as raison. C'était certainement comme cela, au début. Mais ce n'est plus le cas. Les choses ont changé.

— Changé comment ?

Il réfléchissait et desserra son étreinte. Elle en profita

pour le pousser encore une fois et réussit à se libérer.
Elle faillit perdre l'équilibre et tomber dans le sable.
Utilisant ses bras comme balanciers, elle resta debout
et se campa devant lui.

— Tu veux dire que tu ne te sens plus dans l'obligation
d'assurer ta paternité vis-à-vis d'Emily et de moi ?

— Bien sûr que si, protesta-t-il, mais ce n'est pas
tout.

Elle soupira, rejeta ses cheveux en arrière et
affirma :

— Mais si, Jeff. Ne cherche pas plus loin.

Elle sourit et hocha la tête.

— Je n'ai pas besoin de toi pour prendre soin de
moi, de nous. Je m'en charge.

— Je sais. J'en suis tout à fait conscient, dit-il d'un
ton convaincu.

Effectivement, c'était un des aspects de la personnalité
de Kelly qu'il appréciait, son esprit d'indépendance, sa
détermination à se débrouiller toute seule. Elle appartenait
à cette catégorie de femmes qui faisaient ce qu'il y a à
faire sans se poser de questions. Qui n'attendaient pas
que quelqu'un veuille bien lui venir en aide et le faire
à sa place. Autrement dit, elle était taillée sur mesure
pour être la femme idéale d'un… marine.

— C'est ce que j'admire chez toi, ajouta-t-il. Ton
indépendance.

— Merci, dit-elle, le menton levé en un mouvement de défi. Je me suis assez battue pour en arriver là. Avec des frères toujours prêts à me dire ce que je dois faire, comment le faire et à quel moment, cela n'a pas été facile.

— Je ne suis pas comme eux, dit-il.

— Tu es un homme, un mâle, non ?

— Aucun doute là dessus, répliqua-t-il aussitôt, avec un petit rire. Mais n'oublie pas que je suis aussi un marine, par choix et par profession. Qu'est-ce que tu crois ? Que nous choisissons des femmes qui ont besoin qu'on fasse tout pour elle ? Non. Un marine s'attend à ce que sa femme soit capable d'initiative. Elle doit savoir prendre les décisions qui s'imposent, s'occuper de la vie courante et faire face aux petits drames de la vie de tous les jours.

Il fit une pause et s'exhorta à garder son calme. Sans le vouloir, il avait élevé la voix et ce n'était pas le bon moyen de remporter la partie.

Il reprit plus calmement :

— La plupart du temps, par exemple, c'est à elle qu'il incombe d'organiser les déménagements de la famille, d'un bout du pays à l'autre, quand ce n'est pas d'un pays à l'autre. Alors, crois-moi, mon cœur, j'apprécie à sa juste mesure ton esprit d'indépendance et ton désir de prouver ta capacité à te prendre en charge.

— Je n'en suis pas si sûre, dit-elle, sceptique. Quand je revois les batailles que j'ai dû livrer pour affirmer

166

mon droit à disposer de moi-même, tu me permettras d'en douter. Je veux bien croire que tu es bourré de bonnes intentions…

— Intentions ? interrompit-il.

Elle ignora l'interruption et poursuivit :

— … mais je n'ai pas envie de renoncer à ce que j'ai eu tant de mal à obtenir juste parce que tu te sens obligé de remplir ton devoir vis-à-vis de moi.

— Devoir ? marmonna-t-il, consterné. C'est comme cela que tu vois les choses ? Tu crois que j'en suis encore à remplir mon devoir ?

« Cela devait arriver », constata-t-il, amer et déçu. C'était bien sa chance ! La première fois qu'il parlait d'amour à une fille, elle ne le croyait pas, ne le prenait pas au sérieux. Le destin se jouait de lui, se riait de ses beaux sentiments.

— Mon devoir, comme tu dis, pourrait se régler d'un coup de signature sur un chèque, dit-il.

— Je ne veux pas de ton argent, coupa-t-elle vivement.

— Je sais. Tu ne veux rien de moi, remarqua-t-il tristement.

Découragé, il leva les mains et les laissa retomber, trop frustré pour trouver les bons arguments.

— Parfait, dit Kelly. Alors, nous sommes d'accord et tout est arrangé.

— Oh, non, protesta-t-il. Rien n'est arrangé.

Il fit un pas en avant et la prit aux épaules, l'enserrant dans une étreinte aussi tendre que ferme. Il l'attira vers lui et elle dut rejeter la tête en arrière pour le regarder. Pendant une longue minute, Jeff contempla le visage levé vers lui avant de dire à voix basse :

— Ce que je ressens pour toi, Kelly, n'a rien à voir avec un quelconque devoir.

Il se pencha sur elle et prit sa bouche. Cette bouche dont il rêvait encore la nuit, le jour… Il savoura le goût de la femme dont il ne se lasserait jamais. Il lui donna tout de lui, de ce qu'il était, de ce qu'il serait pour elle si elle le voulait bien. Ce fut un baiser brûlant, passionné, révélateur du feu qui les consumait, de ce quelque chose d'exceptionnel qui les portait l'un vers l'autre dans un échange total et bouleversant.

Ce fut lui qui se dégagea le premier pour plonger son regard dans les yeux de Kelly avant de demander :

— Kel, qu'est-ce que tu as senti ? Tu crois que c'était le « devoir » qui s'exprimait ? Rien d'autre ?

10.

Une nouvelle semaine s'écoula sans incident majeur. Jeff sentait le temps lui glisser entre les doigts et s'inquiétait car il n'avait pas avancé d'un pas dans la bonne direction. Encore deux semaines et son congé arriverait à sa fin. Il devrait partir pour de nouveaux engagements.

S'il ne parvenait pas à régler la situation entre Kelly et lui comme il le voulait, il passerait l'année à venir à se faire du mauvais sang pour elle et Emily, et à s'accabler de reproches pour n'avoir pas su s'y prendre. Il faut dire que Kelly ne lui facilitait pas les choses : son entêtement n'avait d'égal que sa beauté, pensa-t-il, ce qui n'était pas peu dire. Elle se dérobait à toute discussion, à toute allusion, même, à un mariage entre eux. Pire encore, elle avait décidé que, puisqu'elle refusait de céder à ses injonctions, qu'ils ne partageaient pas le même point de vue sur leur avenir, il était préférable pour l'un comme pour l'autre qu'ils ne… partagent pas le même lit. C'est pourquoi, ce matin-là, il était à l'hôtel, tout seul dans sa somptueuse salle de bains inutile et se préparait à se raser.

Furieux contre lui-même, Jeff se regarda dans le miroir et s'adressa de cuisants reproches.

— On peut dire que tu sais y faire avec les femmes, lança-t-il à son image.

Il ne fut pas étonné de voir son double froncer les sourcils et se rembrunir. Il prit son rasoir et le passa sur sa mâchoire couverte de crème à raser.

— Bien joué, mec ! continua-t-il tout haut comme à son habitude. Tu m'impressionnes ! Tu as gagné le gros lot, on dirait ! Non seulement elle refuse le mariage, mais elle refuse toute relation intime avec toi. C'est ce qu'on appelle du bon boulot ! Tu peux être fier de toi !

Jamais encore, il ne s'était senti aussi frustré. Ce n'était pas tant la privation de relations sexuelles avec Kelly qui l'irritait, cela allait beaucoup plus loin. Elle avait fermé la porte à tout ce qu'il avait imaginé, à l'avenir de rêve qu'il avait envisagé. Tous ses espoirs de fonder une famille, de s'intégrer, de rentrer dans le rang en quelque sorte pour mener une vie normale et constituer un foyer pour Emily, s'écroulaient.

Toute sa vie, il était resté en dehors de tout, n'avait jamais été que le spectateur envieux de la vie normale que les autres connaissaient et qu'il ne faisait que deviner. Jusqu'à son entrée dans le corps des marines, il s'était considéré comme banni, exclu, tel un gamin devant la vitrine du pâtissier. Il avait contemplé les douceurs que la vie offrait… aux autres, sans y avoir accès. Si bien qu'en grandissant, il s'était fait une raison et avait pris sur lui d'y renoncer. Il avait compris qu'il était inutile de chercher à obtenir ce que les autres trouvaient tout naturel de posséder et qui, pour lui, était et resterait hors d'atteinte. Il s'était renfermé sur lui-même, s'était forgé une carapace d'insensibilité et avait reporté toute son énergie sur son métier.

Jusqu'à ce que, sans prévenir, il fasse la rencontre de sa vie. Celle qui allait tout changer et mettre à sa portée le rêve de l'enfant abandonné qu'il avait gardé, enfoui tout au fond de lui-même.

Il s'appuya sur le bord du lavabo, les mains crispées au point que ses phalanges en devinrent blanches. Pour le bien que cela lui faisait ! constata-t-il, amer. Encore une fois, il voyait la porte du paradis s'ouvrir devant lui mais il était prié de rester à l'extérieur.

Savoir qu'il était si près du bonheur et ne pas y avoir droit. Ne pas être considéré comme digne d'y atteindre. C'en était trop. C'en était assez pour l'abattre, lui faire perdre courage. Il sentait comme un grand vide à l'intérieur de lui-même sans savoir comment y remédier. Il contempla son reflet dans la glace en quête de suggestions utiles, y cherchant l'inspiration.

Rien ne lui vint à l'esprit. Seule, une grande fatigue l'envahit, le terrassa.

Fatigué, épuisé. Les yeux le brûlaient. Il n'en dormait plus. Comment aurait-il pu dormir alors que l'image de Kelly le hantait en permanence ? L'image de son visage, de son corps, de son rire. Cette dernière semaine, chaque fois qu'il avait sombré dans le sommeil, il s'était réveillé en sursaut quelques minutes plus tard, tendu de désir, soupirant après elle, seul et désespéré. Il n'avait jamais aussi peu dormi, constata-t-il, même pendant les missions les plus périlleuses.

Il reprit son rasage, s'écorcha le menton et soupira de dégoût à la vue du sang qui perlait sous la crème.

— Manquait plus que cela ! s'énerva-t-il, terminant de se raser sans prendre la peine d'arrêter le sang.

Dans l'état où il était, estima-t-il, il avait eu de la chance de ne se faire qu'une écorchure minime. Encore quelques jours de ce traitement et il ne serait même plus capable de se raser. Il serait un danger pour lui-même.

Le téléphone sonna et il alla répondre, soulagé d'être arraché à ses sombres réflexions. Il lança la serviette sur son épaule et décrocha comme s'il s'accrochait à un filin de secours.

— Allô ! dit-il, espérant malgré lui entendre la voix féminine d'une certaine Kelly.

172

— Hello, chef ! dit Travis de son accent reconnaissable.

La main de Jeff se crispa sur le téléphone. Il s'efforça d'ignorer la déception qui s'emparait de lui. Il s'assit sur le lit et se demanda ce qui lui arrivait. Il perdait la boule ou quoi ? L'instant d'avant, il avait béni la sonnerie du téléphone, s'était réjoui que quelque chose ou quelqu'un détourne son esprit de Kelly et voilà qu'il était déçu que ce ne soit pas elle !

— Hello, Travis. Quoi de neuf ?

— Pas grand-chose, dit l'autre d'un ton morne qui lui était inhabituel. Tout est calme sur le front des hostilités et on s'ennuie.

Tout dépendait du point de vue, pensa Jeff, de la façon dont on utilisait cette période de congé. Pour lui, une chose était sûre : les deux semaines écoulées n'avaient pas été ennuyeuses. Loin de là ! Toutefois, il n'était pas homme à faire des confidences et il répliqua :

— C'est vrai. Cela nous change.

— C'est pour cela que je t'appelle, dit Travis d'un ton un peu plus enjoué. Les autres ont pensé qu'on devait te prévenir qu'on va passer la journée à Tijuana. Au cas où tu voudrais venir avec nous.

Le regard de Jeff se fixa sur la porte-fenêtre ouverte en face de lui. La lumière du soleil entrait à flots et dessinait un rectangle lumineux sur le tapis.

Il réfléchissait au choix qui s'offrait à lui : rester ici, s'incruster chez Kelly, souffrir en silence de la voir éviter de rester seule avec lui ou passer toute une journée avec ses copains, à prendre du bon temps ? Difficile de choisir.

Kelly et lui s'étaient vus tous les jours depuis son arrivée mémorable au début de sa permission. Or, depuis le dîner sur la plage, la tension entre eux s'était accentuée au point d'en devenir presque palpable, d'une épaisseur à couper à... la baïonnette ! Jeff se rendait compte qu'il supportait de plus en plus mal les effets de ce stress, lui qui pourtant en avait vu de toutes les couleurs.

Une journée avec ses amis serait une occasion de détente, finit-il par décider. Les liens qui les unissaient étaient à l'épreuve du feu qui les avait nourris et ne demandaient pas d'effort. Ils étaient ses amis et sa famille et c'était ce dont il avait besoin en ce moment précis : sentir qu'il avait sa place au milieu d'eux. Sans dilemme douloureux. Savoir qu'il n'était pas un zombie suspendu dans le néant.

— Chef ? interrogea Travis à l'autre bout du fil. Tu es là ?

— Oui, répondit-il. J'y suis.

— Bon, alors ? Qu'est-ce que je dis aux mecs ? Tu viens ?

— Oui, dit Jeff, prenant la décision qu'il sentait

au fond de lui-même être la bonne. Comptez sur moi. On part quand ?

— Deke passera te prendre dans une demi-heure environ.

— Entendu. Je serai prêt.

Il raccrocha et, pensif, regarda le téléphone. Il lui restait à appeler Kelly pour lui dire qu'il s'absentait pour la journée. Serait-elle… soulagée d'apprendre qu'il passerait la journée ailleurs qu'avec elle ? Il espéra que non.

— Alors ? Il est où, le baroudeur ?

Kevin venait d'arriver et s'asseyait sous le porche, un verre de thé glacé à la main. Comme s'il était chez lui.

Kelly était accroupie près d'un parterre qu'elle replantait. Elle leva les yeux vers son frère, lui lançant un regard peu accueillant. Elle avait compté sur une journée de calme et de tranquillité. C'en était fini. Elle pouvait faire une croix là-dessus.

Quand Jeff avait appelé en début de matinée pour la prévenir de ne pas l'attendre aujourd'hui, elle avait été partagée entre le soulagement et la déception. Déçue de ne pas le voir, de ne pas entendre sa voix, son rire. Soulagée d'avoir du temps à elle, hors de sa présence, pour réfléchir en toute tranquillité. C'est ce qu'elle avait prévu de faire jusqu'à ce que Kevin débarque sans prévenir et s'installe chez elle comme s'il avait l'intention d'y rester.

— Il est allé à Tijuana avec ses amis, dit-elle.

— Bonne idée, dit Kevin.

Il porta le verre à ses lèvres et but longuement.

Kelly s'assit sur ses talons, repoussa ses cheveux en arrière et, alertée par le ton que son frère avait employé, interrogea :

— Qu'est-ce que tu veux dire ?

— Rien de spécial, dit-il.

Il entoura le verre de ses mains et porta son regard au-delà de la barrière du jardinet, observant la rue ombragée d'arbres. Visiblement mal à l'aise, il évitait de regarder sa sœur.

Kelly sentit la moutarde lui monter au nez. La barbe ! Trop d'hommes autour d'elle se mêlaient de ce qui ne les regardait pas ! Elle respira à fond plusieurs fois pour se calmer.

Sans grand succès.

— Vas-y, Kevin, crache le morceau, dis-moi ce que tu as sur le cœur, dit-elle sèchement. J'ai autre chose à faire que de t'écouter. J'ai un parterre à retourner et des tonnes de fleurs qui attendent d'être plantées.

« Sans parler des projets à faire pour mon avenir, et de Jeff… qui me manque déjà », ajouta-t-elle en elle-même.

176

— Alors ? insista-t-elle.

Il prit son temps pour reporter son regard sur sa sœur et parut réfléchir, peser ses mots.

— Disons que je suis heureux qu'il ne soit pas là. J'en ai ma claque de l'avoir dans les pattes chaque fois que je viens voir ma nièce.

Cette déclaration prit Kelly par surprise. Curieux volte-face de la part de Kevin, s'étonna-t-elle. Depuis la naissance d'Emily, les trois frères avaient passé leur temps à attendre le retour de Jeff pour le mettre en demeure d'épouser leur sœur. Maintenant qu'il était là, disposé à faire exactement ce qu'ils avaient prévu d'exiger, Kevin faisait marche arrière ?

C'était le monde à l'envers !

— Qu'est-ce qui t'arrive ? demanda-t-elle, s'attendant au pire. Qu'est-ce qui se passe ? Cela fait un an et demi que tu me tannes à propos de Jeff. C'est toi qui menais la danse et mourais d'impatience de me voir mariée.

— « Menais », « mourais », c'est le temps à employer. Au passé, dit-il.

La colère envahit Kelly qui s'énerva :

— Tu vas y arriver, oui ou non ? dit-elle, les dents serrées. Dis ce que tu as à dire.

— Je ne veux pas que tu épouses Jeff Hunter, dit-il tout d'un trait. Ce n'est pas un mari pour toi.

Sous le choc, elle cligna des yeux plusieurs fois.

177

Comme dans un rêve, elle perçut les petits cris d'Emily, tout près dans son trotteur, les rires des enfants qui se pourchassaient à quelques pas de là, dans la rue. La brise soulevait ses cheveux et elle se pencha sur le parterre pour y planter sa pelle. Elle se rassit sur ses talons, tapa ses mains terreuses l'une contre l'autre et fit face à son frère. Celui qui avait été le pilier de son enfance, se souvint-elle, qui l'avait conseillée, s'était toujours montré attentif, trop parfois, aux besoins de sa jeune sœur.

— Pourquoi ? demanda-t-elle d'une voix radoucie. Qu'est-ce qui te fait dire cela ?

— Rien. J'ai changé d'avis. C'est tout.

Elle eut un petit rire moqueur et Kevin lui lança un regard d'avertissement.

— Excuse-moi, dit-elle, levant une main terreuse en signe d'apaisement, mais avoue que c'est plutôt surprenant. Que toi, Kevin Rogan, tu changes d'avis, comme cela, sans prévenir, sans raison valable ! C'est comme si… le soleil se mettait à tourner autour de la terre !

— Très drôle.

Mais vrai, pensa-t-elle. Kevin était le plus têtu des trois. Peut-être parce qu'il était le plus âgé. Quand il avait pris une décision, rien ne le faisait dévier de la ligne de conduite qu'il s'était tracée. Du moins jusqu'à aujourd'hui.

— Désolée, dit-elle sans monter sur ses grands chevaux.

Elle ne pouvait s'empêcher de penser que cet homme l'avait entourée d'amour toute sa vie et qu'elle devait lui laisser sa chance d'exprimer son opinion sans le contrecarrer d'emblée. Ecouter ce qu'il avait à dire.

— Donc, tu as changé d'avis, dit-elle posément. Pourquoi ? Explique-toi.

Kevin posa ses coudes sur ses genoux et contempla son verre comme pour y trouver la réponse à la question de Kelly. Il était clair qu'il essayait de mettre de l'ordre dans ses idées et choisissait ses mots pour dire ce qu'il avait en tête. Cela parut à Kelly prendre une éternité. Enfin, il leva les yeux vers elle.

— Il appartient aux Services spéciaux, dit-il. Ces gars-là ne sont pas faits pour fonder une famille, pour se marier. Leur vie est ailleurs, sur le terrain, au cœur de l'action.

Il marqua un temps d'arrêt et conclut :

— Ce serait un très mauvais choix, Kelly.

Elle sentit son cœur se serrer sans très bien savoir pourquoi. N'avait-elle pas proclamé haut et fort qu'elle ne voulait pas épouser Jeff ? Alors, en quoi le revirement inattendu de Kevin la dérangerait-il ? Pourquoi le fait qu'il prenait son parti et se rangeait à ses côtés la déstabilisait-il ? Etait-ce la désinvolture avec laquelle il écartait la possibilité que Jeff l'épouse ? N'était-ce que par esprit de contradiction qu'elle ressentait le besoin de prendre sa défense ? Autant de questions auxquelles elle ne trouvait pas de réponse. Elle se sentit très perturbée et tenta de reprendre ses esprits mais le malaise persistait, lui nouant la gorge. Elle dut faire effort pour s'éclaircir la voix et demander :

— Mauvais choix ? Mais pourquoi ?

— Les Spéciaux sont assignés aux sales boulots, dit Kevin, pesant ses mots, à tout ce qu'il y a de plus dangereux. Ils n'ont pas le choix et risquent leur peau à chaque intervention.

Cela, elle le savait. Jeff lui avait quand même un peu parlé de ce qu'il faisait, sans lui en cacher les risques. De plus, elle s'était renseignée et avait recueilli toutes les informations qu'on pouvait trouver sur internet.

Elle en avait assez appris pour mourir d'angoisse à l'idée des dangers que Jeff encourait. De ce point de vue, Kevin n'avait pas tort. Les commandos des Services spéciaux étaient envoyés en mission aux quatre coins du monde à la moindre alerte. Ils étaient censés pénétrer en territoire hostile, livrés à eux-mêmes, ne devant compter que sur leurs seules forces. Ils devaient coûte que coûte exécuter la mission qu'on leur avait confiée et essayer de s'en sortir, vivants si possible.

Le pire pour Kelly lui avait paru être la solitude à laquelle ils étaient voués. Car ils n'étaient pratiquement jamais stationnés au même endroit pour longtemps même lors des entraînements sévères auxquels ils étaient soumis. Ils n'avaient pas le droit de dire où ils étaient ni ce qu'ils faisaient. Ils vivaient sur le qui-vive en permanence et, la plupart du temps, leur survie dépendait de leur vigilance, ne tenait qu'à un fil toujours prêt à se rompre. Pendant toute l'absence de Jeff, Kelly s'était demandé s'il pensait à elle. S'il se raccrochait aux souvenirs heureux de ce qu'ils avaient vécu ensemble pendant les longues nuits solitaires où le danger le menaçait de très près, de trop près.

Un frisson la parcourut malgré la chaleur ambiante et elle en eut la chair de poule.

— Rends-toi compte, disait Kevin, appuyant ses dires par une main pointée dans sa direction, qu'ils doivent répondre à l'appel et se mettre aux ordres où qu'ils soient et dans la minute qui suit. Tout quitter, tout laisser tomber illico, épouse, famille, sans pouvoir dire où ils vont, ni quand ils reviendront.

— Je sais, dit-elle. C'est moi, pas toi, qui ai reçu toutes ces cartes postales en provenance du monde entier !

Des cartes qui ne comportaient que quelques mots, d'espoir, de désir, gribouillés à la hâte. Elle les avait toutes conservées précieusement, soi-disant pour Emily, plus tard. A qui voulait-elle faire croire cela ?

— Des cartes postales ! se moqua Kevin avec un reniflement de dérision. Tu risques d'en accumuler une fichue collection ! C'est ça le genre de mari que tu t'es choisi, celui que tu veux ?

Elle l'entendit monter le ton, sentit qu'il se laissait aller à dire tout ce qu'il avait ruminé depuis des jours. Il poursuivit d'une voix sourde :

— Tu te vois mariée à un type qui disparaît pendant des mois sans laisser d'adresse, sans que tu saches ce qu'il fait ni quand il reviendra et… s'il reviendra ? Tu veux passer le reste de ta vie à te faire des cheveux blancs pour lui, à vivre dans l'angoisse nuit et jour ?

Cela correspondait trop bien à ce qu'elle avait, elle aussi, envisagé, redouté, et sa réaction ne se fit pas attendre. La colère s'empara d'elle et, cette fois, elle ne fit rien pour se calmer. Sans réfléchir, elle prit la défense de Jeff.

— D'après toi, Kevin Rogan, attaqua-t-elle, les Spéciaux sont les seuls à laisser leur famille derrière eux pour faire leur travail ? Et toi ? Tu n'as pas aussi parcouru le pays d'un bout à l'autre avant de devenir instructeur ? Toi non plus, tu n'avais pas le choix. On ne te demandait pas ton avis ! Et, si je ne me trompe, cela pourrait bien recommencer.

Elle s'était mise debout, prête pour le combat.

— Exact, admit Kevin, à contrecœur. Mais vous saviez toujours où me trouver.

— Et alors ? Cela ne nous empêchait pas d'être inquiets pour toi, non ?

Les mains sur les hanches, elle lui faisait face. Il posa son verre sur la table et se leva à son tour.

— Peut-être pas, dit-il, mais, au moins, vous pouviez toujours me contacter. Comme tu aurais bien voulu le faire pour Hunter quand tu as su que tu étais enceinte. Mais lui était hors d'atteinte.

— Si j'avais été sa femme, rétorqua Kelly vivement, cela aurait été possible.

« Sa femme » ! Elle se surprenait elle-même. Elle n'avait pas hésité à prononcer ce mot. Elle n'avait même pas trébuché sur le mot ! Sur le moment, elle était tellement remontée contre son frère qu'elle ne s'y attarda pas.

Kevin aussi s'énerva.

— Tu m'as demandé mon opinion, dit-il sèchement. Je te la donne. Point. Barre.

— Eh bien, moi aussi j'ai changé d'avis, répliqua-t-elle. Comme toi. Sache que je n'ai que faire de ce que tu penses.

— Parce que cela ne te plaît pas, dit Kevin. Que tu ne veux pas regarder la réalité en face.

Il se pencha vers elle, lui prit le bras et, la regardant dans les yeux, observa :

— Qu'est-ce qui t'arrive, Kelly ? Pourquoi prends-tu sa défense et refuses-tu de m'écouter ? Je croyais que tu avais rejeté sa proposition de l'épouser ? Que tu ne voulais rien entendre ?

— Tu ne te trompes pas. Je ne…

Elle ne termina pas sa phrase et, se dégageant de la poigne de son frère, recula d'un pas.

Elle ne savait plus du tout où elle en était ni ce qu'elle voulait. Elle ne voulait pas épouser Jeff mais elle ne supportait pas d'entendre Kevin le dénigrer et le condamner parce qu'il se donnait tout entier à son métier. Parce qu'il était un marine à cent pour cent et fier de l'être. Comme Kevin d'ailleurs !

A la différence près que Jeff, lui, était seul. Qu'il n'avait pas de famille pour lui casser les pieds et s'inquiéter de son sort. Il n'avait qu'elle. Elle et Emily, sa fille, leur fille. Une bouffée d'attendrissement l'envahit à cette idée. Elle repoussa à plus tard d'essayer de comprendre.

— Tu ferais mieux de nous laisser, dit-elle à Kevin d'une voix étouffée par l'émotion.

Elle avait besoin d'être seule pour prendre la mesure de ce qui lui arrivait, évaluer les dégâts que cette conversation avait causés en elle.

— Tu me demandes de débarrasser le plancher ? demanda un Kevin incrédule.

— Oui, tu as bien compris, dit-elle d'un ton ferme.

184

— Kelly, protesta-t-il, en tant que ton frère aîné, je sais mieux que toi...

Elle leva la tête et le gratifia d'un regard glacial que les recrues entraînées par Kevin auraient qualifié de « typiquement Rogan » !

— Garde tes conseils pour toi, dit-elle. Je n'ai plus douze ans.

— Je n'ai jamais dit le contraire.

— Non, mais tu te comportes comme si j'étais une gamine naïve et incapable de toute réflexion. Cela commence à bien faire, Kevin. J'en ai assez. C'est à moi et à moi seule de décider de ce que je veux faire de ma vie.

Elle lui tourna le dos et fit les trois pas qui la séparaient d'Emily. Elle sortit sa fille de son trotteur, l'arrima sur sa hanche et lança un dernier regard à son frère.

— Au lieu de m'abreuver de tes sages conseils sur mon avenir, dit-elle, si tu t'occupais un peu de toi ? Il serait temps que tu te mettes à penser à *ton* avenir, non ? Que tu te fasses une vie à toi en plus de la mienne.

Sur ces mots, elle monta rapidement les marches du porche et disparut dans la maison en claquant la porte. Jamais elle n'avait osé passer aussi directement à l'attaque. Kevin en resta cloué sur place, la bouche grande ouverte de surprise.

Quelques heures plus tard, quand Jeff appela, Kelly n'était pas encore remise de sa conversation avec Kevin. Elle avait passé l'après-midi à réfléchir sans avoir éclairci sa position. Les émotions se bousculaient en elle et un grand désarroi régnait dans son esprit. Elle y perdait son latin.

Elle refusait l'idée de se marier mais elle voulait Jeff à ses côtés.

Contre toute logique.

Elle ne l'aimait pas mais elle avait besoin de lui.

Elle ne supportait pas de penser qu'il allait repartir et affronter de nouveaux dangers. Tout en elle se révoltait à cette perspective et elle en était aussi bouleversée que par un cataclysme de force dix. Qu'est-ce que cela voulait dire ? Que devait-elle en conclure ?

— Kelly, dit-il de sa voix de basse qui franchissait les ondes et l'atteignait de plein fouet, au creux de l'estomac, Kelly, tu vas bien ?

D'une main, elle releva ses cheveux et ses yeux se posèrent sur sa fille en train d'écraser des petits pois dans sa main. Elle esquissa un sourire et dit :

— Oui, oui, je vais bien. Je crois que j'étais ailleurs, excuse-moi. Je n'ai pas entendu ce que tu disais. Tu m'as demandé quelque chose ?

Il rit doucement et le bruit de son rire la fit vibrer comme les cordes d'un violon.

— Je t'ai invitée à dîner avec moi. Ce soir. Ce serait possible ?

Sans lui dans la maison, la journée avait paru longue à Kelly. Elle s'était habituée à ce qu'il fasse partie de sa vie. A le voir tous les jours. A entendre le son de sa voix résonner d'une pièce à l'autre, à le voir sourire quand il lui parlait. Elle aimait le regarder s'occuper d'Emily.

Bientôt, très bientôt, tout cela serait terminé et allait lui manquer, terriblement. Sa permission touchait à sa fin, et, avant qu'elle puisse dire « ouf », elle serait de nouveau celle qui guettait le facteur. Celle qui attendait, espérait de tout son cœur une carte postale en provenance d'un des quatre coins du monde. Alors, pourquoi se priver ? Qu'est-ce qui l'empêchait de passer chaque minute qui leur restait avec lui ? s'interrogea-t-elle.

Pourquoi se retenir de sentir ses bras autour d'elle, de s'abandonner aux merveilleuses sensations de ses mains sur elle ? Pourquoi le tenir à distance, le condamner à la solitude alors que son métier les éloignerait l'un de l'autre, de toutes manières ?

— Hello, Kelly ! dit Jeff, la ramenant à la réalité car, de nouveau, elle s'était absentée de la conversation. Tu m'écoutes ?

— Oui, Jeff. Désolée, dit-elle en secouant la tête

pour reprendre pied et en chasser toute hésitation. La journée a été longue.

Il saisit ou crut saisir le prétexte d'une excuse.

— Si tu es trop fatiguée…

— Non, non, s'empressa-t-elle de dire, pas à ce point. Je serai… heureuse de dîner avec toi. A quelle heure viendras-tu me chercher ?

— 8 heures, dit-il et… fais-toi encore plus belle. Je t'emmène dans un endroit chic !

— 8 heures. D'accord, dit-elle tandis qu'elle faisait mentalement l'inventaire de sa garde-robe.

Qu'allait-elle bien pouvoir mettre d'assez élégant pour ne pas le décevoir ?

— Je serai prête.

11.

Le Quiet Cannon figurait parmi les restaurants les plus prisés de Laguna Beach. Situé en haut d'une des falaises qui faisaient la réputation de l'endroit et le bonheur des touristes, il offrait à ses clients une vue imprenable sur la mer. De grandes baies vitrées faisaient office de murs et toutes les tables étaient orientées vers la vue panoramique de l'océan et des rochers. Un fond de musique douce flottait dans l'air en provenance du bar voisin. Les serveurs circulaient silencieusement entre les tables, drapées de nappes blanches, sans troubler le bruit étouffé des conversations.

— Cet endroit est superbe ! remarqua Kelly avec un sourire.

— Non, répliqua Jeff en secouant la tête, c'est toi qui es superbe. Le restaurant, lui, est tout juste… agréable.

Pour la dixième fois de la soirée, son regard brûlant admirait la jeune femme en face de lui.

189

— Merci, dit-elle comme si elle réagissait poliment au compliment d'un inconnu lors de leur premier rendez-vous. Tu as aussi beaucoup d'allure dans ton uniforme.

Il fit une grimace comique avant d'expliquer :

— Je n'avais pas de vêtements appropriés dans mon paquetage. Alors, ou j'essayais d'entrer en force dans l'établissement, en jean et baskets, ou c'était l'uniforme.

— Je suis contente que tu aies fait le bon choix, dit-elle. J'aime te voir en uniforme. Tu es splendide. Et… j'aime la réaction des gens quand ils te voient.

Effectivement, impossible de passer inaperçu, reconnut-il. C'était d'ailleurs la raison pour laquelle un marine qui n'était pas en service commandé s'abstenait généralement de parader en tenue. Sauf quand ce même marine réservait une table dans un restaurant huppé et ne s'apercevait qu'après qu'il n'avait pas les vêtements qu'il fallait !

— Les gens qui nous regardent ce soir ne voient pas mon uniforme, mon cœur, affirma-t-il, les yeux dans les siens. C'est toi qu'ils regardent. Je suis sûr qu'ils se demandent comment un type comme moi a pu décrocher le gros lot et se trouver ici en ta compagnie.

Elle lui sourit et Jeff sentit les battements de son cœur s'accélérer. Qui plus est, il ne faisait qu'exprimer ce qu'il pensait. Dès l'instant où il avait été la prendre

190

chez elle, il avait eu du mal à détacher ses yeux du spectacle somptueux qu'elle offrait. La robe de cocktail jaune très pâle qu'elle avait choisie lui allait à merveille et paraissait avoir été conçue spécialement pour elle. Le profond décolleté découvrait la naissance de ses seins et les très courtes manches mettaient en valeur ses bras fermes, au bronzage impeccable. La jupe courte, au-dessus du genou, virevoltait à chacun de ses pas, dévoilant ses jambes au galbe parfait. Ses cheveux relevés en chignon étaient retenus par une grande barrette en argent. Quelques mèches rebelles s'en échappaient et dansaient autour de son visage. La flamme des bougies se reflétait dans ses boucles d'oreilles, en argent elles aussi, et sur le large bracelet plat qu'elle portait au poignet gauche et qu'elle affectionnait particulièrement.

On aurait dit que ses yeux verts scintillaient dans la lumière douce des candélabres de cristal et Jeff sentit qu'il pourrait rester ainsi indéfiniment, les yeux dans les siens et… être heureux. Cela suffisait à son bonheur.

Malheureusement pour lui, le serveur apporta la note et Jeff réalisa que la soirée touchait à sa fin. Trop tôt. Il n'avait encore rien dit de ce qui le tourmentait et qui devait être mis noir sur blanc.

Il avait passé la plus grande partie de la journée à mettre au point une stratégie, à prévoir ce qu'il allait avancer comme arguments pour la convaincre de se rendre à ses raisons. Hélas, maintenant qu'elle était en face de lui, il ne trouvait pas ses mots et se contentait de la contempler comme un ado en transe !

Il déplia la note, y jeta un œil et sortit une liasse de billets de sa poche. Il compta le nécessaire et ajouta un généreux pourboire. Puis il se leva, tendit la main à Kelly et l'aida à reculer sa chaise. La main sur sa taille, au creux de son dos, il la mena vers la sortie.

Il redressa les épaules et se sentit flatté des regards d'admiration que leur décochaient les clients. Kelly était très belle. Pour lui, c'était une évidence mais il était heureux que d'autres que lui apprécient sa beauté.

Toutefois, elle avait d'autres qualités que la beauté physique. Elle rayonnait d'énergie, de courage et de fierté. Son rire éclatant aurait déridé le grognon le plus morose. Elle était tendre, aimante... Quoi d'autre encore ? Il renonça à dresser la liste car, de son point de vue, elle avait tout pour elle. Elle était tout pour lui.

A la sortie du restaurant, la brise fraîche qui soufflait de la mer les surprit. Kelly frissonna et Jeff l'aida à s'envelopper de son étole. Il la lui prit des mains et la lui posa sur les épaules. Elle leva les yeux vers lui et lui sourit. Un instant Jeff fut tenté de poser ses lèvres sur les siennes, si proches.

Mais, déjà, le voiturier du restaurant s'approchait et réclamait leur ticket.

— Non, merci, dit Jeff, notant le regard admiratif que le jeune homme posait sur Kelly. Pas tout de suite.

Il était encore tôt. La soirée n'était pas terminée, pensa-t-il. Il lui restait une chance de pouvoir s'exprimer. Il ne pouvait pas reconduire Kelly chez elle avant de lui avoir parlé, de lui avoir fait part de ce qu'il avait ressassé dans sa tête toute la journée.

— On va un peu sur la terrasse ? demanda-t-il, plongeant son regard dans les yeux verts qui hantaient ses nuits et dont il ne pouvait plus se passer.

— Oui, bien sûr, dit-elle.

Il la précéda et elle le suivit le long de l'allée plantée d'arbustes qui faisait le tour du bâtiment. La terrasse, en fait, un solide ponton de bois, surplombait l'océan dont les vagues venaient s'écraser sur les rochers, à plusieurs centaines de mètres au-dessous d'eux. Des plantes en pots et un auvent leur procuraient un abri sûr tandis que les lueurs des bougies de la grande salle derrière eux les éclairaient d'une lumière diffuse. Mis à part le bruit des vagues, tout était silencieux. Ils étaient seuls, devant le spectacle de la mer.

Jeff hésita à rompre le charme de l'atmosphère presque magique qui les entourait. Néanmoins, il s'y résolut car il fallait que certaines choses soient dites. Il se devait de tenter sa chance, de la convaincre de l'écouter.

— J'ai beaucoup réfléchi aujourd'hui, dit-il à voix basse, le regard fixé sur l'étendue infinie de la mer.

— Moi aussi, répliqua Kelly, sans en dire plus.

Elle se demandait où les réflexions de Jeff l'avaient mené. Selon toutes probabilités, dans une tout autre direction que celle à laquelle *elle* avait fini par aboutir.

Il avait passé la journée à parcourir les rues de Tijuana, la mecque du tourisme dans cette région du Mexique, juste de l'autre côté de la frontière. Les quatre marines avaient mis leur point d'honneur à visiter ce qu'il y avait à visiter… mais lui n'avait rien vu. Il ne pouvait s'empêcher de penser à Kelly. A Emily. Au fait qu'il allait devoir les quitter. Bientôt. Or, avoir un enfant vous changeait un homme. On voyait la vie sous un autre angle, reconnut-il. Pour la première fois, il se dit qu'il n'était pas éternel, et encore moins s'il poursuivait la carrière qu'il s'était choisie, s'il continuait de prendre les risques que cela impliquait.

Dans la foulée, d'autres réflexions lui étaient venues à l'esprit, sur l'avenir, son métier, toutes choses qu'il n'était pas en mesure d'exprimer clairement.

Kelly se tenait si près de lui que leurs bras se touchaient. A ce léger contact, Jeff fut parcouru d'une onde de chaleur qui rayonna jusqu'au fond de lui. Son parfum, porté par la brise, lui monta aux narines et il le respira avec délices, l'enregistrant, l'enfermant

194

en lui comme un témoin de ce moment précieux. A conserver.

Il tourna la tête vers elle et son esprit captura son image pour l'enfouir en lui à jamais. A la lueur du clair de lune, elle présentait une image de rêve. La jupe de sa robe voletait autour de ses jambes parfaites et, tandis qu'elle resserrait l'étole autour d'elle, elle aspirait l'air de la mer et ses seins se dressaient sous l'étoffe. Il n'en fallut pas plus pour que Jeff en perde le souffle et que toute pensée cohérente déserte son cerveau.

Il prit sur lui pour garder un semblant de contrôle et détourna les yeux, reportant son regard sur l'océan.

— Kelly, dit-il après avoir respiré à fond, comme avant le premier coup de feu, je veux t'épouser. Il le faut.

— Jeff…, soupira-t-elle, agacée.

« Bravo ! se félicita Jeff en son for intérieur, avec un rire de dérision à son encontre. On ne fait pas mieux ! Tu rumines ton speech toute la journée et tout ce que tu es capable de faire, c'est de bâcler le travail en trois coups de cuiller à pot. Reprends-toi, mon vieux ! »

Il fallait qu'il corrige la trajectoire ! Urgent.

— Ecoute-moi, Kelly, dit-il.

Il se retourna vers elle. Il vit que son regard s'était assombri et, perplexe, se demanda quelle pouvait être la raison de ce changement d'humeur. Etant donné

qu'elle ne lui avait pas sauté dans les bras en criant :
« Oh, oui, Jeff ! » il en déduisit qu'elle était contrariée
et allait encore le refuser. Prêt à faire front, il se lança
dans le fameux discours qu'il avait préparé.

— Kelly, il ne s'agit pas de nous, commença-t-il.

A voir son expression, il comprit ce qu'elle pensait
de cette affirmation pour le moins surprenante en
regard de sa proposition.

— Enfin, pas de nous uniquement, rectifia-t-il
aussitôt. Il s'agit aussi d'Emily.

— Emily ?

Jeff sentit son cœur se serrer. Il ne s'appesantit pas
sur ce malaise et continua :

— Je sais que tu ne veux pas m'épouser…

Ce qui, pour un homme, était le comble de l'hu-
miliation ! Pas facile pour son orgueil d'entendre la
mère de son enfant refuser de l'épouser.

— Je… je comprends, mais le moins que tu puisses
m'accorder, c'est de me laisser assurer la sécurité
d'Emily et son bien-être. Quoi qu'il arrive.

— Qu'est-ce que tu racontes ? répliqua Kelly, le
regardant bien en face.

Il la prit par les épaules et la tint fermement en face
de lui. Grands dieux, s'énerva-t-il, pourquoi était-ce si
difficile ? Cela avait l'air de couler de source quand il
répétait le scénario dans sa tête. Alors, pourquoi, au

moment de passer à l'action, se montrait-il si maladroit, incapable de trouver les mots qu'il fallait ?

— Le corps des marines fait en sorte de prendre soin des siens dans les différentes circonstances de la vie, dit-il. Emily, en tant que ma fille légitime, aura le droit de bénéficier de tous les avantages qui me sont acquis. Et elle héritera de tout ce que je laisserai derrière moi s'il m'arrivait quelque chose de… définitif.

Malgré le peu de lumière, il vit Kelly pâlir et en profita pour pousser l'avantage :

— Alors, permets-moi de faire ce que je peux pour assurer son avenir, de régulariser la situation. Pour elle, Kelly. Pas pour toi. Je sais que tu es capable de te débrouiller toute seule et que tu ne veux rien accepter de moi. Mais tu ne peux pas me refuser le droit de prendre soin de l'avenir de mon enfant.

— Oh, Jeff…, soupira Kelly.

Son cerveau était en feu et ses jambes… en coton. S'il ne l'avait pas tenue entre ses mains, elle se serait écroulée contre la balustrade et, peut-être même, serait-elle passée par-dessus pour aller s'écraser dans les vagues !

Bizarre, s'étonna-t-elle. Elle savait depuis le début qu'il exerçait un métier dangereux. En fait, elle n'avait fait que penser à cela, à l'éventualité du pire, toute la journée, depuis le départ contraint et forcé de Kevin.

Malgré cela, autre chose était d'entendre Jeff le dire ! « Quelque chose de définitif. » Cela lui faisait mal, comme un coup au cœur.

Elle vit qu'il était tendu, que sa mâchoire se contractait sous l'effort. Elle se douta de ce qu'il lui en coûtait de faire cette proposition. Pour le bonheur de son enfant, il avait refoulé son orgueil et tenté sa chance auprès d'elle une fois de plus. Jeff Hunter, l'homme le plus fort, le plus déterminé qu'il lui ait été donné de rencontrer, avait ravalé sa fierté et pris le risque de se voir refouler par la mère de sa fille. Tout cela parce qu'il voulait faire le maximum pour Emily, assurer son avenir… au cas où. Une bouffée de tendresse, mêlée de panique, l'envahit malgré elle. Elle se sentit bouleversée, touchée par l'abnégation dont il faisait preuve. Elle le regarda dans les yeux, profondément troublée. Où était son « devoir », à elle ?

— Dis « oui », la supplia-t-il.

Une partie d'elle-même ne demandait que cela, constata Kelly, déstabilisée. Or, jamais auparavant, elle n'avait laissé à un homme le moindre espoir de se faire une place dans sa vie. Trop jalouse de son indépendance. Voilà que maintenant, elle doutait d'elle-même, se demandait quel prix elle était prête à payer pour conserver cette indépendance et si cela en valait la peine.

Pouvait-elle s'entêter et refuser une dernière fois sa

proposition de l'épouser, sachant ce que cela signifie-rait pour lui ? Pouvait-elle le laisser partir, courir tous les dangers qui le menaçaient, en croyant que rien ni personne ne l'attendait, ne s'intéressait à lui ? Qu'il avait échoué dans la mission qu'il s'était assignée : assurer l'avenir de sa fille ?

Pouvait-elle, de surcroît et de par sa décision à elle, une décision purement égoïste, le condamner à la solitude qui était son lot depuis toujours ?

Non. Elle ne pouvait pas se résoudre à prendre sur elle de le rejeter dans les ténèbres de l'indifférence. De le renvoyer dans un monde où il n'existait pour personne. Dans les conditions où il vivait, il était essentiel qu'il soit rattaché au monde réel, qu'il se sente relié à ce monde par des liens indéfectibles. Au cours des opérations hasardeuses auxquelles il était exposé, savoir qu'il occupait une place importante dans la vie de quelqu'un, quelque part, pouvait faire toute la différence, non ? S'il savait qu'il comptait pour...

Pour Emily.

Pour elle.

Ce qui ne faisait aucun doute. Car, qu'elle l'épouse ou non, Kelly savait au fond d'elle-même que Jeff occuperait toujours une place privilégiée dans son cœur. Le lien magique qui s'était établi entre eux dix-huit mois plus tôt était toujours là. Et non seulement cela, mais il avait grandi pendant les deux semaines qui venaient de s'écouler, s'était fortifié, épanoui au cours de leurs contacts quotidiens. Ce lien était devenu si fort, si intense qu'il lui était maintenant indispensable. Au point qu'elle ne pouvait imaginer pouvoir s'en passer.

Toute la journée, elle s'était battue avec elle-même. Elle avait tenté de faire taire ses sentiments pour lui de peur de remettre sa vie entre les mains d'un autre mâle qui prendrait les commandes, etc. Sans en arriver à une quelconque décision.

Jusqu'à cet instant précis.

Il ne demandait que la permission de faire pour sa fille ce qui était à sa portée, raisonna-t-elle. De devenir le père légitime de son enfant.

Et cela, elle ne pouvait pas le lui refuser. Elle n'avait pas le droit d'empêcher Emily de bénéficier du confort que son père pouvait lui procurer. Elle ne pouvait pas et ne voulait pas, d'ailleurs, exclure Jeff de la vie de sa fille. Elle n'avait jamais eu l'intention de le priver d'Emily, ni de priver Emily de son père.

C'est ce dernier argument qui motiva sa décision et balaya ses derniers doutes.

Avant que son courage ne l'abandonne, elle dit d'une voix mal affermie :

— Très bien, Jeff...

Elle marqua une très courte pause et enchaîna :

— ... J'accepte de t'épouser.

Pour Emily, se dit-elle. Uniquement. Du moins, c'est ce qu'elle fit semblant de croire.

Il ouvrit grand les yeux et eut l'air tellement ébahi que c'en était presque comique. Au lieu de rire, Kelly sentit les larmes lui monter aux yeux, tant elle était émue de sa réaction. D'un battement de paupières, elle les repoussa. L'instant d'après, Jeff la prenait dans ses bras, la serrait contre lui avec une telle force qu'elle en eut le souffle coupé.

Puis il se pencha sur elle et prit sa bouche pour un baiser court et intense qui laissa Kelly pantelante et bouleversée. Très vite, il releva la tête et demanda :

— Sais-tu si Kieran peut passer la nuit chez toi, avec Emily ?

Encore sous le choc du baiser dont il venait de la gratifier, elle hocha la tête sans comprendre.

— Je crois. Oui. Pourquoi ?

Il lui releva le menton d'un doigt impératif et dit :

— Parce que nous partons pour Las Vegas. Là, maintenant. Nous allons nous marier. Avant que tu ne changes d'avis.

— Vegas ? répéta-t-elle comme dans un rêve.

Il ne répondit pas. Il lui glissa la main sous le coude et lui fit rebrousser chemin le long de l'allée vers l'entrée du restaurant. Sans un mot, il tendit son ticket au voiturier, surgi de nulle part, qui les attendait.

Il ne fallut que quelques heures pour que… l'irréparable soit accompli. Quelques heures, tout compris : voyage en avion et service nuptial. Un peu avant l'aube, Jeff et Kelly étaient de retour dans la chambre d'hôtel de Jeff.

— A quoi penses-tu ? demanda-t-il.

Sa voix n'était qu'un murmure étouffé dans la pénombre de la chambre.

— Je m'étonnais de ce qui nous arrive, répondit-elle, pensive.

Machinalement, ses doigts caressaient l'avant-bras de Jeff qui reposait en travers de son estomac dénudé.

Elle poursuivit sa rêverie à voix basse :

— Il y a de cela quelques heures à peine, nous étions au restaurant, en train de dîner tranquillement. Et, maintenant, nous sommes… mari et femme.

Il roula sur le dos et l'attira vers lui la faisant passer au-dessus de lui et l'y gardant prisonnière, allongée de tout son long de sorte que leurs deux corps étaient en contact étroit. De ses mains, il lui caressait le dos, les fesses et remontait le long de sa colonne vertébrale. Le bout de ses doigts calleux faisaient courir des frissons de plaisir là où ils s'aventuraient et Kelly ne put que rendre les armes. Pour une nuit de noces, elle avait été gâtée. Jeff lui avait offert un festival digne de figurer dans des annales d'un genre un peu spécial.

— Interdit de penser, de réfléchir, murmura-t-il contre son oreille.

Comme pour l'empêcher d'enfreindre la règle qu'il venait d'édicter, il leva la tête juste assez pour déposer une chaîne de baisers sur son cou et lui mordiller le creux de l'épaule.

— Mmm…, marmonna Kelly.

Elle se plaqua contre lui, se forçant à tout oublier sauf la délicieuse sensation de ses mains sur elle. Jeff avait raison. Interdit de penser… à l'avenir. Plus tard, elle aurait tout le temps de s'interroger, de se demander si elle avait bien fait de céder à sa prière. Pour le moment, la seule chose importante était de profiter pleinement de cette nuit exceptionnelle.

Il exécuta le même mouvement souple que précédemment mais, cette fois, il la tint prisonnière sous lui. Elle libéra ses bras pour les lui passer autour du cou, le serrer contre elle au moment où la main de Jeff se refermait sur un sein. De ses doigts, il en taquina le bout dressé, envoyant des faisceaux de plaisir d'une intensité folle l'irradier de la tête aux pieds.

Effarée par la montée du désir qui l'envahissait, elle se demanda rêveusement s'il en serait toujours ainsi entre eux. Ce qui lui fit prendre conscience du plein impact de sa question. Auraient-ils un « toujours » ? s'interrogea-t-elle. Elle renonça à creuser l'idée car Jeff ne restait pas inactif. Il couvrait de baisers tout ce que sa bouche rencontrait sur son passage, se servant de ses lèvres et de ses dents pour marquer son territoire. Pendant ce nouveau genre de torture, ses mains ne cessaient d'explorer, de caresser, elles aussi.

Chaque terminaison nerveuse du corps de Kelly vibrait. Elle en perdait le souffle et respirait à petits coups. Son cerveau n'était plus qu'un tourbillon de sensations éblouissantes. Elle l'attira à elle, lui caressa les épaules, le marquant à son tour de ses ongles. Jeff se laissa glisser de plus en plus bas. Quand il s'agenouilla entre ses cuisses et lui releva les jambes, elle haleta et se prépara à recevoir le baiser qu'elle anticipait.

Sa bouche descendit sur elle. Kelly tressaillit, sursauta et faillit tomber du lit.

— Jeff ! murmura-t-elle, suffoquée, se rattrapant à lui.

— Laisse-toi faire, mon cœur, murmura-t-il, goûtant sa féminité, s'y attardant. Laisse-moi faire.

Elle ne se fit pas prier. Les lèvres de Jeff exploraient la partie la plus intime de son être, lui arrachant de petits cris.

Il la tenait fermement et toute dérobade était exclue. Elle serra les poings et quand elle sentit monter en elle la grande vague qui allait la submerger, ses hanches se déchaînèrent contre sa bouche. Les mains sur ses fesses, Jeff la maintenait là où il la voulait et il lui donna tout ce qu'elle avait jamais pu désirer. Elle reprit un instant son souffle et ferma les yeux pour mieux s'abandonner à la marée toute-puissante qui balaya tout sur son passage.

Avant la fin de la dernière vague, Jeff se redressa et se glissa en elle, usant de son droit de la posséder, s'affirmant comme le maître de son corps et de son âme. Elle leva les hanches à sa rencontre et quand il la pénétra d'une seule poussée, elle se sentit comblée.

Il contempla un instant son visage aux yeux clos et ordonna, d'une voix rauque de désir :

— Ouvre les yeux, Kelly. Regarde-moi pendant que je te fais l'amour.

Elle obtempéra aussitôt et leurs regards ne se quittèrent plus, aussi rivés l'un à l'autre que l'étaient leurs corps.

— Prends-moi, Jeff, dit-elle dans un souffle. Prends tout de moi.

Elle mit ses mains dans son dos, le retenant contre elle, lui donnant à son tour tout ce qu'elle avait. Plus, beaucoup plus que ce qu'il avait jamais reçu de personne auparavant.

La dernière pensée cohérente de Jeff avant le feu d'artifice final fut qu'il avait trouvé sa place, son foyer. Il était rentré à la maison.

*
* *

Une demi-heure plus tard, un horrible son strident déchira le silence et leur vrilla les oreilles.

Encore à moitié endormie, Kelly tâtonna dans l'ombre et attrapa le téléphone avant que le fichu machin ne sonne une deuxième fois.

— Allô ! dit-elle d'une voix enrouée.

— Mes hommages, madame. Passez-moi le sergent Hunter, dit une voix d'homme, claire et nette, habituée à ce qu'on obéisse à ses ordres sans discuter.

Elle cligna des yeux, poussa Jeff du coude, une première fois puis une deuxième car il ne bougeait pas.

— Jeff ! Téléphone, dit-elle.

Ni l'un ni l'autre n'avait encore récupéré après la soirée mouvementée de la veille. Le voyage à Las Vegas, la cérémonie nuptiale, et surtout leur nuit de noces… sportive. Tout cela en quelques heures les avait épuisés.

— Oui, qu'est-ce qu'il y a ? marmonna-t-il, levant la tête de l'oreiller mais les yeux encore fermés. J'arrive…

Elle lui mit le téléphone dans la main.

— Hunter, dit-il d'une voix ensommeillée.

Kelly se laissa aller contre l'oreiller, alanguie, dépourvue de toute énergie. Elle était courbatue de partout et se sentait… flapie. Et heureuse de l'être ! pensa-t-elle avec un petit sourire. Son cerveau embrumé

206

ne répondait qu'à moitié et elle aurait été incapable du moindre mouvement. En cas d'incendie, par exemple, elle resterait là, allongée sur le lit, indifférente à son sort.

Elle se tourna vers Jeff et nota qu'il s'était redressé. Assis dans le lit, le dos droit, il se tenait plus ou moins au garde-à-vous. Toute trace de sommeil avait disparu de son visage et, les yeux plissés, les sourcils froncés, il écoutait attentivement son interlocuteur. Surprise du changement soudain dans son attitude, Kelly eut l'intuition qu'il se passait quelque chose d'anormal et sentit son cœur se serrer d'appréhension.

— Oui, mon commandant, l'entendit-elle dire. A vos ordres, mon commandant.

Il raccrocha et lui tendit le récepteur pour qu'elle le repose sur son socle. Le temps qu'elle se retourne, Jeff était déjà sorti du lit et se dirigeait vers la salle de bains.

— Que se passe-t-il ? demanda-t-elle, le regard fixé sur les larges épaules et le dos musclé. Où vas-tu ?

Il lui lança un regard gêné et dit tout d'un trait :

— Lune de miel terminée, Kel.

Avant qu'elle comprenne ce qui se passait, il prit des vêtements dans le placard et fonça prendre la douche la plus rapide que Kelly ait pu imaginer. Il revint dans la chambre et se mit à décrocher ses chemises des portemanteaux, à plier son uniforme et à vider les tiroirs. D'une main experte, il entassa le tout dans son sac de paquetage.

Kelly réalisa d'un coup.

— Tu pars ? demanda-t-elle, hébétée.

— C'était le commandant, dit-il en montrant le téléphone. Mon équipe est convoquée d'astreinte. Immédiatement.

— Mais… tu es en permission, protesta-t-elle, éberluée.

Elle s'était assise dans le lit et tenait la couverture contre elle, un peu comme si elle se protégeait derrière un bouclier.

— Annulée, dit-il.

Il repartit dans la salle de bains et en revint avec sa trousse de toilette, solide, en cuir, et son nécessaire de rasage. Il mit le tout dans la trousse, la referma et l'ajouta au contenu du sac.

« Il part ! s'étonna-t-elle comme si elle parlait à son double, sans bien réaliser la situation. Jeff s'en va. » Elle n'était pas préparée à la soudaineté de l'événement et se révolta.

— Ils ne peuvent pas te faire ça !

Jeff s'arrêta un instant, la dévisagea et esquissa un sourire.

— Mon cœur, ils peuvent faire ce qu'ils veulent. C'est stipulé dans les règles.

— Pas juste, dit-elle, se mettant à genoux sur le lit,

208

tenant toujours la couverture contre elle. Tu as encore deux semaines de permission. Ils n'ont qu'à demander à quelqu'un d'autre.

— Ce n'est pas comme cela que ça marche, dit-il, secouant la tête.

— Vraiment pas juste, redit-elle avec force.

« Incroyable ! s'indigna-t-elle intérieurement. On l'envoie risquer sa vie pendant des mois et des mois. Il s'en sort et il croit avoir droit à un mois de permission, tranquille. Jusqu'au moment où, sans crier gare, on le rappelle. Aux ordres, quoi qu'il arrive, comme Kevin l'avait prévu ! », se souvint-elle amèrement. Qu'est-ce que c'était que ce bazar ? Et pourquoi était-elle tout d'un coup prise de panique, la peur au ventre ? Elle savait que cela pouvait arriver, que cela arriverait. Mais pas là, maintenant ! C'était trop tôt. Elle avait besoin de temps. De plus de temps. Avec lui, Jeff.

Il fit le tour du lit et la prit aux épaules. Les yeux dans les siens, il dit :

— Mon cœur, il faut que j'y aille. Il n'y a pas à discuter.

— Quand reviens-tu ?

— Je n'en sais rien, dit-il, honnête.

Son regard s'attachait sur elle, dévorait son visage, gravant dans sa mémoire le souvenir de cet au revoir poignant.

— Dès qu'on me libère, je reviens en vitesse pour la fin de cette permission.

Quand ? Dans une semaine ? Un mois ? Dix-huit mois comme la fois précédente ? C'était trop injuste ! Elle était révoltée par la brutalité inhumaine de ce rappel forcé. Elle fut à deux doigts de se mettre à hurler sa colère, à crier, à trépigner de frustration comme une gamine à qui on arrache son jouet.

Heureusement, elle se reprit à temps.

Elle prit une profonde inspiration et s'efforça au calme. Jeff était un marine et elle l'avait toujours su, reconnut-elle. Elle n'allait pas se mettre à pleurnicher et le laisser partir, emportant avec lui la vision de sa toute nouvelle femme, désespérée et larmoyante. Elle qui avait mis un point d'honneur à prouver au monde entier et à son entourage en particulier qu'elle était indépendante et responsable, eh bien, le moment était venu de montrer de quoi elle était capable. Avec un hochement de tête déterminé, elle renonça à toute velléité de protestation et, laissant tomber la couverture, lui passa les bras autour du cou. Elle se serra contre lui et un long baiser passionné les réunit. Un baiser qu'il emporterait avec lui… le temps… qu'il faudrait.

Quand ils se séparèrent, elle le regarda amoureusement dans les yeux. S'efforçant de dissimuler la peur qui l'habitait elle dit, d'une voix douce et ferme :

— Vas-y, Jeff.

Elle fut heureuse d'avoir réussi à reprendre le contrôle d'elle-même et continua sur sa lancée :

— Va faire ce que tu dois. Sois prudent et reviens-nous. Vite.

Elle fut récompensée par le regard empreint de fierté et d'admiration qu'il posa sur elle. Il lui sourit, de ce sourire qui la faisait fondre, et dit, très ému :

— Compte sur moi, mon cœur. Je reviens. Le plus vite possible.

12.

— Monsieur l'Ambassadeur, murmura Jeff d'une voix étouffée, gardez la tête baissée… s'il vous plaît.

Il aurait volontiers employé un langage plus… vigoureux mais pensa qu'il n'était pas recommandé de brutaliser un ambassadeur, ne serait-ce qu'en paroles et bien que perdu dans la jungle. Toutefois, le monsieur en question lui portait franchement sur les nerfs.

D'accord, ce n'était pas de sa faute s'il avait été capturé par les guerilleros et si Jeff et son équipe étaient chargés de le rapatrier dans des conditions difficiles. Néanmoins, il aurait pu se montrer un peu plus coopérant avec ses sauveteurs. Deke et Jeff échangèrent un regard qui en disait long. Et si on le renvoyait là d'où il venait ? Malheureusement pour eux, c'était impensable. Ils avaient une mission à remplir et la mèneraient jusqu'au bout.

— Monsieur, murmura Travis, si vous voulez bien

212

continuer d'avancer, on va vous sortir de là en un rien de temps.

Le haut fonctionnaire, chauve, grassouillet, transpirait abondamment. Il s'épongea le front avec son mouchoir et ne bougea pas d'un pas. Une expression d'entêtement se peignit sur son visage et il s'indigna pour la dixième fois :

— Pourquoi n'a-t-on pas envoyé un hélicoptère ? Je ne devrais pas être obligé de faire tout ce chemin à pied. On aurait dû prendre en considération que je suis ambassadeur.

Ce fut la goutte d'eau qui fit déborder le vase. Jeff se pencha sur l'homme, s'assurant qu'il le regardait dans les yeux malgré la peinture du camouflage. Sans plus prendre de gants, il laissa la frustration et la colère prendre le dessus :

— Monsieur, siffla-t-il, si vous n'obéissez pas à nos ordres, je ne garantis plus rien. Dans les minutes à venir, vous pourriez bien n'être que le *cadavre* d'un ambassadeur. Est-ce bien clair ?

L'homme mit quelque temps à ravaler son indignation puis finit par céder.

— Très bien, marmonna-t-il. Allons-y. Finissons-en.

« Et comment donc ! s'écria Jeff en lui-même. On ne demande que cela, cher monsieur. » Il lui tourna le dos et prit la tête de la file, en route pour la sortie.

Cette mission avait été menée en dépit du bon sens depuis le début. Leurs renseignements étaient faux et ils avaient eu du mal à localiser l'endroit où les rebelles retenaient leur prisonnier. Ils avaient dû s'enfoncer en territoire ennemi plus avant que prévu et, maintenant, ils devaient se battre avec celui qu'ils avaient kidnappé à leur tour pour le faire avancer et l'emmener en lieu sûr.

Un infime bruit suspect parvint aux oreilles de Jeff qui se figea sur place et fit signe aux autres d'en faire autant. Il prit sur la droite, s'enfonçant dans la végétation, aussi silencieux qu'un indien en chasse. Il arriva derrière l'homme qui les avait repérés et allait les prendre pour cible. Avant que l'autre comprenne ce qui lui arrivait, il l'assomma avec la crosse de son fusil et le regarda s'écrouler dans l'herbe.

Deux minutes plus tard, il rejoignait ses compagnons et les menait rapidement vers le point de rencontre avec la jeep qui les attendait.

Il se sentait bien, en pleine possession de ses moyens. L'esprit affûté. Plus en forme que jamais. C'était grâce à Kelly, pensa-t-il. Il avait quelqu'un à aimer. Il avait une vie personnelle en dehors du corps des marines. Cela décuplait ses forces, son acuité et sa détermination à faire son métier à plein, à accomplir la mission qu'on lui confiait du mieux possible et à revenir sain et sauf… à la maison.

Avec Kelly, il s'était trouvé lui-même. «Merci, Kelly », murmura-t-il dans un souffle.

Une semaine plus tard, il était de retour à Bayside et se dirigeait vers la maison de Kelly dans un tout autre état d'esprit. Pendant toute la fin de la mission, le retour à la civilisation et le voyage en avion vers Bayside, il avait examiné la situation, *leur* situation sous toutes les coutures et en avait tiré des conclusions qui n'étaient pas à son avantage. Entre autres, il se demandait s'il avait le droit d'imposer à Kelly de vivre la vie qu'il s'était choisie et qu'il lui proposait de partager.

Avoir fait la conquête de la jeune femme lui avait beaucoup apporté, à lui. Mais lui, que lui donnait-il en retour ? Une vie d'angoisse permanente, de solitude ! Etait-il juste de la condamner à le voir partir, mission après mission, comme prévu ou, comme cette fois, au pied levé ? De lui imposer de passer ses nuits seule dans son lit à l'attendre ?

Non, décida-t-il en dépit du nœud qui lui nouait l'estomac. Non, ce n'était pas juste.

Et pourtant ! Toute sa vie, il avait attendu de connaître l'amour dont il avait été privé étant enfant. Sans crier gare, le miracle s'était produit. Il l'avait enfin trouvé mais il ne pouvait pas, n'avait pas le droit de se l'approprier. Pour son bien à elle. Qui plus est, elle n'avait accepté de l'épouser que par égard pour le bien-être d'Emily. Elle avait toujours proclamé ne pas vouloir de mari. C'était lui qui lui avait forcé la main, l'avait mise en demeure de l'épouser si elle aimait sa fille autant qu'elle le prétendait. Ne s'était-il pas livré à un honteux chantage ? Ce n'était pas à son honneur et il était loin d'en être fier.

D'autre part, était-il tellement en demande d'amour, tellement… égoïste, disons-le, qu'il était disposé à faire le malheur de Kelly ? Il tenta d'étouffer le sentiment de culpabilité qui le mettait mal à l'aise. Il se passa une main lasse sur le visage et continua d'avancer vers la maison de ses rêves, tout en réfléchissant. Egoïste ? Il ne désirait rien d'autre que faire partie de la vie de Kelly et d'Emily. Mais il voulait aussi faire leur bonheur à toutes les deux. Aucun doute sur ce point. Dans ce cas, la solution serait de… divorcer. Emily conserverait tous les avantages d'être sa fille légitime et Kelly serait libre de refaire sa vie comme elle l'entendrait.

Il s'arrêta net au milieu du trottoir, près de la maison de Kelly. Quelque chose en lui se révoltait à l'idée de perdre ce qu'il avait trouvé, goûté pendant ces dernières semaines. Il fut pris de vertiges et crut qu'il allait se trouver mal. Il laissa passer la crise et reprit le fil de ses pensées. Il finit par se rendre à l'évidence : il ne serait pas en paix avec lui-même s'il ne lui donnait pas une chance de revenir en arrière, si son amour pour Kelly ne devait apporter à la femme de sa vie que… malheur.

Toute la semaine, à chaque bulletin d'information, Kelly s'était figée devant la télévision, arrêtant toute autre activité. Sans que cela lui apporte grand-chose. Il se produisait tellement d'événements dramatiques ici et là dans le monde que Jeff pouvait être n'importe où, impliqué au cœur de l'un ou de l'autre.

Debout au milieu du salon, Emily sur la hanche, elle resta un instant immobile puis éteignit la télévision. Elle souleva sa fille et la déposa dans son trotteur. Le bébé exprima sa satisfaction par des petits cris de joie et, s'arc-boutant sur la pointe des pieds, réussit à faire avancer le trotteur. Cela devenait une habitude, constata Kelly.

— Bravo, s'écria-t-elle, battant des mains. Bravo, ma grande fille. Encore un peu et tu vas courir partout dans la maison. Et, alors, gare aux bibelots !

Emily rit, visiblement séduite par la perspective décrite par sa mère.

— Je suis sûre que tu manques beaucoup à ton papa, ajouta Kelly. Qu'il pense beaucoup à toi.

Elle s'assit dans un fauteuil d'où elle pouvait surveiller le bébé tout en laissant libre cours à ses pensées.

La maison lui avait semblé anormalement calme ces derniers jours. C'était fou la rapidité avec laquelle elle s'était habituée à la présence de Jeff. Il faisait partie de leur vie désormais. Il occupait une place importante dans leur quotidien. Depuis son départ, il lui manquait plus qu'elle ne l'aurait imaginé.

Comme elle aurait voulu pouvoir en discuter avec sa mère, parler avec elle de tout ce qui lui était arrivé récemment ! Elle se doutait que sa mère, romantique comme pas une, lui aurait conseillé de saisir à pleines mains et sans attendre l'amour qu'on lui offrait sur un plateau.

Kelly se débarrassa de ses chaussures et mit les pieds sur le coussin du fauteuil. Les genoux relevés sur sa poitrine, elle entoura ses jambes de ses bras et soupira. Elle tenta de mettre de l'ordre dans ses pensées. Mission impossible car Jeff occupait toute la place dans son esprit, à tout moment. Ce qu'ils avaient fait, ce qu'il avait dit. Leur dernier baiser. Son dernier sourire…

Elle sentait son cœur prêt à éclater dans sa poitrine et ne se faisait plus d'illusions. Jamais elle ne pourrait réduire Jeff au rôle de figurant. Jamais elle ne pourrait le cantonner en marge de sa vie. Pour elle, c'était clair. Son sort avait été scellé sur la petite plage, dès qu'elle avait ouvert les yeux, le jour fatidique de sa noyade, et avait plongé dans les profondeurs de ses yeux clairs. Elle avait perçu les ombres douloureuses qui assombrissaient les yeux de son sauveteur et sut qu'elle ferait tout ce qui était en son pouvoir pour faire reculer ces ombres. Maintenant, elle s'abandonnait à la suite logique de leur histoire. Elle ne voulait rien d'autre que l'aimer, lui construire un foyer qu'il serait heureux de regagner après ses missions. Elle projetait d'avoir d'autres enfants et de profiter pleinement de tous les petits rituels qu'elle avait jugés si ridicules au temps de son adolescence rebelle.

Elle se dit qu'elle avait fait le bon choix, quoi qu'en pense Kevin, qu'avec un peu de chance, elle réaliserait son rêve. Elle réussirait à tout avoir, à combiner un amour indéfectible, réciproque, qui ne laissait place à aucun doute et la possibilité de faire preuve d'initiative et d'indépendance. Qui dit mieux ? s'émerveilla-t-elle.

C'est ce qu'elle lui dirait dès son retour, se promit-elle.

En attendant ce jour, elle n'était pas restée inactive et s'était jetée à corps perdu dans les tâches qui avaient fait sa vie avant que Jeff ne débarque et vienne tout chambouler. Il y avait son métier d'enseignante en maternelle, Emily, la maison, le jardin… bien assez pour remplir ses journées à cent pour cent. C'étaient les nuits qui lui semblaient interminables. Elle avait alors tout le temps de s'inquiéter. Où était Jeff ? Etait-il sain et sauf ?

Elle prenait conscience que ce n'était que le début de ce qui l'attendait, qu'elle passerait une grande partie de son temps à s'inquiéter pour lui. Qu'elle l'ait épousé ou non ne faisait pas grande différence, se consola-t-elle, car elle aurait pensé à lui, prié pour lui de toutes manières. Le grand avantage qu'il y avait à être Mme Hunter était qu'elle pouvait s'adresser au corps des marines si besoin était. Et surtout... elle serait prévenue s'il lui arrivait... quelque chose.

Fasse le ciel que ce ne soit jamais le cas !

Cette idée la fit bondir de son fauteuil comme si on l'avait subitement pincée au sang. « Rien. Il ne lui arrivera rien ! » dit-elle à voix haute comme un enfant qui crie pour effrayer les monstres cachés sous son lit et les en chasser. « Jeff sait ce qu'il fait. Il est le meilleur. C'est un vrai pro... »

On sonna à la porte et elle bénit l'interruption car ses pensées l'entraînaient dans la mauvaise direction. Elle alla répondre et ouvrit la porte. Une longue minute, elle resta clouée sur place avant de se ruer en avant et de se jeter dans ses bras.

— Jeff ! Jeff ! C'est toi ! Tu es là !

Il la serra contre lui avec une telle force qu'elle eut l'impression de s'inscruster en lui, que, déjà, leurs corps ne faisaient plus qu'un, ce qui n'était pas pour lui déplaire.

— Bonjour, mon cœur, murmura-t-il contre son cou.

A la chaleur de son souffle sur sa peau, Kelly sentit des frissons de bonheur la parcourir. Quand il l'embrassa, elle lui prit le visage entre ses mains, se délectant de le toucher, de le voir, là avec elle, vivant, souriant, infiniment désirable.

Ils se séparèrent pour reprendre leur souffle. Elle recula d'un pas, le prit par la main et referma la porte derrière eux.

— Pourquoi n'as-tu pas appelé ? lui reprocha-t-elle.

Il haussa les épaules et regarda Emily qui lui fit un grand sourire... mouillé. Il se sentit fondre et ses genoux faiblirent sous lui.

— Pas eu le temps, marmonna-t-il. Plus vite fait de venir.

— Remarque, dit-elle, passant son bras sous le sien, je ne m'en plains pas.

Elle leva les yeux vers lui et il dut faire un effort sur lui-même pour ne pas se perdre dans les yeux verts qui le hanteraient pour toujours.

— Combien de temps restes-tu ?

— Deux semaines, minimum, dit-il. Je termine ma permission.

Toutefois, il se demanda comment Kelly allait réagir à ce qu'il avait à lui dire. Serait-elle soulagée qu'il prenne l'initiative de leur rupture ? Le mettrait-elle à la porte, furieuse, et jurant de ne plus le revoir ?

D'une main, il lui caressa les cheveux, les repoussant en arrière, et la boucle d'oreille qu'elle portait scintilla dans la lumière, comme en signe de bienvenue. Comme tout cela allait lui manquer si… Tout ce qui faisait de Kelly une personne unique. Les boucles d'oreilles qu'elle variait au gré de son humeur, son sourire radieux, si féminin, le contact de sa main, l'accueil chaleureux qu'il venait de recevoir… Il n'avait jamais connu cela. Jamais personne n'avait attendu son retour car il n'avait jamais compté pour personne avant de rencontrer Kelly.

C'étaient tous ces repères nouvellement acquis qu'il allait perdre. La place qu'il avait cru occuper dans la vie de Kelly. Dans la vie d'Emily.

Kelly se rendit compte qu'il se passait quelque chose. Elle prit un peu de recul pour l'observer. Elle le dévisagea, nota les traits tirés, le regard sombre, et s'inquiéta :

— Jeff ? Que se passe-t-il ?

Elle le détailla des pieds à la tête et demanda :

— Tu es blessé ?

— Non, dit-il.

Quoique ! Un amour impossible, un rêve qu'on

avait cru réaliser et qui, soudain, se révélait hors d'atteinte, est-ce que cela figurait au nombre des blessures ? Comment pourrait-il la quitter, s'éloigner d'elle, se demanda-t-il. Ce serait au prix d'un effort surhumain.

— Je vais bien, poursuivit-il. Seulement, je…

— Quoi ?

— J'ai beaucoup réfléchi pendant la semaine.

— Encore ! sourit-elle. A propos de quoi ?

— Toi. Moi. Emily.

Il vit l'expression de Kelly s'assombrir et une lueur d'orage traversa son regard. « Vas-y, s'encouragea-t-il. Dis-le. Vite. »

— Ce qui se passe, dit-il, les yeux baissés sur sa fille qui poussait son trotteur dans ses jambes, c'est que j'ai réalisé que tu avais raison sur toute la ligne.

— Raison ? A quel sujet ?

— Nous. Quand tu disais qu'on ne devait pas se marier.

Elle cligna des yeux et ouvrit la bouche comme pour parler mais se retint. Jeff profita de ce silence pour dire ce qu'il avait préparé.

— Ce n'est pas juste pour toi, dit-il, se penchant pour retourner le trotteur et permettre à Emily de se déplacer dans la pièce. Je n'aurais pas dû insister pour te faire partager ma vie, Kel. Je ne veux pas que tu passes ton temps à t'inquiéter pour moi. Je veux te savoir heureuse et… libre de tous soucis. Alors, j'ai pensé que la meilleure solution serait de mettre fin à ce mariage indésirable aussi vite que nous l'avons conclu.

Un long silence, lourd de pensées douloureuses, s'établit dans la pièce. Les secondes devinrent des minutes. Kelly ne disait toujours rien. Ses grands yeux verts braqués sur lui, elle le regardait, muette de surprise. Au moment où il désespérait de l'entendre s'adresser à lui, elle passa à l'attaque.

— *Tu* as pensé ? dit-elle.

Kelly luttait contre les diverses émotions qui la traversaient. Elle n'en croyait pas ses oreilles. Avait-elle bien entendu ? Ce n'était pas du tout ce qu'elle avait imaginé quand elle pensait au retour de Jeff à la maison. Jamais, elle n'aurait cru avoir droit à une sortie de ce genre. D'ailleurs, qui aurait pu prévoir ? Le divorce ! C'était cela qu'il lui proposait ? Lui qui avait mené un siège en règle pour la faire céder ! Dire que, dix minutes plus tôt, elle était prête à lui tomber dans les bras, à renoncer à toute prétention d'indépendance, à lui avouer son amour ! Et maintenant…

Hochant la tête, elle s'avança vers lui et, pointant un doigt vengeur sur son torse, elle dit :

— *Tu* as décidé ?

— Oui, dit-il d'un ton mal assuré.

Il se faisait du souci pour la suite de leur conversation et, à voir l'expression de Kelly, il sentit qu'il n'avait pas tort.

Elle secoua de nouveau la tête et eut un rire étouffé.

— Incroyable ! C'est exactement la raison pour laquelle je ne voulais pas me marier. Je ne voulais pas qu'un homme, mon mari, prenne les décisions à ma place ! Et, surprise, surprise, on y est !

— Ce n'est pas cela, tenta-t-il de se défendre. C'est…

— Non ? Alors, qu'est-ce que c'est ? rétorqua-t-elle sans le laisser finir sa phrase. Etonnant ! Sais-tu que depuis qu'ils me savent mariée, mes frères ont fait marche arrière ? Qu'ils ne viennent plus à tout bout de champ me dispenser leurs conseils, m'exposer leurs opinions ? Apparemment, ils ont enfin compris que j'étais adulte, libre de disposer de moi-même et capable de prendre mes responsabilités. Dommage que mon mari, lui, n'ait toujours pas compris !

— Kelly…

— Non, coupa-t-elle. Je t'ai laissé parler. Maintenant, c'est à mon tour.

Il se prépara à ce qui allait venir. Il prit appui sur ses pieds, croisa les bras et la regarda bien en face.

— Très bien, j'écoute, dit-il.

— Merci !

Incapable de rester en place, elle se mit à marcher

en cercles autour de lui. Il la suivit du regard, tournant la tête dans sa direction.

Kelly hésitait. Devait-elle le frapper de ses poings ou le prendre dans ses bras ? Un coup d'œil à son visage lui montra les ombres douloureuses qui hantaient ses yeux de plus belle, ces ombres qu'elle s'était promis de faire reculer. Son cœur se serra. Jeff se forçait à renoncer à ce qu'ils avaient construit ensemble, à ce lien magique qui s'était établi entre eux, comprit-elle, uniquement pour son bien à elle. Pour la protéger. Quelle preuve d'amour ! Elle en fut émue aux larmes et… agacée. Malheureusement pour Jeff, ce fut son tempéramment d'Irlandaise, prête à la bagarre, qui prit le dessus.

— Si je comprends bien, tu crois qu'en me quittant, tu me délivres de tout souci ? Que je ne m'inquiéterai plus à ton sujet ?

— Je crois que…

— Et, continua-t-elle, imperturbable, tu es toujours persuadé que j'ai besoin qu'on me protège, que *tu* me protèges. Que je suis inapte à prendre soin de moi-même ?

— Je n'ai pas dit cela, protesta-t-il le plus vite qu'il put. J'ai seulement l'impression de t'avoir forcé la main, de…

— Est-ce que tu crois vraiment que *je* t'aurais épousé si *je* ne l'avais pas voulu ?

226

En était-il encore à penser qu'elle ne l'aimait pas ? Après tout ce qu'ils avaient partagé ? Il n'avait toujours rien compris ?

Il ouvrit la bouche pour parler mais elle le battit de vitesse.

— Oh, je me suis dit que c'était pour le bien d'Emily, dit-elle, résolue à tout lui avouer, et je t'ai laissé croire que c'était ma seule et unique motivation d'accéder à ta proposition de mariage. Sache que la vérité pure et simple est… que je ne t'aurais pas épousé si je n'avais pas été… folle amoureuse de toi.

Il eut l'air ahuri, comme s'il avait reçu un grand coup sur la tête.

— Tu es… amoureuse de moi ? balbutia-t-il.

— Oui, Jeff Hunter, répliqua-t-elle sèchement. Et ne t'avise pas de me demander pourquoi.

— Tu m'aimes ! Tu es sûre ?

Au moment où elle repassait devant lui, il l'attrapa par le bras et l'immobilisa. Quand elle leva les yeux vers les siens, elle vit une immense surprise s'y refléter, une incrédulité totale. Elle s'étonna. Pourquoi avait-il tant de mal à croire que quelqu'un l'aimait ? Elle crut percevoir une très ancienne douleur dans le ton de sa voix. L'enfant misérable, en manque d'amour, qu'il avait été se devinait tout au fond de l'homme fort et apparemment insensible qui se tenait devant elle. Un flot de tendresse l'envahit et d'une main, elle lui caressa la joue. Hochant la tête, elle remarqua :

— Comment un type aussi intelligent peut-il être aussi aveugle ?

Il la rapprocha de lui, doutant encore de ce qu'elle venait de dire. Lui prenant le visage entre ses mains, il murmura :

— Chérie, si nous restons mariés…

— Si ? s'indigna aussitôt Kelly.

Elle lui sourit et vit les ombres reculer puis disparaître des yeux bleus.

— Essaie un peu de te débarrasser de moi, Hunter. Je saurai te retrouver.

Il sourit puis, reprenant son air sérieux, la regarda.

— Kelly, dit-il, être la femme d'un marine n'est pas de tout repos. On bouge beaucoup. D'une ville à l'autre, d'un pays à l'autre.

— Super ! dit-elle. Cela me fera voyager.

— Je ne pourrai pas discuter avec toi de ce que je fais, ni te dire où je vais.

— Aucune importance. L'essentiel est que tu reviennes en entier.

— Tu réalises que je serai souvent absent, sans savoir pour combien de temps ?

— Ce sera d'autant plus merveilleux quand tu

reviendras, dit-elle, lui caressant le dos, les épaules et lui nouant les bras autour du cou. Ce sera la fête !

Il prit une profonde aspiration et sortit son dernier argument :

— La vie de caserne peut être très déprimante pour l'épouse d'un marine.

— Ne t'en fais pas pour moi, riposta-t-elle. Je peux enseigner n'importe où, d'une part, et je saurai me débrouiller. Ne t'inquiète pas.

Jeff sourit plus franchement. Il sentait le vide en lui l'abandonner et l'espoir renaître.

— Je ne m'inquiète pas, dit-il. Je crois que je commence à comprendre.

Il poursuivit cependant, un peu hésitant :

— Je crains justement que ce ne soit un sujet de dispute entre nous : de mon côté, j'ai envie de te protéger et, toi, tu veux tout faire par toi-même.

Elle lui fit une grimace et, haussant les épaules, répliqua :

— Après la dispute vient la réconciliation, non ? Ce sera le point positif !

— Je ne te promets pas de ne pas te donner mon avis sur certaines choses.

— Je ne promets pas de t'écouter et de me conformer à ton opinion sur toute la ligne.

Le regard de Jeff se porta sur sa fille en train de mâchouiller le bord d'un rideau de dentelle.

— Je n'ai pas la moindre idée de ce que doit faire un père digne de ce nom.

A son tour, Kelly regarda Emily puis revint à Jeff. Son sourire se fit taquin.

— Ne t'en fais pas. Au troisième ou quatrième, tu auras pris le pli et tu ne te poseras plus de questions.

Le cœur de Jeff se contracta douloureusement sous l'effet d'un trop-plein de bonheur. Si cela devait persister, c'était peu à payer en regard de l'immense joie qui l'emplissait, estima-t-il.

— Qu'est-ce que j'ai fait pour mériter de te rencontrer ? murmura-t-il, la dévorant d'un long regard amoureux.

— Tu ne te souviens pas ? se moqua Kelly. D'abord tu m'as sauvé la vie un certain jour d'été et, après, tu as fait en sorte que cela en vaille la peine.

Il faillit être submergé par l'émotion et, la gorge nouée, il avoua :

— Je n'ai jamais aimé personne avant toi, Kel. Tu es la première, la seule et l'unique femme de ma vie.

— Je t'aime, Jeff, murmura-t-elle, lui laissant lire la profondeur de son amour dans ses yeux.

Il l'entoura de ses bras, la serra contre lui à lui briser les côtes. Il voulait la sentir tout entière contre lui, pour se rassurer, se persuader de la réalité du rêve qu'il vivait.

230

Il avait failli passer à côté de l'amour, se dit-il avec un frisson, manquer sa chance. Il enfouit son visage dans les cheveux bouclés de Kelly, au creux de son cou, et respira son parfum avec délices. Il était arrivé à bon port, pensa-t-il, et il adressa une courte prière de reconnaissance au ciel qui avait permis ce miracle.

Il releva la tête et, la regardant au fond des yeux, dit d'une voix assurée :

— Je jure de t'aimer pour toujours, Kelly. Ma vie entière et plus encore si possible.

Elle lui sourit à travers ses larmes et murmura :

— Bienvenue à la maison, Jeff.

Il attendit la fin de sa phrase pour sceller le début de cette nouvelle vie par le plus passionné des baisers.

BRENDA JACKSON

Dans les bras du cheikh

Collection *Passion*

éditions Harlequin

Cet ouvrage a été publié en langue anglaise
sous le titre :
DELANEY'S DESERT SHEIKH

Traduction française de
FRANCINE SIRVEN

Originally published by Silhouette Books,
division of Harlequin Enterprises Ltd.
Toronto, Canada

1.

Rarement il avait ressenti pareille frustration. Il était à cran. Et se sentait ridicule. Inspirer, expirer. Inspirer, expirer. Ayant recouvré un peu de son calme, Jamal Ari Yasir s'extirpa en grommelant de sous la table et une fois debout essuya son front en sueur. Une heure déjà qu'il bataillait à tenter de caler les pieds de cette satanée table. Rien à faire.

— Je suis cheikh, après tout, pas homme à tout faire, marmonna-t-il en jetant les outils de bricolage dans leur caisse.

Il séjournait dans ce chalet pour prendre un peu de repos et se détendre, et voilà qu'il n'y trouvait que contrariété. Et on n'était que le deuxième jour. Il en restait vingt-huit !

Il n'avait pas l'habitude de rester oisif. Dans son pays, la valeur d'un homme se mesurait à ce qu'il accomplissait jour après jour. Chez lui, on se mettait à la tâche dès l'aube pour ne plus s'arrêter, jusqu'à la tombée de la nuit. Chacun voulait ainsi participer à entretenir la gloire et la prospérité de Tahran. Qu'il fût fils de l'un des cheiks les plus puissants au monde n'y avait rien changé. Son rang exigeait, au contraire, qu'il travaillât avec plus de cœur et d'ardeur que quiconque, cela pour le bien de son peuple.

Il venait de passer les trois derniers mois à représenter les intérêts de son pays engagé dans une affaire de la première importance, impliquant les pays limitrophes de Tahran. Les négociations abouties, il avait ressenti le besoin de prendre le large et de se ressourcer. De souffler un peu. Loin de ses semblables, loin du monde.

Le bruit d'une portière qui claque attira soudain son attention. Aussitôt il s'interrogea. Qui cela pouvait-il donc être ? Certainement pas Philip, son fidèle camarade de Harvard, qui lui avait gentiment offert d'aller se reposer un peu au chalet. Tout jeune marié, Philip se trouvait à cette heure quelque part aux Caraïbes pour deux semaines de voyage de noces.

Intrigué, Jamal se dirigea vers le salon. Personne ne pouvait s'engager sur le chemin de terre généreusement cabossé à moins de vouloir expressément rejoindre le chalet, caché à près de cinq kilomètres de la route nationale, au fond des bois. Sourcils froncés, il regarda discrètement par la fenêtre. Subitement, il retint son souffle. Stupéfait. Fasciné. Transpercé par un violent accès d'un désir brut et sauvage.

Une jeune femme afro-américaine descendue d'une berline dernier cri se tenait penchée au-dessus du coffre. Il ne voyait d'elle que son dos, sa chute de reins et… Bon sang, le souffle court, les mains moites, il était à deux doigts de perdre la tête.

Elle portait un short — un minishort hyper serré —, qui moulait à la perfection les petites fesses rebondies les plus sexy qu'il ait jamais vues. Et à trente-quatre ans, il avait eu l'occasion d'en voir quelques-unes… Jamais comme celles-ci cependant, aussi généreuses… Aussi délicieusement proportionnées. Une véritable œuvre d'art à vrai dire, là, sous ses yeux.

Il imaginait sans trop d'effort le contact de ces petites fesses pressées contre lui, lors de l'étreinte indolente qui suit les nuits de plaisir. Un sourire se dessina sur ses lèvres. Qui donc pourrait rester indolent près d'un corps aussi sublime ? Il promena lentement son regard sur ses jambes. Sculpturales. Irréprochables.

Il demeura cloué sur place, comme en état second, ne la quittant pas des yeux… ne reprenant ses esprits que lorsqu'elle arracha au coffre un bagage volumineux et une mallette. Vaguement inquiet, il convint néanmoins de se préoccuper ultérieurement de ce qu'impliquait la présence de ces bagages. Pour l'instant, il ne voulait qu'une chose, la regarder, voir tout ce qui lui serait possible de voir de cette divine créature.

Ce fut à ce moment qu'elle referma son coffre

et fit volte-face. En une fraction de seconde, ce fut comme s'il basculait dans un brasier. Elle était belle. Remarquablement belle.

Il eut tout le temps de l'étudier tandis qu'elle avançait vers le chalet. Les boucles de ses cheveux châtain foncé auréolaient son visage avant de retomber, aériennes et légères, sur ses épaules. Hyper sexy. Tout comme ce petit menton arrondi. Et ces lèvres au dessin magistral.

A regret, il détourna les yeux de sa bouche pour s'intéresser à sa gorge — délicate —, à sa poitrine — appétissante —, puis plus bas, à ses jambes, irrésistibles. Pas une fausse note. Pas un bémol. C'était là une femme d'une rare beauté.

Jamal soupira en hochant la tête, pris d'un profond regret. Car à l'évidence, elle se trompait de chalet. Bah. Sans doute devait-il remercier les dieux de lui avoir fait l'offrande d'une telle vision. Il ne fallait pas trop en demander. Non ? Il s'écarta de la fenêtre pour aller ouvrir la porte.

Il s'avança sous le porche, brûlant de l'inviter à entrer. Un instant, pas plus... Ou une nuit... Au lieu de cela, s'adossant au chambranle, il lança d'une voix chaleureuse quoique légèrement essoufflée :

— Puis-je vous aider ?

*
* *

Delaney Westmoreland sursauta et leva subitement la tête, surprise. Puis son cœur s'emballa à la vue de l'homme qui venait de l'interpeller. Debout sous le porche, nonchalamment appuyé à la porte du chalet, il la fixait du regard. Quel homme en vérité ! Sous le soleil de cette fin d'après-midi, sa peau mate avait une teinte miel troublante. Il était grand. Très grand. Beau. Très beau. Et très sexy. Un certain raffinement, une certaine, euh... majesté, émanait de lui. Son expérience en matière de sexe fort avait beau être limitée, elle disposait malgré tout d'un sixième sens pour repérer les séducteurs impénitents, les bourreaux des cœurs. Et cet homme-là... cet homme-là... Mon Dieu, quel spécimen !

Il portait un pantalon visiblement taillé sur mesure et une chemise blanche d'une extrême élégance. Tout à fait déplacée néanmoins, en ce lieu, selon elle. Ses cheveux noirs et épais étaient soigneusement coiffés en arrière, venant effleurer le col de sa chemise. Et ses yeux... Des yeux noirs et perçants qu'il promenait sur elle. Effrontément.

Mais ne faisait-elle pas de même à son égard ? réalisa-t-elle brusquement.

— Qui êtes-vous ? demanda-t-elle finalement.

Un long silence s'ensuivit puis il s'écarta de la porte pour faire quelques pas dans sa direction :

— C'est à moi de vous retourner la question, répondit-il avec calme.

Décidée à ne rien laisser paraître de son trouble, Delaney releva fièrement le menton et s'efforça d'ignorer la petite voix importune qui s'était élevée en elle. Ils étaient là, tous les deux, au milieu de nulle part. Quel mal pouvait-il y avoir à saisir une opportunité lorsqu'elle se présentait… ? Elle toussota et répondit :

— Je m'appelle Delaney Westmoreland et vous êtes dans une propriété privée.

L'homme vint jusqu'à elle et lorsqu'elle leva la tête pour le regarder, une douce chaleur la pénétra. A cette distance, il était encore plus beau.

— Et mon nom est Jamal Ari Yasir. Ce chalet appartient à l'un de mes amis… Et je crois que c'est vous qui êtes sur une propriété privée.

Delaney fronça les sourcils. Un ami de Reggie, lui ? Son cousin lui aurait donc gentiment offert de séjourner au chalet, oubliant qu'il l'avait déjà prêté à cet homme ?

— Comment s'appelle votre ami ?

— Philip Dunbar.

— Philip Dunbar ? répéta-t-elle sur un ton amusé.

— Oui. Vous le connaissez ?

— Oui, opina-t-elle. Philip et mon cousin Reggie ont été associés. C'est Reggie qui m'a proposé de venir au chalet. J'avais oublié que lui et Philip en étaient les propriétaires.

— Vous êtes déjà venue ici ?

— Oui, une fois. Et vous ?

— C'est la première fois, répondit Jamal en souriant.

Delaney crut défaillir devant ce sourire. Et ses yeux qui recommençaient à se promener sur elle. Indécents. C'était insupportable. Extrêmement gênant, à la fin…

— Vous êtes donc obligé de me regarder comme ça ? lâcha-t-elle subitement.

— Oh… Je ne me rendais pas compte que je vous regardais… comme ça…

— Eh bien si ! dit-elle en le fixant. D'où êtes-vous ? Vous ne semblez pas américain… ?

Il opina, sans se départir de son sourire.

— En effet. Je viens du Moyen-Orient. D'un petit pays appelé Tahran. Vous connaissez ?

— Non. Mais je n'ai jamais été très bonne en géographie. Vous parlez bien notre langue pour un étranger.

— J'ai appris l'anglais très jeune puis, à dix-huit ans, je suis venu chez vous pour entrer à Harvard.

— Vous êtes diplômé de Harvard ?

— Oui.

— Et que faites-vous dans la vie ? s'enquit-elle, de plus en plus intriguée.

Jamal croisa calmement les bras. Ah, les Occidentales et leur manie de poser des questions !

— J'aide mon père à prendre soin de mon peuple.

— Votre peuple ? répéta-t-elle en insistant sur le possessif.

— Oui, mon peuple. Je suis cheikh, prince de Tahran. Mon père est émir.

Delaney savait qu'un émir était l'équivalent d'un roi.

— Si vous êtes fils de roi, que faites-vous là ? L'endroit certes est magnifique, mais je croyais les princes abonnés aux palaces… ?

— Evidemment, répondit Jamal en se renfrognant. Mais Philip m'a proposé le chalet par amitié. Ce n'aurait pas été très élégant de ma part de refuser, surtout qu'il savait que j'avais besoin de m'isoler quelque temps. Chaque fois que la presse a vent de ma présence dans votre pays, je suis harcelé par les journalistes. Il a pensé qu'un mois ici me ferait du bien.

— Un mois ?

— Oui. Et vous-même ? Vous comptez séjourner ici longtemps ?

— Un mois, également.

242

— Eh bien… Je vais vous aider à replacer vos bagages dans le coffre de votre voiture…

Mains sur les hanches, Delaney répliqua :

— Pourquoi est-ce moi qui devrais partir ?

— Simplement parce que j'étais là le premier.

Un point pour lui. Mais elle n'allait pas renoncer sans se battre.

— Oui, mais vous avez les moyens d'aller vous reposer ailleurs. Pas moi. Reggie m'a offert un mois de vacances ici. Un cadeau. De fin d'études.

— Diplômée ?

— Oui, je suis diplômée de la fac de médecine depuis vendredi. Après huit années d'études intenses, Reggie a estimé qu'un mois au chalet me ferait le plus grand bien.

— Je ne doute pas que cela l'aurait été.

Delaney laissa échapper un soupir d'agacement.

— Et si nous réglions cela de manière démocratique ?

— C'est-à-dire ?

— Eh bien… A pile ou face, par exemple. Ou à la courte paille ?

Sa vision de la démocratie parut l'amuser.

— Ni l'un ni l'autre. Bien, laissez-moi prendre vos bagages.

Delaney inspira profondément. Ce play-boy de cheikh imaginait qu'il pouvait décider de ce qu'elle devait faire ? Petite sœur de cinq grands frères, elle avait très tôt appris à ne pas s'en laisser conter par les représentants du sexe opposé. Elle allait lui apprendre sa façon de voir. Mains calées sur les hanches, elle adressa à Jamal son plus froid regard.

— Je ne partirai pas d'ici, déclara-t-elle tout de go.

Il ne cilla même pas et répliqua :

— Mais bien sûr que si !

— Non.

Elle vit son visage se durcir.

— Dans mon pays, les femmes font ce qu'on leur dit.

Delaney le fusilla du regard.

— Alors, bienvenue en Amérique, Votre Altesse. Car dans ce pays, les femmes ont leur mot à dire. Nous pouvons même remettre les hommes de votre genre à leur place !

Jamal écarquilla les yeux, visiblement désorienté.

— A leur place ?

— Parfaitement. Les inviter à aller se faire cuire un œuf. Ou les envoyer au diable ! Au choix…

Jamal ne put retenir un rire. Cette Delaney Westmoreland était décidément d'une incroyable impertinence. Oh, il connaissait les Américaines ! En colère, elles pouvaient se montrer insolentes. Dans son pays par contre, les femmes apprenaient dès leur

244

plus jeune âge à dissimuler leurs émotions. Il décida de tenter une autre tactique, plus diplomatique.

— Soyez raisonnable.

Elle le toisa, lui faisant aussitôt comprendre que cette tactique-là n'était pas meilleure que la première.

— Je suis raisonnable. En revanche ce serait folie de ne pas profiter d'un chalet gracieusement offert pendant un mois. Et puis, vous n'êtes pas le seul à avoir besoin de solitude.

Delaney pensa à cet instant à ses frères, si envahissants. Elle les adorait mais elle avait vraiment besoin de prendre du recul. Seuls ses parents étaient dans le secret de son séjour au chalet et savaient comment la joindre en cas d'urgence.

— Pourquoi avez-vous besoin de solitude ?

— C'est personnel, répondit-elle après une courte hésitation.

L'imagination de Jamal s'emballa. Peut-être souhaitait-elle se cacher d'un amant jaloux ? Ou d'un mari ? Elle ne portait pas de bague, mais les Américaines ne retiraient-elles pas leur alliance quand cela leur chantait ?

— Vous êtes mariée ?

— Non, et vous ? répondit-elle, sèchement.

— Pas encore, murmura-t-il. Je devrais me marier avant mon prochain anniversaire.

— J'en suis heureuse pour vous. Maintenant, soyez

un prince charmant et aidez-moi à entrer mes bagages. Si je me souviens bien, le chalet compte trois chambres avec salle de bains privée. Il devrait donc y avoir assez de place pour deux sans que nous devions craindre de nous déranger. Je compte passer le plus clair de mon temps à dormir. Il y aura certainement des journées où vous ne me verrez même pas.

— Mais aussi des jours où je vous verrai…

Delaney eut un haussement d'épaules.

— Vous n'aurez qu'à m'ignorer. Mais si réellement il vous devenait insupportable de cohabiter avec moi ces quelques semaines, je comprendrais aisément que vous préfériez partir, dit-elle avant de regarder autour d'elle. Mais où est votre voiture ?

Jamal leva les yeux au ciel, ne sachant plus comment obtenir d'elle qu'elle s'en aille.

— Mon secrétaire l'a prise, répondit-il du bout des lèvres. Il loge dans un motel non loin d'ici, préférant ne pas trop s'éloigner dans l'éventualité où j'aurais besoin de quelque chose.

Delaney le dévisagea.

— Ce doit être agréable d'être traité comme un prince…

— Cela a ses avantages, marmonna-t-il, hautain. Asalum veille sur moi depuis le jour de ma naissance.

246

Elle s'étonna de la profonde affection avec laquelle il évoqua son secrétaire.

— Oui, ce doit être agréable, répéta-t-elle.

— Votre décision est donc prise ? Vous restez ?

Delaney décela comme un défi dans sa voix tandis qu'il la fixait de ses grands yeux noirs. Un défi et quelque chose de plus... de plus sensuel... Non, elle devait faire erreur. En tout cas, ce dont elle était certaine, c'était de vouloir rester. Surtout après ces sept heures de route non-stop. Peut-être changerait-elle d'avis après une bonne douche et une petite sieste.

Elle soutint le regard perçant de Jamal et tressaillit malgré elle sous son intensité. Une vague de désir alors la submergea. La même qui avait manqué la faire suffoquer lorsqu'elle l'avait aperçu pour la première fois tout à l'heure, sous le porche. Mais à vingt-cinq ans, elle était suffisamment mature pour ne pas se laisser abuser par une simple montée d'hormones. Et suffisamment mature également pour reprendre le contrôle et ne pas céder à la tentation. Une aventure avec un prince macho était bien la dernière chose dont elle avait besoin. Et il n'avait certainement lui-même aucune envie d'une aventure avec une jeune Américaine fraîchement diplômée.

Relevant la tête, elle le défia à son tour d'un implacable :

— Je reste.

La demoiselle ne semblait décidément pas disposée à se laisser impressionner, pensa Jamal, adossé au montant de la porte de la cuisine. Devant lui Delaney s'affairait, rangeant ses provisions.

— Merci de m'avoir aidée à porter mes bagages, dit-elle en lui faisant face lorsqu'elle eut terminé.

Il opina, et de nouveau une bouffée de désir le tétanisa. A son regard, il sut qu'elle avait remarqué son trouble. Elle fronça les sourcils, toussota avant de détourner les yeux. Apparemment, elle avait elle aussi conscience de cet incompréhensible courant sexuel qui circulait entre eux.

— Peut-être changerez-vous d'avis et… ?

— N'y comptez pas, répliqua-t-elle avec vivacité.

— Dans ce cas, sachez vous rappeler que c'est votre choix, remarqua-t-il.

— Je ne l'oublierai pas, dit-elle en passant devant lui. Et ne vous avisez pas de vouloir manigancer je ne sais trop quoi pour me forcer à partir. Je m'en irai lorsque je l'aurai décidé, pas avant.

Elle était plus belle encore sous l'effet de la colère, se dit Jamal.

— Il ne viendrait certainement pas à l'idée du gentleman que je suis de se comporter ainsi.

— Je ne vous le conseille pas en tout cas, dit-elle, cinglante, avant de sortir de la pièce.

Il admira son déhanchement jusqu'à ce qu'elle eut disparu, humant dans l'air les effluves de son parfum ultra féminin avant de soupirer. Soupir de mâle plus que de prince.

Non, assurément non, il n'allait pas la laisser faire. La paix il voulait, la paix il aurait.

Laissant échapper un long soupir, appuyée contre la porte fermée de sa chambre, Delaney passa une main tremblante dans ses cheveux. Un tressaillement la parcourut des pieds à la tête. Quel regard torride il lui avait lancé ! Mais à quoi jouait-elle ?

Quelle idée saugrenue de vouloir partager le chalet avec un homme qu'elle ne connaissait pas. Enfin presque pas si elle tenait compte des affirmations de Reggie auquel elle avait téléphoné pendant qu'il s'occupait de ses bagages. Elle avait toujours été proche de Reggie, né la même année qu'elle, et les cousins étaient devenus de vrais amis. Fasciné très jeune par les chiffres, Reggie avait fini ses études sur les bancs de l'école nationale d'administration des affaires avant de fonder sa propre société.

Après lui avoir présenté ses excuses pour cet embrouillamini, son cousin l'avait rassurée à propos de Jamal qu'il avait rencontré quelques années auparavant, par le biais de Philip. Reggie lui confirma d'autre part le statut princier de Jamal mais l'avertit également de son manque de tolérance à l'égard des femmes occidentales.

Sa conversation avec Reggie terminée, elle s'était promis de montrer à monsieur qu'elle n'avait nullement l'intention de se laisser impressionner. On était en Amérique, pas au Tahran ! Et les femmes étaient des citoyennes à part entière. Oui, elle méritait ces trente jours de repos. Méritait de ne rien faire. Et non, personne ne l'empêcherait de profiter pleinement de ses vacances.

Traversant la pièce, elle s'affala sur une chaise longue et morose, fixa ses bagages gisant sur le lit. Trop fatiguée pour les défaire. Ranger les victuailles sous le regard pénétrant de Jamal l'avait littéralement épuisée. Oui, sous ses yeux perçants, elle s'était sentie comme sur un gril, avec la troublante impression d'être mise à nue, dévorée et caressée…

Oh, elle comprenait bien qu'il avait cherché à l'embarrasser. Mais il la connaissait mal. Il lui en fallait bien plus pour qu'elle perde son assurance. Et si cela s'avérait nécessaire, les frères Westmoreland, Dare, Thorn, Stone, Chase et Storm, ne feraient de lui qu'une bouchée… Elle rougit. Délicieuse bouchée, en vérité. Un pur délice certainement, se dit-elle, le souffle court soudain. Jamais elle ne s'était sentie si troublée par un homme. Si attirée par un inconnu.

Elle remua la tête. Une douche lui ferait le plus grand bien. Glaciale de préférence. Elle n'avait ni besoin ni envie d'un homme en ce moment. Quelques heures de sommeil en revanche seraient les bienvenues.

2.

Debout sur le seuil de la cuisine, Delaney détailla longuement les jambes masculines qui dépassaient de sous la table. Superbes, se dit-elle, en étudiant la musculature des cuisses dans le jean impeccablement repassé.

Depuis son arrivée, quatre jours plus tôt, elle n'avait pas croisé Jamal plus de trois fois. Comme elle l'en avait informé le premier jour de leur rencontre, elle avait l'intention de rattraper tout le sommeil en retard accumulé au cours de cette dernière année d'études. Excepté les moments où elle se levait pour aller chercher quelque chose à grignoter, elle était donc restée dans son lit, à dormir comme un bébé.

Une fois il l'avait réveillée, faisant un raffut de tous les diables sous la fenêtre de sa chambre. S'arrachant à ses draps, elle avait trotté jusqu'à la vitre et l'avait discrètement observé à travers les stores. Fascinée par ce corps en mouvement, par son jeu de jambes, ses mouvements de bras. Elle avait admiré son énergie, sa puissance. Admiré ce corps. Revêtu d'un débardeur et d'un short de soie qui lui allait comme un gant, il pratiquait elle ne savait trop quel art martial avec une fougue impressionnante. Elle était restée ainsi clouée à sa fenêtre de longues minutes, incapable de se détacher du spectacle de ce corps masculin en plein effort, transpirant, bientôt en osmose avec lui… ne parvenant qu'avec peine à rompre l'enchantement. Pour regagner son lit mille fois plus exténuée qu'avant d'en être sortie.

— Bon sang !

L'éclat de voix de Jamal la ramena au présent. Elle ne put s'empêcher de sourire. Il maîtrisait certes l'anglais, mais ce gros mot dans sa bouche avait quelque chose d'attendrissant. Ses frères l'avaient habituée en effet à des jurons mille fois plus grossiers.

Elle s'avança jusqu'à la table et :

— Besoin d'aide ?

Toujours sous la table, il se raidit, manifestement surpris.

— Non, je peux me débrouiller seul, maugréa-t-il.

— Vous êtes sûr ?

— Certain, lâcha-t-il, laconique.

— A votre service, lâcha-t-elle à son tour, sans plus d'amabilité.

Elle s'éloigna et alla se chercher un bol dans le placard, l'ignorant quand il se remit debout.

— Alors, quel est votre programme, ce matin ? s'enquit-il après avoir remis les outils dans leur coffre.

— Manger, dit-elle.

Elle versa une portion de céréales dans son bol puis un peu de lait. La table étant encombrée par le coffre à outils, elle attrapa la boîte de céréales, une cuillère et sortit sous le porche.

Déjà il faisait chaud et elle savait que la journée serait bientôt plus chaude encore, comme chaque été dans ce coin de Caroline du Nord. Heureusement le chalet était climatisé, car c'était l'une de ces journées moites où l'on n'avait qu'une envie, se promener nu. Ses frères auraient été choqués d'apprendre qu'il lui arrivait de passer des heures chez elle en tenue d'Eve en période de canicule. D'où l'avantage de vivre seule. Elle soupira en s'asseyant sur les marches du perron. Avec Jamal sous le même toit qu'elle, cela n'était guère envisageable.

Elle venait d'engloutir une pleine cuillérée de céréales quand elle entendit la porte s'ouvrir lentement derrière elle. Le sentant approcher, elle se figea, cessant subitement de mâcher, en état d'alerte. Du coin de l'œil, elle le vit s'adosser à la balustrade, une tasse de café à la main.

— Vous avez donc renoncé à venir à bout de cette table, Votre Altesse ? lança-t-elle, sarcastique.

Apparemment peu sensible à son ton railleur, il répliqua :

— Pour l'instant, oui, mais je compte bien la réparer avant de partir. J'aime que tout soit en ordre derrière moi lorsque je quitte un endroit.

Delaney l'observa pour aussitôt s'en mordre les doigts. C'était comme si le soleil matinal avait concentré toute sa lumière sur ce visage. Si quelques jours plus tôt elle l'avait trouvé d'une beauté classique dans sa tenue incongrue, il en était différemment aujourd'hui. Torse nu, une barbe de deux jours ombrant ses joues et habillé seulement d'un jean, il avait une tout autre allure. Allure rebelle, sauvage. Animale. Oui, voilà, il ressemblait à un loup, à un prédateur. Et si elle n'y prenait garde, nul doute qu'il la dévorerait toute crue.

Rien dans son allure ne trahissait sa position royale, son statut de prince. Non, il n'avait rien d'un cheikh en cette seconde. Mais tout d'un homme. D'un vrai.

Il baissa la tête et but une gorgée de son café. Elle en profita pour continuer de l'observer discrètement. Il lui faisait face, dans ce jean qui semblait taillé pour lui. C'était peut-être vrai, car il avait les moyens de s'offrir les services d'un tailleur. Même si elle ne l'avait pas surpris en pleine séance de kick boxing, elle aurait compris qu'il prenait soin de son corps, de sa forme physique. Larges épaules puissantes, jambes musclées, pas un gramme de graisse… Un corps parfait. Dont elle pouvait aisément imaginer la chaleur…

Et ce torse nu. Elle donnerait n'importe quoi pour toucher ce torse… Et son ventre ? Etait-il aussi ferme qu'il paraissait ?

Delaney sentit les battements de son cœur s'accélérer. Avait-elle perdu la tête ? Elle ne se serait pas crue capable de telles pensées. Jamais cela ne lui était arrivé auparavant. Non, jamais en vingt-cinq ans, elle n'avait pensé à un homme de cette manière… avec une telle envie… une telle urgence.

La seule urgence qu'il lui était arrivé d'éprouver auprès des garçons qu'elle avait pu fréquenter à la faculté de médecine était d'en finir avec les rares rendez-vous qu'elle pouvait accepter. Quant à l'envie, elle ne connaissait que celle des bons petits plats concoctés par sa mère, notamment une certaine fameuse tarte aux fraises.

Rechignant à s'interroger plus avant sur sa vie sexuelle, ou plutôt son absence de vie sexuelle, elle se concentra, tentant de se souvenir de la question qu'elle souhaitait poser à Jamal quelques minutes auparavant. Il semblait que ce cerveau qui s'était révélé d'une si grande efficacité pour décrocher son diplôme, avait lui aussi décidé de prendre du repos.

Ce ne fut en effet qu'au prix d'un réel effort qu'elle parvint à se rappeler :

— Qu'est-ce qui cloche avec cette table ?

Levant la tête, il la dévisagea comme si elle était stupide.

— Mais... tout, voyons...

A son tour, elle le fixa et :

— Mais quoi exactement ?

— Bah, je n'en sais trop rien. En tout cas, elle est bancale.

— Oh, ce n'est que ça ?

— Enfin, Delaney, une table n'est pas censée être bancale.

Et elle n'était pas censée non plus être toute retournée simplement parce qu'il avait prononcé son nom. C'était la première fois qu'il s'adressait à elle de cette manière. Et elle s'en trouvait si troublée qu'elle en oubliait ses céréales.

Elle reprit son petit déjeuner, les yeux prudemment braqués sur son bol. Elle ne voulait pas d'histoires, n'avait aucune envie de complications, et dans sa liste secrète des choses à ne surtout pas faire, elle venait d'inscrire en rouge une liaison avec le prince de Tahran. Jamal était un séducteur comme on n'en rencontrait qu'une fois dans sa vie. Le genre auquel il valait mieux ne pas se frotter.

Elle finit son petit déjeuner sourire aux lèvres,

satisfaite. Il n'était pas né celui qui lui ferait perdre la tête.

Laissant échapper un profond soupir, Jamal s'enjoignit de réprimer le désir qui montait dangereusement en lui. Depuis qu'il avait pris la tête des négociations avec le pays voisin de Tahran pour le contrôle de ce petit bout de terre niché entre les deux Etats, il s'était imposé le plus strict célibat afin de ne pas se laisser distraire de sa tâche. Le bien-être de son pays passait avant le sien. Mais avec la fin des négociations, son corps reprenait vie et réclamait apparemment son dû.

Il se maudit pour sa faiblesse et s'efforça d'ignorer l'urgence sexuelle qui s'était emparée de lui. S'il était rentré directement chez lui après le mariage de Philip au lieu d'accepter de passer un mois entier au chalet de son ami, il n'en serait pas là…

A Tahran, les femmes ne manquaient pas, toutes honorées d'avoir un jour le privilège d'exaucer les désirs de leur prince. Les favorites se disputaient presque pour avoir l'honneur de le rejoindre dans ses appartements privés où elles se consacraient à son seul plaisir. Et il en était ainsi depuis son dix-huitième anniversaire.

Il y avait aussi Najeen, sa maîtresse depuis ces trois dernières années. Formée à l'art d'aimer et devenue

258

experte en la matière. En remerciement de ses services attentionnés, il l'avait installée dans une luxueuse propriété, non loin du palais, lui procurant en outre tout un attelage de serviteurs.

— Parlez-moi de votre pays, Jamal.

Il fronça les sourcils, surpris par la requête de Delaney. Détournant les yeux de sa tasse de café, il la regarda. Son visage couleur miel irradiait sous le soleil matinal. Elle n'était pas maquillée et sa beauté n'en était que plus pure, plus troublante. La gorge serrée, il tenta une fois encore de refouler le désir qui l'assaillit, courant tel le feu dans ses veines.

— Que voulez-vous savoir ? demanda-t-il, reconnaissant à peine sa voix.

Delaney posa son bol vide à côté d'elle et, se penchant en arrière, mains plaquées au sol, elle le dévisagea.

— Tout ce que vous daignerez me dire. Ce doit être un endroit intéressant…

La curiosité qui perça dans sa voix le fit sourire. Il la regarda un long moment puis il dit :

— Oui, intéressant… et de toute beauté…

Ah, si elle savait… Mais comment aurait-elle pu imaginer qu'il pensait à elle autant qu'à son pays en disant ces mots ? Luttant pour se reprendre, il enchaîna :

— Tahran se trouve à proximité de l'Arabie Saoudite, tout près du golfe Persique. C'est un petit pays comparé au Koweit et au sultanat d'Oman. Nos étés sont torrides et nos hivers froids et courts. A la différence de la plupart des terres du Moyen-Orient, nous bénéficions d'une saison des pluies. Outre le pétrole, nos ressources naturelles sont la pêche et le gaz naturel. Jusqu'à ces dernières années, mon peuple vivait en parfaite harmonie avec nos voisins. De temps à autre, des problèmes surviennent, mais nous parvenons toujours à régler les litiges sans trop de heurts. Une délégation est d'ailleurs spécialement affectée à ces relations diplomatiques et à la préservation de la paix. J'en suis le plus jeune membre.

— Vous avez toujours vos parents ?

Jamal but une nouvelle gorgée de café avant de répondre :

— Ma mère est décédée à ma naissance et durant des années, mon père et moi avons vécu seuls, entourés de serviteurs. Puis Fatimah est entrée dans notre vie.

— Fatimah ?

— Oui, ma belle-mère. Mon père l'a épousée quand j'avais douze ans.

Jamal préféra taire que le mariage de ses parents avait en réalité été arrangé par les familles des jeunes gens pour ramener la paix entre les deux nations alors en conflit. Entre sa mère, princesse africaine d'origine berbère, et son père, prince arabe, jamais il n'y avait eu d'amour. Seulement du devoir. Et il avait été l'unique enfant de cette union. Puis, un jour, son père était revenu à la maison accompagné de Fatimah et depuis, leur vie n'avait plus été la même.

Le mariage de son père avec Fatimah était censé ressembler au premier, dicté par la raison et non par l'amour. Mais dès le début il était apparu évident que l'incomparable beauté égyptienne de vingt-deux ans nourrissait d'autres vœux pour son époux de quarante-six ans. Et chacun au palais avait bientôt pu se réjouir de voir que Fatimah faisait bien plus que de répondre aux besoins physiques du roi Yasir et combler sa solitude. Le roi et sa belle s'aimaient. Au point que le père de Jamal espaça puis renonça finalement à ses déplacements hors du royaume.

Le roi Yasir ne fit plus désormais chercher aucune autre femme pour satisfaire ses désirs, confiant la tâche à sa seule épouse. Puis, après une année de mariage, le couple eut un enfant, une fille prénommée Arielle. Trois autres s'écoulèrent et une seconde fille naquit, appelée Johari.

A dix-neuf ans Arielle était aujourd'hui mariée au prince Shudoya, homme auquel elle était destinée depuis sa naissance. A seize ans, Johari restait toujours l'enfant gâtée, la petite dernière choyée par son père. Jamal sourit. Lui aussi était fou de sa cadette.

Et il adorait littéralement sa belle-mère. A plusieurs

reprises au cours des dix dernières années, celle-ci avait plaidé sa cause auprès de son père.

— Vous vous entendez bien, vous et votre belle-mère ?

— Oui. Fatimah et moi sommes très proches.

Delaney le fixa. Etrangement, elle ne parvenait pas à l'imaginer *proche* de qui que ce fût.

— Des frères et sœurs ?

— Oui, deux sœurs, Arielle et Johari. Arielle a dix-neuf ans et est mariée à un cheikh d'un royaume voisin. A seize ans, Johari vient juste de passer son bac. Elle voudrait maintenant partir aux Etats-Unis poursuivre ses études.

— Pourquoi pas ?

— Certainement pas ! s'exclama-t-il en la dévisageant comme si elle était devenue folle.

Fronçant les sourcils, Delaney le fixa, tentant de comprendre ce que le projet de sa sœur pouvait avoir de scandaleux.

— C'est pourtant bien ce que vous avez fait, remarqua-t-elle.

— Oui, mais avec moi la situation est différente.

— En quoi ?

— Je suis un homme.

— Oui ? Et alors ?

— Oh, je sais ce que vous sous-entendez… Dans

votre pays, les hommes semblent peu se soucier de laisser les femmes tout diriger…

— Vous estimez que disposer des mêmes droits revient à tout diriger ? le questionna Delaney, sur ses gardes.

— Oui, d'une certaine façon. Les hommes sont censés prendre soin des femmes. Dans votre pays, de plus en plus de femmes sont éduquées pour prendre soin d'elles-mêmes.

— Et pour vous, c'est une mauvaise chose ?

Il la dévisagea et se souvint de son impertinence du premier jour. Bah, il n'avait aucune envie d'entrer en conflit avec elle ! Elle avait ses principes, lui les siens. Mais après tout, puisqu'elle lui demandait son avis…

— A Tahran en tout cas, la chose ne serait pas tolérée.

Il se garda bien d'évoquer l'alternative purement féminine en vigueur au royaume de Tahran, celle-là même qu'exploitait sa belle-mère avec un talent consommé. Une alternative qui consistait pour une femme à se rendre indispensable à son mari, de sorte que celui-ci ne savait rien lui refuser.

Avalant une nouvelle gorgée de café, Jamal décida d'amener la conversation sur un sujet moins risqué.

— Parlez-moi de votre famille, la pria-t-il.

Après un regard empreint de perplexité, elle s'exécuta :

— Ma famille vit à Atlanta. Je suis l'unique fille de la troisième génération des Westmoreland. Et depuis toujours, mes cinq frères pensent que j'ai besoin d'être protégée. Ils ne supportent pas qu'un garçon m'approche à moins de deux mètres. J'ai dû attendre mon dix-huitième anniversaire pour avoir mon premier rendez-vous.

— Vos frères ont enfin jugé que vous étiez en âge de sortir ? s'enquit Jamal, amusé.

— Pas exactement, répondit-elle avec un sourire rusé. N'ayant aucune vie sociale, je disposais de beaucoup de temps libre… J'ai donc eu l'idée d'exploiter mes loisirs à leur faire ce qu'ils me faisaient… Interférer dans leur existence. Je me suis mise à les espionner, à les épier avec leur petite amie, à donner des rendez-vous à des fiancées dont ils ne voulaient plus, à provoquer des scènes de jalousie, bref… le chaos !

Elle rit au souvenir des cris et des colères de ses frères cent fois piégés.

— Je suis ainsi devenue dangereuse pour eux, un vrai petit diable. Et il n'a guère fallu de temps pour qu'ils cessent enfin de se mêler de mes affaires. Et si l'un d'eux s'avise de temps en temps de vouloir de nouveau diriger ma vie, je n'ai qu'à le menacer de représailles et lui promettre un harcèlement tel qu'aucune femme de ce continent n'osera plus même poser les yeux sur lui...

Jamal hocha la tête, éprouvant au fond de lui la plus sincère sympathie pour ses frères.

— Vos frères sont mariés ?

Elle le fixa, l'air rieur.

— Vous plaisantez ? Ils ne se lassent pas des joies du célibat. De vrais gamins ! Alisdare, Dare pour nous, à trente-cinq ans, est policier à Collège Park, dans la banlieue d'Atlanta. Thorn, trente-quatre ans, fabrique des motos et les pilote sur les circuits. L'an passé, il était le seul Afro-Américain du championnat. Stone fêtera ses trente-deux ans le mois prochain. Il est auteur de romans policiers et écrit sous le pseudo de Rock Mason.

Elle s'étira mollement avant d'enchaîner :

— Et puis il y a Chase et Storm, les jumeaux, trente et un ans, le premier propriétaire de restaurant, le second pompier...

— Et vos parents ?

— Voilà trente-sept ans qu'ils sont mariés. Mais maman a fini par se rebeller contre les théories de papa qui pense qu'une épouse et mère devrait être comblée par les joies que lui procure son foyer. Lorsque j'ai quitté la maison, maman a décidé de retourner à l'école. Papa n'était guère enthousiaste mais finalement il ne s'est pas opposé à son projet, pensant sans doute qu'elle se lasserait. Je suis fière d'elle. Il y a trois ans, elle a décroché son diplôme d'enseignante.

Jamal posa sa tasse à côté de lui.

— J'ignore pourquoi, mais j'ai le sentiment que vous n'êtes pas étrangère à l'envie subite de votre mère de retourner à la fac… ?

Delaney rit de bon cœur.

— Bien évidemment ! J'ai toujours su que maman était brillante. Et qu'il était dommage qu'une intelligence comme la sienne s'étiole à s'user à l'entretien de la maison et au soin de sa progéniture…

Jamal de nouveau hocha la tête, songeur. Il espérait de tout son cœur que Delaney n'ait pas un jour l'occasion de séjourner dans son pays. Avec de telles idées, elle risquerait en effet de pousser toutes les femmes de Tahran à la révolte.

Il s'étira, las de cette conversation. Delaney avait à l'évidence bénéficié d'une trop grande liberté. Elle avait besoin qu'un homme la reprenne en main.

Quant à lui, s'il n'y prenait garde, il aurait bientôt besoin d'une douche froide.

Ce parfum ultra sensuel titillait ses narines… et agaçait autant le reste de son corps. Elle était là à quelques mètres à peine de lui, assise sur les marches du perron, ses genoux relevés laissant entrevoir sous son short un début de cuisse…

— Existe-t-il des femmes médecins dans votre pays ?

Il la scruta, contrarié qu'elle veuille ramener la conversation sur un sujet que lui préférait désormais éviter.

— Mmoui, répondit-il néanmoins. Des sages-femmes…

— Seulement ?

— Oui.

A son tour elle hocha la tête, visiblement choquée.

— Votre pays est pire encore que je ne l'imaginais…

— C'est votre façon de voir. Mon peuple est parfaitement heureux…

— C'est votre façon de voir… Je doute que votre peuple soit si heureux…

Jamal se renfrogna, agacé. Si elle l'avait laissé continuer, il lui aurait expliqué que grâce entre autres à Fatimah, femme elle-même extrêmement cultivée, les choses commençaient à changer. Désormais on encourageait les femmes de son pays à faire des études et plusieurs universités avaient été érigées dans ce but. En outre, si certaines d'entre elles le souhaitaient, elles pouvaient embrasser des carrières internationales. Fatimah jouait certes un rôle actif dans le mouvement d'émancipation des femmes de son pays, mais elle

267

ne se montrait pas radicale dans ses revendications. Elle usait simplement de son influence sur son père pour faire aboutir les changements en lesquels elle croyait.

Jamal s'écarta de la rambarde. C'était l'heure de sa séance de kick boxing, mais auparavant il allait s'accorder une petite marche. Histoire d'évacuer la colère sourde qui l'oppressait… histoire de relâcher une certaine partie de son anatomie, trop tendue à son goût.

— Je vais me promener au bord du lac. A tout à l'heure.

Delaney s'écarta pour le laisser passer et le suivit du regard tandis qu'il s'éloignait, appréciant à sa juste valeur la fermeté de son fessier sous le jean. Ah, les fesses d'un homme… Tout le secret était là.

Laissant échapper un long soupir, elle se sermonna. Chaque fois qu'il croisait son regard, elle suffoquait sous l'effet du désir. Aujourd'hui, elle comprenait ce qu'Ellen Draper, sa camarade de collège, voulait dire lorsqu'elle cherchait à lui expliquer toute la complexité de l'attirance physique et du désir. A l'époque, elle n'avait pas bien saisi toute la vérité des théories de son amie. Mais c'était avant qu'elle rencontre Jamal Yasir.

Elle se leva et s'étira longuement. Son programme pour la journée tenait en quelques mots : partir à la découverte des alentours et dormir. Au cours des trois dernières semaines, elle avait passé l'essentiel de ses jours et de ses nuits à réviser en prévision de l'examen final. Elle manquait de sommeil.

Le chalet était l'endroit rêvé pour se reposer et elle comptait bien en profiter. En outre, moins elle serait confrontée à Jamal, mieux ce serait.

Jamal s'arrêta. Il avait continué son chemin au-delà du lac, espérant apaiser par la marche la frustration sexuelle dont il était la proie. La colère qu'il avait ressentie contre Delaney lorsque cette dernière avait osé mettre en doute le bonheur de son peuple s'était à présent évaporée. Mais pas le désir intense qui ne cessait de le torturer.

Il observa le paysage aux abords du chalet. Quelle vue magnifique. Depuis son arrivée au chalet, c'était la première fois qu'il visitait les lieux.

Il se souvint du jour où, pour la première fois, Philip avait évoqué le chalet niché dans la vallée, à l'ombre des massifs. Un spectacle, avait-il affirmé, à couper le souffle. Il comprenait maintenant l'enthousiasme de son ami.

Ses pensées revinrent à Delaney. Avait-elle pris au moins la peine de venir jusqu'ici ? Avait-elle éprouvé la même émotion devant la beauté du site ? Bah, elle n'avait certainement rien vu de la région puisqu'elle passait le plus clair de ses jours confinée dans sa chambre !

Jamal s'adossa à un arbre quand la sonnerie de son portable retentit. Décrochant le téléphone de sa ceinture, il le porta à l'oreille :

— Oui, Asalum, que veux-tu ?

— Je voulais juste m'assurer que tout allait bien, Votre Altesse. Vous n'avez besoin de rien ?

— Je vais bien. Mais j'ai reçu une visite inattendue.

— Qui ?

Il sut qu'Asalum était subitement sur le qui-vive. Outre son rôle de secrétaire particulier, Asalum l'avait servi enfant et jusqu'à ses dix-huit ans au titre de garde du corps. Jamal lui raconta l'arrivée de Delaney.

— Si cette jeune femme vous dérange, je peux peut-être la convaincre de quitter les lieux… ?

— Ce n'est pas nécessaire, Asalum. Elle ne fait que dormir.

Silence. Puis une question :

— Serait-elle enceinte ?

Jamal écarquilla les yeux.

— Pourquoi serait-elle enceinte ?

— La plupart des femmes dorment pendant la grossesse.

Jamal opina. Si la grossesse n'avait pas de secret

pour quelqu'un, c'était bien pour Asalum. Rebakkah, sa femme, avait mis au monde douze enfants.

— Non, je ne crois pas qu'elle soit enceinte. Elle dit qu'elle est fatiguée, c'est tout.

Asalum ricana.

— Et qu'a-t-elle donc fait pour être si fatiguée ?

— Des études. Elle vient d'obtenir son diplôme en médecine.

— C'est tout ? Ce doit être une petite nature si les études l'ont fatiguée à ce point.

Pour une raison étrange, Jamal éprouva le besoin de défendre Delaney :

— Non, ce n'est pas une petite nature. Au contraire, elle me semble très forte. Et elle a des opinions bien arrêtées.

— Une vraie jeune femme occidentale, n'est-ce pas, Votre Altesse ?

Jamal se massa doucement le front.

— Exactement. Mais elle est aussi très belle, tu sais, Asalum.

Durant quelques secondes, son secrétaire demeura silencieux, puis :

— Gardez-vous de la tentation, mon prince.

Jamal réfléchit aux émotions qui l'assaillaient depuis l'apparition de Delaney.

— Ton conseil arrive un peu tard. J'ai malheureusement dépassé le stade de la tentation, lâcha-t-il avec un soupir.

— Vraiment, Votre Altesse ? Et à quel stade vous trouvez-vous donc à présent ?

— Celui de l'obsession.

Après une semaine au chalet, Delaney se décida
enfin à défaire totalement ses bagages et à ranger ses
affaires. Une fois chaque chose à sa place, elle marcha
jusqu'à la fenêtre et regarda au loin, bras croisés. De
sa chambre, la vue sur le lac était merveilleuse et
elle appréciait le matin à son réveil le spectacle de
cette nature sauvage et paisible. En dépit d'un certain
nombre de pensées qui se bousculaient dans sa tête. A
commencer par Jamal Yasir. Elle ne pouvait s'arrêter
de penser à lui. Depuis leur entrevue l'autre matin sous
le porche, il l'obsédait. Plus qu'elle ne l'aurait voulu.
Et c'était en toute logique que, depuis, elle faisait en
sorte de l'éviter.

Une sourde colère l'envahit. Jusqu'ici elle avait
toujours été capable de se contrôler, de faire le vide
dans sa tête quand il le fallait, de manière à pouvoir se
concentrer sur les priorités qu'elle se donnait. C'était
cette aptitude qui entre autres lui avait permis de

273

mener ses études à terme avec brio. Mais aujourd'hui, il semblait que son esprit avait pris l'eau. Ce n'était plus un esprit mais une passoire. Qui ne paraissait disposé à ne vouloir penser qu'à Jamal et à lui seul.

Une véritable obsession. Pire, le genre de pensées qui la torturaient étaient loin d'être innocentes. Des pensées d'un genre indécent. Furieusement érotiques. Il n'y avait somme toute rien là de surprenant, Jamal étant le genre d'homme à affoler assurément n'importe quelle femme. Mais ce qui contrariait Delaney, c'était précisément de réagir comme n'importe quelle femme, de n'avoir pas plus de prise sur ses fantasmes. Et puis, fraîchement diplômée en médecine, elle devait encore néanmoins se soumettre à deux années de spécialisation. Ce n'était donc pas le meilleur moment pour entamer une relation.

Sauf que… Et zut !

Elle avait beau tourner et retourner la chose dans sa tête, l'attirance qu'elle ressentait pour Jamal s'imposait comme si elle était la finalité de toute son existence. Exaspérant. De l'air, il lui fallait respirer. Tiens, une promenade lui rafraîchirait peut-être les idées, se dit-elle soudain sans trop y croire cependant. Attrapant ses lunettes de soleil, elle sortit de sa chambre tel un diable de sa boîte, heurtant de plein fouet la personne qui hantait ses pensées.

Jamal la saisit par les épaules et la retint ainsi de

trébucher. Retenant son souffle, elle nota qu'il était torse nu. Ses grands yeux noirs plongèrent dans les siens et aussitôt elle se sentit vaciller alors que le désir la submergeait.

Les battements de son cœur s'accélérèrent lorsque ses mains abandonnèrent ses épaules pour remonter sur sa nuque et que le bout de ses doigts effleura sa gorge. Incapable à présent de respirer, elle fut traversée par une rafale de sensations de magnitude quinze sur l'échelle de ce satané Eros. Le courant sexuel qui circulait entre eux avait quelque chose de profondément dérangeant. Angoissant.

Un grondement de tonnerre retentit quelque part au loin, les faisant sursauter. Il relâcha lentement son étreinte, resta bras ballants face à elle.

— Désolé, je ne voulais pas vous heurter, dit-il le souffle court, dans l'atmosphère à présent chargée d'électricité.

Delaney tressaillit, chaque terminaison nerveuse de son corps comme branchée sur cent mille volts. Et à l'éclat des yeux de Jamal, elle eut la certitude qu'ils se trouvaient sur la même longueur d'onde. Oui, il était manifestement aussi conscient qu'elle de l'extrême tension érotique qui pesait sur eux.

— Ce n'est rien... Je n'ai pas regardé devant moi, s'excusa-t-elle en s'efforçant de recouvrer son souffle.

Elle suivit son regard qui se promenait sur elle. Vêtue d'un short et d'un top, elle eut brusquement l'impression d'être nue. Impossible de se détendre dans ces conditions. Et quelle chaleur. Quelle chaleur !

— Delaney ?

A l'écho de son nom prononcé avec tant de sensualité, elle leva lentement les yeux vers son visage… visage qui comme dans un rêve approcha du sien. Trop près du sien. Pas assez près du sien. Et lorsqu'elle sentit la chaleur de son souffle sur ses joues, elle trouva enfin la force d'articuler :

— Ou… Oui ?

— Il va pleuvoir, répondit-il d'une voix à peine audible.

Elle vit l'éclat aveuglant du désir dans son regard.

— On le dirait en effet, réussit-elle à surenchérir au prix d'un terrible effort.

Elle s'humecta consciencieusement les lèvres, sans hâte, absente à tout ce qui l'entourait, et n'entendant que vaguement le choc des premières gouttes de pluie sur le toit. Elle n'eut pas plus conscience de l'air frais et humide qui balaya subitement la pièce.

Toutes ses pensées, toute sa concentration ne visaient que le visage penché vers le sien. Et elle ne songea même pas à résister lorsqu'il l'attira tendrement vers lui.

« Allez, laisse-le donc t'embrasser, lui souffla une

276

petite voix dans sa tête. Détends-toi. Libère-toi. Cessez de vous comporter comme des enfants. Un baiser, rien qu'un baiser… »

Une bouffée d'un désir torride manqua la faire suffoquer. Elle se mit à trembler. Un baiser, oui… Et puis, tout rentrerait dans l'ordre ? Quoi de plus naturel somme toute que l'attraction sexuelle entre un homme et une femme ? Et quoi de plus nouveau, pour elle ? Jusqu'ici, l'occasion ne s'était jamais présentée. Et puis elle avait eu autre chose en tête, mais aujourd'hui… Aujourd'hui, elle se sentait prête. Prête avec Jamal. Pour Jamal.

Ce fut sa dernière pensée avant qu'il ne pose ses lèvres sur les siennes.

Jamal prit la bouche de Delaney avec art autant qu'avec désespoir. L'envie qu'il avait d'elle lui était devenue essentielle, vitale. Il l'embrassa, consciencieusement, implacablement, l'explorant avec passion, la savourant avec délices. Et comme ce baiser ne paraissait pas vouloir l'apaiser, il l'étreignit, glissant sa main sur sa nuque pour pénétrer plus avant encore cette bouche qui lui semblait sans fond. La voulant tout entière maintenant, la voulant plus que tout au monde.

Il avait embrassé bien des femmes au cours de son existence, mais jamais, non jamais au point de vouloir se damner pour un baiser. Jamais une femme ne l'avait mis dans un tel état de tension. Il avait été éduqué dans un monde où le sexe passait pour une chose simple et normale. Presque banale. Source de plaisir nécessaire à toute vie.

Mais à cet instant, il eut le sentiment qu'il n'y avait rien de normal dans son attirance pour Delaney. Comment dire ? Penser à la damnation pendant que l'on embrassait une femme, était-ce normal ? Et était-ce normal d'éprouver une telle tension face à une femme qu'il ne connaissait pour ainsi dire pas ?

Il se plaqua contre elle, voulant qu'elle le sente, qu'elle sente toute l'intensité de son désir. Il voulait qu'elle sache qu'il espérait plus qu'un baiser d'elle. Il voulait tout d'elle.

Et il avait bien l'intention de l'obtenir.

Jamal fit courir ses doigts sur son dos, l'attirant ainsi plus près de lui. Il sentit son corps se durcir au contact de ses seins contre son torse nu à travers son top. Contact affolant, stimulant, excitant.

Il était à bout de nerfs.

Agrippant ses hanches, il la retint contre lui. Elle ne pouvait que sentir son désir. L'impatience de son corps contre le sien. Il sut qu'elle avait compris le message quand elle enfouit ses doigts dans ses cheveux, l'attirant plus près d'elle tandis qu'il continuait de l'embrasser.

Un nouveau coup de tonnerre retentit, qui fit tout trembler autour d'eux et interrompit leur baiser. Haletante, Delaney laissa échapper un petit cri et chercha à recouvrer son souffle. Quelques secondes s'écoulèrent puis, lorsqu'elle leva les yeux et rencontra le regard de Jamal, elle sut qu'elle s'était trompée.

Ce baiser n'avait en aucune manière apaisé l'agitation de son corps. Dans un vague accès de conscience, elle sut à ce moment qu'elle ne trouverait son salut que dans la fuite. Oui, peut-être était-il encore temps, pria-t-elle, le souffle court, incapable néanmoins de reculer, comme si un aimant la retenait à Jamal.

Elle tituba. Lui s'avança et la plaqua contre le mur.

— Je crois que nous n'aurions pas dû…, murmura-t-elle sans conviction d'une voix tremblante.

Jamal de son côté se félicita d'avoir osé l'embrasser et s'encouragea à faire plus encore.

— Voilà une semaine que nous en avions envie, dit-il dans un soupir, le corps parcouru de tressaillements.

— Mais… pourquoi ? demanda-t-elle.

Lorsqu'elle vit l'éclat qui traversa son regard, elle regretta sa question. Il la regardait comme si elle était l'univers. Comme si elle était son salut. Sa… proie.

— Parce que nous avons envie l'un de l'autre.

Nous avons envie de faire l'amour, répondit-il sans détour.

Les mots résonnèrent un peu brusquement à ses oreilles, mais après tout, n'était-ce pas l'exacte vérité ? convint-il. En matière de sexe comme du reste, il croyait en la nécessité de se montrer toujours parfaitement honnête. Dans son pays, c'était en tout cas ainsi que l'on voyait les choses.

Le corps de Delaney chancela à ces paroles. Jamal avait une façon déroutante de parler de sexe. Elle pensa aux garçons avec lesquels elle était sortie au cours de sa vie. Elle n'était encore jamais allée jusqu'au bout avec aucun d'entre eux. En revanche, si elle en mourait d'envie avec Jamal, quelque chose en elle la retenait.

— Je ne suis pas de ces femmes qui ont pour habitude de se glisser dans le lit des hommes, dit-elle, souhaitant lui faire connaître ses principes, mais rechignant à lui faire entendre qu'elle envisageait de revoir ces mêmes principes.

— Qui vous parle de lit ? Nous pouvons utiliser la table, le canapé… ou faire ça à même le sol. C'est vous qui choisissez… mais dépêchez-vous, je vous en prie…

Baissant les yeux sur son entrejambe, Delaney comprit ce qu'il voulait dire. Elle inspira profondément. Jamal ne se souciait pas le moins du monde d'elle.

280

— Ce que je voulais dire, c'était que je ne couche pas avec les hommes juste pour coucher avec eux…

Il opina en silence puis :

— Dans ce cas, j'espère que c'est au moins pour votre plaisir…

Elle le fixa, sentit qu'elle rougissait. Coucher… pour le plaisir uniquement ? Elle savait que ses frères étaient de fervents adeptes de ce mode d'aimer. Ils passaient même pour des experts en la matière. Aucun d'entre eux ne souhaitait entendre parler de mariage et leurs relations avec les femmes se limitaient à une sexualité effrénée.

— Jamais je n'avais vu la chose ainsi, répondit-elle avec franchise. Jusqu'ici, pour moi, seuls les hommes étaient obsédés…

— Obsédés ?

Elle le dévisagea, comprenant que le prince de Tahran ne devait pas totalement maîtriser les finesses de leur langue.

— Oui, obsédé… Chercher le sexe pour le sexe… jusqu'à ce que le corps demande grâce…

Jamal approcha sa bouche de la sienne et murmura :

— Oh, vraiment… Alors, je suis obsédé… Et je veux que vous soyez vous aussi obsédée…

— Ce… C'est impossible, répondit-elle dans un souffle.

281

Un demi-sourire se dessina sur les lèvres de Jamal :

— Mais non…

Et avant qu'elle ait pu prononcer un mot, sa main se posa sur sa cuisse tandis que sa bouche se pressait contre la sienne. Il l'embrassa avec application, prenant tout son temps, bien décidé apparemment à faire durer cette séance de préliminaires jusqu'à la fin du jour.

Delaney retint un cri quand elle sentit ses doigts sur la fermeture de son short. Une partie d'elle-même lui cria de repousser cette main, une autre, partie la plus insensée, la plus curieuse d'elle-même, la supplia du contraire, de le laisser venir, de le laisser poursuivre…

Elle retint son souffle tandis qu'il abaissait la fermeture Eclair, avec lenteur, avec… autorité. Il semblait qu'il respirait avec autant de difficulté qu'elle à présent.

Puis, il enfouit sa main dans son short, la toucha à travers sa petite culotte. Il la toucha à cet endroit qu'aucun homme encore n'avait touché. Et cette caresse intime lui fit l'effet d'un brasier. Chaque cellule de son corps s'enflamma. Il commença à la caresser, lentement, fermement… si bien qu'elle n'eut plus bientôt en tête que l'envie de sexe, plutôt une impatiente fureur de sexe.

Elle n'avait jamais ressenti de telles sensations. L'une des mains de Jamal s'insinua, volontaire, entre ses cuisses et ses doigts entreprirent de se concentrer sur ce lieu ultra sensible de son intimité. Le tout sans cesser de l'embrasser, sa langue cherchant avec fébrilité la sienne.

L'activité conjuguée de ses doigts et de sa langue eut bientôt raison d'elle. De sa raison. De sa pudeur. Des vagues d'un plaisir inouï déferlèrent en elle et…

Un troisième coup de tonnerre retentit, monstrueux, faisant trembler les murs du chalet, arrachant Delaney à son vertige sensuel. Elle repoussa violemment Jamal puis, s'appuyant au mur derrière elle, chercha à recouvrer son souffle. Que s'était-il passé ? Pourquoi l'avait-elle laissé aller si loin ? Elle n'avait été qu'une poupée entre ses mains. Poupée soumise et avide. Quelle femme avait-elle donc été le temps de cette étreinte ? Une femme qu'elle ne reconnaissait pas.

Oh, elle se réjouissait que Jamal ait gentiment subvenu à son désarroi sexuel. Comme elle le pressentait, il était un expert en la matière. Il avait su l'embrasser comme elle le voulait, il avait su la toucher là où elle l'attendait, et la faire basculer.

Et elle avait bien l'intention de ne pas le laisser recommencer.

S'obligeant à croiser son regard, elle sut qu'elle se trouvait face à un homme habitué à obtenir ce qu'il désirait quand il le désirait. Tout ce qu'il avait à faire était de claquer les doigts, de sonner un serviteur, bref de faire ce qu'un prince faisait quand il avait envie de faire l'amour.

Croyait-il sérieusement qu'elle allait jouer le rôle de l'une de ses courtisanes durant son séjour aux Etats-Unis ? A cette pensée, elle se sentit humiliée. Elle ne faisait pas partie de son harem !

Furieuse contre elle-même de lui avoir si facilement cédé, elle le fusilla du regard :

— Je vais prendre une douche froide. Vous devriez en faire autant.

Il ne dit rien d'abord puis il lui sourit. Un large sourire qui illumina son beau visage.

— Une douche froide ne change rien, Delaney.

— Vraiment… Et pourquoi non ? répliqua-t-elle, refusant d'admettre qu'il pouvait avoir raison.

— Parce que désormais je connais votre goût comme vous connaissez le mien. Vous et moi avons faim l'un de l'autre. Lorsque vous n'en pourrez plus, je serai là, prêt à vous satisfaire, prêt à donner à votre corps ce qu'il demande.

Et sans même lui donner la possibilité d'émettre le moindre commentaire, il lui tourna le dos et s'éloigna.

*
* *

Après avoir arpenté sa chambre de long en large, Delaney s'assit sur le rebord de son lit. Elle ne se souvenait pas d'avoir été aussi exaspérée, aussi... frustrée.

— Je me sentirai mieux lorsque j'aurai repris mes esprits, tenta-t-elle de se rassurer.

Elle se leva, et de nouveau se mit à arpenter la pièce. Mais comment Jamal avait-il pu provoquer un tel bouleversement en elle ? Elle avait le sentiment qu'un feu couvait encore en elle, un feu qu'elle était impuissante à étouffer.

Si elle fermait les yeux, elle sentait presque le goût de sa langue dans sa bouche, la chaleur de ses mains... de ses doigts sur son sexe. Et elle pouvait aussi sentir son désir, puissant, tendu contre son ventre.

Un long gémissement s'échappa de sa bouche. Elle devait sortir, vite, prendre l'air, marcher un peu. Oui, sauf qu'il pleuvait à torrents.

Un doigt sur ses lèvres, elle réfléchit, doutant que l'orage puisse effacer le souvenir de cette étreinte aussi fugitive qu'intense avec Jamal.

Un instant, elle se demanda ce qu'il pouvait bien faire en cet instant. Se sentait-il aussi tourmenté qu'elle ? Aussi troublé ?

Elle soupira. Elle devait se reprendre. Rester intraitable. Et éviter Jamal Ari Yasir comme la peste.

4.

— Où allez-vous donc comme ça ?

Surprise dans son élan, Delaney suspendit son pas à quelques mètres à peine de la porte. Ayant besoin de faire quelques courses, elle avait longtemps attendu afin d'être certaine que Jamal soit profondément endormi. Depuis leur… entrevue, elle s'était arrangée pour ne plus le croiser en restant cloîtrée dans sa chambre.

Elle était trop excitée cependant pour se cacher plus longtemps. Le désir en réalité ne cessait de lui infliger les pires tourments. Son corps tout entier était à la torture. Des sensations qu'elle n'avait jamais éprouvées venaient la harceler. Elle était à bout. Ne pensant qu'au sexe. Obsédée par le sexe.

Depuis deux jours, la pluie les avait empêchés de sortir du chalet. Oh, elle avait bien tenté une échappée quand, affamée, elle s'était aventurée en catimini jusqu'à la cuisine… tombant nez à nez avec lui, assis à cette satanée table bancale, en train de dessiner quelque chose sur un bout de papier. Son regard noir alors l'avait enveloppée, transpercée. Il n'avait rien dit, pas un mot, mais elle avait bien senti son regard sur elle tout le temps où elle s'était affairée dans la cuisine. Regard du loup sur sa proie.

Elle soupira en l'observant. Il était vêtu d'un pyjama blanc, de la soie bien évidemment. Et puis, il y avait ce keffieh blanc sur sa tête… Oui, à la lueur de la lune, il incarnait véritablement toute la fierté et la majesté du prince arabe.

Inspirant lentement, elle dut recourir à tout son sang-froid pour ne pas perdre contenance et soutenir son regard. Depuis ce baiser, il semblait qu'elle avait perdu beaucoup de ses certitudes… D'ailleurs, le seul souvenir de ses lèvres sur les siennes continuait de la faire tressaillir.

Et les choses risquaient d'empirer. Quelles mains admirables il avait ! Fines et bien soignées. Des mains royales… Ces mêmes mains qui l'autre jour avaient caressé ses joues, effleuré ses lèvres puis s'étaient attardées sur ses reins avant de s'égarer sur son sexe et…

— Delaney ? Je vous ai demandé où vous alliez, dit Jamal.

Revenant à elle, elle croisa son regard. Mal lui en prit, car ce fut comme si elle était transpercée de mille dards. Elle se mordit cruellement la lèvre et s'ordonna de résister à l'éclat hypnotique de ses yeux.

— Je… vais à l'épicerie, répondit-elle enfin. J'ai besoin de certaines choses.

— A cette heure de la nuit ?

Même dans la pénombre, Delaney nota le froncement de ses sourcils. Auquel elle répondit par un autre froncement de sourcils.

— Oui, à cette heure de la nuit. Vous y voyez un inconvénient ?

Durant d'interminables secondes, ils demeurèrent l'un face à l'autre, silencieux, se défiant du regard. Delaney refusant obstinément de baisser les yeux, lui tout autant. Elle songea à ses frères et à leur manie de vouloir la protéger de tout et de tous. Jamal prenait le même chemin. Ah non, elle ne le lui permettrait pas ! Ce n'était pas, mais pas du tout ce qu'elle attendait de lui.

Et elle attendait quoi, au juste ?

— Non, je n'y vois aucun inconvénient. C'est juste que je m'inquiète, dit-il. Ce n'est pas prudent pour une femme de sortir au milieu de la nuit, seule.

Le ton posé de sa voix la surprit. Et l'intensité de son regard l'ébranla. Consciemment ou pas, il éveillait en elle des sensations… qu'elle s'efforçait d'oublier en se terrant dans sa chambre ! Et voilà que maintenant elle sentait son sang courir tel un fleuve de lave en fusion dans ses veines. Dans sa tête mille carillons sonnaient avec allégresse. Et à son souffle haché, on aurait pu croire qu'elle allait rendre l'âme là, sur l'instant.

— J'ai l'habitude de vivre seule, Jamal, parvint-elle enfin à expliquer. Et je sais prendre soin de moi-même. Pendant mes études, je sortais souvent la nuit, une fois les cours et les révisions finis.

Il opina.

— Cela vous dérange si je vous accompagne ? J'ai moi aussi quelques achats à faire.

Delaney le dévisagea. Disait-il la vérité ou s'agissait-il d'un prétexte pour ne pas la laisser sortir seule ?

— Et si je n'avais pas été là, comment vous seriez-vous débrouillé pour faire ces courses ?

— J'aurais téléphoné à Asalum, répondit-il avec un haussement d'épaules. Et même s'il considérerait comme un honneur d'aller à l'épicerie pour moi, je préfère le faire moi-même. En outre, il est plus de minuit, et il a le droit de se reposer.

Un point pour lui, un de plus, se dit Delaney, heureuse de l'entendre parler avec respect de son personnel. Opinant lentement, elle dit :

— Dans ce cas, je ne vois pas de problème au fait que vous veniez avec moi… si vous y tenez.

Jamal éclata de rire. Un rire franc et authentique qui la toucha au fond du cœur. Elle releva le menton et :

— Qu'est-ce qui vous fait rire ?

— Oh, votre façon de m'accorder la faveur de vous accompagner. Comme si ma présence vous était un véritable supplice…

Delaney soupira. S'il savait…

— C'est surtout que j'espérais un peu de solitude pour ces quelques semaines de vacances.

Il la fixa avec gravité puis traversa lentement la pièce à sa rencontre.

— Moi également, dit-il d'une voix rauque. Mais puisque vous avez voulu rester, ne croyez-vous pas que nous devrions arrêter de chercher à tout prix à nous éviter et essayer plutôt de passer ces quelques semaines en harmonie ?

Delaney lutta contre le sentiment de panique que sa présence toute proche déclencha en elle.

— Oui, peut-être avez-vous raison…

— Après tout, nous n'avons rien à perdre…

« Oh, cher prince, pensa Delaney, je pourrais vous citer toute une litanie de choses que je pourrais bien perdre à vous côtoyer, à commencer par ma virginité. » Elle se garda naturellement de faire part de ses appréhensions à Jamal. Lui tournant le dos, elle lança :

— Je vous attends dans la voiture pendant que vous vous changez.

*
* *

— Vous avez pu trouver tout ce dont vous aviez besoin ? demanda Delaney à Jamal alors qu'ils reprenaient place dans sa voiture pour rejoindre le chalet.

Sitôt arrivés au supermarché, ils s'étaient séparés pour faire leurs courses chacun de leur côté.

— Oui, j'ai tout ce que je voulais. Et vous ?

— Oui… et même quelques bonus, répondit-elle en pensant au roman d'amour pour lequel elle venait de craquer.

Cela faisait une éternité qu'elle n'avait lu pour le seul plaisir de lire. Ils roulèrent un moment en silence, Delaney les yeux rivés sur la route, Jamal l'observant à la dérobée.

— Quel genre de médecin êtes-vous ? l'interrogea-t-il après quelques kilomètres.

A cette question, Delaney sourit. Elle adorait parler de son métier et éprouvait à la vérité une certaine fierté à être le premier médecin de la famille Westmoreland.

— Je serai pédiatre, mais je dois d'abord faire deux ans de spécialisation.

— Vous aimez travailler auprès des enfants ?

— Non seulement j'adore travailler auprès des enfants, répondit-elle du tac au tac, mais j'adore les enfants.

— Comme moi.

Delaney s'étonna de son commentaire.

— Vous aimez les enfants, vous ?

— Absolument. J'espère me marier prochainement et fonder une famille.

— Moi aussi. Et il y aura une ribambelle d'enfants dans ma maison.

— Qu'entendez-vous par ribambelle ? demanda Jamal, l'air amusé.

— Six au moins, répondit Delaney avec une spontanéité enthousiaste.

Il sourit, trouvant étonnant qu'elle souhaitât à peu de chose près le même nombre d'enfants que lui.

— Ce n'est pas demander un peu trop ?

Elle lui rendit son sourire. C'était exactement ce que lui répétaient ses frères, convaincus qu'elle ne trouverait jamais un homme qui désirât autant d'enfants.

— Pourquoi trop ? C'est le nombre idéal, celui en tout cas qui fera mon bonheur.

Lorsque la voiture s'arrêta à un feu rouge, Jamal l'observa. Comme elle était belle. Même sans maquillage et avec ce foulard sur la tête pour maintenir ses cheveux en place, elle était d'une beauté troublante… terriblement excitante.

Ses pensées allèrent à Najeen. Elle resterait sa maîtresse, même quand il aurait pris femme. C'était ce qui était convenu… et admis dans son pays. Chose impensable en Occident, où les femmes se montraient très possessives après le mariage. Il était inconcevable ici que le mari prenne une maîtresse. En Occident, les jeunes femmes prétendaient faire un mariage d'amour. Chez lui, on se mariait comme on faisait des affaires, généralement entre héritiers. Et il en serait de même pour son propre mariage. Ne croyant pas en l'amour, comment aurait-il pu en faire un mariage ? Son mariage serait un mariage de raison, rien de plus.

Il n'imaginait pas Delaney se résoudre un jour à ce type d'arrangement. Elle voudrait certainement tout : l'amour d'un homme, qu'il lui soit voué corps et âme, et qu'il ne s'avise surtout pas d'avoir une maîtresse.

Jamal jura intérieurement. L'idée qu'une femme puisse avoir un tel ascendant sur un homme était pour lui invraisemblable.

— Vous pensez pouvoir mener de front votre carrière et votre vie de famille ? demanda-t-il un moment plus tard, curieux de sa réponse.

Les femmes occidentales désertaient de plus en plus leurs foyers. Elles revendiquaient leur droit à travailler autant qu'un mari. Il sourit. Son épouse, elle, n'aurait qu'un seul travail : lui donner des enfants. Elle pourrait se promener nue et flâner des journées entières si cela lui chantait. Car elle serait de toutes façons nue et enceinte la majorité du temps.

— Evidemment, dit Delaney tout sourire. Vous serez bien capable d'être prince et père, non ? Eh bien, en ce qui me concerne, je saurai être médecin et mère.

Oh, il y aura de forts moments de stress, j'imagine, mais j'assumerai... tout comme vous.

Jamal se renfrogna.

— Ne pensez-vous pas que vos enfants auront besoin de toute votre attention, spécialement les premières années ?

Delaney nota l'intonation désapprobatrice.

— Pas plus que vos enfants en bas âge auront besoin de leur père...

— Mais... vous êtes une femme.

Elle rit franchement, puis :

— Oui, et vous un homme. Et alors, où est le problème ? Où est-il écrit que le rôle d'une mère dans la vie d'un enfant est plus important que celui du père ? Je pense qu'un enfant a besoin pour s'épanouir de l'amour et de l'attention des deux parents. L'homme que j'épouserai passera autant de temps que moi auprès de nos enfants. Nous partagerons équitablement notre temps à l'éducation de nos enfants.

Jamal tenta de faire le compte des jours passés auprès de lui par son père durant son enfance. Même lorsque celui-ci se trouvait au palais, c'était une domestique qui veillait sur lui, en l'occurrence l'épouse d'Asalum, Rebakkah. Oui, son père avait été le plus souvent absent, mais Jamal n'avait jamais douté de son amour. Après tout, n'était-il pas son héritier ? Tous deux entretenaient une relation privilégiée aujourd'hui, basée sur un respect mutuel. Jamal voyait son père comme un souverain avisé, proche de son peuple et soucieux de son bonheur. Lui succéder un jour ne serait pas une mince affaire et il espérait se montrer à la hauteur.

Delaney comprit qu'elle avait perturbé Jamal, silencieux depuis plusieurs minutes maintenant. A l'évidence, ses réponses de femme occidentale le laissaient perplexe. Quel culot ! Quel macho ! Ah oui, lui, son père et son frère, Storm, formeraient une sacrée équipe !

C'était un fréquent sujet de plaisanterie au sein de la famille. Le plus jeune de ses frères affirmait, en effet, à qui voulait l'entendre vouloir une épouse qu'il maintiendrait à demeure dans sa chambre. Au lit quand il partirait travailler, la pauvre femme devrait s'y trouver encore à son retour. La tâche de la dame se limiterait à lui donner des enfants et à satisfaire ses désirs. Il se moquait qu'elle soit bonne cuisinière puisqu'il engagerait une bonne qui serait chargée de s'occuper des menus travaux de la maisonnée.

Delaney leva brièvement les yeux au ciel. Jusqu'ici, elle avait regardé Storm comme un phénomène. Elle avait aujourd'hui la preuve que les hommes de son espèce étaient plus nombreux qu'elle ne le pensait.

Elle jeta un rapide coup d'œil à Jamal, se maudissant de s'être ainsi laissé piéger. A aucun moment elle n'avait voulu se retrouver seule avec lui. Lorsque, ne parvenant pas à dormir, elle avait subitement décidé d'aller faire quelques courses au beau milieu de la nuit, l'idée lui avait paru excellente. Mais elle ne s'était pas attendue à ce que Jamal l'accompagne.

Enfin de retour au chalet, Delaney sut qu'elle était trop excitée pour espérer fermer l'œil. Bah, mais peut-être dormait-elle un peu trop depuis son arrivée ici ? Elle précéda Jamal d'un pas énergique quand celui-ci eut ouvert la porte, avec la ferme intention de regagner directement sa chambre. Pas question de risquer un nouveau face-à-face comme celui de l'autre jour. Les baisers de ce prince étaient décidément trop délicieux.

— Accepteriez-vous de boire un café avec moi, Delaney ?

Le son de sa voix, terriblement sensuel comme toujours, la bouleversa. Physiquement. Boire un café en sa compagnie était bien la dernière chose dont elle avait besoin.

— Non, merci, je crois que je vais aller me coucher…

— Au cas où vous n'auriez pas envie de dormir seule, ma chambre se trouve à deux pas de la vôtre, si cela vous dit…

Delaney se força à sourire.

— Merci pour la proposition, mais elle ne m'intéresse pas…

Tendant la main, il caressa sa joue. Geste tendre qu'elle n'eut pas le temps d'esquiver. Puis il approcha son visage du sien et chuchota :

— Vous en êtes certaine ?

Delaney ferma les yeux, s'imprégnant de son odeur fauve et masculine. Elle le désirait. Au point de presque en étouffer. Se reprenant, elle rouvrit les yeux en s'écartant.

— Désolée, Votre Altesse, mais non, je ne suis pas intéressée…

Et elle lui tourna le dos, rejoignant à la hâte sa chambre. Quelle menteuse elle faisait…

— Oh, Seigneur ! soupira Delaney en se retournant dans le hamac, les yeux rivés à son livre.

Elle ne pouvait pas croire ce qu'elle lisait. Voilà près de huit ans qu'elle n'avait lu de ces romans à l'eau de rose qu'elle affectionnait alors. Le livre qu'elle avait acheté la nuit dernière, en revanche, n'avait rien de vraiment romantique. Les scènes d'amour y étaient décrites avec une vérité, une précision qui ne pouvait laisser indifférent…

Debout de bonne heure, alors que Jamal sacrifiait à son heure traditionnelle de kick boxing, elle s'était installée dans la cuisine à cette pauvre table branlante pour prendre son petit déjeuner. Puis elle avait croisé Jamal en plein effort, le saluant du bout des lèvres, avant de descendre vers le lac dans l'intention de lire quelques pages.

Elle soupira longuement puis reprit sa lecture. Quelques minutes plus tard, son rythme cardiaque s'accéléra. Se pouvait-il réellement que deux êtres puissent adopter de telles positions dans un lit ?

Elle s'étira, s'efforça de respirer avec calme. Ce satané bouquin la perturbait. Dans son imagination, le beau héros ténébreux était Jamal, et elle était l'héroïne sexy et insaisissable.

Les yeux au ciel, elle laissa tomber le livre à côté d'elle. Fini la lecture ! Et les tourments endurés par son corps… Elle s'endormit à l'ombre d'un frêne, rêvant de prince et d'étreintes torrides…

Elle rêva qu'on l'embrassait de la manière la plus ardente, la plus délicieuse, pas sur les lèvres mais sur l'épaule, sur le cou. Puis des mains chaudes relevaient son top, dévoilant ses seins nus. Il faisait chaud, si chaud, qu'elle n'avait pas voulu porter de soutien-gorge et elle s'en félicitait maintenant, sentant la langue de son amant jouer avec le bout de ses seins, léchant sa peau brûlante…

Elle cria un nom, celui qu'elle avait donné à son amant imaginaire alors que celui-ci couvrait à présent son ventre de baisers, s'arrêtant longuement sur son nombril. Une part d'elle-même supplia pour que son rêve ne prenne pas fin, tandis qu'une autre redoutait qu'il ne se poursuive. Ce rêve semblait si réel et elle… elle était si proche du plaisir. Puis subitement, son amant s'écarta d'elle, l'abandonnant à ses plaintes sans la moindre explication. Désemparée, elle reprit peu à peu ses esprits, retrouva le contrôle de ses sens et enfin… s'éveilla.

Elle regarda autour d'elle. Les arbres, le lac, le silence. Seule. Elle était absolument seule. Ce rêve avait été si intense. Le bout de ses seins dressés, cette brûlure au creux des reins… Elle ferma les yeux, se demandant si elle pourrait retrouver son amant lors d'un prochain rêve. Elle se tourna dans le hamac balançant doucement et attendit que le sommeil l'enveloppe.

Le souffle court, adossé à l'arbre, Jamal tenta de recouvrer son calme. Mais que lui avait-il pris ? Qu'avait-il fait ? Oh, Delaney… Dès le premier jour il s'était senti attiré par elle, alors… Alors quand il l'avait vue endormie dans le hamac avec son petit short et son top, son ventre à nu, il n'avait pu résister à l'envie de la goûter…

Même dans son sommeil, au contact de ses lèvres Delaney avait réagi, ses seins se dressant, son bassin s'arquant et lorsqu'elle avait dit son nom, il avait manqué se jeter sur elle, tant il n'en pouvait plus de désir.

Non. Une liaison était bien la dernière chose qu'il avait en tête lorsqu'il était venu au chalet. Et aujourd'hui, il ne pensait plus qu'à ça. Qu'à cette femme qui le rendait fou. Son corps lui faisait mal. Il avait la fièvre.

Il allait faire ses valises et demander à Asalum de venir le chercher. Oui, voilà qui était raisonnable ! L'heure avait sonné de rentrer à Tahran… Jamais, non jamais il n'avait désiré une femme au point de la caresser à son insu, durant son sommeil…

Et puis non, il ne partirait pas. Après tout, n'avait-elle pas murmuré son nom ? Il l'avait entendue gémir et supplier… Oh oui, elle pouvait bien prétendre ne pas le désirer, endormie c'était une tout autre affaire. Quant à lui, une chose était certaine. Il avait envie de la goûter de nouveau, de sentir sa peau sous ses lèvres. A dire vrai, il voulait plus que cela. Il voulait faire l'amour avec elle. Se perdre en elle.

300

5.

Quelques heures plus tard, Jamal était assis à la table de la cuisine devant une tasse de thé brûlant lorsque Delaney rentra de sa balade, affamée. Le regardant du coin de l'œil, elle se dirigea droit vers le réfrigérateur.

— Je me prépare un sandwich, dit-elle en s'affairant. Vous en voulez un ?

Jamal se tourna vers elle et la fixa du regard. Non, il n'avait pas envie d'un sandwich. Il avait envie d'elle. Quelques jours plus tôt il avait goûté à ses lèvres, aujourd'hui c'était la saveur de ses seins qu'il gardait sur le bout de la langue, bien peu d'elle en vérité, mais qui suffisait à mettre ses sens en état d'hypersensibilité.

Comme il ne répondait pas, elle fit un pas vers lui et le dévisagea, perplexe.

— Jamal ?

— Oui ?

— Je vous ai demandé si vous vouliez un sandwich ?

Décidant subitement d'accepter son offre, il opina du chef. Il avait grand besoin de manger quelque chose. Après tout, il n'était pas interdit d'espérer et il risquait d'avoir besoin de toutes ses forces…

— Oui, merci. Je veux bien un sandwich.

« Mais je préférerais vous faire l'amour. », pensa-t-il.

Il ne la quitta pas des yeux tandis qu'elle disposait tous ses ingrédients sur le comptoir. Les effluves de son parfum emplissaient la cuisine, entêtants. Jamal tressaillit, en proie à un trouble grandissant. Et le fait de savoir qu'elle ne portait rien sous son top ne l'aidait en rien. Ah, quelle délices que le bout de ses seins ! Quel moment sublime que la sensation de ce petit bout de chair rose se durcissant sous sa langue ! Et comme elle avait gémi, s'étirant langoureuse dans son hamac, laissant ainsi entendre combien elle appréciait ses caresses.

Il détourna les yeux de sa poitrine pour s'intéresser à ses fesses. C'était d'abord ce qui avait attiré son attention chez elle, le premier jour. Et aujourd'hui, il n'hésiterait pas à se damner pour ces fesses-là. Elles le rendaient fou. Delaney manifestement adorait porter des shorts. Des shorts qui mettaient son derrière rebondi en valeur. Et souligner la rondeur de ses hanches. Il l'imagina entièrement nue. Il aurait parié que ses fesses étaient aussi fermes que ses seins, oui…

— Un peu de mayonnaise sur votre pain ?

A sa question, il sursauta et ramena vivement ses yeux sur son visage. Elle le regarda avec ce même air dubitatif, sans rien dire cependant.

— Non, de la moutarde, merci, répondit-il, envisageant un instant de la renverser sur le comptoir pour la posséder, là, comme un sauvage.

Il avala une nouvelle gorgée de son thé à présent tiède. Généralement, ce genre de breuvage avait un effet apaisant sur lui. Visiblement, pas aujourd'hui.

— Vous allez m'en dire des nouvelles, dit-elle d'une voix enjouée. D'après mes frères, je suis l'experte des sandwichs.

Il hocha la tête et s'imagina un bref instant prendre la place de ces tranches de pain. Il rêva de ses mains sur lui, occupées à l'enduire de ce qu'elle voudrait, le pétrissant et le malaxant. Oh, elle n'aurait aucun besoin de le passer au gril, son seul contact suffisant à le rendre brûlant.

De nouveau, elle lui lança ce regard vaguement suspicieux puis elle sourit.

— Je vous trouve bien calme aujourd'hui. Vous allez bien ?

Il faillit répondre non, car réellement il n'allait pas bien du tout et s'il venait à se lever, là, maintenant, elle comprendrait instantanément ce qui clochait chez lui, mais au lieu de cela il dit :

— Oui, je vais bien.

Apparemment satisfaite de sa réponse, elle se détourna et continua de préparer ses sandwichs. Il se laissa glisser sur sa chaise, fixant son pied qui battait le parquet en rythme. Elle sifflait un vieil air de blues, manifestement d'excellente humeur. Bien sûr, à la différence de lui, elle devait dormir d'un sommeil innocent la nuit, épargnée par le supplice du désir.

— Vous avez terminé votre livre ? demanda-t-il subitement.

Elle avait passé la matinée à lire. Ne s'interrompant que pour piquer du nez, dans son hamac.

— Oh oui. Une belle histoire, répondit-elle en attrapant deux assiettes dans le placard. Et qui finit bien.

— Vraiment ? dit-il, curieux de savoir ce qu'elle entendait par là.

— Eh bien, Marcus finit par comprendre combien Jamie compte pour lui. Il lui avoue enfin son amour et lui demande de l'épouser.

— Voilà bien les romances, ricana-t-il. Ramassis de sottises.

Delaney le foudroya du regard.

— Ramassis de sottises ?

— Absolument. Un homme ne se découvre pas

amoureux comme ça, subitement. Non, les choses ne se passent pas ainsi.

Elle s'adossa au comptoir et croisa les bras, le toisant avec dédain. Jamal nota qu'elle se tenait jambes légèrement écartées. La voir ainsi lui fit aussitôt oublier l'objet de leur discussion. Il promena son regard sur ses cuisses puis l'arrêta sur son ventre, en imaginant la chaleur…

— Et comment les choses se passent-elles ?

Jamal leva les yeux et croisa son regard. Elle paraissait fâchée. Envolée sa bonne humeur.

— En règle générale, les hommes ne se marient pas par amour. Pas dans mon pays.

Delaney parut intriguée.

— Tiens donc. Mais dans ce cas, pourquoi un homme et une femme se marient-ils si ce n'est par amour ?

Jamal la fixa, soudain aux abois. Elle avait le chic pour lui faire perdre la tête lorsqu'elle posait ainsi ses grands yeux sur lui, avec cette moue méprisante.

— Eh bien, ils se marient pour une foule d'autres raisons. Par intérêt, notamment, répondit-il, sans pouvoir détacher ses yeux de ses lèvres pulpeuses.

— Par intérêt ?

— Oui. Pour un mariage réussi, l'homme doit faire don d'une certaine richesse à la famille de son épouse, en échange la femme lui offrira un héritier qui perpétuera

305

la gloire de son nom. Autant de choses essentielles à la prospérité et la puissance d'un royaume.

Delaney plongea ses yeux dans les siens, choquée manifestement par ses propos.

— Ainsi, chez vous, le mariage n'est donc que du business.

— Essentiellement, oui, renchérit-il avec un sourire. Et les plus réussis d'entre eux sont arrangés parfois jusqu'à trente ans à l'avance.

— Trente ans à l'avance ? répéta-t-elle, incrédule.

— Oui, parfois plus encore. En principe, les familles des promis décident de l'union de leurs enfants avant même leurs naissance. Cela a été le cas pour mon père et ma mère. Elle était berbère, cette tribu prestigieuse d'Afrique du Nord. Pour préserver la paix entre Berbères et Arabes, on décida donc d'un mariage entre ma mère, princesse africaine, et mon père, prince arabe. Je suis donc de sang berbère autant qu'arabe, comme la majorité des habitants de Tahran. Mes parents n'étaient mariés que depuis un peu plus d'un an lorsque ma mère est décédée en me mettant au monde.

Delaney se laissa aller contre le comptoir, plus intéressée par ce que Jamal lui racontait que par ses sandwichs.

— Que serait-il arrivé si votre père, bien que promis

306

à votre mère, avait rencontré une autre femme auprès de qui il préférait passer le restant de ses jours ?

— Cela aurait été une catastrophe. Mais en même temps il n'aurait servi à rien qu'il en vienne à de telles extrémités. Cela n'aurait pas été incompatible avec son mariage. Il lui aurait suffi de prendre la femme de sa vie pour maîtresse officielle.

— Pour maîtresse… officielle ? Mais enfin… et sa femme ?

— Elle n'aurait eu d'autre choix que de se résigner à cette situation. C'est une pratique commune dans mon pays. Un homme a souvent une épouse et une maîtresse.

Delaney agita longuement la tête puis :

— Quel gâchis. Pourquoi une épouse et une maîtresse ? Un homme peut parfaitement rencontrer une femme qui excelle dans les deux rôles. Dans notre culture, l'épouse est éduquée à satisfaire tous les besoins et désirs de son mari.

Levant un sourcil, Jamal l'imagina, si sensuelle, si voluptueuse, combler tous les désirs d'un homme. Absolument tous. Oh oui, Delaney ferait une parfaite épouse américaine, à condition d'avoir un faible pour le genre rebelle, fier et impertinent. Oui, nul doute qu'elle saurait rendre un homme heureux… et même le combler au-delà de ses désirs les plus secrets ! Une femme comme Delaney ferait assurément le bonheur de son mari… Ou aussi bien son malheur.

Il soupira. Mieux valait renoncer à cette conversation sur les épouses et les maîtresses. Il connaissait le caractère possessif des Américaines.

— Les sandwichs… ? tenta-t-il maladroitement de faire diversion.

Evidemment, elle refusa de se laisser abuser par sa manœuvre grossière.

— Le jour de notre rencontre, vous m'avez dit projeter de vous marier l'an prochain… ?

— C'est exact, opina-t-il. Chez moi, la tradition veut qu'un homme se marie avant son trente-cinquième anniversaire. Ce sera mon âge l'été prochain.

— Et la femme que vous épouserez ? Là encore il s'agit d'un mariage arrangé ?

Comprenant qu'elle ne lui donnerait pas son sandwich tant que sa curiosité ne serait pas satisfaite, il expliqua :

— Oui, et non. Ma famille a décidé de mon mariage avec la future princesse de Bahan avant qu'elle naisse. J'avais six ans à cette époque. Mais elle et sa famille ont péri dans un accident il y a quelques années, moins d'un an avant la date des noces. Elle n'avait que dix-huit ans.

Delaney hocha la tête avec gravité.

— Cela a dû être une terrible épreuve pour vous.

— Si je l'avais connue, je suppose que cela l'aurait été, oui, répondit Jamal avec un haussement d'épaules.

— Que voulez-vous dire… Que vous ne connaissiez même pas la femme que vous alliez épouser ? s'exclama Delaney, l'air ébahi.

— Je ne l'avais jamais rencontrée. A quoi bon ? Nous allions effectivement nous marier. J'aurais eu tout le temps de faire sa connaissance…

— Mais, euh… Et si elle ne vous avait pas plu ?

Jamal la dévisagea puis il sourit avec compassion, comme si elle venait de lui poser la plus stupide des questions.

— Quelle importance. Elle et moi étions promis l'un à l'autre. Nous nous serions mariés sans nous préoccuper de ce genre de considérations.

Delaney réfléchit un instant puis :

— Et vous auriez gardé votre maîtresse, dit-elle tranquillement, sans même se demander s'il en avait une.

Car un homme tel que lui avait forcément une maîtresse, surtout un homme qui se fichait d'épouser une femme qu'il n'avait jamais vu simplement parce que sa famille en avait décidé ainsi. Il ne pouvait en être autrement. Sa femme lui donnerait des héritiers, sa maîtresse du plaisir.

— Oui, j'aurais gardé ma maîtresse, répéta-t-il en

pensant à Najeen. Jamais je n'ai imaginé renoncer à elle.

Delaney le fixa, stupéfiée par son détachement en ce qui concernait les femmes, son idée du mariage et de la fidélité. Sidérant, véritablement. Ses frères, à l'exception de Thorn peut-être, étaient d'incorrigibles coureurs de jupons qui, elle en avait la certitude, lorsqu'ils rencontreraient l'âme sœur cesseraient du jour au lendemain leurs frasques. Tous se donneraient tout entier et exclusivement à la femme de leur vie.

Des sentiments mitigés la submergèrent. Une profonde déception mêlée de colère. Elle ne pouvait décemment pas admettre de tels comportements. Comment accorder la moindre confiance à un homme qui cultivait une telle duplicité ? Non, elle appréciait certes la confrontation des différentes cultures, mais en l'occurrence, elle était incapable de tolérance. Il était là question d'un pays où l'on considérait l'infidélité comme un mode de vie, qu'on allait même jusqu'à encourager... Les coutumes en vigueur à Tahran n'étaient pas pour elle qui considérait les vœux du mariage comme sacrés.

Traversant la pièce une assiette dans chaque main, elle posa celle de Jamal lourdement devant lui en lui lançant :

— Régalez-vous. Et ne m'en veuillez pas si je

préfère déjeuner dans ma chambre plutôt qu'en votre compagnie.

En une fraction de seconde Jamal bondit de sa chaise et, saisissant son poignet, il l'attira vers lui.

— Pourquoi ?

Elle le toisa, furibonde.

— Pourquoi quoi ?

Il la dévisagea, puis :

— Pourquoi cette colère ? Je vous ai parlé avec honnêteté. C'est ainsi que les choses se passent chez nous, Delaney. Acceptez-le.

Elle tenta de libérer sa main.

— « Acceptez-le » ? répéta-t-elle avec un rire amer et narquois. Pourquoi devrais-je accepter quoi que ce soit ? Vous menez votre vie comme vous l'entendez, Jamal. En quoi cela me concerne-t-il ?

Leur visage à quelques centimètres à peine l'un de l'autre, leur souffle caressant les joues de l'autre, ils n'osèrent plus le moindre geste. Puis quand Delaney voulut s'écarter, Jamal l'en empêcha.

— Si c'est réellement votre façon de voir les choses, alors où est le problème ? remarqua-t-il, la voix étranglée.

Delaney tenta d'ignorer son regard, rivé à sa bouche.

— Que voulez-vous dire ? répliqua-t-elle, se détestant du désir qui montait en elle.

Comment pouvait-elle encore avoir envie de lui après tout ce qu'il avait osé lui avouer ? Après avoir prétendu avec cette indifférence, cette insupportable arrogance typiquement machiste qu'il se moquait de se marier par amour puisqu'une maîtresse comblerait tous ses désirs pervers...

— Si vous vous moquez réellement de la manière dont je vis, alors il ne devrait pas y avoir de problème au fait que nous couchions ensemble...

— Pardon ! ?

— Vous m'avez bien entendu, Delaney ! Les Occidentales sont bien trop possessives. Ce qui explique que je ne sois jamais sorti avec l'une d'elles. Il suffit qu'une Occidentale couche une fois avec un homme pour vouloir se l'approprier jusqu'à la fin de ses jours. Je vous ai parlé en toute franchise de ce que serait ma vie à mon retour à Tahran. Je voulais ne rien vous cacher. Je voulais que les choses soient claires entre nous avant que nous couchions ensemble. Et je ne vous fais d'autres promesses que celle de vous donner du plaisir comme jamais un homme n'a su vous en donner avant moi.

Ecarquillant les yeux, Delaney, stupéfaite, n'en revenait pas de son audace. Non mais... Quelle arrogance ! Dans son esprit, il était donc évident qu'ils allaient faire l'amour ensemble. Eh bien, elle avait un scoop pour monsieur le prince. Oui, viendrait un jour où elle partagerait son lit, mais ce jour-là, les poules auraient des dents. Arrachant sa main de la sienne, elle releva le menton :

— Laissez-moi vous dire une bonne chose, cher prince…

Le souffle court, elle dut inspirer profondément avant de reprendre :

— Je n'ai pas du tout l'intention de coucher avec vous…

Elle ne parla pas, mais hurla presque, martelant son torse puissant de ses poings pour faire bonne mesure en enchaînant :

— Je ne serai jamais le numéro trois d'un homme, peu importe le plaisir qu'il me donnera. Votre corps pourrait être fait d'or et de diamants, jamais, vous m'entendez, jamais je ne le toucherais à moins qu'il soit à moi, et exclusivement à moi. Vous m'entendez ? M'avez-vous bien comprise cette fois ? Ou je dispose des droits exclusifs sur un homme, ou il ne se passera jamais rien entre lui et moi…

Le regard de Jamal se durcit.

— Jamais aucune femme n'aura des droits exclusifs sur moi. Jamais.

— Eh bien, voilà qui est clair. Nous savons tous les deux à quoi nous en tenir, lâcha-t-elle.

Lui tournant le dos, elle s'apprêtait à sortir de la cuisine quand :

— Delaney…

Elle eut beau s'ordonner de poursuivre son chemin, de ne plus lui prêter attention :

— Oui ?

Il la foudroya de son regard incandescent.

— Dans ces conditions, je pense que vous feriez mieux de quitter le chalet. Aujourd'hui même.

S'efforçant de respirer avec calme, elle répliqua :

— Je vous l'ai déjà dit, Jamal. Je ne partirai pas.

Il la fixa un long moment puis :

— Dans ce cas, ce sera à vos risques et périls, Delaney Westmoreland. Car je vous veux. J'ai terriblement envie de vous. Je vous désire comme je n'ai jamais désiré aucune femme. J'aime votre parfum, votre odeur, le goût de votre peau et… J'ai envie de venir en vous, de vous donner du plaisir. Je ne pense qu'à ça. Je ne rêve que de ça. Vous prendre, bouger en vous, vous aimer jusqu'à vous faire crier…

Il franchit les quelques mètres qui le séparaient d'elle. Ignorant l'appréhension de son regard, il effleura tendrement sa joue avant de reprendre :

— Entre nous circule un désir qui exige d'être assouvi. C'est ainsi. Et peu importe ce qu'il adviendra par la suite. Nous avons envie de faire l'amour ensemble, Delaney. C'est plus fort que nous. Vous ne pourrez rien contre. C'est un appel de la chair qui nous dépasse. Il

314

n'y a pas d'amour entre nous et il n'y en aura jamais. Il n'est question que de sexe.

Il plongea ses yeux dans les siens.

— Il y a de fortes chances que lorsque nous aurons quitté le chalet chacun de notre côté nous ne nous croisions plus jamais, poursuivit-il. Quel mal peut-il y avoir à passer du bon temps ensemble ? Quel mal y a-t-il à vouloir vivre des heures d'un plaisir si intense qui resteront pendant de nombreuses années comme des moments magiques dans notre souvenir ?

Sa main descendit lentement de sa joue sur son cou.

— Chaque jour, j'ai envie de faire l'amour avec vous. J'ai envie de satisfaire vos désirs les plus intimes comme d'exaucer mes rêves de sexe les plus fous.

Delaney ravala sa salive avec peine. L'écho de ses paroles résonnait en elle, excitant, tentant. Une femme normale en cet instant aurait certainement ravalé toute fierté et écarté toute raison pour se jeter dans ses bras, s'abandonner à lui et… Eh bien, pas elle.

Durant de trop longues années, elle avait vu ses frères courir de femme en femme. C'était avec une stupéfaction mêlée de reproche qu'elle se demandait comment une femme pouvait accepter de passer une nuit avec l'un de ses frères. Les Westmoreland avaient toujours eu la franchise de ne jamais abuser de la confiance de leurs conquêtes ni de leur laisser espérer un amour éternel et encore moins le mariage.

Mais cela n'excusait rien. Et en ce qui concernait Jamal, elle ne se laisserait pas fléchir. Ce ne serait pas bien difficile. Oh oui, c'était la première fois qu'un homme éveillait en elle un désir aussi brûlant, mais ce serait bien le diable si elle n'arrivait pas à tempérer ses envies. Et puis, en y réfléchissant bien, elle ne risquait pas de regretter quoi que ce soit. Comment regretter quelque chose en effet dont on n'avait pas la moindre idée... Non ?

Déterminée, le regard cinglant, elle recula d'un pas et :

— Non, Jamal. C'est tout, ou rien...

Les yeux de Jamal s'assombrirent et elle vit un sourire sardonique apparaître sur ses lèvres.

— Vous dites cela maintenant, Delaney, mais vous finirez par changer d'avis.

Sa voix était grave et l'éclat de son regard presque menaçant. La gorge nouée, elle eut quelque peine à articuler :

— Que voulez-vous dire par là exactement ?

Son sourire s'accentua.

— Je veux dire que je parviens toujours à mes fins.

Delaney soutint son regard, le cœur battant à tout rompre, son sang courant avec furie dans ses veines.

Elle comprenait ce que cela signifiait. Il mettrait tout en œuvre pour la faire céder, peu importait que cela prenne du temps dès lors qu'il aurait ce qu'il voulait : elle dans son lit.

Eh bien, monsieur allait apprendre à se frotter au tempérament des Westmoreland qui n'étaient certainement pas nés de la dernière pluie. Des Westmoreland réputés pour leur obstination et leur sens du défi. Un Westmoreland ne perdait jamais. Le prince allait l'apprendre à ses dépens.

Delaney sourit à son tour et son regard s'éclaira.

— Peut-être arrivez-vous toujours à vos fins, mais demandez donc à n'importe lequel de mes frères et vous saurez qu'en matière de compétition, mieux vaut me jouer gagnante.

— Vous ne gagnerez pas à ce jeu-là, Delaney.

— Je gagnerai surtout à ce jeu-là, mon prince.

Fronçant les sourcils, il chuchota :

— Ne dites pas que je ne vous ai pas prévenue.

Fronçant à son tour les sourcils, elle répliqua :

— Et ne dites pas que je ne vous ai pas prévenu.

Puis, sans rien ajouter, elle lui tourna le dos et sortit de la cuisine, menton fièrement relevé, pour s'installer sous le porche afin d'y déguster son sandwich.

6.

Levant les yeux, Jamal observa Delaney quand elle pénétra dans le salon un peu plus tard, ce soir-là. La guerre était déclarée et elle allait évidemment utiliser toutes les armes à sa disposition pour la gagner. Manifestement déterminée à le harceler de la manière la plus perverse, c'est-à-dire à l'humilier, à le mettre à genoux en exacerbant le désir qu'il avait d'elle, sans qu'il puisse jamais l'assouvir. Du moins était-ce ce qu'elle croyait. Et cela expliquait sans doute sa tenue. Une tenue terriblement provocante.

Un négligé de la plus voluptueuse espèce, peignoir faussement décontracté, extrêmement raffiné et qui suggérait la beauté de ses courbes plus qu'il ne les cachait. Se laissant aller dans son fauteuil, il l'observa de la tête aux pieds, tandis qu'un désir brut et animal le traversait. Humainement, il était impossible de feindre l'indifférence. Il laissa tomber le dossier sur lequel il travaillait et étira ses longues jambes, concentrant toute son attention sur Delaney… N'était-ce pas ce qu'elle souhaitait ?

Il comprenait aisément où elle voulait en venir. Elle cherchait à le pousser à bout, à le rendre malade de désir, puis elle l'abandonnerait à son sort, le laisserait désemparé, frustré. Oh, oh ! Eh bien, il allait la laisser jouer un peu à ce jeu-là, puis à son tour il abattrait ses cartes.

Son déshabillé était d'une délicate couleur pêche qui faisait ressortir l'éclat de sa peau ébène. La soie, ou une texture similaire en tout cas, extrêmement aérienne, frémissait contre son corps à chacun de ses mouvements et… lorsqu'elle traversa la pièce au rythme d'un déhanchement à damner un saint, il fut clair qu'elle ne portait pas l'ombre d'un dessous.

Jamal serra les dents tout en la regardant prendre place sur le canapé, à l'autre bout de la pièce, juste face à lui. Il s'ordonna de ne pas broncher, poussa même la comédie jusqu'à respirer comme si de rien n'était, avec un souffle calme et régulier. Il ne céda pas, continua de subir le martyre en ne la quittant pas des yeux.

— Alors, quoi de neuf ? s'enquit-elle d'une voix profonde et soyeuse.

Il cligna des yeux, comprenant que ces paroles s'adressaient à lui. Sa voix sexy, la façon dont elle le fixait, tout chez elle interpellait le mâle en lui.

— Quoi de neuf ? répéta-t-il, provocateur en s'enfonçant un peu plus dans son fauteuil. Sur le plan physique, vous voulez dire ?

Il était évident que depuis son canapé, elle ne pouvait pas ne pas remarquer le renflement indécent au niveau de l'entrejambe de son pantalon. Elle ne répondit pas et, au lieu de cela, sourit d'un air triomphant, comme si elle venait de marquer un point. Et il devait lui rendre cette justice : elle avait remporté une bataille. Il se demanda ce qu'elle pensait à le voir ainsi tout retourné.

Il saurait se souvenir de cet épisode lorsque viendrait son tour de mener la danse. Quand ce moment viendrait, il ne lui laisserait pas la possibilité de fuir. C'était elle qui avait lancé les hostilités et il était bien décidé à voir jusqu'où elle comptait aller. Elle avait besoin d'une leçon, elle allait apprendre ce qu'il en coûtait à vouloir séduire un cheikh.

Le CD qu'il écoutait s'acheva et un silence de plomb s'abattit dans le salon. Tous deux continuèrent de se regarder. Intérieurement, Jamal avait l'impression d'abriter un volcan en éruption dans chacune de ses cellules. Et visiblement, Delaney savourait ce face-à-face.

— Voulez-vous que je mette un peu de musique ? proposa-t-il sans attendre sa réponse.

Il se leva, sans chercher à dissimuler l'ampleur

320

de sa virilité. Delaney le suivit du regard, manifestement troublée, puis elle détourna les yeux. Il ne put s'empêcher de sourire devant son trouble. Il se savait exceptionnellement bien fait, mais la réaction de Delaney exprimait autre chose… N'avait-elle donc jamais vu d'érection ? Traversant la pièce, il se dirigea vers la chaîne.

— Aimeriez-vous écouter quelque chose de particulier ? demanda-t-il sur un ton velouté.

Comme elle ne répondait pas, il tourna la tête vers elle. Elle eut un haussement d'épaules presque fébrile et il nota qu'elle ravalait avec difficulté sa salive, puis :

— Non. Je vous laisse choisir.

Il esquissa discrètement un sourire devant sa nervosité. A l'évidence, elle n'avait pas douté un instant de l'issue de son petit jeu. Avec cinq frères, elle aurait pourtant dû savoir qu'une femme n'avait pas la moindre chance face à un homme dont la seule idée était de parvenir à ses fins. A trop jouer avec le feu, on finissait fatalement par se brûler. Elle allait l'apprendre.

Il inséra un CD de jazz et en quelques secondes le son rauque et lascif du saxophone emplit la pièce de notes voluptueuses. Il fit lentement demi-tour et se dirigea d'un pas félin jusqu'au canapé, fermement décidé à lui faire subir jusqu'au bout l'épreuve de la tentation. Arrivé devant elle, il tendit la main et :

— Voulez-vous danser ?

De nouveau, il la surprit ravalant sa salive avec difficulté puis elle soutint son regard. Il comprit qu'à cette seconde, elle soupesait son invitation. Il avait déjà une petite idée de ce que serait sa réponse. Elle avait donné le coup d'envoi à ce petit jeu et elle voudrait certainement avoir le dernier mot. Elle n'admettrait pas qu'il puisse remporter la partie, dût-elle en mourir. Il sourit. Assurément, il ne voulait pas sa mort. Il la voulait au contraire bien vivante. Contre lui, sous lui. Et qu'elle s'avoue vaincue.

Avec lenteur, elle se leva, s'approchant si près de lui que Jamal sentit ses narines frémir d'excitation à son parfum.

— Oui, je veux bien danser avec vous, dit-elle d'une voix douce en prenant la main qu'il lui tendait.

En opinant, il l'attira entre ses bras. Tous deux au même instant laissèrent échapper un soupir lorsque leurs corps entrèrent en contact. Puis Jamal ferma les yeux, forçant son désir au calme quand elle se laissa aller contre lui. Aucun d'eux ne pipa mot, mais il l'entendit distinctement hoqueter chaque fois que son érection effleurait son bassin. Rencontre à haute teneur en adrénaline qu'il prit un délicieux et malin plaisir à provoquer à plusieurs reprises.

Au rythme de l'air jazzy, il déclencha son assaut charmeur afin de faire bien comprendre à miss Westmoreland le danger qu'il y avait à jouer avec la sensibilité des hommes. Lorsqu'elle posa sa tête sur son torse, il déploya sa main sur son dos, puis la fit descendre sur son derrière.

Il étouffa une plainte en sentant ses fesses contre sa paume et commença à caresser cette partie de son corps dont il était tombé fou dès le premier jour. Il décida de rester silencieux. Les mots risquaient de rompre le charme. Il l'attira plus près de lui, contre son ventre, rêvant d'une étreinte avec elle dans son lit au lieu du salon. Mais il se félicita toutefois de ces instants de pure sensualité, d'autant plus appréciables que Delaney s'était déclarée totalement réfractaire à toute idée de rapprochement entre eux.

Lorsque la musique cessa, il rechigna à la lâcher. Comme elle-même ne faisait pas mine de s'écarter, il lui sembla qu'elle n'était pas plus disposée qu'il ne l'était à mettre un terme à leur corps à corps. Il savait ce qu'il avait à faire et ce qu'il voulait faire. Et peut-être ces quelques préliminaires pourraient-ils conduire à plus ?

Il s'écarta légèrement d'elle, geste qui l'obligea à retirer sa tête de son torse. Elle croisa son regard dans lequel il vit briller l'éclat du désir. Un désir brut, impatient, vrai. Maintenant. Il devait l'embrasser maintenant. Elle devait avoir eu la même idée puisqu'elle lui donna ses lèvres sans la moindre protestation. Il gémit au contact de sa bouche contre la sienne.

Il imprima à sa langue un mouvement lent et méthodique auquel Delaney réagit par une profonde plainte. Il était un expert du baiser et il mit tout son art dans celui-ci. Ce talent, il l'avait exercé et parfait en différents endroits de la planète, mais c'était en Grèce qu'il était parvenu au summum de son art en maîtrisant tel un dieu le baiser érotique. Un baiser apte à amener une femme aux portes du plaisir. Aux portes uniquement, car bien sûr le secret résidait à interrompre ces jeux de langue pour enchaîner avec des étreintes plus décisives. A cet instant, il pensa qu'il n'avait jamais embrassé Najeen de la sorte.

Fermant les yeux, il imprima une nouvelle intensité à leur baiser. Delaney manifesta une réaction fugace à cette modification, mais sans pour autant interrompre leur étreinte, et quelques secondes plus tard, il sentit ses bras se nouer derrière son cou.

Néanmoins, après une éternité, elle s'arracha à ses lèvres et s'écarta, le souffle court, les yeux voilés. A bout de souffle, il murmura :

— Non, je vous en prie, votre bouche... Donnez-moi votre bouche... Je veux votre bouche.

Elle le fixa un moment puis de nouveau approcha ses lèvres entrouvertes et ferma les yeux. Baissant la tête, il posa sa bouche sur la sienne et l'embrassa.

Delaney entendit un son rauque s'échapper du fond de sa gorge alors qu'elle glissait ses doigts dans les cheveux de Jamal. Elle se sentait au bord de l'extase. Quoi qu'il arrive, elle s'en fichait. Ce qu'elle ne voulait pas, c'était que ce baiser prenne fin. Il s'opérait à l'intérieur de sa bouche une alchimie dont elle ne saisissait pas le processus. Mais peu importait le processus. La magie, c'était que les sensations éveillées par la langue de Jamal en elle se répercutaient avec une chaleur extrême entre ses cuisses.

Elle le sentit l'attirer contre son ventre dur tandis que son baiser l'emplissait de bonheur. Elle gémit sous l'effet d'une décharge électrique aussitôt suivie par une seconde, une troisième. Puis, elle sentit ses jambes se dérober sous elle, sa tête se mit à tourner et la dernière pensée consciente qui lui traversa l'esprit fut qu'elle allait mourir.

Delaney rouvrit lentement les yeux et regarda Jamal. Elle était lovée contre lui, assise sur ses genoux, entre ses bras, sur le canapé. Elle cligna des yeux, recouvrant avec peine son souffle.

— Que s'est-il passé ? demanda-t-elle dans un murmure, s'étonnant de pouvoir parler tant elle se sentait faible.

— Vous avez perdu connaissance.

Elle fronça les sourcils, doutant d'avoir bien entendu.

— Perdu connaissance ?

— Oui, répondit-il lentement. Pendant que je vous embrassais…

Inspirant profondément, elle ferma les yeux et tenta de se souvenir. Elle n'avait certes aucune expérience, mais savait reconnaître un orgasme quand elle en avait un. Et c'était son premier, bien qu'elle soit encore vierge. Il semblait que chaque parcelle de son corps avait été atomisée à mesure que le plaisir l'avait envahie. Un plaisir comme elle n'en avait encore jamais éprouvé.

Elle inspira avec avidité une nouvelle bouffée d'air, fermant les yeux pour mieux rassembler ses pensées. Elle était médecin et, à ce titre, pleinement au fait des œuvres du corps humain. Pas une fois elle n'avait raté un cours de biologie. Et elle était tout à fait consciente d'une chose : en règle générale, on ne s'évanouissait pas durant un simple baiser.

Elle se renfrogna. Le problème, c'était que le baiser échangé avec Jamal n'avait rien d'un simple baiser. Ce baiser-là l'avait littéralement transpercée de plaisir. Elle rouvrit les yeux et le regarda. Il l'observait avec intensité.

— Mais… Que m'avez-vous fait ? demanda-t-elle

du bout des lèvres alors que les sensations n'en finissaient pas de se répandre en elle.

Ses lèvres étaient différentes… comme à fleur de peau, turgescentes. Chaque fois qu'elle parlait, la saveur du baiser de Jamal se ravivait. Il sourit, sourire sous l'effet duquel elle crut suffoquer.

— Je vous ai donné un baiser très spécial.

Elle passa sa langue sur ses lèvres et :

— Qu'entendez-vous par spécial ?

— Un baiser auquel j'ai été initié dans les îles grecques. Le baiser érotique…

Delaney le dévisagea, incapable de dire un mot. Lorsqu'elle était entrée dans le salon, un peu plus tôt dans la soirée, elle était confiante, parfaitement sûre de tout maîtriser. Et puis, Jamal avait dégainé son arme secrète. Bah, mais ne l'avait-il pas prévenue depuis le début : « Vous ne gagnerez pas à ce petit jeu… » ?

— Est-ce ainsi que vous embrassez votre maîtresse ? chuchota-t-elle.

Elle voulait savoir subitement, même si elle imaginait que sa réponse forcément lui déplairait. Les yeux noirs de Jamal s'obscurcirent et il parut soudain surpris.

— Non, jamais je n'ai embrassé Najeen ainsi. C'est une autre femme qui m'a initié, lorsque j'avais vingt et un ans. Je n'ai jamais expérimenté ce baiser sur personne.

Delaney cligna des yeux. C'était à elle maintenant

d'être surprise. Pas uniquement parce qu'il venait de lui révéler le nom de sa maîtresse, mais parce qu'il reconnaissait avoir partagé quelque chose avec elle et rien qu'avec elle. Et pour une raison qu'elle ignorait, cela la rendait heureuse.

— Vous avez joui pendant que je vous embrassais.

La bouche de Delaney s'entrouvrit sous l'effet d'une stupéfaction muette. Elle ne pouvait croire ce qu'elle venait d'entendre. Une partie d'elle-même se rebella, prête à réfuter une telle affirmation, tout en sachant que Jamal possédait suffisamment d'expérience pour comprendre qu'elle mentait. Elle chercha la meilleure réponse possible. Mais que pouvait donc répondre une femme à une telle affirmation ? Elle réfléchissait encore quand il murmura :

— Vous êtes humide.

Ravalant sa salive, elle tressaillit. Qu'en savait-il ? Avait-il vérifié ? Elle était assise sur ses genoux, blottie contre lui dans une position indécente. S'était-il permis de glisser sa main entre ses cuisses comme il l'avait fait la dernière fois ? Manifestement son trouble dut se lire sur son visage car il se crut obligé d'ajouter :

— Non, je ne vous ai pas touchée, même si j'en avais terriblement envie. C'est votre odeur… L'odeur de la femme après le plaisir.

Elle le fixa, abasourdie de la teneur de cette

conversation. Lui qui parlait avec aplomb et sans fausse pudeur de ces choses et… Grâce à ses paroles, subitement, elle prit conscience de la puissance de sa féminité. Il sourit de nouveau puis il se leva avec elle dans ses bras.

— Je crois que vous avez eu suffisamment d'excitation pour ce soir. Il est temps d'aller vous coucher.

D'un pas décidé, il emprunta le couloir et elle s'étonna qu'il l'emporte dans sa chambre plutôt que dans celle qu'il occupait. Puis il la déposa avec délicatesse sur son lit avant de se redresser.

— J'ai envie de vous, Delaney, mais je refuse de profiter de vous en ce moment de vulnérabilité. Je ne tenterai rien parce que je ne veux pas que vous vous éveilliez entre mes bras en regrettant d'avoir couché avec moi.

Il promena son regard sur elle puis soupira avant d'enchaîner :

— Aussi intense que soit mon envie de vous faire l'amour, je veux que vous veniez à moi de votre plein gré. La seule chose qui m'importe, c'est de vous donner du plaisir. Ce que vous avez ressenti ce soir n'était qu'un aperçu de ce que je sais pouvoir vous offrir. Mais pour cela, vous devez comprendre que ma vie est à Tahran et que vous ne pourriez en faire partie. J'ai des obligations et des responsabilités que j'ai l'ambition d'assumer.

Il se pencha et prit son visage entre ses mains, ses yeux noirs plongés dans les siens.

— Vous ne serez jamais pour moi autre chose qu'un merveilleux souvenir. Nos cultures sont trop différentes. Comprenez-vous ?

Il parlait sur un ton empreint de regret. Quand il eut fini, Delaney hocha lentement la tête et :

— Oui, je comprends.

Et sans ajouter un mot, Jamal retira ses mains de son visage et lui tourna le dos. La seconde suivante, il refermait la porte derrière lui. Luttant contre les larmes, Delaney s'enfouit sous ses couvertures.

7.

Delaney ouvrit lentement les yeux. Un soleil aveuglant se déversait par la fenêtre de sa chambre. Rechignant encore à bouger, elle fixa le plafond, les souvenirs de la nuit revenant peu à peu à sa mémoire.

Elle porta les doigts à sa bouche en se rappelant le baiser qu'elle et Jamal avaient échangé. Ses lèvres restaient brûlantes et pleines. Et marquées. Oui, Jamal avait laissé sur elle une marque qu'il n'avait laissée sur aucune autre femme. Il lui avait donné ce baiser unique, à elle et à elle seule.

Elle ferma les yeux et s'efforça de se remémorer chaque seconde de cette soirée. Elle voulut également analyser les émotions qui l'habitaient.

Il s'était montré extrêmement honnête avec elle, lui avouant la force de son désir et, dans un même temps, lui expliquant qu'ils ne se reverraient plus jamais une fois leur séjour au chalet arrivé à son terme. Des responsabilités l'attendaient dans son pays auxquelles il n'envisageait pas de renoncer. Il avait une vie qui l'attendait, loin des Etats-Unis, à laquelle elle ne participait pas et ne participerait jamais. En d'autres termes, jamais elle n'aurait sa place dans la vie de Jamal.

En tant que femme, elle aurait dû se sentir offensée qu'il ait même osé lui parler ainsi. Mais la nuit dernière, après qu'il l'eut laissée seule dans sa chambre, elle avait eu le temps de réfléchir à certaines choses avant de s'endormir.

La vie de Jamal était déjà tout écrite. Il était prince, cheikh. Son pays et son peuple passaient avant toute chose. Il reconnaissait la désirer, certainement pas l'aimer. Et il ne se privait pas de rappeler que ce qui circulait entre eux était un courant d'une sensualité extrême. Et qu'il ne voyait pas plus belle aventure pour deux adultes consentants que de vivre pour le plaisir, sans autre engagement.

Ce qu'il lui proposait n'était rien d'autre que ce que ses frères proposaient aux femmes qu'ils rencontraient. Et elle avait toujours regardé avec mépris ces femmes, ne comprenant pas que l'on puisse se montrer si lâche, si faible. Aujourd'hui cependant, quelque chose en elle comprenait.

Après avoir écouté ce que Jamal avait à lui dire hier soir, tout était devenu plus clair. Elle avait su alors ce qu'il en était. Amoureuse. Elle était tombée amoureuse de Jamal. Et ce matin, dans l'éclat de ce jour naissant, elle considérait cette vérité avec sérénité.

Si ses frères avaient toujours déclaré préférer mourir plutôt que de tomber amoureux, elle en revanche l'avait toujours espéré en secret. Chacun savait que ses parents s'étaient mariés une semaine seulement après leur rencontre. Tous deux prétendaient être tombés éperdument amoureux au premier regard et avouaient souhaiter pour leurs enfants le même bonheur suprême.

Delaney sourit, pensant à la mine renfrognée de ses frères quand ses parents venaient à évoquer le mariage. Elle, en revanche, rêvait depuis l'enfance de ce jour-là. Elle accordait même un tel prix au mariage qu'elle s'était promis de rester vierge. Oui, elle attendait l'homme de sa vie et pour cette raison n'avait jamais pu concevoir de se donner à un amant de passage.

Avec les années, elle avait fini par se convaincre que cet homme serait sans doute un camarade de faculté, quelqu'un en tout cas qui aurait la même passion qu'elle pour la médecine. Mais les choses ne se déroulaient pas comme prévu. Elle était en effet tombée amoureuse d'un cheikh. D'un homme dont elle ne partagerait en aucun cas la vie.

Elle rouvrit les yeux. Jamal avait raison. Ils étaient si différents. Et une fois le seuil du chalet franchi, il n'y avait guère de chance qu'ils se revoient. Il ne lui restait plus qu'à se résigner. L'homme qu'elle aimait ne lui appartiendrait jamais. Jamais il ne serait à elle, rien qu'à elle. Mais si elle acceptait ce qu'il lui proposait, au moins aurait-elle des souvenirs à chérir pour le restant de ses jours.

Inspirant profondément, elle prit une décision. A n'en pas douter, son histoire avec Jamal ne connaîtrait pas une fin heureuse. Mais avant que l'heure ait sonné pour eux de se dire adieu, ne pouvait-elle pas profiter de chaque jour, de chaque seconde à ses côtés ?

Elle avait envie de lui, terriblement, mais dans son cœur, elle savait que ce désir n'avait rien de sexuel. Tout en elle était de l'amour.

— Etes-vous certain que tout va bien, mon prince ? s'enquit Asalum en étudiant le visage de Jamal.

— Parfaitement, Asalum. Oui, je vais très bien, répondit Jamal sur un ton sec.

Asalum ne fut guère convaincu. L'expérience, sans doute. Venu au chalet pour remettre d'importants documents à Son Altesse, il avait découvert ce dernier assis seul sur les marches du perron, une tasse de café entre les mains, le regard absent. Des cernes profonds creusaient son visage, preuve d'un manque de sommeil. Lui habituellement dynamique et ouvert paraissait éteint. Asalum se tourna discrètement vers la voiture garée quelques mètres plus loin.

— Je présume que la jeune femme est toujours ici.

— Oui, elle est ici, confirma Jamal.

— Prince, peut-être devriez-vous…

— Non, Asalum, l'interrompit Jamal, sachant ce que son fidèle ami et confident s'apprêtait à lui suggérer. Elle restera ici.

Asalum se contenta de hocher la tête. Il espérait que Jamal savait ce qu'il faisait.

Delaney pénétra dans la cuisine, guidée par le parfum alléchant du café fraîchement passé. Elle s'apprêtait à se servir une tasse du breuvage fumant quand son portable sonna.

— Oui ?

— Je voulais juste te prévenir. Les Frères Catastrophe sont sur le sentier de la guerre.

Delaney sourit en reconnaissant la voix de Reggie.

— Et quels sont leurs projets ?

— Eh bien, pour commencer, ils se proposent de me démembrer si je ne leur dis pas où te trouver.

Delaney éclata de rire. Un rire libérateur et réconfortant.

— Mais tu n'as pas cédé à la menace, bien sûr ?

— Non, mais uniquement parce que je sais qu'ils bluffent. Après tout, je suis de la famille. Même si j'ai tendance à l'oublier parfois… Des types aussi fous, mes cousins ?

— Papa et maman ne leur ont donc pas expliqué que j'allais bien ? s'enquit Delaney. Que j'avais simplement besoin de me reposer un peu ?

— Bien sûr que si, Laney, mais tu connais tes frères… Ils se pensent investis d'un devoir supérieur en ce qui te concerne. Ne pas savoir où tu te trouves, cela est inconcevable pour eux. C'est pour ça que je tenais à te prévenir. Tu sais maintenant à quoi t'attendre lorsque tu rentreras.

Delaney opina. Elle ne s'inquiétait pas outre mesure de cette nouvelle. De plus, à son retour à la maison, ses frères lui offriraient une diversion dont elle aurait assurément grand besoin pour oublier Jamal.

— Je te remercie de ton coup de fil.

— Et à part ça, quoi de neuf ? Le prince est toujours au chalet ? demanda Reggie manifestement en train de prendre son petit déjeuner.

— Oui, il est encore ici et tout se passe pour le mieux.

Ce n'était assurément pas le moment de confier à Reggie qu'elle était tombée amoureuse de Jamal. Un tel aveu, et illico Reggie vendrait la mèche à ses frères.

Sa loyauté envers elle ne pourrait aller aussi loin. Elle décida donc de changer promptement de sujet.

— Il y a quelque chose dont j'aimerais te parler, dit-elle en regardant devant elle.

— Oui ?

— La table de la cuisine. Toi et Philip saviez qu'elle était bancale ?

Elle entendit Reggie rire à l'autre bout du fil.

— La table n'est pas bancale. C'est le plancher. Il est inégal en certains endroits. Tu n'as qu'à déplacer la table, tu verras…

Aussitôt, Delaney décida d'essayer.

— Merci… et merci aussi de raisonner mes diables de frères.

— Oh, Delaney, répondit Reggie en riant, ni moi ni personne ne sommes en mesure de raisonner tes frères. En revanche, je n'admets pas qu'ils me menacent. Pour l'heure, ils ne savent rien à ton sujet. Cependant, s'ils venaient à vouloir mettre leurs menaces à exécution, peut-être serais-je forcé de revoir ma position.

— Oh, ils n'en feront rien, rassure-toi. Contente-toi de les éviter les trois prochaines semaines et tout ira bien. Prends soin de toi, Reggie.

— Toi également.

Après avoir raccroché, Delaney se servit un café qu'elle dégusta par petites gorgées. En pensant à Jamal.

Il était lève-tôt et probablement déjà en pleine séance de kick boxing, comme chaque matin.

Elle regarda par la fenêtre et instantanément fronça les sourcils en apercevant une voiture inconnue garée près de la sienne, une Mercedes noire. Non loin du véhicule se tenaient Jamal et un autre homme, tous deux apparemment en grande conversation. Elle sut tout de suite que l'homme en compagnie de Jamal était Asalum. Avec sa taille et sa carrure, l'homme ressemblait plus à un garde du corps qu'à un secrétaire particulier.

Reportant son regard sur Jamal, elle en eut le souffle coupé tant la sensualité qui émanait de lui était intense. Il était l'Homme idéal. Tout en lui relevait de la perfection. Ses yeux. Son nez. Sa peau mate. Et aussi cette bouche délicieuse qui avait su l'embrasser de manière si érotique la nuit dernière. Comme il s'était habillé à l'orientale, elle se souvint de son statut. Cheikh. Elle avait une fâcheuse tendance à oublier son rang. Surtout quand il était vêtu à l'occidentale, comme hier soir. Bermuda et chemisette. Ce matin, il avait enfilé une longue robe blanche sous une tunique d'un bleu roi. Il avait également coiffé un keffieh blanc.

Delaney repensa à la décision qu'elle avait prise. Parcourue d'un frisson, elle avala une nouvelle gorgée de café. Elle savait exactement ce qu'il adviendrait lorsqu'elle lui révélerait avoir décidé d'accepter son marché. Jamais il ne saurait la vérité. Non, il n'y avait pas la moindre chance qu'il découvre qu'elle était amoureuse de lui. Car elle se garderait bien de le lui dire. Et puis, à supposer qu'il l'apprenne, cela ne changerait rien…

Elle laissa échapper un long soupir. Elle devait s'arranger pour qu'il croie qu'elle se moquait que tous deux n'aient aucun avenir ensemble et qu'elle acceptait les choses telles qu'elles étaient.

Agacée, elle se détourna de la fenêtre pour aller terminer son café sous le porche, comme chaque matin. Elle avait envie de le voir. Envie du contact ardent de ses yeux. Envie de savoir si le désir que Jamal avait d'elle y scintillait encore.

Au bruit de la porte, Jamal et Asalum tournèrent la tête dans un même élan. Delaney devint alors l'objet du regard appuyé des deux hommes. Asalum l'observait comme la femme responsable du trouble de son prince. Côtoyant Son Altesse depuis le berceau, il savait parfaitement lire en lui. Jamal voulait faire l'amour avec cette femme. Il en mourait même d'envie. Oui, ce devait être elle et aucune autre, inutile donc de lui suggérer une remplaçante. Il ne restait plus qu'à prier que Jamal ne commette pas d'impairs. Jamais il n'avait vu son prince désirer une femme avec autant d'intensité.

Le regard de Jamal resta de son côté verrouillé sur Delaney à la seconde où elle posa le pied sous le porche. Comme elle était belle ! Ce fut sa première pensée. Puis une seconde surgit. Elle semblait différente, ce matin. Pas de short ni de top, mais une petite robe légère à fines bretelles. Et ses cheveux… Ils ne flottaient plus librement autour de son visage, mais étaient relevés en un sage chignon.

— Je dois partir, Votre Altesse, dit Asalum en s'efforçant d'attirer l'attention de Jamal qui hocha la tête en signe d'assentiment, sans quitter Delaney des yeux.

Asalum observa son prince puis il secoua la tête, morose. Il rejoignit sa voiture et mit le contact avant de s'éloigner, le tout sans cesser de prier pour une intervention divine.

Inspirant profondément, Delaney lâcha la poignée de porte et marcha jusqu'au milieu du porche, les yeux plongés dans ceux de Jamal. Des yeux qui brillaient du même désir. Elle tressaillit et sentit surgir une chaleur familière entre ses cuisses.

Et lorsqu'il commença à marcher dans sa direction, elle ne put s'empêcher de penser à l'allure fauve et puissante du prédateur — elle étant évidemment la proie. Il y avait quelque chose en lui de délicieusement dangereux, de terriblement excitant, d'effrontément mâle. Oui, c'était sûr, il finirait bien par parvenir à ses fins avec elle. Mais elle ne lui rendrait pas la partie facile. Il allait assurément en voir avant de l'avoir.

Jamal s'arrêta devant elle, ses yeux noirs la défiant, puis :

— Bonjour, Delaney, susurra-t-il.

— Bonjour, Jamal, répondit-elle, aimable, avant de l'examiner ostensiblement. Vous êtes vêtu différemment, aujourd'hui.

Il esquissa un sourire et un certain amusement illumina son regard tandis qu'à son tour il l'examinait.

— C'est juste... Tout comme vous.

Delaney sourit intérieurement. Elle commençait à prendre goût à ces petits jeux.

— Je me disais que la journée était idéale pour faire quelque chose que je n'avais jamais fait...

— C'est-à-dire ?

— Essayer le jacuzzi, sur la terrasse, derrière le chalet. Il est assez grand pour deux et je me demandais si cela vous tenterait de vous joindre à moi ?

Jamal fronça les sourcils, naturellement surpris par l'invitation, mais n'ayant certainement pas l'intention de la décliner.

— Oui... Je pense que oui...

Un lourd silence s'ensuivit. Delaney attendit. Jamal avait saisi le stratagème et comprit instantanément tout l'enjeu de sa proposition. Elle menait maintenant la partie. Elle redouta néanmoins un moment qu'il ne tourne les choses à son avantage, comme la nuit passée, et décide d'interrompre brutalement leur face-à-face. Elle pria pour qu'il n'en fasse rien.

— Je passe sur la terrasse. Je porte mon maillot sous ma robe, dit-elle dans un murmure.

— Je me change et je vous rejoins. Je n'en ai que pour quelques secondes, dit-il, la voix grave.

Elle lui tourna le dos, prête à s'éloigner, mais au dernier instant, elle fit volte-face.

— Et une chose encore, Jamal ?

— Oui ?

— Vous devez me promettre de garder vos mains loin de moi.

Un sourire sardonique se dessina sur ses lèvres et ses yeux prirent un éclat rieur.

— D'accord. Je vous le promets.

Delaney le dévisagea, surprise qu'il ait accepté de lui faire cette promesse. Elle ne s'était pas vraiment attendue à cela. Sans rien ajouter, elle ouvrit la porte et s'engouffra dans le chalet, se demandant s'il avait réellement l'intention de tenir sa promesse.

*
* *

Delaney était déjà installée dans le jacuzzi quand Jamal apparut sur la terrasse. Soudain, elle ne sut plus ni respirer ni où poser son regard. Elle laissa finalement échapper un soupir puis plongea son regard dans le sien avant de laisser ses yeux procéder à un examen de sa tenue de bain. Son maillot était bien plus moulant que le boxer qu'il utilisait pour ses exercices de kick boxing. Avec un frisson voluptueux, fascinée par l'excroissance nettement virile imprimée dans le tissu de son maillot de bain, elle se rappela que pour trois semaines encore, il était à elle.

— L'eau semble chaude, dit Jamal, arrachant Delaney à ses pensées.

Elle lui sourit.

— Elle est parfaite.

Laissant tomber sa serviette, Jamal se hissa sur le rebord du jacuzzi. Elle ne perdit pas une miette du spectacle, photographia chacun de ses muscles dans l'effort. Puis il entra dans l'eau, peu à peu, jusqu'aux épaules, laissant les bulles d'air bouillonner allègrement sur sa peau.

— Mmm, comme c'est bon, dit-il en prenant place sur le siège face à elle.

Il ferma les yeux et sourit, visiblement comblé. Trop, peut-être ?

— Oui, c'est agréable, renchérit-elle sans grande conviction.

343

Il semblait aux anges et pas vraiment disposé à tenter quoi que ce soit à son endroit. Elle fronça les sourcils en l'observant. Ne dirait-on… Il paraissait à ce point satisfait qu'elle crut un instant qu'il allait s'endormir. Il n'avait même pas jeté un regard à son maillot, sous l'eau, rien. S'il l'avait fait, il aurait vu que ce maillot était vraiment minuscule. C'était la première fois qu'elle osait porter en public son scandaleux, son outrageux Bikini couleur chair.

Frustrée en même temps que déçue, elle s'apprêta à fermer les yeux quand elle le sentit. Jamal, jambe tendue, vint effleurer du bout du pied l'intérieur de ses cuisses. Et avant qu'elle ait pu dire un mot, il entreprit consciencieusement et obstinément de la caresser ainsi, en cette endroit si sensible de son corps. Elle retint son souffle, tout absorbée par le va-et-vient de son pied. Mais apparemment, il n'avait pas l'intention d'en rester là. Elle sentit en effet ses orteils glisser lentement sur son ventre pour remonter vers ses seins. Avec son gros orteil, il entreprit de les masser délicatement, l'un après l'autre, l'amenant forcément à gémir, puis… il cessa tout mouvement.

Delaney rouvrit alors les yeux et découvrit Jamal tout près d'elle, son visage à quelques centimètres du sien.

— Je n'ai pas besoin de mes mains pour vous séduire,

Delaney, chuchota-t-il avec arrogance, ses lèvres effleurant les siennes. Laissez-moi vous montrer...

Et il s'exécuta. Se penchant vers elle, il se servit de ses dents pour saisir le tissu de son Bikini qui ne résista pas à cet assaut. Tout en grognant tel le prédateur qu'il était, il libéra ses seins de leur prison ténue et les prit l'un après l'autre entre ses lèvres avec un élan vorace auquel elle céda dans une plainte. Sa langue joua ainsi avec le bout de ses seins, la dévorant, la léchant, au point qu'elle sombra peu à peu dans l'extase.

Un peu plus tard, elle voulut protester quand subitement il s'écarta d'elle. Lentement, elle rouvrit les yeux. Il la dévisageait, un désir brut et impérieux illuminant son regard noir. Le cœur battant, ses seins comme deux misérables fruits délaissés, elle continua de le regarder, éperdument. Lui alors sourit, sourire ardent, indécent, et elle comprit qu'il n'en avait pas fini avec elle.

Retenant son souffle, elle le fixa tandis qu'il se penchait de nouveau vers elle. Du bout de la langue, il caressa ses lèvres avant de les prendre pour un baiser énergique et tout en volupté. Un baiser qu'elle lui rendit avec une ferveur dont elle ne se croyait pas capable.

Un tressaillement de désir la parcourut et elle se

demanda quelle folie l'avait prise de lui demander de garder ses mains loin d'elle. Jamal se servait de sa langue en expert, aussi efficacement que de sa bouche. Il embrassait à merveille et ne plaignait apparemment pas son talent pour lui en faire la démonstration.

Une éternité s'écoula avant qu'il mette un terme à leur baiser, un sourire diabolique aux lèvres.

— J'ai envie de vous voir nue, Delaney.

Ses paroles, chuchotées d'une voix sensuelle, la touchèrent au plus profond, déclenchant en elle une succession d'émotions. Une fois encore, il avait su éveiller chez elle une passion qu'elle ne soupçonnait pas… Et qu'elle voulait maintenant explorer, approfondir avec lui.

Elle gémit, se laissa couler vers lui. Elle était libre d'utiliser, elle, ses mains. Elle l'enlaça et approcha ses lèvres des siennes, et tous deux de nouveau se laissèrent emporter par ce baiser aussi intense que le premier. Et quand elle s'arracha à sa bouche, elle le regarda droit dans les yeux et soupira :

— Moi aussi, je veux vous voir nu.

Jamal plongea ses yeux dans les siens.

— Lorsque vous serez nue, pourrai-je utiliser mes mains ? demanda-t-il, la voix rauque.

Elle sourit et plutôt que de répondre à sa question, elle répliqua :

— Et lorsque vous serez nu, pourrai-je utiliser mes mains ?

— Vous pourrez utiliser ce qu'il vous plaira, répondit-il, l'air grave soudain.

— Dans ce cas, vous aussi...

8.

Jamal ne savait plus à quel saint se vouer tandis
que, devant lui, Delaney s'essuyait. Oh, ce maillot
de bain ! Trop indécent, trop choquant, trop tout en
vérité. Ce petit bout de tissu le fascinait. Déjà au bord
de l'asphyxie, il redoutait maintenant pour sa santé
mentale.

Elle serait aussitôt arrêtée et emprisonnée dans son
pays si elle s'avisait d'apparaître dans cette tenue. Le
tissu du maillot était si fin et la couleur chair si parfaitement rendue qu'il avait cru un moment qu'elle était
nue. Les deux pièces moulaient en outre de la manière
la plus provocante ce corps ravissant… Ce corps dont
il avait envie, et qu'il comptait bien posséder. Fronçant
les sourcils, il s'efforça de recouvrer ses esprits.

— Vous appréciez le spectacle, Votre Altesse ?

Elle le provoquait, jouait avec ses nerfs. Croisant les
bras, il l'observa, impatient de la voir se dévêtir.

— Oui, réellement, mais j'aimerais en voir davantage encore.

Delaney l'allumait de manière éhontée pour, la minute d'après, le plonger dans la plus grande frustration. Mais il était conscient de son manège. Oui, elle excellait au jeu de la séduction, mais il se moquait bien des tourments qu'elle lui infligeait. Après tout, le plus sensuel des délices lui serait d'ici peu enfin donné.

— Impatient, Jamal ?

Pourquoi mentir ?

— Oui.

Elle sourit, posa sa serviette.

— Rentrons maintenant.

Il leva les sourcils. En ce qui le concernait, le jacuzzi lui paraissait un endroit aussi propice qu'un autre.

— Pourquoi ?

Delaney le regarda, sceptique. Il ne s'imaginait tout de même pas qu'elle allait se mettre nue dehors ?

— Parce que je préfère me déshabiller à l'intérieur.

Jamal la gratifia d'un long soupir de frustration.

— Pour ma part, du moment que vous vous déshabillez…

Et comme déjà elle s'éloignait, il se précipita et traversa la terrasse pour lui ouvrir la porte. Lui jetant un regard mutin par-dessus l'épaule, elle lui sourit.

— Merci, Jamal. Vous êtes un vrai gentleman.

A son tour, Jamal sourit, priant pour qu'elle pense la même chose d'ici une heure ou deux. Un gentleman pouvait-il penser faire toutes ces choses qu'il projetait de lui faire ? Il voulait bien essayer de se comporter en gentleman, mais il se sentait en même temps aussi délicat qu'une bête en rut. Une fois qu'ils furent à l'intérieur, il dit sans plus attendre :

— Bien, allons-y.

Delaney secoua la tête devant son impatience à vouloir la voir nue. Mais au fond, elle savait précisément pourquoi il la pressait ainsi de se déshabiller. Tout simplement parce qu'il ne croyait pas qu'elle le ferait. Il pensait qu'elle le faisait marcher. Ne lui avait-elle pas dit aimer le jeu ? Elle regarda alors autour d'elle.

— Voyons, Jamal. Je ne vais pas me déshabiller dans la cuisine.

— Pourquoi pas ? se renfrogna-t-il.

— Voyons, ce n'est pas convenable.

Il éclata alors d'un rire franc.

— Avec un maillot comme celui-là, vous prétendez vous soucier des convenances ?

— Parfaitement.

Il leva les yeux au ciel.

— Delaney, je pense que vous essayez de vous dérober…

— Non, je ne cherche pas à me dérober.

350

— Prouvez-le-moi.

— Entendu. Mais je tiens à retirer mes vêtements dans ma chambre.

Jamal opina, se demandant quelle excuse elle opposerait une fois dans sa chambre. Même s'il était au comble de l'impatience, il devait reconnaître qu'il éprouvait une certaine excitation à jouer ainsi avec elle... Même s'il eût amplement préféré jouer à un tout autre jeu, celui de Delaney ayant en effet assez duré.

— D'accord. Allons dans votre chambre.

— Accordez-moi seulement quelques minutes... le supplia-t-elle alors.

Jamal la dévisagea, interloqué. Quelques minutes, mais pour quoi faire ? Elle était déjà à moitié nue. Il s'apprêtait à exprimer son étonnement quand :

— Cinq petites minutes, Jamal. C'est tout ce que je vous demande.

Et elle lui tourna le dos et disparut, sans même attendre sa réponse.

— Cinq minutes, pas une de plus, Delaney ! lança-t-il. Ensuite, je viens vous rejoindre, prête ou pas...

Delaney inspecta la pièce. Elle était prête. Parce que sa chambre donnait sur le massif de montagnes, elle ne disposait que de peu de lumière à cette heure de la journée. Ce qui était une chance à la vérité pour l'effet pénombre qu'elle recherchait. Elle avait de plus tiré les rideaux et disposé des bougies ici et là. Un parfum de chèvrefeuille flottait déjà dans la chambre.

Elle avait enlevé le dessus-de-lit et les deux oreillers de son lit pour les disposer sur le parquet, au pied des ficus artificiels qui ornaient la pièce.

Elle sourit. Tout semblait en ordre. La chambre avait de vrais airs de petit nid pour amants et semblait selon elle tout à fait digne d'un prince… ou d'un prédateur. Et l'heure avait sonné pour le chasseur d'être capturé par sa proie. Elle se tourna en entendant frapper doucement à sa porte. Inspirant profondément, elle traversa la chambre. Puis après un dernier regard à la pièce, une nouvelle inspiration, elle ouvrit enfin la porte.

Jamal ravala sa salive avec peine et en oublia même de respirer quelques instants quand Delaney lui ouvrit, vêtue d'une nuisette ultracourte et plus indécente encore que son Bikini. Car si son maillot de bain avait enflammé son imagination, cette tenue ne lui laissait plus le loisir de faire des supputations. Sa nuisette était en effet pour ainsi dire transparente.

Blanc, le tissu offrait un contraste troublant sur la peau noire de Delaney, mettant en valeur ses formes et certains endroits critiques de son anatomie. Une question lui vint à l'esprit. Pourquoi une femme qui se préparait à passer un mois de solitude dans un chalet situé au milieu de nulle part avait-elle emporté dans ses bagages une telle tenue ? Il lui faudrait se souvenir de lui poser la question… plus tard. Car la seule chose qu'il lui importait pour l'instant, outre de recouvrer son souffle, c'était de la toucher.

Mais d'abord, il avait besoin de réfléchir… Excepté que son cerveau paraissait être déconnecté. En réalité, il ne semblait plus capable de penser qu'avec une autre partie de son corps. Levant les yeux, il regarda son visage. Elle le fixait, tout aussi troublée que lui, manifestement. De son côté, il avait revêtu un peignoir de soie, aérien et léger, qui ne laissait pas le moindre doute sur ce qu'il portait en dessous. Rien.

L'éclat de désir qui traversa son regard le fit tressaillir et lorsqu'elle recula d'un pas dans la chambre, il la suivit, refermant la porte derrière lui. En un coup d'œil, il nota l'atmosphère de la pièce. Les rideaux tirés, les bougies, le dessus-de-lit et les oreillers sur le sol.

Puis il reporta toute son attention sur Delaney. Tendant la main, il saisit délicatement le bout de son menton.

— Retirez ceci, Delaney, chuchota-t-il, ses yeux dans les siens. Fini les excuses, fini le jeu. Vous avez réussi…

Delaney le dévisagea, incapable du moindre geste. A travers le brouillard de la passion, elle le vit, le vit réellement, et sut que si elle ne pouvait avoir son amour, elle avait quelque chose qu'il voulait, absolument, désespérément. Et à sa façon de respirer et à l'évidence de son désir qu'il n'essayait même pas de cacher, il désirait ce quelque chose maintenant, ici, tout de suite.

Une bouffée d'espoir la submergea. Il avait beau être destiné à épouser une autre femme, et il avait beau avoir une maîtresse qui l'attendait dans son pays, aujourd'hui, à ce moment précis, elle était la femme qu'il désirait, la seule.

— Retirez ceci.

Delaney frissonna à l'écho des paroles qu'il prononça, le regard noir, entre ses dents. A cette seconde, elle aurait parié que jamais, jamais aucune femme ne l'avait fait tant attendre. La seule chose dont il se souviendrait la concernant serait qu'elle n'avait pas été facile.

Levant la main, elle fit glisser les fines bretelles sur ses épaules puis, avec des gestes lents et sensuels, elle attira la nuisette sur sa taille, sur ses cuisses et bientôt le vêtement vint s'échouer à ses pieds.

Elle croisa le regard de Jamal dont elle entendit nettement la respiration être suspendue. Elle vit ses yeux s'obscurcir et surprit son regard avide dévorant son corps nu. Il promena son regard sur elle, s'arrêtant sur ses seins, son ventre, ses cuisses avec l'insistance pénétrante du prédateur prêt à bondir. Puis, d'une main leste et aérienne, il défit ses cheveux qui sitôt libérés tombèrent en cascade sur ses épaules dénudées.

Delaney sentit sa gorge se serrer et il lui fut subitement difficile de respirer. Elle pensa qu'elle se souviendrait certainement toujours de ce moment où elle s'était offerte ainsi à l'homme qu'elle aimait. Il la regardait. Comme aucun homme ne l'avait jamais regardée.

— C'est à vous, maintenant, parvint-elle à articuler, rompant le silence.

Elle le regarda quand il fit glisser son peignoir de ses épaules puis se tint devant elle, si sûr de lui, si fier de lui, si viril. L'éclat des bougies fit miroiter sa peau mate.

— J'ai envie de vous, Delaney, chuchota-t-il comme dans une prière. J'ai envie de vous prendre, de vous posséder, de vous donner du plaisir… Me permettez-vous de vous aimer ? Acceptez-moi tel que je suis, Delaney, acceptez tout ce qui ne peut pas être et acceptez tout ce qu'il peut y avoir entre nous. Voulez-vous ?

Delaney le dévisagea, sachant ce que serait sa réponse. Oui, voilà ce qu'elle serait. Alors que cet homme bientôt n'hésiterait pas à la rayer de sa vie, alors qu'il s'en irait sans remords en épouser une autre et rejoindrait à son gré les bras de sa maîtresse. Et en dépit de tout cela, oui, elle voulait tout ce qu'il lui offrirait. Ravalant ses larmes, elle releva fièrement la tête, forcée de reconnaître une fois encore le pire. Elle était amoureuse de cet homme.

Elle soutint son regard, comprenant qu'il attendait sa réponse, et eut conscience que si elle s'avisait à cette seconde de dire non, il respecterait sa décision.

— Oui, Jamal, je veux prendre ce plaisir que vous m'offrez car je sais que c'est la seule chose que j'aurai jamais de vous.

Un bref instant, elle eût juré voir une lueur de regret briller dans ses yeux, juste avant qu'il ne tende les bras et l'attire contre lui, sa bouche prenant la sienne avec fièvre. Le contact de sa peau nue contre la sienne, sa langue jouant avec la sienne la firent gémir. Puis sa main commença à caresser son dos et instinctivement, elle se rapprocha de lui.

Leur baiser dura une éternité, oscillant entre passion dévorante et caresse sensuelle puis tous deux à bout de souffle se regardèrent, haletants. La seconde suivante, Jamal la fit basculer entre ses bras pour cette fois embrasser ses seins, les prenant l'un après l'autre avec ardeur entre ses lèvres. Delaney s'abandonna à des sensations qu'elle n'avait pas même imaginées, tandis que Jamal la léchait, la mordillait.

— Jamal…

Il ne répondit pas mais soudain l'emporta dans ses bras jusqu'à l'endroit qu'elle avait aménagé pour eux, sur le parquet. Jamal comprit subitement qu'elle avait voulu donner une atmosphère exotique et romantique à cette partie de la chambre. Murmurant quelque chose en arabe, puis en berbère, il sentit une émotion inconnue étreindre soudain son cœur. Une émotion autre que physique.

Elle se donnait à lui, entièrement, passionnément. Et cet abandon le touchait autrement que physiquement. Refusant de se laisser troubler encore plus par cette émotion nouvelle, il prit de nouveau sa bouche tandis que ses doigts se promenaient sur sa peau nue, s'arrêtant un moment sur le bout de ses seins avant de descendre sur son ventre puis sur l'intérieur de ses cuisses.

Delaney s'arracha à sa bouche, ferma les yeux et gémit quand il commença à caresser son sexe, sa main allant et venant contre sa chair humide et brûlante. Manquant subitement d'air, elle lutta pour ne pas céder aux sensations qui l'enveloppaient.

Elle rouvrit alors les yeux et rencontra son regard, intense, profond… sexuel, pensa-t-elle. Elle sentit son désir contre sa cuisse. Désir impatient et dur.

— Je vous désire comme je n'ai jamais désiré une autre femme, Delaney, murmura-t-il tout en introduisant ses doigts en elle. Je vous veux, là… ici…

Pouvant à peine respirer, Delaney ne sut que gémir une nouvelle fois, toute concentrée sur cette main qui semblait tout connaître d'elle, tout savoir de ses secrets les plus intimes. Un long frisson voluptueux la parcourut et Jamal sut qu'il ne pouvait attendre plus longtemps. Il devait absolument venir en elle.

Faisant en sorte de se placer juste au-dessus d'elle, assis sur ses talons, il la regarda, admira l'éclat lumineux de sa peau noire, l'arrondi délicat de ses hanches, la fermeté de son ventre et il s'imprégna avec délices du parfum épicé de son corps.

Puis il rencontra son regard dans lequel il lut l'appel profond du désir. Oui, il devait venir en elle… Mais une idée subitement lui traversa l'esprit. La protéger. Il se leva d'un bond et attrapa son peignoir. Il avait placé des préservatifs dans l'une des poches. Après en avoir saisi un, il revint s'agenouiller devant elle, prenant le temps de la regarder ainsi offerte, l'attendant, lui.

De nouveau, il se pencha et l'embrassa avec une passion qui le submergea tout entier, décuplant ainsi son désir d'elle. Interrompant son baiser, il chuchota quelque chose en arabe tandis qu'elle se faufilait sous lui. Une partie de lui sut qu'il n'oublierait jamais ce moment où il s'unirait à elle. Ce fut un miracle. Miracle de douceur et de chaleur. La chair intime de Delaney l'accueillit, l'étreignit.

Il ne la quitta pas des yeux tandis qu'il la pénétrait, lentement, puissamment, et soudain il se figea au contact d'une résistance inattendue. Fronçant les sourcils, il l'interrogea du regard, n'y croyant pas.

358

— Vous êtes… vierge, murmura-t-il, stupéfait, troublé.

En guise de réponse, elle noua ses jambes autour de sa taille, le retenant ainsi captif avant de chuchoter :

— Et qu'avez-vous l'intention de faire, Votre Altesse ?

Jamal sourit, lui qui habituellement se montrait toujours d'une gravité extrême lorsqu'il couchait avec une femme. Il s'interrogea. Peut-être faisait-il plus que coucher avec Delaney… ?

— A vrai dire, répondit-il, je n'ai jamais fait l'amour avec une vierge.

— Eh bien, ce sera la première fois, pour vous aussi, dit-elle en plongeant ses yeux dans les siens.

Il soutint son regard. Oui, comprit-il, en proie à une sourde colère, elle avait raison. Il mourrait sur-le-champ s'il devait renoncer à elle, là.

— Pourquoi ne m'avoir rien dit, Delaney ?

— Je ne pensais pas que c'était si important, soupira-t-elle.

— Mais c'est terriblement important, répliqua-t-il. Dans mon pays, si je venais à déflorer une vierge, je devrais l'épouser sur-le-champ.

— Quelle chance que nous ne nous trouvions pas dans votre pays, non ? dit-elle en souriant.

— Mais votre famille… Ils vont exiger de moi réparation…

Delaney écarquilla les yeux en pensant à ses frères. Ils ne prendraient même pas la peine d'exiger réparation et le mettraient consciencieusement en pièces.

— Ma famille n'a rien à voir là-dedans. Je suis adulte et responsable. Et dans ce pays, Jamal, les femmes agissent comme bon leur semble avec leur virginité.

— Mais…

Au lieu de le laisser finir, elle bougea sous lui, l'attirant ainsi plus profondément en elle. Elle sourit en l'entendant retenir sa respiration.

— Arrêtez ! dit-il, bougon. Je dois prendre le temps de réfléchir.

— Non, mon prince, ce n'est pas l'heure de réfléchir, répliqua-t-elle en tressaillant de mille sensations, absorbée par cette chair en elle.

De nouveau, elle bougea mais il agrippa ses hanches, l'obligeant à rester immobile.

— Delaney, je vous préviens…, bougonna-t-il.

Elle le dévisagea, fascinée par la dureté de son expression, la noirceur de son regard. Il la voulait, mais luttait désespérément contre son désir. Le moment était venu de rendre les armes, décida-t-elle. Elle voulait des souvenirs et était fermement décidée à les obtenir.

Elle se suréleva et prit sa bouche pour lui donner un baiser auquel il répondit aussitôt avec ardeur, malgré lui. Si elle parvenait à contrôler sa bouche, elle avait l'intuition que le reste suivrait. Il se raidit au contact de ses lèvres et agrippa ses poignets, mais ne fit pas mine de vouloir se retirer d'elle.

Il était en train de lutter. Entre son désir et son devoir. Quant à elle, elle le voulait, point. Elle commença à bouger sous lui et bientôt, elle sentit qu'il lâchait ses poignets et épousait son mouvement, imperceptiblement. Mais soudain, il s'arracha à sa bouche et la fixa, le regard noir.

— Je veux que vous soyez à moi, dit-il, la voix rauque en allant et venant maintenant en elle comme il en avait toujours rêvé.

Les mains accrochées à ses hanches, il la regarda avec intensité tout en plongeant en elle. Puis Delaney ferma les yeux et s'abandonna au flux et au reflux des sensations qu'il éveillait en elle. Elle enfonça en gémissant ses ongles dans ses épaules et enroula ses jambes autour de sa taille. Puis elle rouvrit les yeux et sut que Jamal cherchait à voir en elle jusqu'à son âme.

— Oh, je veux que vous soyez à moi, Jamal, gémit-elle.

Ses paroles qui faisaient écho aux siennes troublèrent infiniment Jamal. Elle se donnait de tout son être, de tout son corps. Ce corps qui ne faisait plus qu'un avec le sien et auquel il ne pouvait résister. Oui, il était vaincu et se moquait bien de devoir maintenant.

Il l'entendit gémir de plaisir alors qu'il enchaînait les assauts voluptueux, partant avec elle pour un voyage qu'il n'avait jamais accompli avec aucune autre femme. Il sut alors que les souvenirs, même uniques et merveilleux, ne lui suffiraient jamais.

— Jamal !

Il sentit bientôt son souffle s'accélérer. Son corps en sueur contre le sien frissonna. Il inspira profondément, s'enivra de son parfum, de ses odeurs. Puis tout se mit à tanguer autour de lui, toute chose perdit en netteté. Des sensations qu'il n'avait encore jamais éprouvées le submergèrent. Rejetant la tête en arrière, il laissa échapper un son rauque, son guttural du plaisir brut. Il n'était plus rien, plus rien que plaisir.

Le monde explosa et leur étreinte ultime se resserra à l'instant de l'extase suprême, unissant leur corps, leur âme et leurs sens. Pour la première fois de sa vie, Jamal connut l'extase parfaite, l'harmonie subtile et absolue du corps et de l'esprit. Puis tout fut clair, il comprit que désormais il ne saurait plus se passer de cette femme.

9.

Jamal s'éveilla et regarda autour de lui. La flamme gracile des bougies projetait des ombres fantasmagoriques sur les murs de la chambre. La femme qui dormait près de lui semblait en paix.

Après avoir fait l'amour une première fois, tous deux s'étaient assoupis, épuisés, pour se réveiller une heure plus tard, tout aussi avide l'un de l'autre. Il n'avait rien tenté cependant, craignant que ce ne soit trop tôt pour Delaney, mais celle-ci avait pris les choses en main et fait en sorte de le mener là où elle le souhaitait. Résultat : bien qu'exténué, il lui avait fait l'amour encore et encore, connaissant entre ses bras des orgasmes comme il n'en avait jamais vécus.

Oui, contre elle, en elle, il avait le sentiment d'être né à quelque chose de nouveau. Et ce quelque chose lui serait ravi lorsqu'ils se sépareraient. Delaney ne serait alors qu'un souvenir qu'il chérirait mais surtout, il en avait l'intuition, qui le hanterait, jusqu'à la fin de ses jours.

Avant elle, après avoir couché avec une femme, il ne pensait qu'à une chose, la voir partir, puis prendre une douche qui, pensait-il, le purifiait de ces étreintes strictement sexuelles. Mais c'était différent avec Delaney. Il ne supportait pas l'idée qu'elle puisse s'en aller. Il voulait la garder entre ses bras. Et s'enivrer des parfums de leur corps après l'amour.

Il baissa les yeux et regarda leurs membres mêlés, comme si chacun cherchait à retenir l'autre captif. Delaney. Il tendit la main et écarta une mèche de cheveux qui avait glissé sur sa joue. Elle paraissait si sereine, une expression de plénitude illuminait son visage endormi.

Jamal inspira profondément. Il avait rencontré de nombreuses Occidentales, mais jamais une femme comme Delaney Westmoreland. Elle lui servait des « Votre Altesse » avec un air moqueur totalement irrespectueux pour un homme de sa condition. Elle ne se privait pas pour lui dire combien elle se moquait de son statut et qu'elle le considérait comme un homme, ni plus ni moins. Les autres femmes, au contraire, paraissaient impressionnées par son titre, et prêtes à tout pour profiter de ses largesses. Tout l'inverse de Delaney.

Et puis, il y avait le fait qu'elle était vierge lorsqu'elle s'était donnée à lui. Jamais il n'aurait imaginé la chose possible, pas avec ce corps de déesse, pas avec ces idées de femme libre et indépendante. Elle était déroutante. Délicieusement déroutante. Sentant de nouveau le désir le submerger, il se reprit. Une douche froide, voilà ce qu'il lui fallait.

— Delaney ? chuchota-t-il avec tendresse.

Elle s'étira, langoureuse, et se blottit contre lui. Puis elle ouvrit les yeux et le regarda, ses lèvres pulpeuses gonflées de baisers passionnés esquissant un sourire. Un sourire qui emplit son cœur d'un bonheur vrai et pur. Un sourire qui eut aussi un effet plus sensuel. Il nota une certaine surprise dans les yeux de Delaney. Oui, la chair ne pouvait mentir, il la désirait encore. Pour tout dire, il semblait qu'il soit devenu dépendant à son corps.

— Hmm, murmura-t-elle, en se frottant lascivement à son sexe dur.

— Pitié, gémit-il en tentant de la raisonner. Que dirais-tu d'une douche…

— Non, merci, pas dans l'immédiat, répondit-elle sans cesser ses caresses.

Au prix d'un effort surhumain, il parvint à garder la tête froide.

— Si, tout de suite. Et puis, si nous devons recommencer, je dois changer de préservatif, sinon je crains un accident.

Il supposait que son explication trouverait un écho. Il n'en fut rien. Il sentit son ventre caresser le sien et avant qu'il ait pu la retenir, par une gymnastique et des contorsions hautement voluptueuses, elle l'enserra en elle dans un long soupir. Il prit alors son visage entre ses mains et, le souffle court, il la regarda avec sévérité et désespoir. Elle le mettait à la torture.

— Mais que cherches-tu ?

— Rien que toi… Rien que toi, chuchota-t-elle en allant et venant contre lui.

— Delaney, je… Oh…

Il ne finit pas sa phrase. Son corps de nouveau s'embrasa. Il prit alors sa bouche et plongea en elle, au plus profond d'elle, avec le sentiment d'une parfaite plénitude, d'un destin révélé.

— Hmm, comme c'est bon, dit Delaney en s'asseyant confortablement dans le jacuzzi.

Après avoir fait l'amour, Jamal l'avait emportée dans ses bras jusque sur la terrasse, derrière la maison.

— La chaleur de l'eau va te faire du bien, dit-il, l'air grave, sans la quitter des yeux.

Lui-même convint de s'asseoir sagement de l'autre côté du jacuzzi, à distance respectable.

— Je ne suis pas en sucre, Jamal.

366

— Non, je sais, rit-il. Mais ne présume pas non plus de tes forces…

Elle fronça les sourcils, ne sachant trop comment elle devait prendre sa réflexion. Elle savait Jamal habitué aux femmes dociles, soumises et sans caractère. Tout l'inverse d'elle et sans doute cela n'était-il pas fait pour déplaire au prince blasé de plaisirs qu'était Jamal, se dit-elle avec un serrement au cœur.

Repoussant avec détermination cette idée douloureuse, elle regarda autour d'elle. Le soleil était couché depuis longtemps et une lueur crépusculaire les entourait.

— Et si quelqu'un nous apercevait ? s'inquiéta-t-elle soudain.

— Etre nu ne me gêne pas.

— Moi, si.

Jamal s'étira et ferma les yeux en expliquant :

— C'est une propriété privée. Et puis, si quelqu'un veut te regarder, qu'il te regarde… Du moment que l'on ne te touche pas.

— Ne serais-tu pas un peu possessif ?

Jamal rouvrit les yeux et la fixa.

— Exact.

Il ne s'expliquait d'ailleurs pas qu'il soit soudain capable de se montrer possessif, lui qui ne l'avait jamais été avec aucune femme, pas même avec Najeen. Cette pensée était dérangeante, perturbante et il convint de changer de sujet :

— Parle-moi donc de tes projets professionnels…

Delaney passa la demi-heure qui suivit à lui expliquer
que son diplôme en poche, elle devrait maintenant
faire quelques années d'internat au sein du service
pédiatrique d'un hôpital du Kentucky.

— Cet hôpital est loin de chez toi ?

— Oui, plutôt. Je vais devoir louer un appartement.

Elle ne dit pas combien elle se réjouissait de pouvoir
mettre une certaine distance entre elle et ses frères.
Lorsqu'elle avait commencé ses études, elle avait
commis l'erreur de s'inscrire dans une université
située à moins de deux heures de route d'Atlanta.
Régulièrement, et le plus souvent sans l'en prévenir,
ses frères lui rendaient visite. Les seules personnes
qui se réjouissaient de leur venue étaient ses amies,
toutes folles d'eux, du plus jeune au plus mûr.

— Après l'internat, tu souhaites ouvrir ton propre
cabinet ? demanda Jamal.

— Oui. Je compte m'installer dans la région d'Atlanta.

— J'espère que tous tes rêves seront exaucés,
Delaney.

Elle eut le sentiment qu'il disait cela avec la plus
grande sincérité.

— Merci.

Plus tard dans la soirée, ils dînèrent d'un repas préparé gaiement à quatre mains. Delaney ayant déplacé la table de la cuisine près de la fenêtre, Jamal resta une longue minute à observer le meuble sous toutes ses coutures, visiblement sceptique. Elle lui raconta alors sa conversation avec Reggie et expliqua que le problème ne venait pas de la table mais du sol.

— Ce qui signifie, Jamal, que les choses ne sont pas toujours telles qu'elles paraissent.

Il la dévisagea quelques secondes, le regard noir et impénétrable, mais sans faire le moindre commentaire. Elle sourit. Il avait compris qu'elle faisait allusion à quelque chose, mais sans plus. Un jour, il saurait ce qu'elle avait voulu dire. Après le dîner, elle s'installa devant la télévision, Jamal s'étant, lui, assis à l'autre bout du canapé pour consulter des documents. Documents qu'elle l'avait surpris à étudier à plusieurs reprises depuis son arrivée au chalet.

— Que fais-tu ? finit-elle par demander quand il eut remis les papiers dans leur classeur.

Il l'attira vers lui et l'installa sur ses genoux avant de reprendre le classeur pour lui montrer à quoi il travaillait.

— C'est un projet que j'ai pour Tahran, expliqua-t-il.

— Une sorte de grande surface ? dit-elle tout en

admirant le design résolument moderne des plans du futur ensemble.

— C'est exactement cela. Ici, mon peuple pourra trouver tout ce dont il a besoin, nourriture, vêtements et autres biens de consommation courante. Je veux aussi que le centre soit un lieu de vie, de mixité culturelle entre arabes et berbères. Les deux ethnies sont, en effet, régulièrement en conflit et mon rêve est de pacifier leurs relations. Après tout, nous sommes une majorité de sangs mêlés, arabe et berbère.

— Pourquoi cette opposition ?

— La rancœur entre les deux peuples date de plusieurs centaines d'années, répondit Jamal avec un large sourire, heureux de son intérêt. L'une des raisons qui décida du mariage de mon père et de ma mère était d'unifier Arabes et Berbères. J'étais moi, l'héritier, symbole de cette nouvelle fraternité. La polémique concerne le choix de la langue officielle de la nation. Aujourd'hui, et ce depuis des siècles, c'est l'arabe, mais une minorité africaine préconise le berbère et semble prête à imposer ses vues, par n'importe quel moyen.

— Mais toi, tu parles essentiellement arabe, non ?

— Oui, je parle aussi couramment le berbère. Quand je monterai sur le trône, mon challenge le plus difficile sera de faire accepter les deux langues à mon peuple, comme notre héritage commun.

— Quelle sera ton action, concrètement ?

— M'efforcer d'entendre et de respecter les arguments des uns et des autres. Mon premier devoir est d'être vigilant par rapport aux besoins de chacun.

Delaney hocha la tête puis une pensée lui traversa l'esprit.

— Parmi ces besoins, qu'envisages-tu pour les soins médicaux ?

Il la dévisagea, l'air surpris.

— Nous avons des hôpitaux.

Elle le regarda fixement à son tour, l'air perplexe.

— Et les habitants des petites bourgades isolées, ont-ils les moyens de se rendre à l'hôpital ? Tu pourrais leur consacrer un espace, un centre médical rien que pour eux.

— Dans une grande surface ?

— Pas nécessairement, rit-elle. Mais en même temps que leurs achats, certains pourraient en profiter pour consulter. L'idée mérite peut-être d'être creusée, tu ne crois pas ?

Jamal opina. Souvent il avait confié à son père son souhait de faciliter l'accès aux soins en multipliant les centres médicaux. C'était même avec la préservation des richesses son cheval de bataille. Il regarda les plans étalés devant eux.

— Et à quel endroit verrais-tu ce centre médical ?

Le sourire de Delaney s'élargit. Elle était heureuse qu'il lui demande son avis. Ils passèrent l'heure qui suivit à discuter du projet de Jamal. Elle apprit ainsi qu'outre son diplôme de Harvard, le prince détenait aussi un diplôme d'ingénieur des ponts et chaussée.

Cette nuit-là, lorsqu'ils regagnèrent sa chambre, il lui confia vouloir la tenir dans ses bras, tendrement, simplement.

— Qu'est-ce qui t'a fait changer d'avis, pour nous deux ? demanda-t-il en la serrant contre lui.

Delaney était consciente de ne pouvoir lui avouer la vérité. Elle ne voulait surtout pas qu'il apprenne qu'elle était tombée amoureuse de lui. Cela ne changerait rien aux choses, bien au contraire, redoutait-elle.

— J'ai simplement réalisé que je n'étais plus si jeune et j'ai décidé de faire quelque chose pour mettre un terme à ma virginité.

Il hocha la tête. Dans son pays, les femmes restaient vierges jusqu'au mariage, sous peine de déshonneur.

— La virginité te posait un problème ?

— Non, aucun. Mais je n'avais pas non plus envie de mourir vierge.

Il prit sa main dans la sienne, mêla ses doigts aux siens, ignorant la fulgurance de son désir.

— Tu n'as pas envie de te marier ?

— Si, mais pas dans l'immédiat. Je veux d'abord

acquérir mon indépendance professionnelle avant de m'engager.

Jamal opina, puis une autre question lui vint à l'esprit.

— Et ta lingerie ?

— Ma lingerie ? répéta-t-elle, manifestement surprise. Quoi, ma lingerie ?

— C'est le style de dessous, euh… — il toussota avant d'enchaîner — le style qu'une femme porte pour séduire les hommes. Pourquoi avoir emporté une telle tenue pour ton séjour au chalet, alors que tu pensais être seule ?

Delaney sourit. Elle adorait les dessous chic et sexy et en possédait toute une collection, essentiellement dans les tons vifs, bien loin du blanc traditionnel et sans passion.

— Même s'il n'y a personne pour le remarquer, j'aime être sexy. J'achète mes dessous pour moi, avant de le faire pour un homme.

— Oh !

— J'aimerais à mon tour te poser une question, Jamal, dit-elle d'une voix douce.

— Oui ?

— Pourquoi avoir emporté tous ces préservatifs alors que tu projetais de séjourner seul ici ?

Il sourit, malicieux.

— Je ne les ai pas emportés. Je les ai achetés après mon arrivée au chalet.

— Mais… quand ? demanda-t-elle, intriguée.

— La nuit où nous nous sommes rendus au supermarché, avoua-t-il en se demandant comment elle allait réagir au fait qu'il avait anticipé les événements. Tu es fâchée ?

— Non, dit-elle avec un sourire franc. Je me félicite que tu aies eu le bon sens de faire tes emplettes.

Longtemps après que Delaney se fut endormie, Jamal resta éveillé. Sans qu'il en sache la raison, il ne supportait pas l'idée qu'un autre homme puisse dormir auprès d'elle, en la tenant entre ses bras comme lui le faisait en ce moment. Il lui était tout aussi insupportable de penser qu'un jour, un homme la verrait dans ses dessous sexy.

Il finit par s'assoupir, son esprit luttant désespérément contre le sentiment de possession qui l'étreignait quand il regardait la femme endormie contre lui.

— Je parie que tu as apprécié ce film, dit Jamal en arrêtant la voiture de Delaney devant le chalet.

Elle sourit en découvrant ses dents d'un blanc éclatant.

— Quelle femme ne s'enthousiasmerait pas pour un film avec Denzel Washington ?

Il chercha à voir son visage, agacé par le sentiment de jalousie qui lui nouait subitement la gorge.

— Tu aimes vraiment cet acteur, n'est-ce pas ?

— Follement, répondit-elle en s'éloignant de la voiture. Qui pourrait résister à Denzel ?

— S'il te le demandait, tu sortirais avec lui ? insista Jamal, bougon, en montant les marches du perron derrière elle.

Delaney s'arrêta subitement et fit volte-face. Elle le dévisagea, notant ses mâchoires serrées, ses sourcils froncés, puis brusquement, elle comprit. Il était jaloux ! Elle sourit intérieurement. S'il était jaloux, cela voulait dire qu'elle comptait un peu pour lui…. Mais aussitôt, une petite voix s'éleva dans sa tête. « Pas nécessairement. Cela peut aussi signifier qu'il te considère comme sa chose, maintenant que tu as couché avec lui. »

— Oui, je sortirais avec lui, répondit-elle, en voyant les yeux de Jamal s'obscurcir plus encore. Mais je ne crois pas aux miracles. Et puis, l'homme est marié. Mais pourquoi cette question ?

— Simple curiosité.

Elle garda le silence et tous deux entrèrent dans le chalet sans plus s'adresser la parole. Lorsqu'elle s'était éveillée, ce matin, il avait déjà quitté la chambre pour sa séance de kick boxing. Elle était occupée à préparer le petit déjeuner quand il était venu la rejoindre. Ils

375

avaient bavardé et plaisanté puis Jamal avait proposé de l'inviter au cinéma.

Elle connaissait les raisons de son invitation. En l'entraînant hors du chalet, dans un lieu public, Jamal cherchait à fuir toutes les occasions de la toucher encore. Il voulait qu'elle prenne le temps de s'adapter à sa nouvelle condition de femme. Elle avait bien tenté de le rassurer sur ce point, il semblait déterminé. Elle soupira. L'heure avait sonné pour elle de prendre la direction des opérations.

Poings serrés derrière le dos, Jamal s'effaça pour laisser entrer Delaney dans le chalet. Il ne comprenait pas cette subite bouffée de colère et cet accès de jalousie en lui. Il connaissait pourtant bien la fascination des Occidentales pour les acteurs et les sportifs de haut niveau. Oui, mais que Delaney montre les mêmes penchants le mettait hors de lui.

Fermant la porte derrière eux, il la suivit du regard alors qu'elle laissait tomber son sac à main sur le canapé. Il avait adoré sa toilette à l'instant même où elle était sortie de la chambre, quelques heures plus tôt. Sans doute avait-elle conscience de la façon dont cette robe mettait ses atouts en valeur. Une petite robe toute simple en vérité, qui s'arrêtait au-dessus de ses genoux et laissait voir les divines courbes de ses jambes. Et cette façon qu'elle avait de marcher dans ces chaussures à talons hauts si féminines…

Soudain, une bouffée de désir le submergea. Son cœur s'accéléra. Il n'en pouvait plus. Il devait la toucher, poser de toute urgence ses mains sur elle. Le souffle court, il promena son regard depuis les ongles vernis de ses adorables petits orteils jusqu'à l'ourlet de sa robe, au niveau des cuisses. Obsédé maintenant par ce qui se cachait sous cette robe. Il agita la tête. Quelle arrogance il avait eue d'imaginer pouvoir laisser une journée entière s'écouler sans faire l'amour avec elle !

— Que dirais-tu d'une soupe et d'un sandwich, Jamal ?

Il ravala sa salive avec peine. Il se sentait misérable, incapable de prendre la moindre décision. Il lui fallut recourir à la prière pour enfin parvenir à détourner les yeux des jambes de Delaney et se concentrer sur son visage.

— Cela me paraît bien. Je vais t'aider…

— Tu sembles adorer cette cuisine, dit-elle en souriant.

Jamal se renfrogna. Pas exactement, eut-il envie de répondre. Car c'était sa présence à elle qui lui faisait apprécier cette cuisine. D'ailleurs, il aimait à se trouver partout où elle était.

— Les choses ne sont pas toujours telles qu'elles paraissent, Delaney.

Elle le dévisagea un long moment puis se détourna pour se diriger vers la cuisine. Il lui emboîta le pas, faisant de son mieux pour ne pas perdre la tête à la vue du glissement de sa robe sur ses hanches alors qu'elle marchait devant lui.

— Veux-tu bien hacher les légumes pour la soupe ?

Jamal entendit vaguement un son. Venu d'une autre planète ?

— Tu m'as parlé ? s'enquit-il.

Elle cessa de marcher et se tourna vers lui. Il nota dans ses yeux un éclat gentiment moqueur. Elle devait le prendre pour le plus stupide des hommes. Et en effet, fou de désir comme il était, il n'allait pas tarder à perdre la raison...

— Je t'ai demandé si tu voulais bien hacher les légumes pour la soupe.

— Oh, bien sûr ! Je suis à ton entière disposition.

— Es-tu toujours aussi serviable envers les femmes avec lesquelles tu couches ?

Agacé, Jamal se renfrogna. Il ne comprenait pas qu'elle lui pose une telle question. Il était avec elle et n'avait pas la moindre envie de penser aux autres femmes.

— Beaucoup de gens me considèrent comme une

personne attentionnée, Delaney, répondit-il en soutenant son regard, refusant d'entrer dans son jeu.

Elle opina du chef puis poursuivit son chemin vers la cuisine.

Jamal soupira. Il savait qu'un dicton américain disait à peu de chose près : si tu ne peux supporter la chaleur, fuis-la… Il marmonna quelques jurons arabes. Puis, tout en se maudissant, suivit Delaney dans la cuisine.

Delaney cessa de remuer les ingrédients qu'elle avait jetés pêle-mêle dans la cocotte et lorgna discrètement Jamal, à l'autre bout de la pièce. Il se tenait devant le comptoir et découpait en morceaux quasi égaux les légumes destinés à leur soupe.

Il leva à cet instant les yeux et rencontra son regard.

— J'ai terminé, dit-il.

— Parfait. Encore quelques minutes et les légumes pourront passer à la cocotte.

— Hmm, ça sent bon. Et je suis certain que ce sera délicieux.

— Comme tant de choses sur cette Terre…, remarqua-t-elle avec un air plein de sous-entendus avant de détourner le regard.

Ravalant sa salive avec peine, Jamal fit de son mieux

pour ne pas se souvenir du parfum de sa peau ni de la saveur de son corps. En fait, il fut tenté d'effacer toute chose de sa mémoire. Comme ces sensations qu'il avait ressenties en venant en elle, comme la profondeur de son regard quand il plongeait en elle. Et ses gémissements de plaisir, sa chair intime et brûlante autour de lui, lui se perdant en elle…

D'un geste agressif, Jamal découpa une malheureuse tomate, furieux contre lui-même, se méprisant pour sa faiblesse. Inspirant profondément, il réunit les légumes hachés dans un saladier puis, la démarche chancelante, il traversa la pièce pour rejoindre Delaney.

Celle-ci lui sourit en lui prenant le saladier des mains.

— Excellent travail, dit-elle avant de verser les légumes dans la cocotte. Il ne reste plus qu'à laisser bouillir puis mijoter un certain temps.

Jamal opina. Pour ce qui était de bouillir et de mijoter, il voyait parfaitement ce qu'elle voulait dire. Il fut sur le point de lui chuchoter qu'il était, lui, bouilli, rôti et tout ce qu'elle voulait. Que depuis plus d'une demi-heure, il n'en pouvait plus de la regarder, d'épier ses moindres gestes dans cette satanée cuisine. Un seul battement de cils d'elle et il devenait fou. Tout à l'heure, alors qu'elle cherchait le sel dans le placard, il avait cru mourir en voyant sa robe dévoiler ses cuisses et… Il se rapprocha d'elle.

— Comment s'appelle cette soupe ? demanda-t-il, en sueur.

— Soupe de légumes, répondit-elle sans se départir de son sourire.

Serrant les dents, Jamal remarqua :

— Bien sûr, suis-je bête... J'aurais dû m'en douter.

Delaney posa un couvercle sur la cocotte et baissa le feu.

— Peut-être pensais-tu à autre chose ? suggéra-t-elle en se dirigeant vers l'évier de sa démarche chaloupée.

Il lui emboîta le pas.

— Et à quoi d'autre aurais-je pu bien penser ? demanda-t-il tout en la dévisageant.

Elle haussa les épaules et le regarda.

— Comment pourrais-je le savoir, Jamal ?

— Eh bien, peut-être la fameuse intuition des femmes fatales, le sixième sens des grandes séductrices.

— Je ne suis pas une séductrice.

— Bien sûr que si. Tu crois que je ne suis pas conscient de ton manège depuis notre retour au chalet ?

Durant un long moment, ils ne dirent rien, se contentant de se regarder, puis Delaney demanda d'une voix mutine :

— Et qu'est-ce que cela a donné ?

Jamal fit un pas vers elle, puis un autre avant de

l'attirer contre lui, l'étreignant contre son corps douloureux à force de désir.

— A ton avis ?

Elle gémit et se plaqua contre lui pour mieux le
sentir. A travers leurs vêtements, le même tressaillement voluptueux les unit. Les yeux mi-clos, elle
chuchota :

— Je crois que tu devrais accorder à ton corps ce
qu'il réclame et cesser de vouloir résister.

Il approcha son visage du sien, effleura ses lèvres.

— Je voulais te laisser le temps…

Le souffle de Delaney s'accéléra au contact de sa
langue sur ses lèvres.

— Je n'ai pas besoin de temps. La seule chose dont
j'ai besoin, c'est toi, dit-elle en frissonnant. J'ai envie
que tu me fasses l'amour. Je te veux en moi, Jamal,
maintenant.

La seule chose dont Jamal se souvint fut le baiser
enfiévré qu'ils partagèrent avant qu'il ne l'emporte
dans ses bras. En deux secondes, il traversa la pièce
pour la déposer sur la table. Puis, l'ayant déshabillée,
il descendit la fermeture Eclair de son jean et écarta
ses jambes pour plonger en elle.

— Oh oui, gémit-il en rejetant la tête en arrière en
sentant sa chair brûlante se resserrer autour de lui. Tu
me rends fou, Delaney.

Il resta ainsi, absorbé par les sensations voluptueuses

de ce corps à corps, ne voulant pas bouger, voulant juste rester en elle.

— Non, la supplia-t-il lorsqu'il sentit son corps bouger. Laisse-moi être ainsi en toi une minute. Je veux juste te sentir, sentir ton corps m'étreindre.

Il s'enivra de son odeur, odeur aphrodisiaque, décuplant sa faim.

— Allonge-toi, murmura-t-il entre ses dents.

Elle s'exécuta et il put ainsi la pénétrer plus encore. Les yeux ouverts, il soupira au contact de ses jambes nouées sur sa taille. Prenant alors ses lèvres, il commença à aller et venir, les yeux fermés, lui faisant l'amour tel un fou, tel un loup. Possédé, il était possédé. Il sut que plus jamais il ne serait en paix loin de ce corps, hors de ce corps. Elle était devenue un besoin. Une drogue. Son destin. Un bref instant, il pensa l'emmener avec lui à Tahran, contre sa volonté s'il le fallait, pour ainsi la garder pour toujours auprès de lui.

Pour toujours.

Rouvrant les yeux, il proféra un juron en arabe puis un second en berbère, n'en revenant pas de la tournure que prenaient ses pensées. Rien, jamais, n'avait été pour toujours pour lui, et surtout pas une femme. Mais alors qu'il se cambrait pour plonger plus loin en elle, il comprit que plus rien ne serait comme avant maintenant que Delaney avait croisé son chemin. Il connaissait avec elle des sensations comme il n'en avait encore jamais connu, lui qui pourtant avait été initié si jeune au plaisir, se découvrait avec Delaney comme… vierge. Elle lui apprenait plus qu'il ne pensait lui apprendre. C'était incompréhensible.

Une éternité plus tard, alors que l'extase le submergeait, il laissa échapper une plainte et, comme libéré, transcendé, il explosa en elle. Ce fut à cette seconde qu'il se souvint de ne pas porter de préservatif. Trop tard pour remédier à cet oubli. Car il n'avait nullement l'intention de se retirer d'elle. Il continua donc de déverser sa semence en ce corps qui répondait, s'accordait à son plaisir.

Serrant les dents, il agrippa ses hanches et s'immobilisa en elle, voulant lui donner tout ce qu'il avait à donner, tout ce qu'il n'avait jamais même pensé à donner à une autre femme. Et comprenant finalement à cet instant que Delaney Westmoreland faisait plus qu'apaiser ses appétits sexuels.

Quelque part, elle avait su émousser ses certitudes et éveiller en lui des émotions nouvelles. Devant elle, il n'était pas devenu un autre, non. Il avait le sentiment plutôt d'être enfin devenu lui-même. Elle l'avait libéré. Et son cœur, sec et froid avant elle, s'était mis à battre, pour elle.

Lorsqu'il comprit ce qui lui arrivait, le choc se répercuta en vagues voluptueuses dans son corps, intensifiant son plaisir.

384

Puis une autre émotion, plus forte, plus durable, le submergea. Emotion qui jusqu'à ce jour était restée une donnée abstraite et inconnue mais qui soudain prenait une ampleur, une épaisseur, au centre même de son cœur… L'amour.

Il l'aimait.

10.

La semaine suivante, Jamal et Delaney profitèrent
pleinement du temps qu'ils passèrent ensemble. Jamal
était systématiquement réveillé à l'aube par la sonnerie
de son téléphone portable. Et systématiquement, il
tendait le bras pour attraper le combiné posé sur le
chevet, sachant qui était à l'autre bout du fil.

— Oui, Asalum ?

Ce matin-là comme les précédents, son téléphone
contre l'oreille, écoutant distraitement son secrétaire,
Jamal sourit en sentant Delaney bouger contre lui. Hier
soir, ils avaient dîné sur la terrasse, voulant profiter
du spectacle de la pleine lune. Plus tard, dans son
lit, ils avaient fait l'amour encore et encore, jusqu'au
bout de la nuit.

Soudain, Asalum dit quelque chose qui attira son
attention.

— Répète-moi ça ? cria-t-il presque. Mais
quand ?

Il se leva d'un bond, attrapa son peignoir et croisa à ce moment le regard interrogateur de Delaney.

— Je téléphone à mon père immédiatement, Asalum, lâcha-t-il dans un soupir.

Une fois qu'il eut raccroché, il s'assit sur le bord du lit et prit Delaney entre ses bras. Puis, avant qu'elle puisse l'interroger, il l'embrassa.

— Bonjour, Delaney, murmura-t-il avec tendresse à son oreille quand il délaissa ses lèvres.

— Bonjour, mon prince, dit-elle en lui souriant avant de froncer les sourcils. Quelque chose ne va pas ?

Jamal s'adossa à la tête de lit et l'attira contre lui.

— Je ne le saurai qu'après avoir parlé à mon père. Avant de venir dans ce pays, je menais d'importantes négociations avec plusieurs pays frontaliers de Tahran. Les discussions ont duré trois longs mois et chacun semblait apparemment satisfait par l'issue proposée. Néanmoins, d'après Asalum, le cheikh de l'un de ces pays serait en train de tenter de renégocier l'accord paraphé par tous.

— En d'autres termes, voilà un empêcheur de tourner en rond, remarqua Delaney.

— Exactement, répondit Jamal en riant.

Delaney déposa un rapide baiser sur ses lèvres avant de s'arracher à ses bras pour sortir du lit.

— Où vas-tu ? l'interrogea-t-il comme elle commençait à rassembler ses affaires éparpillées sur le sol.

Elle se tourna vers lui, nue et rayonnante.

— Prendre une douche. Je sais que tu as un coup de téléphone important à donner et je préfère te laisser seul.

Il la regarda des pieds à la tête puis renchérit :

— Pour ne pas risquer de me distraire, c'est cela ?

Elle rit.

— C'est bien cela, répondit-elle avec un air coquin. Néanmoins, après ton appel, je ne verrai pas d'inconvénient à ce que tu me rejoignes sous la douche…

Et elle sortit de la chambre, refermant la porte derrière elle.

Jamal ne put se libérer à temps pour rejoindre Delaney sous la douche. Après avoir parlé à son père, il prit conscience que la situation était plus grave qu'il n'avait d'abord pensé. Il devait rentrer à Tahran sans tarder.

Il joignit Asalum à qui il donna les instructions pour procéder aux formalités de retour au Moyen-Orient. Toute sa vie, il avait su assumer ses responsabilités et honorer ses devoirs. Mais c'était avant, en un temps où il n'y avait rien dans sa vie qui comptait réellement pour lui.

Il n'envisageait pas de s'ouvrir à Delaney de ses

émotions, si nouvelles pour lui. Et puis, à quoi cela servirait-il ? Elle était ce qu'elle était. Il était ce qu'il était. Amour ou pas, ils n'étaient pas promis à un quelconque avenir commun. Oui, mais saurait-il renoncer à elle ?

Un jour ou l'autre, il devrait se résoudre à la laisser partir. Il le savait. Jamais elle ne pourrait être sa reine. Et il l'aimait bien trop pour lui demander d'être sa maîtresse, sachant son opinion sur le sujet. Et puis il y avait un problème, et pas des moindres : le vieux cheikh de Kadahan voulait que Jamal épouse sa fille dans les plus brefs délais. L'idée de ce mariage, qu'il avait cependant acceptée quelques semaines plus tôt comme son devoir, lui paraissait aujourd'hui extrêmement ennuyeuse. Mais son père y tenait tant. Il eut un mouvement de colère à la pensée de devoir prendre une autre femme que Delaney. Il en voulait à son père de le presser de rentrer à Tahran pour régler les derniers préparatifs de ses noces avec Rachida Muhammad, princesse de Kadahan. Le roi se faisait une telle joie de cette union !

Jamal hocha la tête, pensif. Pourquoi tant de précipitation pour ce mariage, soudain ? Pourquoi le cheikh Muhammad voulait-il si subitement procéder au mariage de sa fille ? Jamal avait posé la question à son père. Il semblait que la santé du vieux cheikh déclinait et que l'homme voulait s'assurer que sa fille, et son peuple, fussent en de bonnes mains.

Jamal ne pouvait croire que l'état de santé de Muhammad fût si alarmant. Il avait passé trois mois à côtoyer l'homme durant les négociations et le cheikh s'était montré particulièrement alerte en compagnie de sa maîtresse française.

Serrant les poings, Jamal s'interrogea. Il avait l'impression d'être envoyé à la potence. Il se prit alors à rêver de se trouver un remplaçant qui serait ravi d'épouser la princesse. Il ne voulait pas, il ne voulait plus être sacrifié.

Il inspira profondément. Il n'y avait rien d'autre à faire que rentrer à Tahran. Il serra les dents, en proie à la frustration et la rancœur. Il allait devoir quitter la seule femme qu'il ait jamais vraiment aimée pour rentrer dans son pays et épouser quelqu'un dont il se moquait. Quelque chose en lui s'éteint à cette pensée. Mais il était homme de devoir.

Il soupira. Il avait trop de respect pour Delaney pour ne pas lui donner les vraies raisons de son départ. Elle méritait sa franchise. Il ne pouvait imaginer qu'elle apprenne la nouvelle de son mariage dans les tabloïds.

Plusieurs minutes s'écoulèrent avant qu'il recouvre un peu de son calme. Enfin, il sortit de la chambre et se mit en quête de Delaney.

Ne la trouvant nulle part dans le chalet, il marcha jusqu'au lac. C'était une chaude journée ensoleillée et les oiseaux volaient gaiement, emplissant l'air de leurs chants. Il pensa une fraction de seconde au bonheur d'une vie sans obligations ni responsabilités autres que celles de faire en sorte d'être heureux. Utopie. Son père d'ailleurs n'avait pas hésité à lui rappeler ses devoirs de prince, un peu plus tôt, au téléphone.

Jamal s'immobilisa en apercevant Delaney. Assise sur la jetée, elle balançait ses jambes doucement au-dessus de l'eau. D'un geste absent, elle repoussa ses cheveux en arrière puis s'appuya sur ses mains pour regarder en l'air et suivre le vol des oiseaux. Ceux-là mêmes qu'il avait aperçus un peu plus tôt.

S'adossant au tronc robuste d'un arbre, il continua de l'observer. Puis il sourit. La voir ainsi assise, si sereine, lui fit chaud au cœur. Voilà l'image qu'il voulait garder d'elle, pour toujours.

Une bataille furieuse se livrait en lui, opposant amour et responsabilités. Mais tout au fond de son cœur, il connaissait déjà le vainqueur de cette guerre. Il avait été éduqué et encouragé à prendre ses responsabilités depuis ses plus jeunes années. Mais il n'imaginait pas à son âge découvrir ce sentiment appelé amour et qui était si nouveau pour lui. C'était là quelque chose qu'il n'avait jamais éprouvé et, pour la première fois de sa vie, il se sentait perdu, un peu comme un oiseau sans ailes.

Il frissonna. Il aimait Delaney. Passionnément. Comme il n'aurait jamais cru pouvoir aimer. Et pourtant, il devait la laisser et partir. Le devoir l'appelait.

Il marcha d'un pas lent en direction du ponton et lorsqu'il ne fut plus qu'à quelques mètres d'elle, il chuchota son prénom. Lentement, elle se tourna dans sa direction puis rencontra ses yeux. Son regard, son expression, jamais il ne les oublierait. Elle savait, comprit-il. Elle savait qu'il partait.

A la façon dont ses lèvres tressaillirent et à la profondeur de son regard, il sut ce qu'elle ressentait, sans qu'elle eut besoin de prononcer le moindre mot. Les paroles écrites dans ses yeux lui dirent tout ce qu'il y avait à dire. Et ce que lui-même exprima dans un silence assourdissant fut la vérité de son âme.

Tous deux avaient joué et gagné... avant de perdre. Et dans ce jeu, si chacun d'eux avait gagné le cœur de l'autre, aujourd'hui ils perdaient tout, brutalement et à jamais.

— Viens près de moi, murmura-t-il.

Elle se leva pour venir se blottir entre ses bras. Il l'étreignit comme le condamné étreint les siens avant l'exécution. Il tressaillit à son souffle irrégulier, trembla avec elle. Pleura sans la moindre larme, tout comme elle.

392

Ils restèrent ainsi enlacés un long moment puis il s'écarta et la dévisagea. Se demandant comment il parviendrait à survivre à tous ces jours, ces mois, ces années sans elle. Se demandant comment une femme rencontrée seulement trois semaines plus tôt avait pu bouleverser autant sa vie.

La gorge nouée, il dit :

— Le devoir m'appelle.

Elle hocha la tête sans le quitter des yeux, puis :

— Il s'agit d'autre chose que les négociations de ce cheikh, n'est-ce pas ?

Jamal soutint son regard, le cœur lourd.

— Oui. Je suis forcé de rentrer pour me marier.

Il la fixa alors qu'elle accusait le coup de cette nouvelle avec bravoure. La douleur puis le chagrin s'imprimèrent bientôt sur son visage, bien qu'elle fît tout son possible pour donner le change. Puis, d'une voix calme et douce, elle demanda :

— Quand dois-tu partir ?

Il crut sentir la terre l'engloutir quand il répondit :

— Sitôt qu'Asalum aura accompli toutes les formalités nécessaires.

Elle fit un effort pour sourire à travers les larmes qui maintenant voilaient ses yeux.

— Je vais vous aider à faire vos bagages, Votre Altesse.

Une douleur indicible le transperça de part en part. C'était la première fois qu'elle l'appelait ainsi sans son ironie habituelle. Il prit son visage entre ses mains et approcha ses lèvres des siennes. Puis, d'une voix déformée par la tension, sur un ton empreint d'amour, il murmura :

— J'en serais honoré, ma princesse.

Il l'attira contre lui et l'embrassa avec fièvre, avec désespoir. Les lèvres de Delaney semblaient brûlantes de fièvre. Il mit tout son cœur dans ce baiser, tous ses espoirs déçus, tous ses regrets.

Sa bouche toujours collée à la sienne, il la souleva et l'emporta dans ses bras jusqu'au hamac. Il avait envie, besoin d'elle, maintenant. Et elle, habitée du même désir, de la même impatience, retira soudain ses vêtements tandis qu'il l'imitait. Puis, il la prit entre ses bras, s'imprégnant de la chaleur de son corps nu contre le sien, allongé dans le hamac. Par quelle gymnastique et habiles contorsions parvint-il à la posséder sans les faire tous deux basculer, il aurait été incapable de le dire. Mais ils s'aimèrent avec une intensité absolue, une ardeur incomparable.

L'espace de quelques secondes, alors que plongé en elle, il touchait au paradis, il sentit son existence à l'image de ce hamac, simplement tenue au bout de deux cordes improbables. Puis elle noua ses jambes autour de sa taille et il oublia tout, sauf qu'elle était

394

la seule, qu'elle serait l'unique… et qu'elle ne serait jamais à lui.

Puis il repoussa ces pensées, ne voulant garder que la mémoire des jours heureux. Allant et venant en elle, il gémit de plaisir autant que de rage en écho aux plaintes de Delaney… à moins que ce ne fût des prières ?

Là, avec le ciel bleu et limpide pour seul témoin, il l'aima de tout son être avec le sentiment pour la première fois d'appartenir pleinement à une femme. Et dans la folie de l'extase qui bientôt le gagna, il explosa en elle, au rythme de ses pleurs, ses mains agrippées à ses hanches, avant de crier avec elle.

Jamal et Delaney entendirent le moteur de la voiture d'Asalum lorsque celui-ci s'engagea dans l'allée qui menait au chalet. Un peu plus tôt, le vieil homme avait téléphoné pour dire qu'un jet privé attendait à l'aéroport, prêt à emporter Jamal vers son pays natal.

Après avoir fait l'amour près du lac, ils étaient rentrés se doucher, avant de faire une nouvelle fois l'amour. Elle était ensuite restée assise sur le lit, le regardant revêtir sa tenue traditionnelle. En s'efforçant de ne pas penser au fait qu'un jour prochain une autre femme le… Non, il ne fallait pas.

Une fois habillé, prince arabe digne et raffiné, elle

l'avait aidé à faire ses bagages sans qu'aucune parole soit échangée entre eux. Il n'y avait plus rien à dire. Il devait faire ce qu'il avait à faire.

Delaney inspira profondément. Depuis le début, elle avait conscience que ce jour viendrait, cependant elle avait cru pouvoir passer une quatrième semaine à ses côtés. Mais aujourd'hui, tout était fini. L'heure avait sonné pour lui de retrouver sa vie. Une vie sans elle. Pour en épouser une autre qu'elle. Levant la tête, elle rencontra son regard. Elle qui avait voulu rendre leur séparation la plus facile possible, trébuchait au pied du mur…

— Veux-tu m'accompagner sous le porche, Delaney ?

— Bien sûr, dit-elle, au bord des larmes en déposant un tendre baiser sur ses lèvres. Prends bien soin de toi, Jamal.

Il prit son visage entre ses mains, visage dont il se souviendrait jusqu'à son dernier souffle.

— Toi également, répondit-il, la gorge serrée par l'émotion. Il y a eu des moments où je ne me suis pas montré assez prudent, Delaney… Si tu venais à être enceinte de moi, je veux en être informé. J'ai laissé le numéro de téléphone d'Asalum sur le chevet, à côté de ton lit. Il sait comment me joindre à tout moment, de jour comme de nuit. Si tu portais mon héritier, promets-moi de me le faire savoir.

Elle le regarda avec intensité, ses yeux pleins de questions. Il comprit ce qu'elle voulait lui demander.

— Cela n'a pas d'importance, dit-il. Si tu étais enceinte, je reconnaîtrais l'enfant. Ton enfant sera notre enfant et je l'aimerai en tant que tel… de la même façon que je t'aimerai toi, Delaney, sa mère, pour toujours.

A l'aveu de son amour, elle ne put retenir plus longtemps ses larmes. Il n'avait pas véritablement projeté de lui révéler ses sentiments, mais il ne pouvait concevoir de la quitter sans qu'elle sache ce que signifiaient pour lui ces moments passés ensemble au chalet, sans qu'elle sache combien il l'aimait.

— Je t'aime aussi, Jamal, murmura-t-elle entre deux sanglots en l'étreignant.

— Oui, renchérit-il, mais parfois l'amour ne suffit pas. Parfois le devoir passe avant l'amour.

Asalum klaxonna, coup de klaxon aux accents de glas. L'heure de la séparation. Delaney marcha au côté de Jamal jusqu'à la porte, debout sous le porche, silencieuse, elle observa son fidèle serviteur l'aider à ranger ses valises dans le coffre. Puis Jamal se tourna vers elle, tenant un petit écrin que lui avait donné Asalum. Revenant vers elle, il lui tendit le coffret en expliquant :

— J'avais demandé à Asalum de faire en sorte que ceci me parvienne dans les plus brefs délais. C'est quelque chose que je tiens absolument à t'offrir, Delaney. Je t'en prie, accepte ceci non comme un présent en souvenir de ce qui s'est passé entre nous, mais comme le symbole de mon amour éternel et de ma profonde affection. Et chaque fois qu'il t'arrivera de douter de cet amour, de mes pensées, regarde ceci…

Et il ouvrit l'écrin. Delaney retint son souffle. Posé sur une soie blanche immaculée, se trouvait le solitaire le plus merveilleux qu'elle ait jamais vu. Entre huit et neuf carats au moins. Mais ce qui retint surtout son attention fut l'inscription gravée sur l'anneau. Ma Princesse…

— Mais je… je ne peux accepter, bredouilla-t-elle.

— Bien sûr que si, Delaney. Cette bague appartenait à ma mère et elle m'a été léguée pour que je l'offre à celle que je choisirais.

— Mais, euh… la femme que tu dois épouser, je…

— C'est la femme qui m'a été donnée. Dans mon cœur, tu es la femme que j'aime et celle que je choisirais si je le pouvais. Je veux que tu prennes cette bague, Delaney.

Celle-ci hocha lentement la tête, les larmes brouillant son regard.

— C'est trop, Jamal. C'est tellement exceptionnel…

— Parce que tu es toi-même trop et exceptionnelle. Et peu importe qui marche à mon côté, souviens-toi que

398

les choses ne sont pas toujours ce qu'elles paraissent. Tu es et resteras celle qui règne sur mon cœur.

Il se pencha et l'embrassa pour la dernière fois avant de faire demi-tour pour rejoindre la voiture. Au moment de prendre place, il tourna la tête et lui jeta un ultime regard, puis il leva la main en signe d'adieu.

Elle agita à son tour la main, le cœur brisé. Telle une statue, elle suivit des yeux la voiture qui s'en allait. Longtemps après que la limousine eût disparu, elle demeura immobile, incapable de bouger. Puis subitement, elle s'abandonna et ce fut un flot ininterrompu de larmes.

Le soleil était bas à l'horizon lorsque Delaney revint de promenade. Le chalet lui rappelait trop de souvenirs et après le départ de Jamal, elle ne s'était pas senti le courage de rentrer. Optant pour une balade aux abords du chalet, elle n'avait pas plus trouvé la paix. En réalité, chaque pas qu'elle faisait était une torture. Jamal était partout autour d'elle.

Comme il lui manquait ! Chaque cellule de son corps pleurait son absence. Elle avait envie de crier. Il y avait tant de choses qu'elle aurait voulu lui dire. Mais à quoi bon ?

Il avait choisi. Le devoir avant l'amour.

Le cœur en miettes, une partie d'elle comprenait et

acceptait néanmoins l'inacceptable. Elle savait que les choses devaient se terminer ainsi. Il n'y avait pas d'autre issue possible pour eux. Dès le début, Jamal avait été franc avec elle en ne lui laissant pas le moindre espoir, en ne lui faisant pas la moindre promesse.

Il était tel qu'il était. Un homme d'honneur. Un homme qui n'était pas maître de sa vie. Comment, dans ces conditions, elle-même aurait-elle pu changer quelque chose ?

Elle soupira en traversant ce porche où tant de fois ils avaient pris leur petit déjeuner, assis sur les marches. Elle se souvenait aussi de ce jour où il l'avait fait rire, juste avant de l'embrasser à grands renforts de baisers d'une sensualité torride.

Delaney hocha tristement la tête. Elle avait conscience de ne pouvoir rester plus longtemps au chalet. Elle poussa la porte et se dirigea vers sa chambre, déterminée à faire ses bagages.

Delaney venait juste de boucler sa valise quand l'écho d'une portière qui claque parvint jusqu'à elle. Subitement pleine d'espoirs insensés, elle courut. Jamal. Jamal. Ouvrant vivement la porte, elle se figea en découvrant ses visiteurs.

Cinq hommes se tenaient en contrebas, nonchalamment appuyés contre un 4x4, bras croisés, l'air grave. Delaney laissa échapper un long soupir en les observant.

Du haut de son mètre quatre-vingt-dix, Dare, le plus conservateur des cinq, shérif de son état, en imposait à ses frères comme à toute personne qu'il approchait. Thorn, de taille à peu près égale, le plus ombrageux de la troupe, ne se montrait sociable qu'une fois par an à peu près. Casse-cou, il n'hésitait pas à prendre tous les risques au guidon des motos qu'il concevait. Chase était lui le plus charmant des garçons, à condition que ses frères ne se trouvent pas dans les parages. Il menait son restaurant hindou avec enthousiasme et créativité et trouvait légitime d'avoir l'an passé été honoré d'une troisième toque, récompense suprême accordé par ses pairs. Stone, le plus sérieux de tous, aussi grand que Dare et Thorn, ne jurait que par l'écriture et les voyages. Ses dix derniers romans étaient restés inscrits plusieurs mois sur la liste des best-sellers du *New York Times*. Enfin, dernier de la bande et non des moindres, Storm, jumeau de Chase, affublé de fossettes devant lesquelles aucune jeune femme ne résistait. Storm, qui officiait en tant que pompier, rêve de gosse devenu réalité, dirigeait aujourd'hui les brigades du feu d'Atlanta au grade de lieutenant.

Même Delaney était forcée de reconnaître qu'ils avaient une certaine classe, un certain charme. Mais à cet instant précis, elle n'était pas d'humeur à s'extasier sur les atouts des frères Westmoreland.

— Vous êtes bien loin de la maison, les garçons... remarqua-t-elle en les regardant l'un après l'autre.

Ce fut bien sûr Thorn qui prit la parole :

— Mais que diable es-tu venue faire ici au bout du bout de nulle part, Laney ?

Avant qu'elle puisse répondre, Dare y alla de sa réflexion :

— Je vois une trace de pneus différente... Ou Delaney n'était pas seule ici, ou elle a eu de la visite.

Delaney leva les yeux au ciel.

— Les bons vieux réflexes du policier, n'est-ce pas, Dare ? soupira-t-elle. Pourquoi cette démonstration de force ? Papa et maman ne vous ont donc pas dit que j'allais bien... et que j'avais simplement besoin de quelques jours de solitude ?

— Si, si, répondit calmement Stone tout en la dévisageant d'un air suspect. Mais nous tenions à vérifier par nous-mêmes. A qui appartient l'autre voiture ?

En guise de réponse, Delaney renchérit par une autre question :

— Comment m'avez-vous trouvée ?

Storm éclata de rire.

— Dare a fourni ton portrait au FBI en te présentant comme la fugitive la plus recherchée...

402

Comme Delaney blêmissait, Storm leva une main et enchaîna aussitôt :

— Je plaisantais, Laney. Alors, cesse de faire ces yeux. Chase a simplement demandé aux renseignements ton nouveau numéro de portable. Le reste a été un jeu d'enfant.

Delaney agita la tête, incrédule.

— Oh, je veux bien le croire. Mais je reste stupéfaite de voir que vous n'avez rien de mieux à faire qu'à me traquer... Je vous rappelle que j'ai vingt-cinq ans.

— Et alors, que veux-tu que cela nous fasse ? répliqua Stone, l'air grave.

Delaney fixa ses frères tout en descendant les quelques marches du porche.

— Je me moque de ce que cela peut vous faire, mais en ce qui me concerne si vous vous avisez de vous mêler de mes affaires, je vous préviens... je me mêlerai moi-même des vôtres. Vous savez quels dégâts je suis capable d'occasionner...

Ses frères accusèrent le coup. Un vent de malaise souffla sur eux et ébranla un peu leur aplomb. Puis Thorn lança :

— Personnellement, je te serais reconnaissant si tu venais mettre la pagaille dans la relation que j'ai actuellement. La belle est du genre collant et voilà des semaines que j'essaie de rompre...

Delaney le fusilla du regard.

— Si ton sale caractère n'est pas parvenu à la rebuter, alors rien n'y fera.

Puis elle inspira profondément. C'était sans espoir. Ses frères ne la considéreraient jamais comme une adulte.

— Bien, reprit-elle, puisque vous êtes là, autant que vous m'aidiez à charger la voiture.

— Tu pars ? s'étonna Chase.

— Oui.

— Tu ne nous as toujours pas donné le nom du propriétaire de l'autre voiture, insista Dare.

Delaney leur tourna le dos et prit la direction du chalet, sachant pertinemment que ses frères allaient lui emboîter le pas. Elle venait de décider de leur dire la vérité. De toutes façons, jamais ils ne la croiraient.

— Cette voiture appartient à un prince, un cheikh du Moyen-Orient, lança-t-elle par-dessus son épaule.

Elle sourit en entendant Storm remarquer :

— Et elle nous croit assez stupides pour avaler ça !

11.

Jamal regarda par le hublot de son jet privé qui venait juste de se poser sur la piste de l'aéroport de Tahran. A n'importe quel autre moment, il aurait été heureux de rentrer dans son pays, mais ce soir il en était autrement. Delaney. En pensant à elle, son cœur se déchira.

Que faisait-elle en cet instant ? Pensait-elle à lui comme il pensait à elle ?

— Nous n'allons pas tarder à débarquer, mon prince.

Il leva les yeux sur Asalum dont il surprit le regard inquiet. Seul quelqu'un d'aussi proche que son secrétaire pouvait deviner sa peine. De nouveau, Jamal regarda par le hublot, sans rien dire, puis au bout d'un long moment :

— Je n'en suis plus maintenant au stade de l'obsession, Asalum…

Celui-ci opina avant de demander :

— Et à quel stade en êtes-vous à présent, Votre Altesse ?

— Celui de la dépression.

Asalum hocha la tête, l'air pensif. Lui-même en était déjà arrivé à cette conclusion. Son prince ne parvenait manifestement pas à se remettre de la perte de la jeune femme américaine.

Jamal se leva lentement de son siège. Il avait aperçu la longue et luxueuse limousine noire sur le tarmac. Comme à l'accoutumée, son père avait envoyé un comité d'accueil pour fêter son retour à la maison.

Moins d'une heure plus tard, il arriva au palais. Trônant au sommet d'une colline, le bâtiment, somptueux, avait des airs de forteresse. C'était là que Yasir vivait depuis l'enfance, là que ses ancêtres avaient vécu et là que ses descendants vivraient encore.

Une fois passé les portes de fer finement ouvragées, la limousine stoppa au pied de l'escalier majestueux. A peine le chauffeur avait-il coupé le moteur qu'une ravissante jeune femme aux longs cheveux noirs descendit précipitamment le perron.

— Jamal Ari !

Pour la première fois depuis son retour d'Amérique, Jamal sourit en regardant sa sœur battre des mains devant la limousine, impatiente évidemment de lui sauter au cou. Quelques secondes plus tard, il serra tendrement contre son cœur Johari, touché par son affection.

— Je suis si heureuse de ton retour, Jamal Ari. J'ai tant de choses à te raconter, dit-elle, visiblement surexcitée en l'entraînant vers la lourde porte de bois sculpté par laquelle elle avait surgi.

Jamal hocha la tête. Si quelqu'un avait la moindre chance de pouvoir le distraire de sa tristesse, c'était assurément Johari.

Plus tard cette nuit-là, Jamal entendit frapper discrètement à sa porte. Ayant invoqué devant son père une grande fatigue, celui-ci avait accepté de remettre leur discussion au lendemain matin. Jamal s'était alors empressé de se retirer dans ses appartements privés, l'aile ouest du palais. Rebakkah, l'épouse d'Asalum, sa servante depuis l'enfance, lui avait apporté dans la soirée un plateau-repas, qu'il n'avait d'ailleurs pas touché. Il n'avait pas faim.

Il alla ouvrir la porte, le pas lourd. Fatimah, sa belle-mère, se tenait devant lui. Femme d'une grande beauté, elle avait gardé la grâce et l'élégance de sa jeunesse. Il semblait qu'à quarante-quatre ans, elle fût épargnée par le temps et ses outrages. Son regard lui-même, noir et profond, brillait d'une vivacité et d'une intelligence rares. Jamal ne fut pas surpris de la voir. Comme à Asalum, il ne pouvait rien dissimuler à Fatimah qui, en le voyant, avait aussitôt compris que quelque chose le tourmentait.

Elle entra dans l'appartement et lui fit face, ses grands yeux brillant d'une réelle inquiétude. Des yeux qui avaient le don de voir l'invisible.

— Que se passe-t-il, Jamal Ari ? demanda-t-elle d'une voix douce et pondérée en le fixant. Je ne te reconnais pas. Quelque chose te pèse, c'est évident. Dis-moi ce qu'il en est, que je puisse t'aider.

Jamal s'adossa à la porte. Ne pouvant retenir un sourire. Quand il était plus jeune, Fatimah ne lui avait jamais fait défaut, venant chaque fois que nécessaire à son aide. Même si elle devait pour cela s'opposer à son père. Oh, elle ne s'était jamais rebellée ouvertement, non, mais elle n'avait jamais hésité à faire savoir à son époux et roi sa façon de voir.

— Je ne crois pas que tu puisses me venir en aide, Fatimah, dit-il calmement. Je devrai cette fois me débrouiller seul.

Fatimah l'observa un long moment, avant de hocher la tête, acceptant le fait qu'elle ne puisse intervenir. Pour l'instant, en tout cas.

— Bien, mais quelle que soit la chose qui t'a rendu de si triste humeur, elle sera bientôt oubliée. J'ai expédié un petit mot à Najeen pour l'avertir de ton retour.

Instantanément, Jamal se renfrogna.

— Najeen ?

Le rire cristallin de Fatimah emplit la pièce.

— Najeen, oui. Aurais-tu oublié qui elle est ?

Jamal s'éloigna de la porte. Il n'avait pas envie de voir Najeen, ni aucune autre femme d'ailleurs. La seule qu'il rêvait de voir se trouvait à des milliers de kilomètres d'ici.

— Je ne veux plus Najeen pour maîtresse, dit-il entre ses dents.

Fatimah le toisa, visiblement perplexe.

— Pourquoi ? Tu en as donc une autre ?

— Non.

Il soupira longuement puis, devant le regard suspicieux de Fatimah, il enchaîna :

— Je compte renvoyer Najeen chez les siens où elle pourra vivre dans le confort jusqu'à ce qu'elle se trouve un nouveau bienfaiteur.

Fatimah hocha la tête en l'observant, de plus en plus troublée.

— Existe-t-il une raison à cette décision ? s'enquit-elle.

Les yeux noirs de Jamal croisèrent les yeux noirs de Fatimah qui perçut l'intensité de son anxiété. Elle nota également quelque chose d'autre qui l'alarma :

— Jamal Ari... Qu'y a-t-il ?

Il traversa la pièce jusqu'à la fenêtre. La vue sur le

paysage environnant était somptueuse, mais pour la première fois, il y fut indifférent.

— Parce qu'en Amérique, j'ai rencontré quelqu'un, Fatimah. Une femme qui m'a touché comme aucune autre femme encore ne m'avait touché. Une Occidentale qui dans un premier temps n'a fait que me contredire, une femme aussi entêtée et fière que moi, quelqu'un qui pense différemment de moi sur certains points, et comme moi sur d'autres. Et...

Un lourd silence s'ensuivit. A l'autre bout de la pièce, Fatimah ne le quittait pas des yeux. Elle vit ses poings fermés, sa mâchoire serrée et son regard noir.

— Et quoi... ? insista-t-elle, priant pour qu'il poursuive.

Alors, lentement, il lui fit face et elle put voir toute la détresse du monde sur son visage.

— Et j'aime désespérément et pour l'éternité cette femme.

Le cœur de Fatimah cessa de battre quelques secondes sous l'effet de la surprise, puis :

— Une... Occidentale ?

Jamal soutint son regard. « Mon Occidentale », fallait-il rectifier. Depuis le jour où Delaney était sortie de sa voiture, il avait su qu'elle serait à lui.

— Oui, répondit-il finalement.

Fatimah l'étudia longuement.

— Mais tu n'as jamais pu supporter les Occidentales,

410

Jamal Ari ! Tu as toujours détesté leur modernité, leur entêtement, leur esprit rebelle.

Un sourire se dessina sur ses lèvres au souvenir de Delaney. Son portrait exact, pensa-t-il.

— Oui, mais je suis amoureux d'elle, en dépit de tout cela.

— Bien, opina Fatimah. Que comptes-tu faire ? Tu en aimes une et projettes d'épouser l'autre...

— Je ferai ce que je dois faire, répondit-il, la gorge serrée. Mon devoir est d'agir pour le bien de mon pays.

— Et que fais-tu de ton cœur, Jamal Ari ? l'interrogea Fatimah en venant vers lui. Car je vois bien que ton cœur est brisé.

— Oui, c'est vrai, répondit-il sans chercher à nier. Mais un souverain ne doit pas se laisser guider par ses sentiments, Fatimah. Seul, l'intérêt de son pays prévaut.

Fatimah le regarda, stupéfiée par sa froideur. Son amertume, aussi. Elle sourit avec tristesse. Elle connaissait Jamal Ari depuis longtemps. Il avait toujours eu son caractère et ses idées. Si, comme son père, il éprouvait une réelle affection pour son peuple pour lequel il était prêt à tout, Jamal en avait néanmoins toujours fait à sa tête. Faisant passer ses plaisirs, les bolides et les jolies femmes, avant toute autre chose. Mais aujourd'hui, en prétendant vouloir agir pour le bonheur de son peuple, il allait contre lui-même, contre son cœur et contre son esprit. Et ce faisant, il courait à sa perte.

— Ton père prétendait la même chose autrefois, Jamal Ari, mais à présent il pense différemment, dit-elle, espérant lui faire entendre raison avant qu'il ne soit trop tard. J'espère que tu vas réfléchir et comprendre que tu fais fausse route. L'amour est un géant. Il peut mettre le plus fort des êtres à genoux.

Et sans rien rajouter, elle lui tourna le dos et sortit de l'appartement, refermant sèchement la porte derrière elle, l'abandonnant au silence et à ses pensées.

Cette nuit-là Jamal fit un rêve.

Delaney se trouvait avec lui, dans son lit, et ils faisaient l'amour. Se moquant d'avoir omis de porter un préservatif, il la possédait, éprouvant en elle des sensations voluptueuses et intenses. Dans l'obscurité, il pouvait l'entendre gémir de plaisir, son souffle se mêlant au sien. Il sentait aussi ses ongles qui labouraient son dos et ses épaules tandis qu'elle le suppliait. Et puis, dans l'extase, il se déversait en elle, de tout son être, voulant plus que tout l'imprégner de sa semence. Elle serait celle qui porterait son fils. Ce fils, il le vit, il vit sa peau mate et cuivrée, ses cheveux couleur jais et bouclés, ses yeux profonds et noirs.

Tendant la main, il caressa la joue de Delaney, puis l'embrassa avec une fièvre dévorante. Puis ce furent ses seins auxquels il rendit un hommage ardent, sa langue les léchant et les léchant encore. Plusieurs fois, il frôla la folie, plusieurs fois il crut être rassasié, pour la minute d'après recommencer à l'aimer tout en lui murmurant des mots d'amour, des promesses d'éternité.

A des milliers de kilomètres du palais, Delaney dans son lit fit le même rêve. Son corps était en sueur, chaud et frémissant. Ses seins palpitaient des caresses de Jamal et elle pouvait encore le sentir en elle comme elle avait pris l'habitude de le sentir, déterminé, puissant.

Puis son corps sur le sien se tendit, il gémit et elle sentit l'imminence du plaisir alors qu'un tressaillement la parcourait de part en part avant qu'elle ne se dissolve avec lui dans une jouissance sans fin.

Un peu plus tard, elle ouvrit les yeux dans l'obscurité. Revenant à la réalité, et à sa solitude. Alors, dans un hoquet de sanglots réfrénés, elle se recroquevilla sur elle-même, un froid glacial l'enveloppant.

Elle demeura ainsi, gisante, incapable de bouger. Son rêve avait semblé si réel. Exactement comme si

Jamal s'était trouvé avec elle, en elle, lui faisant l'amour. Inspirant profondément, elle bondit de son lit.

Dans la salle de bains, elle mouilla ses joues d'une eau fraîche et apaisante, recouvrant un semblant de paix. Elle était heureuse d'avoir retrouvé son appartement. Et de ne pas avoir écouté ses frères qui lui suggéraient de rentrer à la maison familiale.

Elle avait besoin de se retrouver seule pendant un moment. Besoin d'un peu de temps pour tenter de gérer la situation. Ses frères avaient fini par se résoudre et par accéder à sa requête. Mais elle avait conscience que ce répit ne serait que de courte durée. D'ici peu, les cinq réapparaîtraient et viendraient s'enquérir d'elle, l'entoureraient, la conseilleraient… l'étoufferaient.

Levant la tête, elle regarda son reflet dans le miroir, ses yeux rougis, ses paupières légèrement gonflées. Après le départ de ses frères, et leur promesse de revenir la voir, d'ici quelques semaines, elle avait passé le plus clair de son temps couchée, à pleurer.

Elle avait conscience de ne pouvoir continuer ainsi. Jamal était parti, il ne reviendrait pas. Elle devait continuer à vivre et le meilleur moyen de se réconcilier avec la vie était sans doute le travail. On ne l'attendait pas à l'hôpital avant deux semaines, mais tant pis. Elle allait téléphoner au chef d'équipe et l'avertir de son souhait de prendre son poste un peu plus tôt.

Occuper son esprit. Voilà ce qu'elle avait de mieux à faire. Elle cesserait ainsi de penser à Jamal.

Jamal sortit de son lit en sueur et tremblant de froid dans l'air glacial de la nuit. Ce rêve avait semblé si réel ! Il inspira profondément. Rien. L'air était vide, fade. Pas la moindre odeur de plaisir, cette odeur si spéciale qui émanait de Delaney après l'amour.

Il ferma un moment les yeux, se rappelant de son parfum, se souvenant de ces nuits de plaisir, instants magiques et pourtant si réels, eux. Jamais il n'oublierait son corps offert… l'attendant, le suppliant. Le souffle court, il revit la beauté de ses jambes, la rondeur de ses seins puis il se damna pour le désir sauvage qui le submergea au souvenir de la courbe parfaite de ses fesses.

Il aurait tout donné pour n'avoir plus de mémoire, être touché par une amnésie subite et irrévocable. Une partie de lui-même maudissait le destin qui le retenait loin de Delaney. Il avait toujours su qu'il devrait se résoudre à la quitter un jour ou l'autre. Mais justement, cela avait rendu chaque moment passé auprès d'elle infiniment précieux. Et, somme toute, ils avaient passé si peu de temps ensemble…

Prenant son peignoir abandonné sur une chaise toute proche, il l'enfila distraitement et traversa la pièce jusqu'à la porte-fenêtre ouvrant sur le balcon. Le ciel était parsemé de milliers d'étoiles scintillantes qui projetaient une faible lueur sur les jardins. Enfant, il affectionnait les plantes luxuriantes, les fleurs couleur paradis et les arbustes exotiques, et c'était dans les jardins qu'il trouvait refuge. Il avait beau chaque fois changer de cachette, Asalum venait l'y dénicher. Il sourit à ce souvenir, tout en s'imprégnant du parfum des gardénias et des jasmins.

Puis il sourit plus encore en pensant à l'émotion de Delaney si elle venait à découvrir le palais. Il pensait qu'elle s'y sentirait tout de suite comme chez elle. Il ne faisait aucun doute dans son esprit qu'elle ferait souffler ici un souffle de renouveau. Ses idées en scandaliseraient certainement plusieurs, mais son cœur ouvert et généreux charmerait les autres. Comme il l'avait charmé, lui.

Le seul fait de penser à elle était une torture. Il s'étira et soupira. Après son entrevue avec son père, dans la matinée, il partirait pour le Koweit retrouver les autres membres de la coalition afin de tenter de nouvelles négociations avec le cheikh de Caron.

Puis il se rendrait à Ranyaa, sa propriété en Afrique du Nord. Il y séjournerait jusqu'au mariage. Sans personne d'autre autour de lui que ses plus proches serviteurs. Il avait envie de rester seul. Seul avec son désespoir.

12.

Delaney tendit le bébé gesticulant à sa mère.

— Elle semble aller de mieux en mieux, madame Ford. Sa fièvre est tombée et l'otite enrayée.

La jeune femme opina avec un large sourire.

— Merci, docteur Westmoreland. Vous avez été si gentille avec ma petite Victoria. Elle vous adore.

— Je l'adore tout autant, répondit Delaney. Néanmoins, pour plus de certitude, j'aimerais que vous me la rameniez d'ici quelques semaines…

— Entendu.

Delaney regarda la maman déposer avec amour le bébé dans la poussette. Puis la jeune femme s'éloigna, se retournant pour lui adresser un geste amical de la main en guise d'au revoir avant de monter dans l'ascenseur. Delaney soupira. Depuis trois semaines qu'elle avait pris son poste, elle commençait à peine à s'habituer à ce qu'on l'appelle docteur. Chaque fois son cœur se serrait en pensant à toutes ces années d'études, de privations, de sacrifices. Aujourd'hui elle avait réalisé son rêve. En veillant au bien-être des enfants, elle faisait un travail qu'elle aimait.

Quelqu'un derrière elle rit. Elle se retourna et reconnut aussitôt Tara Matthews. Tara était tout comme elle interne affectée au service pédiatrie de l'hôpital. Les deux jeunes femmes avaient rapidement sympathisé.

— Alors, qu'est-ce qui t'amuse autant ? demanda Delaney souriante à Tara.

— Toi, répondit celle-ci avec un air amusé. Tu adores les bébés, n'est-ce pas ?

— Bien sûr que oui, répliqua Delaney. Je suis pédiatre, après tout. Et je suppose que tu les aimes aussi, non ?

Tara joua avec le stéthoscope passé autour de son cou.

— Evidemment, mais pas autant que toi. J'aurais voulu avoir une caméra pour te filmer pendant que tu tenais Victoria Ford. Tu semblais aux anges. Et c'est comme ça avec tous les bébés que tu consultes.

Delaney rit de bon cœur, sachant que son amie avait raison.

— Tu le sais bien, je suis fille unique avec cinq frères, et qui plus est, la plus jeune. Je n'ai jamais connu le bonheur de m'occuper d'un petit frère ou d'une petite sœur. De plus, mes frères ne semblent guère décidés à se marier dans l'immédiat, ce qui signifie que je ne peux espérer la venue d'un neveu ou d'une nièce avant longtemps.

Tara la fixa puis, croisant les bras :

— C'est tout l'inverse, pour moi. Je suis l'aînée de quatre frères et sœurs sur lesquels j'ai dû veiller lorsqu'ils étaient bébés. Alors, en ce qui me concerne, pas question d'avoir des enfants moi-même dans les années à venir.

Delaney sourit. Elle appréciait sincèrement Tara et se félicitait de leur amitié. Comme elle, Tara était venue à Bowling Green sans connaître personne. Toutes deux s'entendaient à la perfection. Elles vivaient dans le même immeuble, venaient travailler ensemble. Certains week-ends, elles sortaient faire du shopping ou allaient louer un vieux film dont elles discutaient jusque tard dans la nuit. Etant du même âge, elles partageaient les mêmes intérêts et, tout comme elle, Tara était en ce moment célibataire, même si Delaney ne parvenait pas à comprendre comment cela se pouvait. La peau ébène, les yeux noisette et les cheveux noirs, sans parler d'un corps à faire pâlir les plus cotés des top models, Tara était véritablement d'une beauté exceptionnelle. Delaney savait d'ailleurs que certains médecins l'avaient maintes fois sollicitée. Offres déclinées sans ménagement par Tara.

Il était fréquent pour les médecins célibataires

de tourner autour des nouvelles internes. Delaney elle aussi avait tout comme Tara fait comprendre à certains d'entre eux qu'elle n'était pas intéressée. Généralement, à moins d'avoir prévu une sortie en compagnie de Tara, lorsqu'elle quittait son travail en fin d'après-midi, elle rentrait chez elle, prenait une douche et se couchait.

Et chaque nuit, elle rêvait de Jamal.

— Tara à Delaney… Tara à Delaney… Répondez SVP… répondez…

Delaney éclata de rire en réalisant que son amie cherchait à attirer son attention.

— Excuse-moi. Tu disais ?

— Je te demandais si tu avais quelque chose de prévu, ce soir ?

— Non, et toi ?

— Non plus. Que dirais-tu d'aller voir le nouveau Denzel ?

La gorge nouée, Delaney ferma les yeux. La question de Tara lui rappela qu'elle avait déjà vu ce film… avec Jamal.

— Delaney… Quelque chose ne va pas ?

Rouvrant subitement les yeux, Delaney croisa le regard de son amie.

— Si, je vais bien, répondit-elle, le souffle court. Mais j'ai déjà vu ce film. Néanmoins, si tu tiens à le voir, je le reverrai avec joie.

Tara la dévisagea un long moment, puis :

— Tu l'as vu avec lui, c'est cela ?

Delaney sursauta.

— Lui… qui ?

— Le garçon dont tu ne parles jamais.

Sous l'effet de la surprise, Delaney ne dit rien, puis finalement elle avoua :

— Oui. Et tu as raison, je ne veux pas parler de lui.

Tara hocha lentement la tête et serra affectueusement le bras de Delaney.

— Je suis désolée. Je ne voulais pas être indiscrète.

— Non, non, ne t'excuse pas, s'empressa de dire Delaney en souriant. D'autant que je te crois très secrète toi aussi, non ?

Tara esquissa un triste sourire.

— Bien vu, mon amie. Un jour peut-être, après avoir partagé une bouteille de chardonnay, nous ouvrirons-nous de tous nos secrets…

— Et peut-être même me laisserai-je aller à pleurer sur ton épaule, renchérit Delaney avec un rire amer. Oui, peut-être alors te parlerai-je de lui.

— Je ne peux pas épouser la princesse Rachida, dit Jamal en soutenant le regard sévère de son père.

Après une absence de trois semaines, il était rentré au palais, plus déterminé que jamais. Trois semaines qu'il avait mises à profit pour réfléchir et prendre finalement une décision dont il savait qu'elle allait bouleverser sa vie. Mais il ne pouvait rien contre cela. Il voulait Delaney, et il l'aurait. A condition qu'elle soit d'accord, naturellement.

Le roi Yasir fixa son fils avec gravité.

— Te rends-tu compte de ce que tu dis ? demanda-t-il en se levant de son fauteuil.

Jamal releva la tête face à cet homme — son père, aimé, respecté et admiré de tous. Un homme dont Jamal savait qu'il était prêt à tout pour le bien de son peuple, un homme d'honneur.

— Oui, père, répondit-il avec calme. J'en ai conscience et j'ai aussi conscience de ce que cela implique. J'ai honnêtement pensé que je pourrais me soumettre à ce mariage, mais aujourd'hui je comprends que je ne le peux pas. Je suis amoureux de quelqu'un d'autre et il est inconcevable pour moi d'en épouser une autre.

Le roi Yasir dévisagea son fils. Il avait compris que quelque chose perturbait Jamal dès le retour de celui-ci au pays, trois semaines auparavant. Par la suite, Fatimah l'avait éclairé sur ce quelque chose. Lui avait fait la sourde oreille, ne pouvant croire que son fils soit tombé amoureux d'une Occidentale. Mais aujourd'hui, il était bien forcé de se rendre à l'évidence.

Jamal paraissait porter tout le poids du monde sur ses épaules et son expression était celle d'un homme en proie à mille souffrances. Le roi n'en revenait pas qu'une femme ait pu mettre son fils dans un tel état, lui auparavant si arrogant et sûr de lui.

— Cette femme que tu aimes, c'est une Occidentale, n'est-ce pas ? demanda le souverain sur un ton bourru.

Toujours sans détourner le regard, Jamal répondit :

— Oui, père.

— Et tu veux renoncer à une femme issue de ton peuple pour épouser une étrangère, qui ne partage pas ta culture, qui n'a pas la même foi… C'est bien cela ?

L'air altier, inébranlable, Jamal prit la parole :

— Oui, parce que même si elle est différente de moi, elle est moi. Elle fait partie de moi comme moi je fais partie d'elle, père. Grâce à l'amour, nous ne formons plus qu'un.

Le regard du roi s'obscurcit.

— L'amour ? Que sais-tu de l'amour ? Ne serait-ce pas plutôt ta libido qui parle ? Le désir peut parfois susciter des émotions aussi intenses que l'amour.

Jamal traversa la pièce pour se rapprocher de son père.

— Je suis conscient de cela et je reconnais avoir

été attiré par elle à la première seconde où je l'ai vue. J'ai été d'abord convaincu que cette histoire n'était que désir, mais je me suis trompé. A trente-quatre ans, je sais faire la différence. J'ai une liaison avec Najeen depuis de nombreuses années, cependant à aucun moment je n'ai pensé être tombé amoureux d'elle.

— Cela aurait été inconcevable ! Du fait de son statut, elle était ta maîtresse. Quand un homme de ton rang tombe amoureux, cela ne peut être que de sa femme.

— Mais les choses ne se passent pas toujours ainsi, père, tu le sais. Tu connais bien le cas de tous ces dignitaires fous de leur maîtresse. Et pour répondre à ta question sur mon expérience de l'amour, je crois pouvoir affirmer que j'en sais aujourd'hui plus qu'il y a quelques semaines, déclara Jamal avant d'enchaîner, l'amour est ce qui m'a donné le courage de venir devant toi pour te demander d'accepter que j'épouse la femme de mon cœur. L'amour est ce qui m'a plongé dans le désarroi, la souffrance et la dépression. L'amour est aussi ce qui m'a gardé debout malgré tous ces tourments.

Il prit le temps de respirer profondément, puis :

— L'amour est ce que j'ai toujours pu voir dès que toi et Fatimah êtes ensemble. Enfin, l'amour est ce qui me pousse à vouloir renoncer à mes droits et à préférer abdiquer mon titre de souverain.

La stupéfaction se refléta sur le visage de son père.

— Tu renoncerais à ton héritage, à la couronne… pour cette femme ?

Conscient de la douleur que ses paroles causeraient à son père, Jamal sut cependant qu'il n'avait d'autre choix. Le roi devait comprendre combien Delaney comptait pour son fils.

— Oui, père. Fatimah avait raison. L'amour peut mettre le plus fort des êtres à genoux. J'aime Delaney Westmoreland et je veux qu'elle soit ma princesse.

— Mais cette femme… veut-elle de toi ? Et si elle refuse de t'entendre ? Si elle refuse de changer et…

— Je ne veux pas qu'elle change, le coupa Jamal avec véhémence. Je l'aime telle qu'elle est. Je sais qu'elle aura la sagesse d'accepter certains compromis. Je sais aussi qu'elle aimera notre peuple autant que moi. Mais Delaney n'est pas le genre de femme à se soumettre simplement parce qu'un homme prétend qu'elle le doit.

— Cette femme est donc insoumise ? demanda le roi, interloqué.

— Pas plus que ne l'était Fatimah à son arrivée ici. Si je me souviens bien, la rumeur est allée bon train lorsque tu as épousé une princesse égyptienne. Puis avec le temps, ton peuple a appris à l'aimer et à la respecter.

Le roi Yasir garda le silence pendant un long moment. Ce que disait Jamal était la pure vérité. Fatimah aujourd'hui était aimée et admirée. Il laissa échapper un long soupir.

— Le cheikh Muhammad ne va pas apprécier d'apprendre que tu refuses d'épouser sa fille. Il risque de jeter l'opprobre sur notre pays. Que comptes-tu faire ?

Jamal hocha lentement la tête. Il redoutait en effet la réaction de Muhammad.

— Je parlerai au cheikh et parcourrai s'il le faut toute l'Arabie pour dénicher un remplaçant qui lui siéra. Mais je n'épouserai pas sa fille.

Le roi opina du chef, solennel. Puis il s'empara d'un dossier posé devant lui, sur son bureau.

— Trouver un remplaçant ne sera pas nécessaire. Fatimah a attiré mon attention sur quelque chose, il y a peu, une rumeur qui circule chez les serviteurs.

— Quel genre de rumeur ? s'enquit Jamal, surpris de la colère exprimée par le visage de son père.

— La princesse Rachida attendrait un enfant, ce qui explique l'empressement du cheikh Muhammad à vouloir la marier.

Jamal demeura quelques instants muet sous le coup de la surprise.

— Ainsi, je l'aurais épousée et l'enfant… n'aurait pas été de mon sang ?

— Oui, répondit le roi d'une voix pleine de rancœur. Ils espéraient évidemment que personne ne remarquerait le subterfuge.

Jamal s'efforça de contenir sa fureur.

— Je ne peux pas croire le cheikh Muhammad capable d'une telle duplicité !

— Il cherchait à épargner à sa fille et à lui-même le déshonneur, tempéra le roi en consultant ses papiers. Tout est dit dans ce dossier. Lorsque Fatimah m'en a informé, j'ai dépêché quelques hommes mener une enquête discrète. Il semble que la princesse ait eu une liaison secrète avec un officier de l'armée de son père.

— Et cet homme ne peut donc l'épouser ? demanda Jamal, tressaillant à l'idée d'être passé si près du piège.

Et dire qu'en cet instant, Delaney, peut-être, était enceinte de son fils légitime…

— Je crois que tu as le droit de savoir, père, dit-il. Il se peut que Delaney porte mon enfant.

Son père le dévisagea, sceptique.

— En es-tu certain ?

— Non, je n'ai pas eu de nouvelles d'elle depuis mon départ des Etats-Unis. Ce n'est qu'une intuition. Mais je vais retourner là-bas et la retrouver. Je veux lui demander de bien vouloir m'épouser et de rentrer avec moi.

— Et si elle refuse ?

— Je saurai la convaincre.

Le roi Yasir hocha la tête, sachant combien Jamal pouvait se montrer persuasif quand il le voulait.

— J'aurais préféré que tu épouses une femme de notre peuple, Jamal. Mais tu as raison. L'amour ne connaît ni couleur de peau, ni frontière, ni religion.

— Ai-je ta bénédiction, père ?

— Oui. Mais je sais néanmoins que tu l'aurais épousée sans ma bénédiction. Toutefois, avant que j'accepte cette femme comme celle qui un jour se tiendra à tes côtés pour régner, je souhaite la rencontrer et apprendre à la connaître. C'est le moins que tu puisses m'accorder.

— Et c'est tout naturel, père. Je te sais gré de ta compréhension.

Le roi se leva et étreignit affectueusement son fils. Une minute plus tard, Jamal et son père se saluaient l'un l'autre avec respect, et avec le sentiment d'être ce jour plus proches qu'ils ne l'avaient jamais été jusqu'alors.

— Delaney, tu es sûre que ça va ? s'enquit Tara pour la troisième fois de la journée. Je ne veux pas être importune, mais tu ne sembles pas au mieux de ta forme...

428

Delaney hocha la tête. Non, elle ne se sentait pas très bien et cela risquait d'empirer au cours des semaines à venir. Elle était enceinte. Elle attendait l'enfant de Jamal. Oh, elle tiendrait parole et l'informerait de cette grossesse, mais pas avant d'avoir consulté son gynécologue, d'ici quelques semaines.

Un enfant.

A l'idée de porter l'enfant de Jamal, elle était folle de joie et si ce n'avait été les désormais traditionnels haut-le-cœur du matin, elle aurait pu affirmer se sentir dans une forme éblouissante. En tout cas, aussi bien que pouvait l'être une femme enceinte de l'homme qu'elle aimait. Chaque jour, elle feuilletait les pages people de son journal, s'attendant à y voir publiée l'annonce de son mariage. Toujours rien à ce jour.

Elle caressa avec tendresse son ventre. Jamal y avait niché leur enfant. Un peu de lui était en elle… qu'elle allait aimer autant qu'elle l'aimait, lui.

— Delaney ?

Delaney leva les yeux et rencontra le regard inquiet de Tara. Elle ne se sentait pas prête encore à partager la nouvelle avec qui que ce soit.

— Je vais bien, Tara. Je suis juste un peu stressée à l'idée de la visite prochaine de mes frères. Je dois me préparer à leur venue, mentalement et physiquement. Ils ne sont pas de tout repos, tu sais…

— Quand doivent-ils arriver ? demanda Tara avec un sourire amusé.

— En fin de journée. Ils devaient récupérer Storm à la sortie de son travail avant de partir. Je te suis reconnaissante d'en accueillir deux d'entre eux chez toi. Je les voyais mal loger tous les cinq dans mon appartement.

— Je suis impatiente de faire leur connaissance.

Et nul doute que ses frères seraient enchantés de connaître son amie, se dit Delaney. Cependant, Tara était une jeune femme qui ne tolérait absolument pas l'arrogance chez un homme. Or, il n'y avait pas plus arrogants que les frères Westmoreland.

A bord de son jet privé à destination des Etats-Unis, Jamal regardait par le hublot, perdu dans ses pensées. Grâce à ses relations avec certaines sociétés d'investigation, Asalum avait pu trouver l'adresse de Delaney à Bowling Green, dans le Kentucky. Jamal avait prévu d'aller la retrouver directement chez elle dès son arrivée à l'aéroport.

Il sourit à l'idée de la revoir. De la serrer de nouveau entre ses bras. Il se laissa aller sur son siège, le cœur battant à tout rompre. Ils étaient en vol depuis plus de huit heures et le pilote l'avait averti qu'il en faudrait encore quatre avant de toucher le sol du Kentucky. Une éternité.

Asalum surgit, un oreiller sur les bras.

— Pour vous, prince.

Jamal prit l'oreiller qu'il cala derrière sa tête.

— Merci, Asalum, dit-il en souriant au vieil homme. Je crois que j'en ai définitivement fini avec la dépression.

Asalum lui sourit à son tour d'un air joyeux.

— Et comment vous sentez-vous, mon prince ?

— Heureux. Follement heureux.

13.

Tara s'adossa à la porte fermée de la salle de bains. Une profonde inquiétude se lisait sur son visage alors que lui parvenait le bruit de Delaney en train de vomir.

— Delaney ? C'est la deuxième fois, aujourd'hui. Tu es sûre que ça va ?

De l'autre côté de la porte, Delaney releva la tête et rectifia mentalement la remarque de son amie. C'était en réalité la troisième fois qu'elle était forcée de courir ainsi aux toilettes pour cause de nausées. Elle qui croyait que ce type de malaise ne se faisait sentir que le matin.

— Oui, Tara, je vais bien. Une minute et je viens...

A cet instant, elle entendit l'écho de la sonnette. « Oh, ciel, mes frères ! »

— Tara, s'il te plaît, il s'agit probablement de mes frères... Bah, qui que ce soit, ne dis surtout pas que

432

je suis enfermée dans la salle de bains en train de vomir…

— Ne t'inquiète pas, répondit Tara en souriant, je m'occupe de retenir tes frères… mais uniquement si tu me promets de voir le Dr Goldman demain. Il faut savoir si c'est viral.

Puis elle s'éloigna de la salle de bains, la sonnette retentissant pour la deuxième fois, avec plus d'énergie.

Ouvrant la porte, Tara, pétrifiée, fixa les quatre hommes debout devant elle. Elle recouvra cependant rapidement ses esprits. Mais quel choc ! Les frères de Delaney ne manquaient décidément pas de charme. Vêtus de jeans et de T-shirts aux couleurs d'une marque de moto légendaire, tous avaient le physique de dieux du stade.

Elle s'éclaircit la gorge. Durant d'interminables secondes, personne ne dit le moindre mot. Les frères Westmoreland se contentant de l'examiner d'un œil approbateur et férocement mâle au point qu'elle craignit une fraction de seconde que son chemisier ne soit transparent. Mais peut-être le moment était-il venu de parler ?

— Vous êtes les frères de Delaney ?

Les lèvres de l'un des visiteurs, manifestement le plus âgé des quatre, esquissèrent un sourire blasé.

— Oui, je suis Dare. Et vous êtes… ? demanda-t-il, sans détacher ses yeux des siens.

— Tara Matthews, amie, voisine et collègue de Delaney, répondit-elle en tendant la main.

Son interlocuteur prit celle-ci un long moment dans la sienne, paraissant peu disposé à la lâcher avant de se décider enfin à la serrer de manière chaleureuse. Le même rituel se succéda avec les trois autres alors que Dare faisait les présentations. Puis Tara s'écarta.

— Entrez, je vous en prie. Delaney est dans la salle de bains.

Elle referma la porte derrière eux tout en notant qu'ils étaient tous plus grands que la moyenne.

— Je croyais que vous étiez cinq, remarqua-t-elle.

Celui appelé Stone et dont le sourire était aussi sexy que celui de Dare répondit le premier :

— Notre frère Thorn a eu un rendez-vous de dernière minute. Il nous rejoindra par le premier vol, demain matin.

Tara approuva de la tête tout en s'adossant à la porte tandis que les quatre frères continuaient de la dévisager. Elle s'apprêtait à leur demander si on ne leur avait jamais dit que regarder ainsi quelqu'un avec tant d'insistance était impoli quand Delaney apparut.

— Je vois que vous avez fait connaissance, dit-elle en hochant la tête avec un demi-sourire.

Aucun de ses frères ne daigna détourner les yeux

de Tara pour la regarder, elle. On aurait dit des mâles en rut devant leur proie.

— Mmoui, nous avons fait connaissance, dit enfin Chase en souriant.

Sourire adressé à Tara, certainement pas à sa misérable sœur. Delaney se mordit la lèvre pour ne pas éclater de rire. La plupart des femmes ne résistaient pas au sourire ravageur de Chase, or Tara ne paraissait pas le moins du monde troublée. Il semblait même, au vu de sa légère moue, que l'intérêt non dissimulé et soutenu de ses frères commençait sérieusement à l'agacer.

— Hé, les garçons, laissez donc un peu d'air à Tara ! C'est mon amie.

Storm, le premier, renonça à dévorer Tara des yeux pour regarder sa sœur.

— Mais nous ne lui faisons rien, dit-il l'air innocent.

— Vous la dévisagez tous les quatre comme si elle était une part de gâteau, répliqua Delaney avant de regarder autour d'elle. Où est Thorn ?

— Toujours à la traîne, répondit Chase en se tournant enfin vers Delaney, tout sourire.

— C'est-à-dire ? insista-t-elle, détestant ce petit jeu de fausses réponses.

— Un rendez-vous de dernière minute. Un client important. Il arrivera par le vol de demain matin, expliqua Dare en se tournant enfin vers elle.

— Et combien de temps comptez-vous rester ? enchaîna Delaney qui ne voulait pas risquer d'être malade devant eux.

— Tu ne chercherais pas déjà à te débarrasser de nous, n'est-ce pas, Laney ? lança Dare, les yeux rieurs.

Delaney se renfrogna. Si elle avait eu le choix, jamais ils ne seraient venus. Elle aimait véritablement chacun de ses frères, mais avec leur esprit possessif à son égard, ils avaient la faculté de la pousser à bout. Elle n'osait même pas imaginer leur réaction quand ils apprendraient la nouvelle de sa grossesse.

— Non, je n'essaie pas de me débarrasser de vous, et de toutes manières, vous ne me laisseriez pas faire. Je voulais juste me renseigner pour des questions d'ordre pratique, le couchage par exemple. Comme vous le voyez, mon appartement est plutôt exigu. Tara s'est gentiment proposée d'héberger deux d'entre vous…

Comme elle s'y attendait, cette annonce eut un effet immédiat sur ses frères. Ceux-ci braquèrent leur regard sur Tara qui haussa les épaules en disant :

— C'est le moins que je puisse faire pour mon amie. Mais je vous préviens, je vais instaurer certaines règles…

Dare y alla de son fameux sourire et :

— Lesquelles ?

— Je vais vous demander d'être… sages.

436

Storm sourit à son tour. Le regard de connivence entre les quatre n'échappa ni à Tara ni à Delaney.

— Nous sommes toujours sages, dit Storm d'une voix posée.

Tara le fixa, puis croisa les bras avant d'insister :

— Je veux dire vraiment sages. J'attends que vous vous comportiez en gentlemen et me traitiez comme un membre de la famille.

Chase ricana.

— Cela ne va assurément pas être facile…

Tara éclata de rire.

— Mais je suis certaine que vous aimez relever les défis, dit-elle, pleine de malice.

Storm hocha la tête avec un sourire forcé.

— Thorn adore les défis. Nous sommes plutôt des garçons faciles…

Tara rit de nouveau de bon cœur en venant se placer devant eux, au centre de la pièce.

— Désolée, je ne fais pas dans la facilité. Je veux simplement que les choses soient claires. Je ne suis pas en quête d'un mari, ni même d'une aventure. En d'autres termes, je suis célibataire et je tiens à le rester. Me suis-je bien fait comprendre ?

Dare opina, un sourire innocent aux lèvres.

— Oui, c'est exactement ça, vous représentez un sacré défi… Thorn sera enchanté.

Avant que Tara ait pu lui donner une réplique dont

Delaney imaginait facilement le contenu, la sonnette retentit. Elle sourit et traversa la pièce jusqu'à la porte qu'elle ouvrit brusquement.

Elle se figea et son cœur cessa de battre tandis qu'un frisson la parcourait.

— Jamal !

Jamal entra et referma derrière lui. Puis, sans dire un mot et sans même remarquer les autres personnes présentes dans la pièce, il attira Delaney contre lui et l'embrassa. Instinctivement, Delaney jeta ses bras autour de son cou et lui rendit son baiser.

L'intensité de la scène laissa les autres sans voix, notamment les frères de Delaney.

— Mais... qu'est-ce... que cela veut dire... ? s'exclama soudain Dare de sa voix de stentor, faisant sursauter Jamal et Delaney.

— Non ! cria celle-ci en découvrant le regard meurtrier de ses frères marchant, menaçants, vers elle et Jamal.

Elle leur fit face, dos contre Jamal. Ce dernier, après un bref instant d'hésitation, prêt à bondir, l'amena doucement à son côté. Les quatre frères s'immobilisèrent, détaillant Jamal de haut en bas comme s'il était un être venu d'une autre planète, alors qu'il était simplement revêtu de son habit traditionnel.

De son côté, Jamal dévisagea les quatre hommes, comprenant aussitôt qui ils étaient. Le regard qu'il leur lança était neutre, mais son expression féroce et déterminée. Ils devaient comprendre qu'il ne permettrait à personne, même pas à ses frères, de malmener Delaney.

— Je vais tout vous expliquer, dit celle-ci, espérant apaiser la fureur de ses frères avant que la situation ne dégénère.

— Tu expliqueras plus tard, répliqua Stone. Qui est ce type ? Et pourquoi t'embrasse-t-il de cette façon ?

Puis, notant le bras de Jamal autour de la taille de Delaney :

— Enlevez votre bras de ma sœur !

— Stone, tais-toi ! ordonna Delaney. Vous êtes des sauvages. Dire que tu es un représentant de la loi, Dare ! Donnez-moi au moins la possibilité de vous expliquer.

Delaney se tut, soudain prise de vertige. S'appuyant contre Jamal, elle chancela puis ferma les yeux. Celui-ci la maintint fermement contre lui.

— Tu te sens mal ? chuchota-t-il, terriblement inquiet.

Elle murmura une réponse inaudible, puis :

— Conduis-moi à la salle de bains, Jamal. Maintenant !

Instantanément, Jamal l'emporta dans ses bras et emboîta le pas à Tara, abandonnant les frères

Westmoreland à leur fureur et à leur désarroi, trop choqués pour émettre le moindre son.

Sitôt que Jamal eut reposé Delaney sur ses pieds et fermé la porte à clé derrière eux, celle-ci s'affaissa sur les genoux devant la cuvette des WC pour vomir. Lorsque enfin apaisée, espérant que c'était là la dernière nausée de la journée, elle tenta de se relever, des bras forts et puissants la soulevèrent.

Jamal la fit asseoir sur le rebord de la baignoire. Il saisit une serviette qu'il humidifia, et épongea délicatement son visage. Puis, une minute plus tard, il la remit sur pied et, passant son bras autour de sa taille, la maintenant contre lui, il l'aida à se diriger vers le lavabo. Elle prit alors le temps de se laver les dents et de se rincer, Jamal à son côté, silencieux, rassurant.

Quand elle eut fini, il la fit se rasseoir sur le rebord de la baignoire.

— Le prince te cause déjà des problèmes, je vois, murmura-t-il avec tendresse en caressant ses joues brûlantes.

Delaney le regarda, n'en revenant toujours pas qu'il fût là, avec elle. Elle sourit. Il était beau, plus beau encore que dans sa mémoirè. Ses yeux noirs étaient légèrement cernés et visiblement il ne s'était pas rasé depuis au moins deux jours. Comme il était sexy !

Elle prit une longue inspiration. Elle avait tant de questions à lui poser et… Mais que venait-il de lui dire ?

— Pardon ?

Elle doutait d'avoir bien entendu. Il la regarda, l'air amusé, puis :

— J'ai dit, le prince te cause déjà des problèmes, chuchota-t-il en posant une main tendre sur son ventre.

— Co… comment sais-tu que je suis enceinte ?

Les yeux de Jamal s'illuminèrent.

— L'intuition. Je rêve de toi chaque nuit depuis notre séparation. Des rêves si réels que je me réveille en sueur et exténué de plaisir. Car nous faisons l'amour dans mes rêves. Sans aucune protection. Comme la fois où nous nous sommes aimés au chalet. Je crois qu'Allah a voulu m'avertir de ton état à travers ces rêves.

Delaney hocha la tête avant de baisser les yeux sur sa main, toujours posée sur son ventre.

— Est-ce la raison de ta présence ici, Jamal ? Pour avoir la confirmation que j'attends bien un bébé de toi ?

— Non. Je suis ici parce que tu me manques trop pour que je puisse continuer à vivre loin de toi. J'ai parlé à mon père. Je lui ai dit que je t'aimais et que je te voulais auprès de moi.

Les yeux de Delaney se brouillèrent.

— Mais… Et ton mariage avec cette princesse… ?

Jamal releva le menton.

— Enceinte de quelqu'un d'autre, la princesse avait un besoin urgent de se marier pour préserver son honneur. Eh bien évidemment, on projetait de me faire croire que son enfant était le mien.

— Et Najeen ? Comment… ?

Jamal hocha lentement la tête, comprenant l'inquiétude de Delaney. Il décida aussitôt de la rassurer :

— Je n'ai pas vu Najeen. J'ai demandé à ma belle-mère de faire le nécessaire pour la renvoyer dans ses foyers. Elle n'est plus ma maîtresse.

Delaney caressa tendrement sa joue, se souvenant de ses propos au chalet concernant le rôle de la maîtresse et celui de l'épouse.

— Regrettes-tu de l'avoir congédiée ?

Jamal plongea ses yeux dans les siens avant de répondre :

— La seule chose que je regrette, Delaney, c'est de t'avoir quittée. Je ne suis rien sans toi. Seul l'espoir de te retrouver dans mes rêves m'a permis de survivre.

— Il en a été de même pour moi. Découvrir ma grossesse a été mon unique moment de bonheur depuis ton départ.

— Depuis quand le sais-tu ?

— J'ai commencé à m'en douter la semaine dernière.

442

Puis les premières nausées du matin sont apparues. Et ce matin, j'ai fait le test, qui a confirmé mon état. Mon premier rendez-vous avec mon gynécologue est dans deux semaines.

Elle effleura son visage et suivit rêveuse le contour de ses lèvres du bout de l'index.

— Comment vis-tu ma grossesse, Jamal ?

— Savoir que tu portes mon enfant me remplit d'une joie infinie, Delaney. Je n'ai pas voulu cela, mais je crois qu'inconsciemment j'avais la conviction que toi seule pourrais porter mon fils.

— Oh, Jamal…

— Et tu es également celle que je veux pour princesse. Je t'en prie, accepte de m'épouser et partons vivre dans mon pays. Nombre de tes compatriotes résident dans la région. Et si tu avais le mal du pays, nous pourrions venir régulièrement en Amérique. Et pourquoi ne pas vivre ici six mois de l'année ? Mon père restera sur le trône encore longtemps, ce qui signifie que je ne serai pas forcé de séjourner de façon permanente à Tahran avant longtemps.

Il se pencha et déposa un baiser sur le coin de ses lèvres.

— Dis oui, je t'en prie. Epouse-moi et je serai à toi, rien qu'à toi.

Delaney savait qu'elle ne pourrait refuser. Son

amour pour lui était immense et elle n'imaginait plus désormais vivre loin de lui.

— Oui, Jamal, je veux t'épouser.

Une joie profonde le submergea. Il attira Delaney plus près de lui et l'embrassa, le cœur en proie à une émotion intense. Glissant ses doigts dans ses cheveux, il s'absorba dans la saveur de ses lèvres, sa langue se frottant à la sienne, la possédant dans ce baiser, comme il rêvait de la posséder de tout son corps, jusqu'à la faire crier de plaisir…

Mais il ne fallait surtout pas qu'elle crie. Car aussitôt, ses frères n'hésiteraient pas à enfoncer la porte et alors, il se verrait obligé de les réduire au silence. Il atténua la passion qu'il y avait dans son baiser, sans pour autant l'interrompre, mais prolongeant ce contact avec douceur. Non, il ne rêvait pas.

Et s'éveillèrent en lui de nouveau ces sensations voluptueuses qu'il n'avait jamais connues qu'avec elle.

— Mais que font-ils dans cette salle de bains ? lança Dare sur un ton agressif tout en arpentant le salon. Je ne peux pas le croire ! Nous devrions déjà avoir enfoncé cette satanée porte…

Tara le dévisagea, comme elle avait dévisagé les trois autres depuis que cet inconnu avait emporté Delaney dans la salle de bains.

444

— Et si vous vous comportiez en hommes civilisés et non en barbares ? dit-elle. Delaney a droit à un peu d'intimité.

— Mais elle est malade, s'interposa Stone. Pourquoi est-ce lui qui doit prendre soin d'elle au lieu de nous ? Nous sommes ses frères !

« Oui, mais lui est le père de l'enfant », faillit répliquer Tara. Car tout était clair, maintenant. Elle soupira longuement. Le moins qu'elle pouvait faire pour son amie était de contenir la fureur de ses frères.

— Et si nous profitions de cet intermède pour faire quelque chose d'utile ? suggéra-t-elle sans trop y croire. Je dois monter ce vélo d'appartement et…

Les quatre frères ricanèrent en chœur :

— Bien essayé, Tara, mais nous ne bougerons pas d'un pouce avant de savoir ce qu'il advient de notre sœur, lâcha Dare, manifestement très déterminé.

Tara rit, mal à l'aise.

— Très bien, je crois de toutes façons qu'ils n'en ont plus pour très…

Tous se figèrent instantanément en entendant la porte de la salle de bains s'ouvrir, ceux qui s'étaient assis se levant d'un bond de leur siège.

— Laney, ça va ? s'enquit Storm, en fixant la main de Jamal sur la taille de Delaney. C'est vraiment une manie, chez vous, enchaîna-t-il, menaçant.

Delaney rit gaiement.

— Storm, allons, ce n'est pas une façon de parler à ton futur beau-frère.

Et avant que quiconque puisse réagir à ce que cette déclaration impliquait, elle poursuivit :

— Je n'ai jamais été très douée pour les présentations. Voici le cheikh Jamal Ari Yasir, de Tahran. Nous nous sommes rencontrés le mois dernier, au chalet. Nous nous aimons. Jamal a été forcé de rentrer dans son pays pour répondre à certaines obligations, mais aujourd'hui, il est de retour. Il est revenu pour me demander de l'épouser... Et j'ai accepté.

Les émotions les plus diverses parcoururent l'assemblée. Tara laissa échapper un cri de joie et, sous le choc, les frères Westmoreland, médusés, demeurèrent silencieux, comme K.O.

— L'épouser ? s'exclama finalement Chase recouvrant sa voix. Tu es folle ! Il n'est même pas d'ici ! Et où comptez-vous donc vivre ?

Delaney sourit avec tendresse.

— Nous avons prévu de séjourner régulièrement aux Etats-Unis, mais pour l'essentiel, nous résiderons à Tahran, un tout petit pays voisin du Koweit. Vous y serez les bienvenus...

— Tu ne peux pas l'épouser, tempêta Storm.

— Non seulement elle le peut, mais elle le veut.

Un lourd silence s'abattit sur le salon. Pour la première

446

fois, Jamal venait de prendre la parole, avec autorité et détermination.

— J'apprécie l'attention que vous avez manifestée à l'égard de votre sœur au cours des vingt-cinq dernières années. Vous avez su faire preuve d'un comportement admirable. Mais en tant que ma future femme et future princesse de Tahran, Delaney est aujourd'hui sous ma responsabilité. A la seconde où elle a consenti à m'épouser, elle est passée sous la protection de mon pays. Mon père, le roi Yasir, a donné sa bénédiction et...

— Votre père est le roi Yasir... ? demanda alors Dare, manifestement interloqué.

Jamal fronça les sourcils.

— Oui. Vous le connaissez ?

Dare hocha lentement la tête, encore sous le coup de la surprise.

— Non, enfin, pas intimement, mais j'étais dans les marines, basé en Arabie Saoudite, il y a quelques années, et j'ai eu l'honneur de le rencontrer à l'occasion d'une mission de protection lors d'une conférence sur la paix. Cette rencontre m'a profondément marqué. Oui, j'ai été très impressionné par son engagement et son programme de réformes. Un humaniste...

— Merci, dit Jamal. Je lui ferai part de votre compliment. Ainsi, vous avez séjourné au Moyen-Orient ?

447

— Oui, deux ans exactement, et je dois admettre que la région est superbe, notamment le golfe Persique.

Jamal sourit, flatté par le compliment fait à son pays.

— Vous devriez y revenir. Delaney et moi séjournerons au palais où nous vous accueillerons avec joie.

— Bon sang, dit Storm, un palais. Un vrai palais ? Et dire que le jour où tu nous as dit que ces satanées traces de pneus appartenaient à la voiture d'un prince, nous ne t'avons pas crue ! On ne va pas plus me croire, à la brigade, quand je vais dire que ma sœur s'apprête à épouser un prince. Ma sœur, une future princesse… Woaaa !

Chase examina son frère, l'œil noir, puis il se tourna vers sa sœur, la mine suspicieuse :

— Es-tu certaine de le vouloir, Laney ? Je veux savoir si toi, tu le veux, peu m'importe ce qu'il veut, lui, insista-t-il d'une voix ferme en défiant Jamal du regard. Est-ce que le fait d'épouser ce type fait ton bonheur ? Que fais-tu de ta carrière de médecin ?

Delaney regarda chacun de ses frères. L'affection et l'inquiétude qu'elle lut dans leurs yeux la touchèrent profondément. Certes, elle s'était souvent plainte de cet amour fraternel surprotecteur, mais au fond de son cœur, elle avait conscience qu'un tel comportement était la preuve d'un attachement sans compromis pour leur petite sœur.

448

— Oui, répondit-elle dans un murmure mais suffisamment fort pour être entendue de tous.

Elle plongea alors ses yeux dans ceux de Jamal puis de nouveau se tourna vers ses frères.

— J'aime Jamal et devenir sa femme me comble de bonheur.

Autant que d'être la mère de son enfant, préférat-elle ne pas ajouter. Ses frères devaient pour l'heure se faire à l'idée de son mariage avec Jamal. Elle ne voulait pas les perturber plus encore avec l'annonce de sa grossesse.

— Quant à ma carrière, je trouverai certainement à exercer à Tahran.

— Je suis si heureuse pour toi, ma chérie, dit Tara, un large sourire aux lèvres, en serrant Delaney contre son cœur.

Storm rit.

— Eh bien, puisqu'il en est ainsi...

Dare interrompit son frère et déclara sur un ton solennel :

— Non, il n'en est pas ainsi. Thorn ne sait encore rien. Et personnellement, je préfère ne pas être dans les parages lorsqu'il apprendra la nouvelle.

14.

Ce soir-là Delaney abandonna ses frères aux bons soins de Tara, Jamal et elle ayant décidé de dîner à l'extérieur. Le prince avait eu la délicatesse de convier ses frères à se joindre à eux, mais elle leur savait gré d'avoir décliné l'invitation, se réjouissant en effet de passer une soirée en tête à tête avec l'homme de son cœur.

Ah, ses frères… Ils avaient expliqué à Jamal que, fiancés ou pas, ils attendaient de lui qu'il reconduise Delaney chez elle, afin qu'elle dorme dans son lit, seule. Ils avaient également laissé entendre que jusqu'au mariage, ils veilleraient de près à l'honneur de leur sœur. Delaney avait failli éclater de rire devant leur prétention. Au regard complice de Tara, elle avait compris que son état n'était plus désormais un secret pour son amie. Tara dont elle savait qu'elle garderait le secret et qui ferait ce soir tout son possible pour

contenir les frères Westmoreland jusqu'à son retour…
Retour qu'elle espérait le plus tard possible.

Elle se mordilla nerveusement la lèvre inférieure en pensant à Thorn. Son frère pouvait se montrer parfaitement irrationnel, et c'était en tout cas le plus protecteur, le plus envahissant des cinq. Peut-être lui parlerait-elle en privé, sitôt son arrivée et…

— Prête à partir, Delaney ?

La question de Jamal l'arracha à ses pensées. Elle le regarda amoureusement. Un peu plus tôt dans la journée, après avoir mis au clair certaines choses avec ses frères, il s'était absenté pour changer de vêtements avant de revenir deux heures plus tard pour l'emmener dîner.

Vêtu à l'occidentale, il était tout simplement irrésistible dans son costume gris, sa chemise blanche et sa cravate marine. Ses grands yeux noirs restaient braqués sur elle, comme ils ne cessaient de l'être depuis le début de la soirée. Elle sourit. Il était beau. Il était à elle.

— Oui, répondit-elle. Mais il est encore tôt. Tu ne comptes pas me ramener déjà chez moi, j'espère ?

Il se leva, contourna la table et prit sa main.

— Non, je pensais que cela te ferait plaisir de visiter l'hôtel particulier que j'ai acheté.

Delaney le fixa, stupéfaite.

— Tu as acheté un hôtel particulier ? Mais tu es arrivé aujourd'hui… ?

Il opina.

— Asalum est un homme efficace. Il a un talent incomparable pour régler tous les détails pratiques. Il a mené l'opération depuis le jet, alors que nous volions vers les Etats-Unis.

Elle hocha lentement la tête. Se voyant mal, un jour, s'habituer à de telles extravagances.

— Je suis certaine que l'endroit est magnifique.

— Tu as raison. Et tu vas pouvoir le constater par toi-même, dit Jamal en prenant sa main avant de se diriger vers la sortie du restaurant. C'est l'une des deux raisons pour lesquelles je souhaite t'y emmener…

Delaney crut deviner quelle était l'autre raison mais elle avait envie que Jamal lui en fasse l'aveu.

— Et quelle est cette deuxième raison, Votre Altesse ?

Jamal sourit avec malice puis il se pencha pour murmurer quelque chose à son oreille. Dans la nuit, elle rougit aussitôt à la sensualité de ses paroles.

— Hmm, je crois pouvoir arranger cela, mon prince…

De retour à l'appartement de Delaney, les frères Westmoreland et Tara décidèrent d'une partie de poker. Au bout d'un tour, Tara s'excusa pour aller en cuisine vérifier la cuisson des cookies qu'elle avait glissés dans le four.

Un peu plus tôt, les Westmoreland avaient passé commande de pizzas, puis Stone avait regretté l'absence de dessert. Elle avait découvert dans le placard de Delaney une préparation rapide de cookies au chocolat et les biscuits présentaient maintenant une dorure alléchante.

Tara sourit. A présent qu'elle les connaissait, elle trouvait les frères Westmoreland plutôt charmants. Certes un peu trop protecteurs à l'égard de leur sœur, mais n'était-ce pas là une preuve d'amour ?

Elle sortit les cookies du four lorsque la sonnette de la porte d'entrée retentit. Pourvu que l'un des voisins de Delaney n'ait pas trouvé à se plaindre du bruit ! se dit-elle. Storm avait une fâcheuse tendance à élever la voix. Ce Storm, quel mauvais joueur, se dit-elle en souriant.

Dans le salon, Chase se leva d'un bond pour courir jusqu'à la porte, prêt à dire sa façon de penser à l'importun qui osait interrompre leur partie de cartes.

Il fronça les sourcils en découvrant l'auteur du coup de sonnette.

— Thorn ! s'exclama-t-il. Que fais-tu ici ? Nous ne n'attendions que demain…

Thorn Westmoreland hocha la tête en silence, puis

regarda ses autres frères qui de leur côté le dévisagèrent, les yeux écarquillés, bouche bée, comme s'il avait été un martien. Il se renfrogna en se demandant pourquoi tous semblaient si accablés.

— Mais pourquoi me regardez-vous ainsi ? J'ai quelque chose sur le bout du nez ?

Recouvrant ses esprits, Dare mélangea fébrilement ses cartes en répondant :

— Non, nous sommes simplement surpris de te voir ce soir.

— Mmoui, enchaîna Storm. Tu ne devais arriver que demain…

Thorn laissa tomber son sac de voyage sur le canapé.

— Oui, je sais, cela fait deux fois que vous me le faites remarquer. J'ai voulu vous faire une surprise. Alors, qu'est-ce qui se passe, ici ?

Chase referma la porte et traversa la pièce pour aller reprendre sa place.

— Pourquoi se passerait-il quelque chose ? lança-t-il sur un ton qui manquait de naturel.

— Parce que vous avez des têtes de criminels, voilà pourquoi.

Dare ricana.

— Allons, qu'imagines-tu, mon cher frère ?

Comme à leur habitude, chacun s'efforçait de tester l'humeur de Thorn avant de provoquer la moindre

454

vague. Comme, par exemple, de lui apprendre le futur mariage de Delaney.

— J'espère que tu as pu satisfaire ton client ? enchaîna Dare, doutant de pouvoir amener son frère sur un sujet de conversation autre que celui que tous redoutaient.

— Mmoui, et il m'a remercié en m'emmenant ici dans son jet privé, répondit Thorn en regardant autour de lui. Où est Laney ?

Thorn abattit une carte devant lui.

— Sortie.

Thorn se renfrogna puis regarda sa montre. Bientôt minuit.

— Sortie où ?

— Elle ne l'a pas dit, marmonna Stone en évitant de regarder son frère.

Les yeux de Thorn s'obscurcirent.

— Et quand rentre-t-elle ?

— Nous ne le savons pas exactement, dit Chase, s'attendant à voir son frère serrer les poings d'une seconde à l'autre.

Il en fallait généralement peu pour mettre Thorn hors de lui. Pour l'instant, le feu couvait…

— Et que savez-vous exactement, dans ce cas ? insista sur un ton froid le nouveau venu en se dirigeant vers la table.

Dare soupira puis leva les yeux au ciel.

— Crois-moi, Thorn, n'insiste pas. Assieds-toi calmement avec nous jusqu'au retour de Laney. Pourquoi ne prendrais-tu pas part à notre partie de cartes ?

Thorn frappa de son poing sur la table, envoyant lesdites cartes voler. Une fois sûr de l'intérêt de chacun, il dit :

— J'ignore ce qui se passe ici mais j'ai le sentiment que cela concerne Delaney. Vous savez que j'ai horreur des cachotteries. Alors ? Lequel d'entre vous va se décider à m'expliquer de quoi il retourne ?

Dare se leva. Imité par Stone, Chase et Storm. Généralement, il fallait l'effort combiné de ses frères pour raisonner Thorn et le ramener à de meilleure disposition.

— Nous ne te dirons rien. Assieds-toi et ferme-la, dit Dare entre ses dents.

A cet instant, Tara surgit de la cuisine. Elle en avait suffisamment entendu. Thorn Westmoreland risquait de réveiller le quartier tout entier s'il continuait ce tapage. Monsieur était énervé ? Il allait se calmer. Pour qui donc se prenait-il ?

L'apercevant, Thorn tourna lentement la tête vers elle. De son côté, Tara se planta à quelques centimètres de lui. Ravalant sa salive, se demandant pourquoi elle manquait d'air subitement, elle examina l'homme qui se tenait devant elle. Vêtu d'un jean, porté à la manière d'un cow-boy, le dernier des frères Westmoreland était

sans doute le plus sexy, le plus sensuel de la famille…
Peut-être même de son espèce…

Il la fixait, et son regard lui faisait l'effet d'un fer
incandescent, comme si son corps tout entier allait
désormais être marqué de son empreinte. Clignant
des yeux, elle releva le menton, n'admettant pas qu'un
homme, et justement celui-ci avec son sale caractère,
puisse avoir cet effet sur elle. Elle n'avait pas le temps
de se prêter aux jeux du sexe et de la séduction. Pas
l'envie non plus. Son métier et sa carrière d'abord.
Le désir physique, l'amour, les enfants… et tout ce
qui allait avec… Non, assurément, ce n'était pas une
priorité pour elle.

Inspirant profondément, elle estima que la meilleure
chose à faire serait assurément de rassembler ses
affaires et de fuir à toutes jambes. Une fois en sécurité à l'intérieur de son appartement, elle tenterait d'y
voir un peu plus clair et de comprendre les raisons
de sa réaction.

Elle se renfrogna, plaça les mains sur ses hanches
et le fusilla du regard.

— Comment osez-vous débarquer ici en vociférant
et en tapant du poing sur la table ? s'exclama-t-elle.
Pour qui vous prenez-vous ? Thorn le Magnifique ?
Vous voulez que les voisins se plaignent ? Pourquoi
ne faites-vous pas ce qu'on vous a demandé ? Asseyez-
vous et taisez-vous !

Reprenant son souffle, elle se tourna ensuite vers les quatre autres frères :

— J'ai sorti les cookies du four.

Puis, après un dernier regard à Thorn, elle traversa la pièce et passa la porte qu'elle claqua derrière elle. Thorn, médusé par la tornade qui s'était si violemment abattue sur lui, demeura un long moment coi, puis il se tourna vers ses frères. Ceux-ci le regardaient, un sourire narquois aux lèvres.

— Qu'est-ce que c'était ?

Dare ricana puis, croisant les bras :

— Ceci, Thorn, c'est ton défi.

Le désir qui consumait Jamal et Delaney depuis l'instant où il l'avait emmenée dîner gagna quelques degrés quand ils se retrouvèrent à l'intérieur de la Mercedes. Le moindre regard échangé avait l'intensité d'une étreinte.

Delaney avait conscience qu'à chaque feu rouge, il se désintéressait dangereusement de la route pour la regarder. Et puis, il y avait cette main qu'il semblait incapable de garder sur le volant, préférant l'utiliser à caresser ses cuisses. Chose rendue facile par la petite robe mini qu'elle avait choisi de porter ce soir.

Ses frères avaient manqué s'étouffer en la découvrant vêtue ainsi, mais grâce à Dieu, ils n'avaient rien

dit. Le regard de Jamal avait été, lui, si différent !
Si prédateur. Au point qu'elle s'était empressée de le
pousser hors de l'appartement avant que quelqu'un ne
remarque une certaine partie de son anatomie.

Delaney sourit en constatant que la main de Jamal
s'était faite plus lourde sur l'intérieur de ses cuisses.
Comprenant ce qu'il attendait d'elle, elle ouvrit
imperceptiblement les jambes. S'il resta le regard
rivé à la route, elle entendit nettement le rythme de
sa respiration s'accélérer.

Elle ferma les yeux au contact de ses doigts effleurant
son slip. Que son rêve lui paraissait terne comparé à
la réalité ! Jamal connaissait tout de son corps et de
ses désirs.

Retenant un cri, elle gémit quand ses doigts se faufi-
lèrent sous la soie, accédant ainsi à la chair nue.

— Je ne peux pas attendre, Delaney, chuchota-t-il, le
souffle court tandis que ses doigts allaient et venaient
maintenant en elle.

Elle tressaillit sous l'effet de sensations torrides,
concentrée sur le mouvement de ses doigts qui la firent
soudain se cambrer sur son siège. Elle ouvrit plus
encore ses jambes, faisant ainsi remonter sa robe sur
ses cuisses, remerciant le ciel que les passagers de la
voiture voisine ne puissent rien voir à travers les vitres
fumées. Bouche ouverte, puis fermée, yeux ouverts,

puis fermés, elle voulut parler… En vain, seul un râle s'échappa de ses lèvres.

— Ma déesse…

Rouvrant subitement les yeux, elle vit qu'ils étaient arrêtés à un feu rouge. Jamal avait approché son visage du sien et il chuchotait tendrement à son oreille. Puis il plongea plus profondément en elle, accélérant son rythme. Mains plaquées sur le tableau de bord, Delaney se laissa pénétrer par une extase déferlante.

— Jamal !

Son orgasme se prolongea, la laissant bientôt sans souffle, vidée de toute force. Puis elle recouvra ses esprits et regarda Jamal, sans honte de ce plaisir volé dans une voiture au beau milieu des noctambules indifférents de la ville.

— Dis-moi que tu es bien, ma princesse.

— Oui, je suis bien, répondit-elle.

Lorsque bientôt ils furent arrivés à destination, elle admira l'ensemble luxueux de résidences et d'hôtels particuliers séparés par des jardins luxuriants. Tous deux se regardèrent, amants et complices, puis les yeux de Jamal brillèrent d'un éclat passionné.

— Je ne veux plus jamais être privé de cela…

— De quoi ? demanda-t-elle, encore parcourue par les ultimes vagues du plaisir.

— De ton odeur après l'amour. De ce parfum si personnel, si intime qui est le tien… le nôtre, murmura-t-il avant de rajouter, ne bouge pas, je viens te chercher…

Et il sortit de la Mercedes qu'il contourna. Ayant ouvert sa portière, il détacha sa ceinture de sécurité puis la prit dans ses bras, comme si elle était un trésor, avant de marcher vers la porte d'entrée de leur maison américaine.

Jamal emporta Delaney directement dans la chambre et la déposa sur son lit.

— Je reviens. Je vais fermer la porte.

Elle hocha la tête, ferma les yeux, éperdue d'amour, de plaisir, en état second. Un moment plus tard, elle rouvrit les yeux et regarda autour d'elle. La chambre était vaste, à l'image des autres pièces de la maison qu'elle avait pu apercevoir au passage. Elle s'assit et, voyant ses cuisses nues, s'empressa de faire descendre sa robe sur ses jambes.

— C'est inutile puisque je vais te l'enlever d'ici quelques secondes.

Surprise, elle leva la tête et croisa le regard de Jamal, à quelques mètres d'elle. Il se tenait sur le pas de la porte et commença par retirer sa veste, puis sa cravate. Delaney resta les yeux rivés sur lui tandis qu'il se déshabillait. Cet homme… Il était à elle, rien qu'à elle.

— Jamal ?

— Oui ?

— Quand souhaites-tu te marier ?

Il sourit en défaisant sa ceinture.

— Ce soir, cela te conviendrait ?

— Oui, répondit-elle en riant. Mais j'aurais aimé que tu rencontres mes parents d'abord.

— A condition qu'ils ne s'avisent pas de t'interdire de m'épouser...

— Personne ne dira cela. Non, personne ne pourra m'empêcher de t'épouser. Je t'aime trop.

Jamal avait retiré ses vêtements, excepté son pantalon, et elle se souvint de la première fois où elle l'avait vu sans sa chemise. Avec quelle fougue son corps avait réagi au sien. Une fougue plus intense encore aujourd'hui, sans doute décuplée par le manque.

Il vint vers elle et s'assit sur le lit.

— Je t'aime aussi. Et je n'ai réellement compris avec quelle force je t'aimais qu'après t'avoir quittée. Vivre sans toi restera le pire de mes cauchemars. Tu étais dans chacune de mes pensées et jour après jour, le seul fait de respirer loin de toi était devenu une torture.

Delaney plongea ses yeux dans ceux de Jamal. Elle comprit combien ces confidences lui étaient inhabituelles. Avouer son amour n'avait certainement pas été facile, pour lui.

— Je serai une bonne princesse, Jamal.

Il l'attira contre lui, sur ses genoux.

— Vraiment, Delaney ? demanda-t-il avec un sourire taquin. Te prosterneras-tu devant moi chaque fois que tu croiseras mon chemin ?

Elle fronça les sourcils.

— Certainement pas.

— Consentiras-tu à marcher deux pas derrière moi, comme l'exige le protocole ?

— Non, non et non. Et je n'accepterai pas non plus de me voiler, dit-elle, déterminée.

— Tu ne feras rien de tout cela ? insista Jamal, ne pouvant retenir un rire.

— Non, certainement pas.

— Bien. Alors, peut-être sauras-tu au moins te montrer obéissante et faire tout ce que je te dis… ?

Elle ne réfléchit à sa question pas plus de deux secondes.

— Non.

Il éclata alors d'un rire franc et :

— Très bien, Delaney, mais que feras-tu dans ce cas pour être une bonne princesse ?

Elle se déplaça sur ses genoux et s'assit face à lui, ses yeux dans les siens, chevauchant ses hanches, ses bras autour de son cou.

— Le jour où je deviendrai ta princesse et où tu deviendras mon cheikh, je t'aimerai plus fort qu'aucune femme ne t'a jamais aimé auparavant. Je t'honorerai et serai à tes côtés afin d'agir au mieux avec toi pour le bien de ton peuple, qui sera alors également le mien. Je te serai obéissante jusqu'à un certain point, mais je conserverai mon droit d'opinion et continuerai à prendre moi-même certaines décisions, dans le plus grand respect de tes coutumes.

Elle le fixa avec plus d'intensité encore avant de poursuivre :

— Et je te donnerai des filles et des fils qui t'honoreront et te respecteront. Nos enfants grandiront, entourés de notre amour et de l'amour de leur peuple. Ils hériteront de nos deux cultures qu'ils apprendront à aimer et à respecter également.

Inspirant profondément, elle sourit et reprit :

— Enfin, je serai ta femme et ta maîtresse. Je veillerai à combler tous tes désirs et à te rendre heureux afin que tu ne regrettes jamais de m'avoir choisie pour princesse.

Durant un long moment, Jamal demeura silencieux. Puis il l'embrassa. D'abord avec tendresse, son baiser se faisant bientôt avide et impatient. Puis il s'arracha à ses lèvres et se leva, la soulevant ainsi, ses jambes autour de sa taille. Elle se laissa glisser et se mit sur ses pieds, levant les bras afin qu'il puisse lui retirer sa robe. Il s'empressa ensuite d'enlever les dessous qui le privaient encore de sa nudité. Lorsque enfin elle fut complètement nue, il ôta son pantalon et son boxer.

Il la prit alors dans ses bras et s'allongea avec elle en travers du lit.

— Quand puis-je rencontrer tes parents ? demanda-t-il en la berçant tendrement.

— J'avais pensé prendre un congé ce week-end. Nous pourrions en profiter pour nous rendre à Atlanta. Je pourrais les appeler demain matin et leur annoncer la nouvelle.

— Et le bébé ?

— Je veux d'abord qu'ils se fassent à l'idée de mon mariage et de mon départ des Etats-Unis avant de leur apprendre qu'ils vont devenir grands-parents.

— J'ai dit à mon père qu'il se pouvait que tu portes mon enfant.

— Et comment a-t-il réagi ?

— J'ai la certitude que cette idée l'enchante. Il se réjouit d'être grand-père au moins autant que je me réjouis d'être père.

Puis il vint se placer au-dessus d'elle.

— Mais dans l'immédiat, je suis impatient surtout de t'épouser. De devenir ton mari, Delaney.

Il déposa un baiser sur ses lèvres, un long baiser fait de tendresse et de sensualité. Puis il abandonna sa bouche et rampa sur elle, prenant un sein et puis l'autre entre ses lèvres. Elle gémit, submergée par des sensations voluptueuses.

— Oh, Jamal…

L'écho de son nom chuchoté avec tant de sensualité lui fit l'effet d'un aphrodisiaque. Il l'embrassa, fou de passion, fou de son corps, de l'odeur de sa peau.

— Ma princesse…

Il vint à ce moment en elle, fermant les yeux au contact de cette étreinte sublime. Puis il commença à aller et venir, touchant à l'extase à chaque mouvement.

— Mon cheikh, murmura-t-elle, le souffle court, avant de prendre sa bouche.

Laissant sa tête retomber sur le lit, elle le regarda tandis qu'il plongeait en elle. Elle bougea avec lui, s'ouvrit pour l'accueillir plus loin en elle, se libérant avec lui de toute la tension de l'absence, de ces longues semaines de frustration.

Soudain, il agrippa ses hanches, la pénétra comme il ne l'avait encore jamais pénétrée, avant d'exploser, se déversant en elle, tressaillant avec elle dans l'éclat aveuglant d'un plaisir sans fin.

Puis, encore parcourus des derniers frissons de l'extase, ils s'échouèrent, demeurant corps à corps pendant une éternité.

Quelques heures plus tard, Jamal se pencha sur Delaney, s'enivrant de son odeur subtile, avant de l'éveiller par un baiser.

Il s'écarta et la regarda ouvrir les yeux.

— Votre Altesse, chuchota-t-elle avec un sourire radieux, vous désirez ?

Jamal rit tendrement.

— Je dois te reconduire chez toi. J'ai promis à tes frères de te ramener à une heure décente, mais…

Delaney tendit le bras et effleura sa joue.

— Mais tu voudrais faire une nouvelle fois l'amour avant de me ramener, c'est cela ?

— J'avoue y avoir pensé, répondit-il. Oh, je t'aime, Delaney. Je t'aimerai toujours…

— Je suis à toi pour l'éternité, Jamal. Qui aurait cru que ces vacances au chalet allaient déterminer notre existence tout entière… Pourtant, au début, nous ne nous entendions pas…

— Tu sais ce que l'on dit ?

— Non ?

— Les choses ne sont pas toujours ce qu'elles paraissent…

Il lui sourit et rampa sur elle, déposant mille baisers sur son ventre.

— Tu es tout ce dont je n'avais même jamais osé rêver, Delaney. Merci, ma princesse…

Épilogue

Six semaines plus tard

— Une autre cérémonie de mariage ? s'exclama Delaney en serrant la main de Jamal, tandis que tous deux s'accordaient quelques moments d'intimité dans les jardins du palais.

L'atmosphère torride et humide du désert tout proche planait jusqu'ici, ne parvenant pas toutefois à étouffer les parfums réjouissants du jasmin et des gardénias.

— C'est la quatrième, gémit-elle.

Leurs premières noces s'étaient déroulées dans la maison des parents de Delaney, trois semaines plus tôt, à Atlanta. La seconde cérémonie avait eu lieu la semaine dernière, à leur arrivée au palais, en présence du roi, de la reine et d'autres dignitaires et de leur épouse. La troisième avait eu pour cadre la grande place de la cité, devant le peuple de Tahran.

Un sourire coquin se dessina sur les lèvres de Jamal.

— Quelle chance nous avons… Toutes ces nuits de noces…

Delaney rit gaiement. Passant le bras autour du cou de son mari, elle se hissa sur la pointe des pieds pour embrasser ses lèvres.

— Tu as raison.

Puis elle se pressa dos contre lui, la main de Jamal sur son ventre, ce ventre à l'intérieur duquel dormait paisiblement leur enfant. Elle n'imaginait pas pouvoir être plus heureuse.

A son arrivée au palais, la semaine dernière, elle avait été aussitôt convoquée pour un entretien en tête à tête avec le père de Jamal, le roi Yasir. D'un abord austère et autoritaire avec elle dans un premier temps, le roi s'était bien vite détendu, l'interrogeant sur ses projets, ses valeurs.

Elle avait répondu à ses questions, honnêtement, en toute franchise et avec respect. Puis, le roi lui avait confié, non sans humour, que son esprit vif et critique n'était pas sans lui rappeler le caractère de la reine Fatimah. Il s'était ensuite déclaré convaincu de ses capacités à s'intégrer, à se faire aimer et respecter de son peuple. Enfin, il l'avait serrée dans ses bras en lui souhaitant bienvenue au sein de la famille.

Les sœurs de Jamal, Johari et Arielle, lui avaient elles aussi fait un accueil chaleureux. Mais c'était avec la reine Fatimah qu'elle avait senti le plus de connivence. Toutes deux avaient longuement parlé de la difficulté d'être une étrangère sur la terre de leur époux. Elles avaient également évoqué les progrès qui pourraient être accomplis en ce pays pour améliorer le sort des femmes et des plus démunis, se promettant d'agir rapidement et de concert dans ce but.

— Si nous rentrions, ma princesse ? demanda Jamal en déposant un baiser sur sa nuque.

— Devons-nous participer à un autre repas officiel, ce soir ? s'enquit-elle en lui faisant face.

— Non. Et je pensais que nous pourrions passer une soirée dans nos appartements, rien que toi et moi, répondit-il en caressant sa joue.

— Oh, quel bonheur, Jamal ! dit-elle avec un sourire.

Ils n'avaient guère eu de temps à eux depuis leur arrivée à Tahran, excepté les nuits, nuits chaudes et moites qu'ils employaient avec ardeur à s'aimer.

— Tout le monde devrait tomber amoureux, dit-elle en plongeant ses yeux dans ceux de son mari, tu ne crois pas ?

— Je suis d'accord. Mais tu devrais essayer d'en convaincre tes frères...

Elle approuva d'un mouvement de tête, sachant qu'il avait raison.

— Ils sont si heureux pour nous, même Thorn.

Jamal hocha la tête. Thorn Westmoreland n'avait

cependant pas été facile à convaincre ni à amadouer, mais aujourd'hui, Jamal appréciait le caractère intègre et volontaire du frère de Delaney.

— Je n'ai jamais rencontré quelqu'un d'aussi entêté, dit-il en riant. Je plains la femme qui voudra capturer son cœur. J'ai du mal à imaginer ton frère amoureux…

« Cela, je n'en suis pas si sûre », pensa Delaney. Elle n'était pas prête en effet à oublier la manière dont Thorn avait regardé Tara au mariage, à un moment où il n'imaginait pas que quelqu'un puisse l'observer. Tara avait été sa demoiselle d'honneur et ses frères s'étaient montrés charmants avec elle, la traitant comme un membre de la famille. Mais pour une raison étrange, Thorn, lui, avait gardé ses distances.

— A quoi penses-tu, ma chérie ?

— Oh, simplement que je ne serais pas étonnée si une femme venait à capturer le cœur de Thorn. J'ai même une petite idée sur son identité…

— Vraiment ? Et qui est-elle, cette inconnue ?

— Tu ne devrais pas tarder à le savoir, mon amour…

Un peu plus tard, cette nuit-là, après avoir fait l'amour à sa femme, Jamal se glissa hors du lit, consentant enfin à épargner à Delaney de nouvelles étreintes. Enfilant son peignoir, il sortit de l'appartement et descendit dans les jardins afin de trouver un endroit à l'écart pour prier et remercier le ciel de son bonheur.

Une heure s'écoula au bout de laquelle il rentra, pressé de retrouver Delaney, quand Asalum croisa son chemin.

— Tout va bien, Votre Altesse ? s'enquit celui-ci, toujours prompt à protéger son prince.

— Oui, mon ami, tout va bien.

Jamal poursuivit son chemin quand une pensée le traversa. Aussitôt, il se tourna et interpella Asalum qui s'éloignait :

— Veux-tu savoir dans quel état je me trouve, mon fidèle compagnon ?

Asalum sourit, complice.

— Dans quel état vous trouvez-vous, Altesse ?

Et dans le silence de la nuit, Jamal éclata de rire, puis quand il eut recouvré son souffle :

— Un état d'allégresse, mon ami. Oui, car je suis, je le sais, le plus heureux des hommes…

Dès le 1er janvier 2007,

la collection *Azur*
vous propose de découvrir
8 romans inédits.

collection
Azur

8 romans par mois

Dès le 1er janvier 2007,

la collection *Horizon*
vous propose de découvrir
4 romans inédits.

Le nouveau visage
de la collection Or

◆

AMOURS D'AUJOURD'HUI

Afin de mieux exprimer sa modernité et de vous séduire encore davantage, votre collection Or a changé de couverture et de nom depuis le 1er mars 1995.

Rassurez-vous, les romans, eux, ne changent pas, et vous pourrez retrouver dans la collection **Amours d'Aujourd'hui** tous vos auteurs préférés.

Comme chaque mois, en effet, vous y attendent des héros d'aujourd'hui, aux prises avec des passions fortes et des situations difficiles...

COLLECTION
AMOURS D'AUJOURD'HUI :
Quand l'amour guérit des blessures de la vie...

Chère lectrice,

Vous nous êtes fidèle depuis longtemps?
Vous venez de faire notre connaissance?

C'est pour votre plaisir que nous avons
imaginé un rendez-vous chaque mois
avec vos auteurs préférés, vos
AUTEURS VEDETTE dans les
collections Azur et Horizon.

Les AUTEURS VEDETTE vous
donneront rendez-vous pour de
nouveaux livres vedette.

Pour les reconnaître, cherchez
l'étoile... Elle vous guidera!

Éditions Harlequin

HARLEQUIN

LE FORUM DES LECTEURS ET LECTRICES

CHERS(ES) LECTEURS ET LECTRICES,

VOUS NOUS ETES FIDÈLES DEPUIS LONGTEMPS?

VOUS VENEZ DE FAIRE NOTRE CONNAISSANCE?

SI VOUS AVEZ DES COMMENTAIRES, DES CRITIQUES À
FORMULER, DES SUGGESTIONS À OFFRIR, N'HÉSITEZ
PAS… ÉCRIVEZ-NOUS À:
     LES ENTERPRISES HARLEQUIN LTÉE.
     498 RUE ODILE
     FABREVILLE, LAVAL, QUÉBEC.
     H7R 5X1

C'EST AVEC VOS PRÉCIEUX COMMENTAIRES QUE NOUS
ALLONS POUVOIR MIEUX VOUS SERVIR.

DE PLUS, SI VOUS DÉSIREZ RECEVOIR UNE OU
PLUSIEURS DE VOS SÉRIES HARLEQUIN PRÉFÉRÉE(S)
À VOTRE DOMICILE, NE TARDEZ PAS À CONTACTER LE
SERVICE D'ABONNEMENT; EN APPELANT AU
(514) 875-4444 (RÉGION DE MONTRÉAL) OU 1-800-667-4444
(EXTÉRIEUR DE MONTRÉAL) OU TÉLÉCOPIEUR
(514) 523-4444 OU COURRIER ELECTRONIQUE:
AQCOURRIER@ABONNEMENT.QC.CA OU EN ÉCRIVANT À:
     ABONNEMENT QUÉBEC
     525 RUE LOUIS-PASTEUR
     BOUCHERVILLE, QUÉBEC
     J4B 8E7

MERCI, À L'AVANCE, DE VOTRE COOPÉRATION.

BONNE LECTURE.

HARLEQUIN.

VOTRE PASSEPORT POUR LE MONDE DE L'AMOUR.

<u>COLLECTION HORIZON</u>

Des histoires d'amour romantiques qui vous mènent au bout du monde!

Découvrez la passion et les vives émotions qu'apportent à la Collection Horizon des auteurs de renommée internationale!

Captivantes, voire irrésistibles, ces histoires d'amour vous iront assurément droit au coeur.

Surveillez nos trois nouveaux titres chaque mois!

69 **L'ASTROLOGIE EN DIRECT**
TOUT AU LONG
DE L'ANNÉE.

(France métropolitaine uniquement)
Par téléphone 08.92.68.41.01
0,34 € la minute (Serveur JET MULTIMÉDIA).

Composé et édité par les
*éditions*Harlequin
Achevé d'imprimer en novembre 2006

BUSSIÈRE
GROUPE CPI

à Saint-Amand-Montrond (Cher)
Dépôt légal : décembre 2006
N° d'imprimeur : 62064 — N° d'éditeur : 12486

Imprimé en France